TEMBLOR

TEMBLOR

ALLIE REYNOLDS

TRADUCCIÓN DE
CLAUDIA CASANOVA

PRINCIPAL NOIR

Primera edición: febrero de 2021
Título original: *Shiver*

Diseño de cubierta: Tal Goretsky
Imagen de cubierta: CasarsaGuru | iStock - Tatjana Kabanova | Shutterstock

Publicado por Principal de los Libros
C/ Aragó, n.º 287, 2.º 1.ª
08009, Barcelona
info@principaldeloslibros.com
www.principaldeloslibros.com

ISBN: 978-84-17333-69-0
THEMA: FHX
Depósito legal: B 1473-2021
Preimpresión: Taller de los Libros
Impresión y encuadernación: Black Print
Impreso en España — *Printed in Spain*

Para mi madre y mi padre,
gente de las montañas

Prólogo

Es de nuevo esa época del año, cuando el glaciar devuelve los cuerpos.

La inmensa masa de hielo de allí arriba es un río helado que fluye tan lentamente que el ojo humano apenas percibe el movimiento. Las víctimas recientes rozan a las antiguas en sus profundidades cristalinas. Algunos emergen en la cima, otros en la morrena, y no hay forma de saber quién será el siguiente.

Pueden pasar años antes de que reaparezcan, incluso décadas. En un glaciar de la vecina Italia encontraron hace poco los cuerpos momificados de soldados de la Primera Guerra Mundial, con sus cascos y rifles.

Aun así, todo lo que entra tiene que salir, por lo que cada mañana compruebo las noticias de la zona.

Estoy esperando a que aparezca un cuerpo en concreto.

1

—¿Hola?

Mi voz resuena en la caverna de cemento.

El familiar teleférico de color rojo y blanco espera en la plataforma, pero no hay nadie en la cabina del operario. El sol ha desaparecido detrás de los Alpes y el cielo se ha teñido de rosa, pero no hay ni una sola luz en todo el edificio. ¿Dónde está todo el mundo?

Un viento helado me golpea las mejillas. Me hundo todavía más en la mullida chaqueta. Es temporada baja y aún falta un mes para que la estación abra, por lo que no esperaba que los teleféricos estuvieran en funcionamiento, pero creía que este sí estaría en marcha. De lo contrario, ¿cómo se supone que vamos a subir hasta el glaciar? ¿Me he equivocado de día?

Dejo mi bolsa de *snowboard* en la plataforma y saco el móvil para comprobar de nuevo el correo. «Sé que ha pasado mucho tiempo, pero ¿te apetece venir a una reunión de fin de semana? En el edificio Panorama, en el glaciar del Diablo, Le Rocher. Nos vemos en el teleférico a las cinco de la tarde del viernes 7 de noviembre. Besos, C».

La C es de Curtis. Si cualquier otro me hubiera invitado, habría borrado el mensaje sin contestar.

—¡Eh, Milla!

Y ahí está Brent, que se acerca subiendo los peldaños. Es dos años más joven que yo, debe de tener treinta y uno, y todavía conserva su encanto juvenil, con el pelo moreno y largo y los hoyuelos, aunque parece exhausto.

Me levanta del suelo con un abrazo de oso y yo también lo abrazo con fuerza. Todas aquellas noches frías que pasé en su cama. Me siento mal por no haberme puesto en contacto con él, pero después de lo que sucedió… Y, de todas formas, él tampoco me llamó.

Por encima de su hombro, las sombras de los afilados picos se recortan contra el cielo, que oscurece, y parecen vigilarnos. ¿De verdad quiero estar aquí? No es demasiado tarde. Podría poner cualquier excusa, volver al coche y conducir de vuelta a Sheffield.

Alguien se aclara la garganta detrás de nosotros. Nos apartamos y vemos la figura alta y rubia de Curtis.

No sé por qué, pero esperaba que tuviera el mismo aspecto que la última vez que lo vi: atravesado por el dolor, un hombre roto. Pero, por supuesto, no es así. Ha tenido diez años para superarlo. O para enterrarlo todo dentro.

El abrazo de Curtis es breve.

—Me alegro de verte, Milla.

—Yo también.

Siempre me costó mirarlo a los ojos por lo guapo que era, y lo sigue siendo, pero ahora me resulta todavía más difícil.

Curtis y Brent se dan la mano; la piel pálida de Curtis destaca sobre la de Brent. Ellos también han traído sus tablas de *snowboard,* lo que no es ninguna sorpresa. Sería difícil que subiéramos a una montaña sin ellas. También llevan tejanos, pero me divierte ver que debajo de los anoraks asoman cuellos de camisa.

—Espero que no hubiera que arreglarse para la ocasión —comento.

Curtis me mira de arriba abajo.

—No te preocupes.

Trago saliva. Sus ojos son tan azules como siempre, pero me recuerdan a alguien en quien no quiero pensar. Tampoco transmiten ni un ápice de la calidez que solía sentir en su mirada. Me he arrastrado hasta el lugar al que había jurado que no volvería jamás, y lo he hecho por él. Ya me arrepiento.

—¿Quién más viene? —pregunta Brent.

¿Por qué me mira a mí?

—Ni idea —respondo.

Curtis se ríe.

—¿No lo sabes?

Pasos. Ya llega Heather. ¿Y quién más? ¿Dale? No es posible. ¿Siguen juntos?

La melena salvaje de Dale ahora es más corta y estilosa. Ya no tiene *piercings.* Ni siquiera parece que haya estrenado las botas de nieve de marca que lleva. Supongo que Heather lo ha transformado. Al menos le ha dejado traer la tabla.

Heather lleva un vestido, negro y brillante, con medias y botas hasta la rodilla. Se estará helando viva, aunque se haya puesto una chaqueta carísima encima. Cuando me abraza, noto el aroma de laca de pelo en sus largos mechones oscuros.

—Me alegro mucho de verte, Milla. —Habrá tomado más de una copa antes de llegar porque casi suena sincera. Sus botas tienen un tacón de ocho centímetros, lo que la hacen un poco más alta que yo. Seguro que se las ha puesto por eso.

Me enseña un anillo.

—¿Os habéis casado? —exclamo—. ¡Felicidades!

—Hace tres años. —Su acento del noreste de Inglaterra es más marcado que nunca.

Brent y Curtis dan palmadas a Dale en la espalda.

—Tardaste lo tuyo en proponérselo, ¿eh, amigo? —bromea Brent. Su acento de Londres también parece más marcado.

—En realidad, fui yo quien se lo propuso —replica Heather.

La puerta del teleférico se abre con un chirrido. El operario se desliza por detrás, lleva la gorra negra de la estación de esquí. Comprueba nuestros nombres en una lista y nos hace un gesto para que nos acerquemos.

Los demás pasan dentro.

—¿Está todo el mundo? —pregunto para ganar tiempo.

El tipo cree que sí. Me resulta familiar.

Todos han subido a la cabina y me uno a ellos, reticente.

—¿Quién más faltaría? —replica Curtis.

—Cierto —reconozco. Antes había algunos más, gente que iba y venía, pero del grupito original solo quedamos nosotros cinco.

O mejor dicho, somos los únicos que quedamos en pie.

Una oleada de culpabilidad me invade. «Jamás volverá a caminar».

El operario cierra la puerta. Me esfuerzo por echarle un vistazo, pero antes de que pueda observarlo mejor, se dirige al otro extremo de la plataforma y se encierra en la cabina de mandos.

El teleférico se pone en marcha. Igual que yo, los demás miran a través del plexiglás fascinados mientras pasamos sobre las copas de los abetos, en pos de la luz mortecina en lo alto de la montaña. Resulta extraño divisar la tierra y la hierba más abajo; siempre estaba nevado. Intento ver a las marmotas, pero probablemente estén hibernando. Pasamos por encima de un peñasco y el diminuto pueblo de Le Rocher desaparece de nuestra vista.

Un sentimiento extraño se apodera de mí ahora que estamos suspendidos en el aire y el paisaje se desliza al otro lado de la ventana. En lugar de subir a la montaña, parece que viajemos hacia atrás en el tiempo. Y no sé si estoy lista para enfrentarme al pasado.

Es demasiado tarde. El teleférico ya se aproxima a la estación intermedia. Salimos arrastrando las bolsas. Aquí hace más frío, y será todavía peor en nuestro destino. Una bandera francesa ondea en la brisa helada. El altiplano está desierto. A medio camino, el verde y el marrón se han trocado en blanco: es la línea de nieve.

—Pensaba que la nieve ya habría llegado al valle a estas alturas.

Curtis asiente.

—Cosas del cambio climático.

En invierno, este es el corazón del área de esquí, con telesillas y remolques que se mueven en todas direcciones, pero el único ascensor que funciona hoy es la burbuja, que está cubierta.

Antes, el medio tubo se encontraba aquí, justo al lado del pequeño cobertizo. Ahora, el largo canal en forma de U es una zanja embarrada, pero en mi mente aún veo sus paredes blancas y prístinas. Fue el mejor medio tubo de Europa en su época, y también fue lo que nos reunió a todos aquel invierno.

Dios mío, los recuerdos. Tengo la piel de gallina. Nos veo de jóvenes, compitiendo y riéndonos. Los cinco.

Y las dos que faltan.

Un remolino helado me alborota el pelo. Me subo la cremallera del anorak hasta la barbilla y me apresuro a seguir a los demás.

El ascensor burbuja nos llevará hasta casi 3500 metros de altura. El glaciar del Diablo es una de las zonas aptas para el esquí más elevadas de Francia. Las brillantes cabinas naranjas cuelgan del cable como adornos navideños. Curtis entra en la que está más cerca.

Heather tira de la mano de Dale.

—Vamos a buscar una para nosotros dos.

—No, venga —insiste Dale—. Cabemos todos en esta.

Curtis hace un gesto para animarlos.

—Hay sitio de sobra.

Heather parece dudar, y la entiendo. Estas pequeñas cabinas, en teoría, pueden transportar hasta seis personas, pero todos llevamos bolsas y estaremos apretados. Tampoco ayuda el hecho de que se haya traído una maldita maleta.

Brent se agacha para entrar debido a su altura.

—Puedes sentarte en mi rodilla, Mills. Dame tu bolsa de *snowboard.*

—Dale puede quedarse con tus rodillas —replico—. Yo me sentaré ahí.

Heather se sienta en el regazo de Dale, al lado de Curtis, mientras que Brent y yo nos sentamos enfrente con las bolsas en el medio y a nuestro alrededor. Se me hace raro ver a Dale sin sus rastas. Junto con su tez nórdica, me recordaba a un vikingo. Ahora parece un presentador de concursos.

Ascendemos por el altiplano. Hay un inmenso vacío a nuestros pies. Me olvidaba de lo enorme que es esta zona. Los senderistas suben hasta aquí en verano, y las pistas zigzaguean por la montaña. Debe de ser precioso, con un conjunto de flores alpinas, pero ahora solo se ven retazos de hierba marrón y sedimentos rocosos. No hay señales de vida, ni siquiera un pájaro. La tierra parece yerma.

Muerta.

No. Está dormida, a la espera.

Como algo más ahí arriba. Trago saliva y me obligo a no pensar en eso.

La rodilla de Curtis choca contra la mía cuando dejamos atrás una torre eléctrica. Parece más callado que de costumbre, pero lo entiendo. Si esto es duro para mí, debe de ser cien veces peor para él.

La invitación no lo mencionaba, pero es obvio por qué estamos aquí. Lo anunciaron en las noticias el día antes de que llegara el correo: «Tras una batalla legal, diez años después se declara la muerte *in absentia* de una esquiadora de *snowbard* británica».

Seguro que a los demás les apetecía tan poco como a mí subir hasta aquí, pero ¿cómo podíamos negarnos? Es normal que quiera celebrar el aniversario.

Hay nieve a nuestros pies y brilla con un resplandor lila en el crepúsculo. Muy por encima se encuentran los inmensos acantilados que dan el nombre a Le Rocher. El edificio Panorama cuelga en lo más alto, una forma oscura y chata acuclillada contra los elementos.

—¿Cómo lo has conseguido, Mills? —pregunta Brent.

—¿El qué?

—El acceso VIP al glaciar. El transporte privado en teleférico y todo eso. Es bastante impresionante.

Lo miro sin comprender nada.

—¿Qué quieres decir?

—Que estamos fuera de temporada. No puede ser barato.

—¿Por qué crees que lo he organizado yo? Fue Curtis.

Curtis me mira extrañado.

—¿Cómo?

¿A qué juegan? Todos sacamos el móvil. La última vez que subí aquí con uno, rompí la pantalla en el primer salto y me salió un moratón con forma de teléfono en la cadera. Después de eso, ya no volví a subir con el móvil.

Les muestro el correo que recibí y Brent me enseña el suyo. Su invitación dice lo mismo que la mía, excepto que la firma es de M. y hay una posdata: «He perdido el móvil. Mándame un correo».

—Mira. —Curtis me muestra el mensaje que ha recibido él. Es idéntico al de Brent.

Nunca entendí del todo a Curtis. ¿Acaso considera que esto es una broma?

La cabina se balancea cuando dejamos atrás otra torre eléctrica y se me destapan los oídos. En este punto la subida se torna más empinada. Hemos empezado el largo, larguísimo, ascenso hasta el glaciar.

Me giro hacia Dale y Heather.

—¿Qué decía vuestra invitación?

Dale vacila.

—Lo mismo que la tuya —responde Heather.

—¿De M o de C? —pregunta Brent.

—Eh, M —aclara Heather, que me mira.

¿Por qué tengo la sensación de que miente?

—¿Puedo verla?

—Lo siento —confiesa Heather—. La borré. Pero era igual que la de ellos.

2

No sé qué esperaba encontrar en la cumbre. ¿Música? ¿Velas? ¿Camareros con bandejas y copas de champán?

No hay nada de eso. La plataforma apenas está iluminada y no hay nadie ni aquí ni en la cabina del operario. Sacamos nuestras bolsas. Suena una alarma y el ascensor burbuja se detiene. Deben de estar maniobrándolo desde abajo, para ahorrarse los costes del personal, y habrán vigilado la subida mediante la cámara de seguridad que supervisa el circuito. Pero después de la confusión sobre quién mandó la invitación, todo esto es un poco inquietante y, a juzgar por el ceño fruncido de Heather, ella piensa lo mismo.

Brent me mira.

—¿Dejamos las cosas aquí por ahora?

—No me lo preguntes a mí —respondo.

Las pone en el suelo. Dudo y, finalmente, yo también las dejo. No es que nadie vaya a robarlas.

Los peldaños son rejas de metal para que se puedan subir cuando uno lleva botas cubiertas de nieve. Al fin llegamos a la cima y estoy jadeando. Aquí el oxígeno escasea. Empujo las puertas dobles que dan acceso al edificio Panorama. Respiro el aire acre de madera quemada y, por un momento, tengo que cerrar los ojos. Porque eso, más que nada, era el aroma de mis inviernos.

Curtis pulsa un interruptor y el pasillo forrado de madera se ilumina. Normalmente, una procesión de esquiadores desfila por aquí, pasa las taquillas de equipamiento y llega hasta la entrada principal del glaciar, pero esta noche el silencio es espeluznante.

Curtis se pone las manos alrededor de la boca y grita:

—¿Hay alguien ahí?

Brent me mira, y Dale también. Pienso de nuevo en las invitaciones. ¿Es posible que uno de ellos haya organizado esto? No parece probable. Como dijo Brent, estamos fuera de temporada. Un fin de semana aquí debe de costar miles de dólares a estas alturas del año. Gracias a mi investigación previa, porque he buscado sus perfiles en internet, sé que a Curtis le va bien, así que debe de haber sido él. Pero ¿a qué viene tanto misterio? ¿Y los demás están en el ajo o les ha hecho creer que soy yo quien ha organizado la reunión?

—Tiene que haber alguien más aquí —dice Curtis—. Echemos un vistazo.

Todos salimos en direcciones distintas, como críos sueltos en un parque temático. Este lugar es un laberinto. El único edificio en kilómetros a la redonda es un complejo de casas y múltiples recintos que acoge a la unidad de rescate de montaña, la sala de control y todo lo que necesiten tanto el personal como los visitantes aquí arriba. Yo solo conozco el restaurante y los baños, pero nada más. Ah, sí, y una vez pasé una noche en uno de los diminutos dormitorios comunitarios. Es el albergue juvenil situado a mayor altitud de Francia.

Corro por los pasillos y enciendo los interruptores a medida que avanzo. Hay un montón de puertas cerradas. Algunas se abren y otras no. Esta sí. Dios mío, podría ser el lugar exacto donde dormí. El olor a humedad y moho despierta un recuerdo. Brent debajo de mí en la cama, con sus grandes manos agarrando mis caderas. Contemplo la estrecha cama de la litera. Luego salgo y cierro la puerta con firmeza tras de mí.

La siguiente puerta es un armario de ropa limpia con toallas blancas y ásperas y sábanas gastadas apiladas en estanterías de pino que apestan a detergente barato. Más allá huelo a comida y, en efecto, es la cocina. Hay dos sartenes encima de unos fogones inmensos. Levanto las tapas. En una hay un guiso con carne y en la otra, puré de patatas. Aún están calientes. Podría ser nuestra cena, pero ¿dónde está el personal de la cocina?

Veo un lavabo y empujo la puerta con cautela, pero está vacío y oscuro. Más allá se encuentra el restaurante, también a oscuras, donde el olor a madera quemada es lo bastante fuerte como para hacerme toser, aunque el fuego no esté encendido. Aquí pasé horas tratando de calentarme los dedos con tazas de café o esperando a que amainaran las tormentas de nieve, pero ahora las mesas están vacías, así que sigo caminando por otro pasillo. Los demás deben de estar en el piso de arriba porque ya no los oigo.

Hay más estancias y almacenes, y más puertas cerradas. Los interruptores tienen temporizadores, por lo que ocasionalmente se apagan antes de que haya encendido el siguiente y me quedo en la más absoluta oscuridad. Avanzo a tientas, siguiendo la pared. El silencio es aterrador. Si alguien apareciera tras una de estas puertas, me daría un ataque al corazón.

Por fin veo algo que me resulta familiar: la entrada principal al glaciar. Me apresuro hacia allí. Nadie estará fuera a esta hora de la noche, y es probable que la puerta esté cerrada con llave, pero si no lo está, quiero degustar el aire con sabor a hielo. Ha pasado demasiado tiempo.

La puerta se abre. El viento se cuela por el hueco con un grito agudo e implacable. El sonido es extrañamente humano. Cierro la puerta de golpe, me quedo quieta y respiro con fuerza. Sabía que volver sería un problema. Demasiadas puertas que no debería abrir.

«Cálmate, Milla».

Vale. Puedo hacerlo. En cuanto me tome un par de copas, estaré bien.

Arriba hay un gran salón, donde se suelen celebrar bodas y otros eventos. Es una fuente de ingresos práctica para estaciones de esquí modestas como esta, en especial durante la temporada baja. Solo lo he visto en fotografías, pero será donde han ido los demás, porque he comprobado todos los rincones de esta planta.

Aquí están las escaleras. En lo alto hay una pesada puerta ignífuga y el aire al otro lado parece todavía más frío. Llega un olor tenue, conocido. ¿Qué es? Quizá el perfume de Heather.

Oigo voces al otro lado de la puerta que hay a la derecha.

«¡Alto!», reza un cartel. «Empieza el juego. Hay que dejar los teléfonos en la cesta».

Exhalo. Un juego. Una especie de concurso, quizá, algo acerca del esquí y del *snowboard* o de lo que recordamos los unos de los otros. Algo que dé pie a hablar de los viejos tiempos. Típico de Curtis, decir qué debemos hacer, sin nada que nos distraiga de sus planes. Voy a dejar el móvil en la cesta. A menos que...

Me fijo otra vez en el cartel. «Empieza el juego». Una vez le dije eso mismo a... No. Es una frase de lo más normal. No significa nada. Dejo el móvil encima de los otros cuatro y entro en la sala.

El salón se proyecta sobre la montaña. La alfombra es espesa y mullida, blanca para imitar la nieve del exterior, y los muebles blancos y plateados son, sin duda, ridículamente caros. Hay sillones forrados de satén y mesas de vidrio y metal. La opulencia contrasta con el mobiliario rústico y modesto del piso de abajo. Incluso el olor es distinto. Ya no huele a madera quemada, sino a pintura fresca.

La pared del fondo está cubierta por ventanales y cortinas de terciopelo blanco atadas con una cuerda. La vista debe de ser espectacular durante el día, pero ahora solo se ve una total oscuridad. No hay luz. En nuestra situación resulta inquietante, pero, por lo demás, es un espacio precioso para una boda.

Si es que uno es capaz de olvidar las vidas que este glaciar se ha cobrado.

Y los cuerpos que todavía encierra.

«No pienses en eso».

Aquí hace tanto frío que veo mi aliento. También hay humedad. Es probable que no hayan utilizado esta sala durante meses. Todos los demás se han servido una copa. Hay una cerveza solitaria en una bandeja cercana, una Kronenbourg 1664. El cristal está frío al contacto con mi palma. Antes me encantaban los botellines de cerveza francesa, dulce y espumosa. No he bebido ninguna desde la última vez que estuve aquí.

De nuevo nos encontramos los cinco. El personal estará por los pasillos. Curtis mira hacia la puerta. ¿Qué planea?

Las uñas primorosamente pintadas de Heather se curvan sobre mi brazo.

—¿Has visto el juego?

—¿Qué juego?

Tira de mí y cruzamos la alfombra hasta una mesita sobre la que descansa una caja alta de madera. Al lado hay bolígrafos, sobres y tarjetas de papel de buena calidad. Y una hoja impresa con la frase: «Para romper el hielo». La caligrafía es elegante, como la que suele usarse en los servicios de los funerales.

Y en las bodas, me recuerdo enseguida.

«Escribe un secreto, algo sobre ti que ninguno de los demás sepa. Mételo en la caja, dentro de un sobre. Después, sacad los sobres de uno en uno y tratad de adivinar quién lo ha escrito».

Miro a Curtis otra vez. Me divierte que se haya esforzado tanto, cuando nos habríamos conformado con tomar algo y emborracharnos juntos. Pasa a mi lado en dirección a la ventana. Frota el vidrio para limpiar la condensación y mira hacia fuera. La fluidez de sus movimientos siempre me recordó a los de un gimnasta, y eso no ha cambiado; todavía posee la misma gracia poderosa y felina.

Necesito tomar más alcohol antes de acercarme a él, así que me dirijo hacia Brent. Me sorprende ver una cerveza en su mano. No solía beber.

—¿Has practicado *snowboard* últimamente? —pregunto.

—Una vez al año —responde—. Es lo único que puedo permitirme. Pero sí que voy mucho en monopatín.

—Se nota, por cómo tienes las zapatillas.

La puntera de sus DC está tan gastada que veo el calcetín. La marca había sido su patrocinador, pero supongo que habrá tenido que comprar este par. Me conmueve que se haya mantenido leal a la marca, pero así es Brent.

Solo tenía veintiún años aquel invierno, con la energía y la larguirucha figura de un adolescente. Ahora está un poco más fornido. Es difícil de asegurar por la ropa ancha que viste, pero parece que aún está en forma. Y todavía lleva los tejanos colgando sobre el trasero.

Sus facciones oscuras y elegantes, cortesía de su padre indio, le brindaron una breve trayectoria de éxito como modelo antes de que su carrera en el *snowboard* despegara. De vez en cuando, compruebo por internet cómo le va, pero su Instagram no revela demasiado. Me gustaría preguntarle si sale con alguien, o incluso si tiene hijos, pero no quiero que me malinterprete. Necesito saber que es feliz.

—¿De verdad no me invitaste tú? —pregunta Brent.

—No, ya te lo he dicho.

Curtis me mira desde el otro lado del salón, con aspecto... ¿preocupado? Probablemente se preguntará dónde está el personal.

—¿Aún practicas *snowboard?* —inquiere Brent, que se esfuerza por llevar la conversación a un territorio seguro.

—No desde que me fui de aquí —respondo.

—¿De verdad? ¿Ni una sola vez?

—Estoy demasiado ocupada. —Percibo su sorpresa. En aquella época, yo solo pensaba en el *snowboard* e imaginaba que seguiría practicándolo hasta que la edad no me lo permitiera.

Lo cierto es que ahora me aterroriza. Me aterroriza en quién me convierte y las vidas que podría destruir. En cuanto me ato las botas, no me importa nada más.

Brent no sabe lo que hice, al menos no del todo. Ninguno de ellos lo sabe.

Y mi intención es que siga siendo así.

3

Heather aplaude para atraer la atención de los demás.

—A romper el hielo.

—Estoy muerto de hambre —se queja Brent.

—Yo también —añado—. He visto que había un guiso en la cocina.

Heather hace un mohín de decepción.

—Vamos, será divertido. Comeremos después.

¿Siempre ha sido tan inaguantable o el matrimonio la ha hecho más mandona? Se bebe de un trago el resto de la copa de vino. Quizá solo está borracha.

Brent rezonga, pero Heather reparte las tarjetas, los bolígrafos y los sobres. Miro a Curtis de nuevo, pero pasa por mi lado y sale de la habitación.

—¿Qué se supone que debemos escribir? —pregunta Brent.

—Algo interesante que nadie más sepa —explica Heather.

Tengo la boca seca. Me termino la cerveza, pero es ese tipo de sequedad que ninguna cantidad de alcohol logra paliar. Lo sé porque lo intenté cuando me marché hace diez años.

Mordisqueo la punta del bolígrafo y me esfuerzo por pensar en algo divertido que revelar. Oigo la voz de Curtis en el pasillo. Tiene el teléfono en la oreja. Típico, nos obliga a entregar los móviles mientras él utiliza el suyo. ¿Estará hablando con su novia? Se da cuenta de que lo observo y cierra la puerta.

Miro mi tarjeta, pero tengo demasiado frío y hambre como para pensar. Al final solo escribo: «Tengo un gato que se llama Indy».

Brent ha desaparecido. Deslizo mi secreto en un sobre y lo meto por la ranura de la parte superior de la caja. ¿De dónde ha sacado Curtis este trasto? Aparte de ser blanco, no pega en absoluto con el resto de la sala. Los laterales de contrachapado de madera están mal pegados y la pintura salta en algunos puntos. Parece algo que mi abuelo podría hacer en sus ratos libres.

Tengo que ir al baño. El de mujeres es la primera puerta al fondo del pasillo. El agua sale tan fría del grifo que me extraña que las cañerías no se hayan congelado.

De vuelta a la sala, Brent ha traído una bolsa grande de patatas fritas. Tomo un puñado.

Señalo la chaqueta de Brent:

—¿Burton todavía te regala cosas o has tenido que comprártela?

Mastica las patatas.

—Me hacen descuento.

—Qué suerte. Yo he tenido que comprarme todo el equipo de nuevo para este viaje. —Me chupo la sal de los dedos. Le di todas mis prendas y el equipamiento de *snowboard* a una chica francesa que vivía al otro lado de la calle. Se lo merecía más que yo.

Curtis ha terminado su llamada y vuelve a instalarse junto a la ventana, de espaldas a nosotros. ¿Qué mira? No hay nada que ver.

Dale entra con más cervezas. Brent y yo tomamos una cada uno.

—¿Listos para jugar? —dice Heather.

—Un segundo —se excusa Curtis, y sale otra vez.

Diría que Heather está a punto de explotar. Disimulo una sonrisa. Es como si Curtis quisiera enfurecerla a propósito.

—¿Has visto a alguien del personal? —pregunto a Dale.

—No —responde—. Creo que estamos solos.

—Eso parece —interviene Brent.

—Pero había comida caliente en la cocina —les recuerdo.

—Sí, lo he visto —comenta Dale—. Supongo que han pensado que podemos servirnos nosotros solos. Quizá mandarán a alguien mañana por la mañana, con el ascensor burbuja, para preparar el desayuno.

—¿Un grupo de invitados sin nadie que los sirva? Me sorprendería que lo permitieran —admito.

—Es más barato —señala Dale.

Brent asiente.

—Un sitio tan pequeño lo tendrá crudo frente a estaciones de esquí más grandes, como la de Trois Vallées.

—¿Qué hay del juego? —pregunto—. ¿También lo han dejado preparado?

No saben qué responder. Y por cómo me miran, siguen pensando que tengo algo que ver.

—¿Hago los honores? —se ofrece Heather en cuanto Curtis regresa. Sin esperar respuesta, abre la tapa de la caja, se pelea para sacar el primer sobre y lo abre.

El resto nos sentamos en sillones. ¿Por qué está tan animada? ¿Qué cree que dirán las tarjetas?

—Voy a leerlas todas en voz alta y, luego, adivinamos quién ha escrito qué, ¿de acuerdo?

Está nerviosa, y no es por la bebida. Creo que se ha tomado algo más. Pero Curtis parece igual de inquieto: está sentado muy tieso y observa la estancia sin bajar la guardia.

No me siento los dedos. Me acomodo sobre mis manos, pero el asiento de mi sillón forrado de satén está tan frío como el resto de los objetos del salón.

Heather lee la tarjeta y sus mejillas se ruborizan: «Me acosté con Brent».

Lanza una mirada ansiosa a su marido como si temiera que fuera una confesión, pero él me mira a mí, igual que Brent y Curtis.

—No lo he escrito yo —replica Curtis.

Todos nos reímos.

Todos excepto Heather.

—Dijimos que los leeríamos todos de golpe antes de intentar adivinar de quién son.

Trata de darle órdenes a Curtis. Buena suerte.

—Yo tampoco lo he escrito —confieso.

Los chicos se ríen más. Heather me mira enfadada.

Dale levanta las manos.

—A mí no me miréis.

Más risas.

Uno de ellos debe de haberlo escrito para hacer una broma. Seguro que ha sido Curtis.

Heather procede a abrir el siguiente sobre. Me asombra la prisa que tiene. ¿Hubo algo entre Brent y ella? Incluso si así fuera, dudo que lo anunciara con tanta tranquilidad. Ella y Dale empezaron a salir al principio de aquel invierno.

Se aclara la garganta:

—«Me acosté con Brent».

Su voz suena demasiado alegre.

Más risas, más fuertes esta vez; todos nos reímos, Brent, Curtis y yo. Excepto Dale, que no sonríe.

Curtis le da una palmada a Brent en el hombro.

—No me extraña que no llegaras a los Juegos Olímpicos. No dormías lo suficiente.

Me alegra ver a Curtis contento. Su juego para romper el hielo resulta efectivo. Nos está relajando, ya sea porque nos divertimos o porque nos avergonzamos un poco, a pesar de la fría temperatura ambiente. Y a mí me gusta ver a Heather incómoda. Por la expresión en el rostro de Dale, si su esposa y Brent tuvieron algo, es la primera vez que oye hablar de ello.

Brent y Heather cruzan una mirada. El ceño de Brent está ligeramente fruncido, como si le preguntara: «¿a qué juegas?». ¡Brent cree que ha sido Heather quien ha escrito las tarjetas! Heather responde con una leve sacudida de la cabeza. ¿Qué quiere decir? ¿Ahora no? ¿O que no las ha escrito ella?

Mi cerebro piensa a toda velocidad. Si Brent cree que Heather ha escrito una de las notas, ¿quiere eso decir que sí se acostó con ella?

Estiro el cuello para ver la letra de la nota. No porque sea capaz de reconocerla, ya que no escribimos demasiado aquel invierno, pero la tarjeta de Heather está en mayúsculas claras y limpias, es decir, tal y como uno escribiría si quisiera ocultar su caligrafía. Es una broma. Debe de serlo. Una broma ideada por Curtis y Brent para crear confusión. Ellos nunca se llevaron del todo bien, pero la sorpresa de Brent parece auténtica.

Podría intervenir e insistir en que no he escrito ninguna de las dos notas, pero creo que esperaré a ver qué dice la siguiente.

Heather abre la tercera tarjeta. Mira el texto y contiene la respiración.

—«Me acosté con Saskia».

Esta vez nadie se ríe. Acabamos de cruzar una línea.

A pesar de nuestras diferencias, no se me ocurre ningún motivo por el que alguien escribiría algo así. Hasta donde yo sé, solo una persona de los aquí presentes se acostó con Saskia, y no creía que nadie más lo supiera. Me cuido de no mirar a Brent, ni tampoco a Curtis.

Heather observa a su marido, preguntándose claramente si la ha escrito él. Si llevo razón en mi sospecha de que Curtis y Brent son los autores de las dos primeras notas, entonces Dale debe de haber escrito esta. Pero ¿por qué demonios haría algo así?

Heather abre la siguiente tarjeta. Pensará que no puede ser peor que la anterior.

Pero, al parecer, sí que es posible, porque parpadea y nos mira atónita.

—«Sé dónde está Saskia».

Curtis le arranca la tarjeta de la mano y la estudia con expresión impenetrable.

—¿Es una broma?

Nadie responde.

—¿Alguien de aquí ha escrito estas notas?

Nos miramos. Negamos con la cabeza.

Estoy inquieta. Miro hacia la ventana, a la absoluta y total oscuridad que hay afuera y que me recuerda lo solos que estamos. Nosotros cinco, nadie más. Ni un alma en varios kilómetros a la redonda. Necesito saber si Curtis ha organizado la reunión. Porque si no ha sido él…

Miro a la puerta y pienso en los largos y oscuros pasillos que he visto antes. ¿Hay alguien ahí fuera?

Brent rompe el silencio.

—¿Qué dice la última?

Heather la abre y empalidece. La tarjeta cae de sus dedos hasta el suelo.

La recojo.

—«Yo maté a Saskia».

4

Hace diez años

Una chica vuela por encima del medio tubo. Su melena rubia, de pelo casi blanco, se escapa por debajo de su casco. Es buena. En el último salto, realiza una rotación y media, quinientos cuarenta grados, y se detiene delante de mí, rociándome con nieve.

Sé quién es: Saskia Sparks. Me ganó en el Campeonato Británico de Snowboarding el año pasado, con lo que me relegó al cuarto puesto.

Y este año seré yo quien gane.

Soy también rubia, aunque mi pelo es un poco más oscuro que el suyo, y es bastante distintivo, así que si yo la he reconocido, es probable que ella a mí también. Pero no muestra señales de haberlo hecho. Tan solo separa el pie posterior de la tabla y se desliza hacia el telesilla.

Me cuelgo la mochila a la espalda y me apresuro tras ella. He oído rumores. La llaman la Doncella de Hielo.

Tengo el *ticket* del teleférico en el bolsillo. Giro la cadera para que el escáner lo lea, espero el pitido y paso el torno.

El telesilla es bastante estándar: barras de plástico en forma de T, desgastadas por el tiempo, que cuelgan de un cable móvil raído. Agarro el telesilla más cercano, me lo pongo entre los muslos y observo el paisaje mientras me sube por la colina.

Le Rocher, con su natural terreno imponente de acantilados escarpados, estrechos pasos y pendientes demasiado inclinadas para el típico paquete de vacaciones de esquí, se considera un destino de culto entre los esquiadores expertos y los que practicamos *snowboard.*

La estación tiene, además, otra gran ventaja: el medio tubo de Le Rocher. Es el equivalente a una rampa de monopatines, pero en la nieve, y el largo canal blanco se extiende por toda la pendiente. Se construyó para cumplir los requisitos de los Juegos Olímpicos: mide ciento cincuenta metros, tiene muros de nieve de seis metros de alto a ambos lados y aspecto de estar bien conservado.

Los esquiadores, montados en sus tablas, lo cruzan una y otra vez, se lanzan desde las paredes de hielo y ejecutan todo tipo de piruetas, a cada cual más arriesgada. Es difícil reconocer quién es quién debajo de los cascos, los gorros y las gafas protectoras, pero está claro que hay un puñado de nombres importantes que se entrenan para el Open de Le Rocher de mañana por la mañana.

Ojalá hubiera llegado antes. La temporada empezó hace dos semanas, el 5 de diciembre, pero aún tenía que trabajar. Quería ahorrar lo suficiente para mantenerme durante todo el invierno y, de este modo, concentrarme en mi entrenamiento. Jamás llegaré a estar entre las tres primeras si me paso toda la noche trabajando en un bar para pagar las facturas. Bueno, ha llegado el momento de ponerme al día.

Saskia se encuentra en lo alto de la pista. ¿Habrá venido para la temporada o para el Open de Le Rocher? Se deja caer y ejecuta una enorme pirueta de cinco cuarenta. Clava los aterrizajes.

La primera vez que vi un medio tubo me aterrorizó la abrupta verticalidad de las paredes de hielo. Es una ilusión. La rampa es tu amiga. Si caes del modo adecuado, es tan suave que ni siquiera lo notas. Pero el hielo es duro como el cemento, así que, si no lo haces bien, estás en un aprieto.

Siento un hormigueo como consecuencia del miedo mientras fijo las botas a la tabla. Tengo las palmas sudorosas dentro de los guantes de cuero. Estoy más nerviosa de lo habitual porque la tabla es nueva, una Magic Pipemaster 157, pagada por el primer patrocinador que he tenido en mi vida.

Normalmente, soy conservadora en la primera carrera, para adaptarme al medio tubo, pero como tengo que vencer a Saskia, trato de hacer un cinco cuarenta en mi última pirueta. Corro por el lateral hasta ganar suficiente velocidad y, luego, me lanzo. Bajo por la pared, cruzo el suelo del medio tubo y subo por la pared opuesta para elevarme en el aire.

Mi mano delantera encuentra el borde del talón de la tabla y lo agarra con fuerza. *Backside Air.* Vuelo por encima del hielo, mi mente está pura y vacía, no veo ni oigo nada. Solo siento. Momentos preciados en lo alto del arco, ligera, suspendida por la gravedad. Por esto tengo tres trabajos durante la mitad del año y me machaco en el gimnasio.

Desciendo hacia la tierra y toco suelo, motivada y lista para otra ronda. Ida y vuelta de pared a pared, como un péndulo. En la pirueta final, giro con fuerza y, por los pelos, logro el cinco cuarenta. Me tiemblan los dedos al desabrochar el cierre de la tabla. Me encanta. La conservaré para siempre, la colgaré en la pared para enseñársela a mis nietos.

Saskia camina colina arriba porque hay cola para subir al telesilla, así que troto detrás de ella. La nieve desprende un brillo deslumbrante. El color blanco de un invierno en los Alpes es tan distinto de la nieve gris en un invierno urbano que mis ojos todavía necesitan acostumbrarse.

En la siguiente salida, realiza amplios cinco cuarentas seguidos en las dos últimas piruetas. El miedo me invade el estómago. Siempre imaginé que en cuanto encontrara patrocinadores, podría relajarme. Qué equivocada estaba. La presión se ha multiplicado porque tengo una imagen que defender. No puedo decepcionar a mis patrocinadores.

Repaso los giros en mi cabeza mientras me ato la tabla de nuevo. Tengo que ir a por todas en la primera pirueta, para conseguir más aire y tiempo y ejecutar la segunda. Vamos allá.

Mierda. Me caigo de cara frente a todos los que comen al pie del medio tubo. Escupo nieve, me limpio las gafas y me pongo en pie. Me duele la rodilla, y no quiero saber si Saskia me ha visto.

Tengo que conseguirlo. Clasificarme entre los tres primeros puestos marca la diferencia entre ser semiprofesional y totalmente profesional, y eso significa que podría entrenar a tiempo completo durante todo el año. A diferencia de Saskia, no vengo de una familia rica, pero deseo esto más de lo que jamás he deseado nada.

Lo intento de nuevo. Otra caída. Ahora le toca a la mano derecha y el dolor asciende por el brazo. Creo que diviso a Saskia con una sonrisa burlona mientras me levanto. Lo repito cuatro veces más hasta que por fin lo logro. Y, maldita sea, Saskia se marca un siete veinte. Dos rotaciones en lo alto, encima del hielo.

El sol brilla sobre el medio tubo. Cada vez que logro algo, Saskia me desafía con una pirueta más difícil. Me obligo a ir más allá, pero tengo un límite. Si me rompo algo antes del Open de Le Rocher de mañana, estoy jodida.

Hacia la mitad de la tarde, mi botella de agua vuelve a estar vacía. Ya he subido una vez a la estación intermedia para rellenarla. Como antes, dejo mi tabla al pie de la instalación entre las demás, que forman un colorido ramillete, y corro por el altiplano.

En el camino de vuelta, me cruzo con una familia de esquiadores, el padre, la madre y un niño, que debaten agitados al borde de un peñasco. Cuando miro, entiendo por qué: un pequeño guante azul brilla en la nieve.

Observo a la familia. El hombre lleva un bebé atado al pecho, acurrucado contra los elementos. Solo se ven sus mejillas de querubín y una diminuta manita. El guante se habrá caído desde el tembloroso telesilla que chirría más arriba. Le Rocher no es un lugar apto para familias; es la primera que he visto aquí. Vivirán en los alrededores.

Compruebo ambos lados del peñasco. He conseguido saltos más altos muchas veces. Según la revista *White Lines,* «si no son más de seis metros, ni siquiera es un risco». Pero perderé tiempo de entrenamiento. Miro por encima del hombro hacia el medio tubo, donde Saskia estará aumentando su ventaja. Luego miro al bebé y su pobre mano desnuda. Sin pensarlo dos veces, me meto el botellín de agua en el sujetador y corro hacia el borde. La mano de la mujer vuela hacia su boca cuando salto.

En cuanto lo hago, caigo en la cuenta de que solo he saltado riscos con mi tabla. Esto me va a doler.

Desciendo en picado por el aire. Las rocas y la nieve fresca me esperan abajo. Cuando toco tierra con las botas, encojo los hombros, lista para rodar, y la nieve acumulada amortigua el aterrizaje. Levanto las gafas y veo los rostros asombrados de la familia, que me mira desde el peñasco. ¿Dónde está el guante?

Una punzada de dolor me atraviesa la rodilla mientras me levanto. Es una vieja lesión que a veces se despierta. El entrenamiento de hoy no ha ayudado. Recojo el guante y la familia aplaude. Lo tiro hacia arriba con tanta fuerza como puedo. El hombre lo agarra, me da las gracias con un grito y desaparecen del peñasco. Ahora solo necesito salir de aquí.

Después de un largo recorrido vadeando la montaña entre la nieve fresca, por fin llego al medio tubo, sudada y sin aliento. Todo por un maldito guante de bebé.

La camiseta interior térmica se me ha pegado a las axilas y me he bebido la mitad del agua de la botella, pero al menos mi tabla sigue donde la he dejado. Saskia está sentada cerca, con la cara hacia el sol. Parece que no se han fijado en mí, pero en cuanto cojo la tabla, ella hace lo mismo y corre hacia el telesilla, por lo que me adelanta. Voy tras ella y trato de concentrarme.

Mientras ascendemos, una figura enfundada en una chaqueta de color menta se marca un giro amplio. Mierda, ¡es una chica! Casi siempre se pueden distinguir a las chicas de los tíos por cómo saltan, con menos potencia y más cautela, pero esta lo hace igual que ellos, completamente centrada en sus movimientos. ¿Cómo voy a competir contra esto? Al menos, espero que no sea británica.

Me recompongo. Por ahora, lo único que tiene que preocuparme es Saskia. Se deja caer por el medio tubo mientras aseguro los cierres de la tabla. Maldita sea. Acaba de hacer dos siete veintes seguidos. Dudo que pueda hacer lo mismo.

«¡Venga, venga! ¡Tus patrocinadores romperían el contrato si supieran lo cobarde que eres!».

Respiro hondo y me lanzo, pero la tabla pesa y no responde bien; soy un desastre. Lo único que logro en el último salto es una rotación completa. Un tres sesenta bastante pobre.

Fuera de control, acelero la bajada y agarro el borde de la tabla. Aterrizo sobre el regazo de un pobre chico, y lo empujo a la nieve.

Genial. Acabo de caer sobre Curtis Sparks, el tricampeón británico de medio tubo y el hermano mayor de Saskia.

—¡Lo siento mucho!

Me ayuda a levantarme.

—No hay problema. ¿Estás bien?

—¡Sí! ¿Y tú? Te he dado bastante fuerte.

Parece divertido.

—Sobreviviré.

Llevo años medio enamorada de este chico. No solo es guapo y tiene un talento inmenso. Cuando le preguntaron por qué no se había clasificado para los Juegos Olímpicos de invierno, miró al periodista a los ojos y le dijo: «Porque no he sido lo bastante bueno». No mencionó que poco antes de las pruebas había pasado por una operación quirúrgica. No hay excusas que valgan. Es su crítico más duro. Me encanta.

Me levanto las gafas para ver qué le pasa a mi tabla.

—Te vi en los campeonatos de Inglaterra el año pasado.

—Sí, y yo a ti —respondo.

Ruborizada por cómo me mira, examino la tabla.

—Las cintas se han vuelto a soltar. ¿Tienes un destornillador?

—Vamos a ver. —Curtis se inclina sobre la tabla y agarra la cinta con sus grandes manos. Su pelo es rubio, pero más oscuro que el de su hermana, y lo lleva muy corto. Tiene la piel dorada, pero pálida en la zona cubierta por las gafas protectoras, alrededor de los ojos.

—¡Eh, Sass! —grita.

Ahí está, observándonos.

—¿Qué has hecho con mi destornillador? —le pregunta.

Se acerca con un enorme destornillador con mango de color púrpura.

—Gracias. —Lo cojo.

Se levanta las gafas de color fucsia hasta el casco, pero no dice nada. Tiene unos ojos increíbles. Los he visto en fotos, pero son más azules en la vida real, incluso más que los de su hermano.

Aprieto la cinta con todas mis fuerzas porque no quiero que se vuelva a soltar. Ya he tenido que pedirle un destornillador a un tío antes, en la plataforma.

—¿Quieres que las apriete más? —ofrece Curtis.

—¿Tengo aspecto de tener un problema en el brazo? —contesto; no puedo evitarlo. Sé que es maleducado, pero ¿de verdad piensa que estaría aquí arriba si no fuera capaz de ajustar mis propias cintas?

Contiene una sonrisa y me mira de arriba abajo.

—No, no veo ningún problema.

Me arden las mejillas. Le devuelvo el destornillador y me fijo en que tiene un desgarro en la parte inferior del pantalón.

—Dios mío, te he roto los pantalones.

Su sonrisa se ensancha.

—No te preocupes, no los pago yo. Puedes caerte encima de mí cuando quieras.

Este tío es una máquina de flirtear, ¡y delante de su hermana!

—Qué raro. Es la segunda vez que se me aflojan las cintas hoy —comento, parloteando. Es el efecto que causa en mí.

Su sonrisa se borra.

—¿De verdad? —Se gira hacia su hermana.

¿Por qué la mira así?

Saskia se arregla el pelo, que le cae sobre los hombros.

—Será porque hace más calor. Los agujeros de la base se habrán expandido o algo así.

—Hoy has hecho sudar a mi hermana —comenta Curtis, pero todavía la mira—. Está haciendo cosas que no sabía que podía hacer.

El rostro de ella se oscurece. Quizá para alcanzarla no me falta tanto como creo.

Me ofrece una mano.

—Hola, soy Saskia.

—Milla.

Me sonríe.

—Lo sé. ¿Vas a salir esta noche? En el Glow Bar celebran una fiesta previa al campeonato.

Vacilo.

—No suelo salir antes de un día de competición.

Saskia ladea la cabeza.
—¿Por qué no? ¿Tienes miedo?
Maldigo para mis adentros.
—No. Allí estaré.

5

En la actualidad

Nos pasamos los «secretos» en el gran salón helado. Todos están escritos con la misma letra manuscrita en mayúsculas.

—¿Qué pasa aquí? —inquiere Curtis, con una voz peligrosamente tranquila.

Un mar de caras desconcertadas. Dale aprieta los puños; Brent estrangula el cuello de su botellín de cerveza. Los ojos de Heather van de un rincón a otro.

Después de todo, no creo que sea Curtis quienquiera que esté detrás del juego. Nadie sería capaz de fingir esa furia contenida, y además no habría dicho esas cosas de su hermana.

Toma la caja y la sacude con fuerza. Está claro que tiene ganas de hacer lo mismo con nosotros. Sacudirnos lo bastante fuerte como para obtener respuestas.

En la caja se oye algo. Curtis mete la mano en la apertura de la parte inferior. Se oye un tamborileo.

—Hay un falso fondo —anuncia. Le da la vuelta y observa el interior acercando el ojo a la ranura larga y estrecha en la parte superior—. Nuestras tarjetas siguen ahí.

Se hace un silencio ensordecedor. Todos lo rodeamos para verlo.

Curtis me tiende la caja. Una separación de madera la divide en dos compartimentos: la parte superior, donde siguen los sobres que hemos metido, y la parte inferior, ahora ya vacía. La caja no se ha movido de la sala. ¿Es posible que uno de nosotros metiera las tarjetas falsas sin que los demás lo viéramos o lo han preparado de antemano?

—Veamos —dice Brent.

Le paso la caja. La golpea con fuerza y se rompe en pedazos.

—¿Qué sentido tiene todo esto? —murmura Curtis.

Lleva razón. Apuesto a que los secretos que hemos escrito nosotros no tienen el menor interés en comparación con los que Heather ha leído.

Heather agarra uno de los sobres y lo abre.

—«Cuando veo sangre me desmayo».

Nadie la está escuchando.

Los ojos de Curtis echan chispas.

—Alguien ha preparado esto. ¿Quién ha sido?

Nos mira, uno por uno, con dureza y durante un buen rato. Apartamos la vista.

Me cuesta desechar la idea de que fuera él quien nos ha invitado aquí. En parte, es una cuestión de orgullo. Me sentía halagada. Pensaba que significaba algo. *Esperaba* que así fuera. Entonces, si Curtis no ha organizado la reunión, ¿quién ha sido?

Brent se levanta de un salto.

—A la mierda. Necesito una bebida de verdad.

La puerta se cierra tras él.

Heather tiene puntitos rosas en las mejillas. Más tarde, trataré de pillarla a solas y le preguntaré acerca de Brent, porque tengo que saberlo. Si se acostó con él, ¿fue antes o después de empezar con Dale? ¿Antes o después de que Brent estuviera conmigo?

Dale la acompaña a la ventana y se quedan allí de pie un rato, hablando en voz baja. ¿Le estará preguntando por Brent? Supongo que sí.

No me parece probable que Heather esté detrás de todo esto. Los primeros tres secretos parecían diseñados para humillarla. ¿O es lo que se supone que debo creer? Me parece que antes mentía, cuando me ha hablado de la invitación que había recibido.

Tomo un sorbo de la cerveza. Yo también querría una bebida más fuerte. Doy un respingo. Curtis está detrás de mí. Cuando quiere, se mueve como un gato.

—¿Esto tiene algo que ver contigo, Milla?

—No, por claro que no —respondo.

No parece convencido.

—Háblame de la invitación —le pido—. ¿Cuándo la recibiste?

—Hará unas dos semanas.

—Igual que yo. —No llegó con demasiada antelación, pero lo dejé todo para venir. «Porque pensaba que me habías invitado tú». Quizá no hayamos hablado durante estos últimos diez años, pero no podía dejar pasar la oportunidad de verlo.

—¿Te la enviaron al móvil o al correo electrónico? —pregunto.

—Al correo.

—¿Desde qué dirección? —Debería haberlo comprobado antes, cuando él y Brent me han mostrado los mensajes que habían recibido.

Curtis mira al otro lado de la sala, hacia Dale y Heather.

—M. Anderson, algo así. Una cuenta de Gmail.

—No tengo cuenta de Gmail. La invitación que yo recibí era de C Sparks. También de Gmail.

Pasé un buen rato redactando la respuesta. ¿Debía mencionar a Saskia? ¿Ofrecerle mis condolencias? Pensé en llamarlo. No constaba número de teléfono en la invitación, pero había varios en su página web. Al final me acobardé. Las conversaciones incómodas son más fáciles en persona.

«¡Una idea genial! —escribí—. Allí estaré. Me alegro de saber de ti. ¿Cómo estás?».

Su respuesta llegó al momento: «Qué bien que puedas venir. Nos vemos pronto».

Me sentí decepcionada, pero supuse que estaría ocupado. Y, además, es un hombre. ¿Qué hombre escribe más de lo necesario?

Me termino la cerveza. A diferencia de Brent, Curtis ha envejecido bien. Está afeitado y el hoyuelo en su mentón es claramente visible. Debe de haber viajado al extranjero hace poco porque tiene la piel ligeramente bronceada. Lleva el pelo rubio oscuro un poco más largo que antes, pero le queda bien. Viste una chaqueta de estilo militar de la marca Sparks, con un ribete blanco en las mangas. Últimamente, en las fotografías de las redes sociales toda su familia lleva esa marca de ropa.

O mejor dicho, lo que queda de su familia.

—¿Seguiste en contacto con alguno de ellos? —pregunta Curtis.

—No —respondo.

—¿Ni siquiera con Brent?

¿Lo pregunta por curiosidad o por algo más?

—No.

Hay muchas cosas que quiero preguntarle. Cuánto tiempo pasa en la nieve. Dónde vive. Si sale con alguien. Busco en su rostro las señales de la antigua calidez, o una simple indicación de que ya no me odia.

Pero Curtis solo piensa en una cosa.

—¿Y con alguien más de aquel invierno?

—No.

Me metí en el coche y me alejé conduciendo para dejar la tormenta a mis espaldas. Los borré de mi Facebook. De mi teléfono. De mi vida. Ahora me siento mal por eso, pero quiero arreglar las cosas.

—Pero es fácil encontrarme en internet. Soy entrenadora personal y tengo un blog y una página propia.

Si me ha buscado, no lo deja entrever.

—Ya.

—Supongo que tú también.

—Sí.

Al parecer, Curtis tiene tanto talento para los negocios como lo tenía para el deporte, porque Sparks Snowboarding, la empresa de ropa deportiva de nieve que montó hace siete u ocho años, ha despegado. Y me encanta lo que hace con su empresa. Organiza campamentos de *snowboard* en Suiza cada verano, invita a niños en riesgo de exclusión y los mezcla con las futuras estrellas del deporte. Hace campaña por la lucha contra el cambio climático, tratando de proteger los glaciares para que las futuras generaciones los disfruten.

Al otro lado de la sala se oye la voz de Dale, más fuerte, aunque la baja cuando se percata de que lo miramos. Heather niega con la cabeza. Su lenguaje corporal es defensivo. No me gusta lo que veo. Si le pone un dedo encima, voy a ir hacia allí.

Brent vuelve con una botella de Jack Daniels y varios vasos.

Tomo uno.

—Buena idea. Quizá me ayude con el frío.

Brent me sirve una copa y lo hace con la mano temblorosa. Doy un sorbo y parpadeo. Dios, es bastante fuerte.

Dale y Heather siguen con la discusión. La voz de él es un rugido sordo; la de Heather, quejumbrosa.

—¿Quieres una, Curtis? —ofrece Brent.

—No, gracias. Bueno, ¿con qué te ganas la vida ahora? —pregunta Curtis.

Brent se sirve una copa, llena hasta arriba, y la vacía de un trago.

—Soy albañil.

No sé qué esperaba, pero no era eso.

—Es el negocio familiar —añade. Debe de haberse percatado de nuestras expresiones.

Ahora que nos lo ha dicho, detecto las señales de su profesión en los hombros anchos, en la dureza de las manos, en la ligera inclinación de la espalda.

Pienso en sus sueños olímpicos y algo dentro de mí se retuerce.

La fama es algo pasajero para la gran mayoría de atletas, pero lo es incluso más en deportes tan peligrosos como el nuestro. Cuando estás en lo más alto, te ponen en un pedestal y te llaman héroe, pero basta un error para que todo termine. Llegar al borde demasiado rápido o demasiado lento, o tropezar en un surco que haya dejado el competidor anterior. Un minúsculo error de juicio. O pura mala suerte. Es tanto lo que está en juego que si le prestásemos atención, no saltaríamos, a menos que quisiéramos morir.

Todos caemos de un modo u otro, pero lo de Brent es una caída más dura que la de la mayoría. Era el chico de oro de Burton; el rostro de las bebidas energéticas Smash. Durante años, seguí las clasificaciones con la esperanza de ver su nombre, pero desapareció de la faz de la Tierra, igual que yo. Supuse que sufriría una lesión grave, pero ahora no estoy tan segura. ¿Acaso dejó de competir por algo relacionado conmigo? Si fuera el caso, no creo que lo soportase.

Curtis se recupera antes que yo de la sorpresa.

—¿Y qué tal es?

—Es un trabajo. —Brent suena a la defensiva.

—¿Tienes página web? —pregunto.

—Sí.

Curtis y yo cruzamos una mirada. Así que cualquiera podría haber encontrado el correo de Brent.

Heather sale apresuradamente del salón, cabizbaja. ¿Debería ir tras ella?

No. Parece alterada y ahora mismo no puedo aguantar un numerito de lágrimas en el baño. Nunca sé qué decir. Cuando yo estoy mal, me lo guardo para mí. Era una de las cosas buenas de Saskia. Jamás me montaría ningún espectáculo lacrimoso en el baño.

Una vez vi a Odette llorar, pero si me hubieran dicho lo que a ella, yo también lo habría hecho.

Y no habría parado.

No volverá a caminar nunca más.

Me trago el resto del *whisky*. No voy a pensar en eso. Hablaré con Heather más tarde, cuando se haya calmado.

Dale está de pie junto a la ventana, con la botella en la mano. Mira a Brent y, luego, se gira. ¿Qué le habrá dicho Heather?

—¿Cómo habéis llegado hasta aquí? —pregunta Curtis.

—En avión, he aterrizado esta mañana —contesta Brent.

—¿Grenobles?

—Lyon.

—Eso explica por qué no te he visto —comenta Curtis—. Yo he entrado por Grenobles.

Me he fijado en las etiquetas de equipaje en sus bolsas de *snowboard*.

—Yo he venido en coche —intervengo.

Curtis arquea las cejas.

—¿Todo el trayecto?

—Por los viejos tiempos. Así he tenido tiempo para pensar.

«En ti, entre otras cosas».

Heather vuelve a entrar.

—Chicos —nos llama, sin aliento—. Alguien se ha llevado nuestros móviles.

6

Hace diez años

Saskia me rodea con el brazo como si fuera su nueva mejor amiga. Huele a un perfume embriagador y exótico, aunque no lleva maquillaje aparte del delineador violeta que hace que sus ojos parezcan todavía más azules.

Estamos en un reservado en el Glow Bar; somos seis chicas. No tenía ni idea de qué ponerme esta noche. Saskia parecía el tipo de persona que siempre se viste para la ocasión, pero aquí la temperatura es de diez grados bajo cero, así que me he puesto tejanos y dos jerséis, dispuesta a parecer una pardilla, pero todas las chicas de la mesa, que creo que son francesas, llevan lo mismo, y, además, no nos hemos quitado las chaquetas de esquí. Son mi tipo de gente.

El bar está lleno. No me gusta demasiado salir de fiesta durante la competición. He venido para entrenar, no para ir de juerga. Siempre me ha parecido raro que los visitantes de las estaciones de esquí se pasen más tiempo en el bar que en las pendientes, pero bueno, el Glow Bar es el único bar del pueblo.

En el escenario, una banda toca *punk-rock* del malo.

Saskia grita por encima del ruido.

—¿Has venido para la temporada, Milla, o solo por la competición?

—Para la temporada —respondo—. ¿Y tú?

—Yo también.

Los nervios hormiguean en mi estómago. Durante todo el invierno, entrenaré al lado de mi rival más cercana. Podré seguir sus avances, claro, pero ella también los míos. Estudio sus hombros estrechos y sus caderas. Es un par de centímetros más baja que yo, pero la altura no es ninguna ventaja en el medio tubo. Un centro de gravedad más bajo contribuye a ganar equilibrio. Aun así, la supero en potencia muscular. Me gustaría saber cómo entrena en el gimnasio. Tendrá mucha fuerza en el tren inferior, para ejecutar las piruetas que he visto antes.

—¿Tienes patrocinadores? —inquiere.

—Sí.

Espera.

—Tabla de Magic, ropa de Bonfire y gafas de Electric. —Y una marca de barritas de muesli, pero no se lo diré por si se burla de mí. He llegado con mi pequeño Fiat Uno cargado con las barritas y ya estoy harta de ellas, pero al menos no moriré de hambre. Mis patrocinadores solo me envían productos. Me pago el entrenamiento como puedo, pero tampoco pienso decírselo—. Hace dos años tenía otra marca de ropa, pero me dejaron cuando me rompí la rodilla.

—A mí también me pasó algo similar —comenta una de las chicas.

Estaban hablando francés, pero cuando nos hemos sentado con ellas han pasado al inglés.

—Deberíamos asegurarnos las piernas —propone otra chica—. Como los jugadores de fútbol.

—¿Sabes que Mariah Carey se aseguró las suyas por mil millones? —comenta Saskia.

—Y Jennifer Lopez se aseguró el trasero —añade otra.

—¿Cuándo se van a caer esas dos? —tercio—. Ojalá pudiera asegurar mi trasero.

Empezamos a hablar de las partes de nuestro cuerpo que nos gustaría asegurar.

La camarera trae otra bandeja de chupitos. Le da uno a Saskia y ella me lo ofrece a mí. No tenía intención de beber esta noche, pero es difícil negarse. Todas las chicas competirán mañana en el Open de Le Rocher y están bebiendo. Saskia invita. Espero a que todo el mundo tenga una copa y, luego, me tomo la mía. Todas levantamos la voz y eso llama la atención de las chicas de la mesa de al lado, que son alemanas o, quizá, suizas, y supongo que también compiten mañana, porque ninguna de ellas bebe alcohol.

Dos chicos se acercan a nuestra mesa, uno de piel morena y el otro con rastas rubias. Me suenan de algo.

—¿Quién es esta? —pregunta el de piel morena, que me mira. Tiene acento de Londres.

—Vete a la mierda —responde Saskia.

Los chicos se van a la barra. Espera, eran Brent Bakshi y Dale Hahn. ¡Y Saskia acaba de mandarlos a la mierda!

Justo detrás de ellos está Curtis. Me saluda con una sonrisa y frunce el ceño a su hermana cuando ve los vasos de chupito. Se dirige a una mesa llena de chicos, más caras que reconozco de los DVDs de *snowboard,* y estrecha las manos de todos. Curtis y Saskia son la realeza de este deporte. Sus padres son los pioneros del *snowboard* Pam Burnage y Ant Sparks, y da la sensación de que conocen a todo el mundo.

A mi lado está Odette Gaulin, medallista de bronce de los Juegos X. Es la chica de la chaqueta color menta. Bajo una gorra Rossignol asoman sus rizos de pelo corto y castaño. Trato de no dejarme impresionar, pero es realmente agradable. Ella también va a pasar aquí la temporada, me explica; las demás chicas solo se quedarán durante la competición.

Me inclino hacia ella.

—¿Los chicos se sienten intimidados por ti? Seguro que sí, eres muy buena en lo que haces.

Odette agita la mano.

—Pfff.

Ojalá la banda dejara de tocar. Estoy quedándome afónica.

—El año pasado salía con un deportista de *snowboard* suizo y me dejó porque le gané a un pulso.

Las chicas se echan a reír.

—Delante de todos sus amigos —añado.

Odette choca los cinco conmigo. Es el vodka el que habla. Normalmente, jamás me sincero tan rápido, sobre todo con gente a la que acabo de conocer, pero contárselo me hace sentir bien. No me había dado cuenta de la rabia que aún me daba. Stefan era un *skater* profesional que jamás ralentizaba para esperarme y a mí me encantaba correr con él, porque me obligaba a saltarme todas las reglas para seguirlo.

—Tendrías que haberlo mandado al gimnasio —sugiere la chica al otro lado de la mesa.

—¡O contratarle un entrenador personal! —exclama otra.

—¡O darle esteroides! —Las sugerencias se vuelven más atrevidas.

Encajar en un grupo de chicas como estas es una sensación nueva. Las salidas con mis amigas en casa son más dolorosas. Solo quieren hablar de moda y de famosos. Yo me siento más cómoda con las bromas subidas de tono de los compañeros de *rugby* de mis hermanos.

Llegan más chupitos de vodka. ¿Cuántos llevamos? He perdido la cuenta. No suelo beber. Estoy demasiado ocupada con los entrenamientos, el trabajo o con ambas cosas. Y nunca bebo antes de una competición, pero las demás chicas siguen y hay un par de ellas que, además, se han pedido una cerveza, así que me bebo el contenido de un trago y dejo el vaso con fuerza encima de la mesa.

Las alemanas hablan de nosotras, y creo que es justo lo que quería Saskia. Es una declaración de principios: somos lo bastante duras como para beber esta noche y, además, ganaros mañana. Y quizá sí, si una es Odette Gaulin, aunque no estoy tan segura en mi caso. Pero no quiero decepcionar al grupo.

Curtis se acerca y susurra algo al oído de Saskia. No puedo oírlo por el volumen de la música, pero creo que le ha dicho que no siga bebiendo. Ella agita la mano, como en señal de que no le dé la lata, y Curtis vuelve a su mesa, con expresión enfadada.

—Dios, qué pesado es —exclama.

—Mi hermano también es así —digo—. ¿Cuántos años os lleváis?

—Dos.

—Como mi hermano y yo.

—Tengo dos hermanos mayores —interviene Odette.

—Pobrecita —la compadece Saskia, y nos reímos.

—¿También hacen *snowboard?* —pregunto.

—No, son velocistas de esquí —explica Odette—. Yo también lo era, pero me cambié al *snowboard* a los catorce.

—¿Están aquí, en Le Rocher? —inquiero.

—No, este invierno se han quedado en Tignes. ¿Has ido alguna vez?

Eso da pie a una nueva conversación sobre dónde hemos entrenado o competido.

Luego, Saskia se dirige a la barra y veo que ella y Curtis discuten. Jake no se atrevería a decirme qué debo hacer y qué no; llegó a esa conclusión hace años.

Saskia regresa con más bebidas. Nos las tomamos y la banda se lanza con una versión de una canción de The Killers, «Somebody Told Me».

Saskia se pone en pie.

—Me encanta esta canción.

El resto la seguimos al centro de la pista y, de repente, todo el bar está bailando; los cuerpos chocan entre sí en el pequeño espacio. Estoy un poco mareada. No he bebido tanto en años. Antes de irme a la cama, tendré que tomarme, como mínimo, un litro de agua.

Como no se me pasa el mareo, voy a los baños. De camino a la mesa, tropiezo y un par de manos agarran mi antebrazo. Curtis.

Maldigo para mis adentros. Las piernas me tiemblan bastante, y mi voz también titubea:

—Gracias.

Sus ojos brillan.

—Como te he dicho antes, estás invitada a caer sobre mí las veces que quieras.

Me obligo a no ruborizarme y señalo su botella de agua.

—Debes de ser la única persona del local que no bebe.

—No bebo alcohol cuando entreno. Altera mi tiempo de recuperación.

Miro hacia la mesa. Ha llegado otra ronda de chupitos de vodka. Mierda.

Curtis se fija en la dirección de mi mirada.

—Creo que ya has bebido suficiente.

—¿Perdón? —digo—. Si necesito tu opinión, te la pediré.

¿Quién se cree que es? Una cosa es que le diga a su hermana pequeña que no beba más, pero a mí ni siquiera me conoce. A trompicones, voy hacia la barra. No puedo dejar que Saskia pague durante toda la noche. Está claro que puede permitírselo, pero no quiero aprovecharme de ella. Al menos tengo que pagar una ronda.

Pero no tengo ni idea de la marca de vodka que hemos bebido, y creo que Saskia es una persona a quien ese tipo de cosas le importan.

—¿Otra ronda de lo mismo? —sugiere la chica del bar antes de que pueda abrir la boca.

—Sí —exclamo, aliviada.

Dale y Brent están sentados en la barra, más allá. La camarera charla con ellos mientras prepara las bebidas. Lleva un vestido negro corto y botas de tacón, y le miran las piernas descaradamente. Es menuda y muy guapa, con el pelo largo y negro, y lleva los ojos muy maquillados. Oigo retazos de su acento, más marcado que el mío, del noreste de Inglaterra. Ya me cae mejor. Una compañera del norte.

Dale dice algo y ella entorna los ojos. Le responde y él inclina la cabeza, finge estar avergonzado. Brent se ríe y le da una palmada a Dale en la espalda.

La camarera trae las bebidas. Siento pena por ella. Tiene que aguantar a los clientes que solo quieren ligar noche tras noche. Aunque sean tan especiales como Dale, con sus rastas y sus numerosos *piercings,* estará hasta las narices.

Pero cuando pone los vasos de chupito en mi bandeja, veo que esboza una sonrisa discreta, y caigo en la cuenta de mi error. Es ella quien juega con ellos. Y sabe exactamente cómo hacerlo.

—Aquí tienes —dice—. Son diez euros.

Vacilo. Las bebidas en las estaciones de esquí son carísimas. Pensaba que me costaría por lo menos cincuenta euros. Seguro que se ha equivocado, distraída por Dale y Brent, pero si no le digo nada, le restarán la diferencia del sueldo.

—No puede ser.

Una sombra de irritación cruza sus bonitas facciones.

—Es lo que cuesta.

Vale. Al menos lo he intentado. Le tiendo un billete de diez euros.

Mientras cobra, mira de reojo hacia los dos chicos y sacude el pelo, como diciendo: «No estoy interesada». Observo fascinada cómo Dale se inclina sobre la barra, con las mangas subidas para que se vean sus antebrazos llenos de tatuajes, y la llama. Ella sonríe para sí de nuevo y finge que no lo ha oído.

Jamás he jugado así con los tíos. No sabría cómo hacerlo.

Señala las bebidas con una uña pintada de rojo y dice algo que no entiendo.

—¿Perdón? —pregunto.

—Esa de ahí es el vodka.

¿Qué?

Un pensamiento horrible se abre paso en mi cerebro anegado en alcohol. Pero Saskia no haría algo así.

¿Verdad?

7

En la actualidad

Corremos hacia el frío y oscuro pasillo. La cesta donde habíamos dejado los móviles está vacía.

—¿Quién se los ha llevado? —El tono de Curtis es amenazador.

—Mi móvil era nuevo —se queja Heather, al borde de las lágrimas—. Todos mis contactos del trabajo están guardados ahí.

—Cálmate —la tranquiliza Dale—. Lo encontraremos.

Todos parecen igual de confundidos.

Miro a ambos lados del pasillo. ¿Es posible que los tenga uno de los cuatro o habrá sido alguien más que se encuentre en el edificio? Ojalá pudiera pensar con más claridad. Nada de esto tiene sentido. Siento el efecto del *whisky* en mi cerebro. A estas alturas, el alcohol pega todavía más fuerte y, además, no he comido desde hace horas.

—Podemos aclarar quién no se los ha llevado —sugiero—. ¿Quién se ha quedado en la sala? Yo he ido al lavabo antes de que empezáramos a jugar.

—¿Te has fijado en si los móviles estaban en la cesta? —pregunta Curtis.

Me esfuerzo por recordar.

—No lo sé.

—Yo he ido a por bebidas —añade Dale—. Tampoco me he fijado. —Mira a Curtis—. ¿Tú por qué has salido?

—Tenía una llamada —contesta Curtis—. Y luego he ido al baño.

—¿A quién has llamado? —pregunto.

Curtis arquea las cejas como si eso no fuera asunto mío.

—¿Y bien? —insiste Dale.

—¿Por qué es relevante? —espeta Curtis.

—Podría serlo —responde Dale.

Curtis me mira, enfadado.

—He llamado a mi madre.

—Yo he salido dos veces —interviene Brent.

—Y Heather acaba de salir ahora mismo —digo—. Mierda. Cualquiera de nosotros podría habérselos llevado.

—¿Y luego qué? —pregunta Curtis.

—Supongo que quien haya sido los habrá escondido en alguna parte —comento.

Los ojos de todo el mundo se posan en el bolso de Heather. Es la única que ha subido con un bolso de mano.

Tengo treinta y tres años y no uso bolsos. Compré uno para llevarlo a la boda de mi amiga Kate. En el pie de la invitación escribió: «No te atrevas a venir con la mochila, Milla». Era de color azul claro, a juego con mi traje de dama de honor, y me sentí ridícula al llevarlo, como una niña que se disfraza de su madre. Después de la boda, lo llevé a la tienda de ropa de segunda mano del barrio.

El bolso de Heather es marrón y, a juzgar por la llamativa etiqueta dorada que cuelga de la cremallera, supongo que es caro. Cuando se percata de que lo miramos, se sonroja y vuelca el contenido encima de la moqueta. Hay un pequeño monedero plateado, pañuelos, tampones y una cantidad ridícula de productos de maquillaje. No hay ningún móvil. Nos mira, desafiante.

—¿Contentos? —Lo guarda todo de nuevo.

—La alternativa es que alguien más se los haya llevado —comenta Curtis.

Heather abre mucho los ojos.

—Pero ¿quién?

—Vosotros diréis —responde Curtis.

Dale abraza a Heather y ella apoya la cabeza en su hombro. Al menos por ahora, vuelven a estar unidos.

—Tenemos que registrar este lugar —continúa Curtis—. En busca de los móviles o de la persona que se los ha llevado.

—Vale. —Brent se acaba el *whisky* y se dirige a la puerta.

Hago ademán de seguirlo.

—¡Esperad! —grita Heather—. No sabemos quién está ahí fuera.

—Bien pensado —concuerda Curtis—. No creo que las chicas deban quedarse solas.

Dale agarra la mano de Heather.

—Yo me quedaré con Heather.

—Y yo con Milla —dice Curtis.

—No, yo me quedaré con Milla —interviene Brent.

Quizá debería estar agradecida porque les importo, pero no es así. Estoy furiosa. No soporto la idea de que me consideren un ser débil al que hay que proteger por el mero hecho de ser mujer. Soy tan fuerte como hace diez años; de hecho, ahora tengo más fuerza en los brazos, aunque el tren inferior está más debilitado y, si alguien intenta atacarme, tendría que enfrentarse a una pelea bastante dura.

Abro la boca para decirlo. Luego, veo la tensión en la mandíbula de Curtis y en el rostro de Brent. Ninguno de los dos se amedrenta con facilidad. Pienso en los pasillos largos y desiertos. Más vale prevenir que curar, o eso dicen.

—¿Qué os parece si vamos los tres juntos?

Curtis asiente.

—¿Nos vemos aquí de nuevo en veinte minutos?

Dale comprueba el reloj.

—De acuerdo.

—Vosotros id por allí —ordena Curtis, y señala a la izquierda—. Nosotros iremos por el otro lado. Registrad el piso inferior; nosotros nos ocupamos de este.

—¿Eres el jefe o qué? —protesta Dale.

Curtis no responde. En realidad, siempre fue el líder del grupo, aunque yo no solía obedecerlo.

Dale tira de la mano de Heather y se adentran en el pasillo.

—Comprobad las taquillas —grita Curtis—. Y ya que estáis, buscad una línea de teléfono fija. Tiene que haber una.

Nos vamos en la dirección contraria. Naturalmente, Curtis encabeza la expedición. Ya ha sido bastante inquietante recorrer los pasillos antes, pero ahora resulta espeluznante. El edificio Panorama es muy distinto durante la temporada de esquí, cuando por sus paredes resuena el eco de los esquís, los bastones y la charla de los visitantes en invierno. Hoy todo está vacío y demasiado silencioso.

¿Para qué querría alguien llevarse nuestros móviles? No sé qué me asusta más, si la idea de que un completo extraño nos robe o que lo haya hecho una de las personas a las que conozco. O, al menos, que conocía.

Las primeras puertas a la derecha son lavabos.

—¿Compruebo el de mujeres? —propongo.

Curtis empuja la puerta.

—Lo comprobaremos todos.

Hay una hilera de cuatro cubículos cerrados. Miro por debajo de las puertas. Si veo un par de pies…

¡Bang! Casi se me para el corazón, pero es Curtis, que empuja cada puerta de una patada. No hay nadie. Por supuesto que no hay nadie. Brent revisa las papeleras.

Comprobamos los baños de hombres de la misma manera. Una corriente helada me acaricia el cuello y me fijo en que la pequeña ventana está ligeramente entreabierta, menos de un centímetro. Me pongo de puntillas para mirar hacia fuera. Imagino una mano que arroja nuestros móviles, uno a uno, al vacío de la noche oscura. Si eso es lo que ha sucedido, los hemos perdido para siempre, porque esta cara del complejo da a los precipicios. Pero ¿por qué harían algo así?

—¿Esta ventana estaba abierta antes? —pregunto.

Curtis suelta un exabrupto y la cierra.

—No me he fijado.

—Yo tampoco —responde Brent.

La siguiente puerta es un pequeño armario de limpieza que apesta a lejía. Revisamos las pilas de pañuelos de papel y recambios de jabón para los dispensadores. Hay un montón de papel higiénico. Compruebo cada tubo.

Preferiría estar muerta antes que admitirlo, pero me alegro de que hayan venido conmigo. Sobre todo Brent, porque estar al lado de Curtis me pone nerviosa de una manera completamente distinta.

El pasillo se desvía a un lado y hay un recodo con puertas en cada pared, todas cerradas. Me tenso al pasar delante de cada una de ellas, en guardia por si alguien salta de repente sobre nosotros.

—¿Qué crees que son? —suelta Brent cuando intentamos abrir la última.

—Despachos, tal vez —comenta Curtis—. O zonas de almacenaje.

El pasillo termina en una pared.

—Aquí no hay gran cosa —afirmo mientras deshacemos el camino andado—. ¿Y fuera?

—Está demasiado oscuro como para salir ahora —señala Curtis.

—Pero ¿recuerdas qué había? —inquiero—. Creo que un par de garajes, para los Snowcats.

Son enormes. Las máquinas con las que realizan el mantenimientos de las pistas son gigantescas.

—Tres, creo —responde Curtis.

—Y el cobertizo al pie del telesilla —añade Brent—. Y el quiosco.

—Y el área de descanso exterior —comenta Curtis—. Con tumbonas. Debe de haber una cabaña o algo así para guardarlas.

Volvemos al salón. Heather y Dale todavía no han regresado. Hay más espacio donde buscar abajo que aquí arriba.

Curtis cierra la puerta y baja la voz.

—¿Creéis que Heather y Dale están detrás de todo esto?

Lo miro fijamente.

—¿Por qué lo harían?

—Ni idea.

—No creo —aseguro—. Heather parecía bastante asustada.

—Quizá simplemente sea buena actriz. —Curtis mira a Brent.

Este se encoge de hombros.

—A mí no me mires.

Curtis lanza una patada al aire, hacia la puerta.

—Alguien está jugando con nosotros y no me gusta.

Brent se sirve otro Jack Daniels, generoso. Es interesante ver cómo se enfrentan a la tensión, cada uno a su manera. Brent se está emborrachando, Curtis se está enfureciendo paulatinamente.

—¿Quieres uno, Mills? —ofrece Brent.

Menuda reunión nostálgica. No tiene nada que ver con lo que había imaginado. Suspiro.

—Bueno.

Curtis me toca el brazo.

—Milla.

El *déjà vu* me pilla con la guardia baja. Una noche, hace diez años, Curtis ya me advirtió que no bebiera más y debería haberle hecho caso, pero no lo hice.

Igual que ahora.

Extiendo el brazo para que Brent me sirva. Debe de estar más afectado de lo que deja entrever, porque le tiembla la mano y derrama *whisky* sobre mis dedos. Chupo el licor y me tomo la bebida de un trago.

Creo que Curtis se ha fijado en el temblor, porque ahora observa a Brent como si tratara de adivinar de qué es capaz.

Está mirando a la persona equivocada.

8

Hace diez años

Avanzo poco a poco por el altiplano; me laten las sientes y tengo el estómago revuelto. Espero llegar al medio tubo sin vomitar de nuevo.

Han colocado pancartas enormes: Open de Le Rocher. Los competidores con dorsales saltan uno tras otro por el tubo para calentar; otros hacen ejercicios de calentamiento o se ajustan las cintas. Los rostros están tensos, los deportistas se concentran en las piruetas que quieren ejecutar. Igual que yo, si no estuviera demasiado ocupada tratando de no vomitar.

He intentado comer varias veces desde que volví a la habitación tras estar en el Glow Bar anoche, pero lo vomito todo. Estoy furiosa conmigo misma. ¿Cómo he sido tan imbécil? Tengo veintitrés años, no soy una adolescente. La presión de grupo no debería haberme empujado a comportarme como una idiota.

Unos altavoces escupen música hiphop y el sol me taladra el cerebro. Me protejo los ojos y pienso en que ojalá pudiera acurrucarme en una habitación oscura y silenciosa para pasar la resaca durmiendo.

El chico que está a mi lado come un plátano maduro y el estómago me da mil vueltas. Lo huelo. Hay cámaras a ambos lados: de Eurosport, de France 3, un par más. Aprieto los labios. «No vuelvas a vomitar».

Hay un zumbido de idiomas extranjeros en la cola de inscripciones. Al recoger el dorsal de competición, me cruzo con algunas de las chicas de anoche, que llevan la tablas bajo el brazo. Agacho la cabeza porque no quiero verlas riéndose de mí.

Alguien me toca el hombro y Odette se acerca para darme dos besos.

—¿Cómo estás?

Arqueo las cejas.

—¿A ti qué te parece?

Su sonrisa se tiñe de extrañeza.

—¿Cómo?

—Me refiero al vodka.

—¿El vodka?

—El que me pasé toda la noche bebiendo.

El rostro de Odette se ruboriza a medida que le explico lo sucedido. Mira a su alrededor en busca de Saskia, incrédula. Allí está, con su chaqueta blanca de marca Salomon, abrochada hasta el cuello, a punto de lanzarse. Odette se vuelve hacia mí y las palabras salen a borbotones de su boca. Al parecer, Saskia lo organizó antes de que yo entrara en el bar y sugirió que sustituyeran el alcohol por agua, para despistar a la competencia.

—Lo siento muchísimo —se disculpa Odette—. No lo sabía.

A juzgar por su expresión mortificada, la creo.

—¿Qué hay de las demás chicas? ¿Crees que lo sabían?

—Lo dudo.

No sé si eso me hace sentir peor o mejor.

Saskia pasa rápidamente a nuestro lado, en dirección al telesilla. Odette la mira, como si le costara aceptar que su amiga sea capaz de hacer algo así.

Ya he perdido la mitad del tiempo de calentamiento. Agarro mi tabla de *snowboard.*

—Terminemos con esto. ¿Cómo está el tubo?

Odette y yo subimos juntas al telesilla.

Curtis se ajusta las cintas de la tabla en la cima. Me mira un instante y suelta una maldición.

—Traté de advertírtelo.

—¿Qué? —exclamo—. ¿Lo sabías?

—Lo sospechaba.

Saskia está de pie rodeada de un grupito, riéndose y bromeando. Brent se encuentra con ellos, y también Dale, con su *piercing* en el labio brillando al sol. Mi ira se acrecenta. Voy hacia ellos y toco a Saskia en el hombro.

Se gira para mirarme. Su expresión me recuerda al gato de mis padres cuando algo despierta su instinto de caza.

—¿Por qué me atacaste así? —espeto, consciente de que Curtis y Odette están detrás de mí.

El grupo se queda callado.

Estoy segura de que Saskia va a negarlo, pero se limita a mirarme, y sus ojos azules no muestran el menor arrepentimiento.

—Porque podía.

—¿Tenías miedo de que te ganara?

No contesta. No tiene que hacerlo. Hoy no la ganaré, se ha asegurado de ello.

Estoy tan furiosa que quiero abofetearla. Siempre he sido una deportista agresiva, tenía que serlo; mi hermano compite con más ferocidad que nadie que conozca. Pero lo hace abiertamente. Esta es una agresividad distinta: femenina, quizá. Más sutil. Y no sé cómo hacerle frente.

Intento que mi enfado no se refleje en mi rostro.

—Espero que seas consciente de que el juego ha comenzado.

Sonríe.

—El juego ha comenzado.

Curtis la llama y los dos se sientan con las cabezas juntas. Por cómo señala hacia mí, la está riñendo. Saskia me mira otra vez de reojo y, luego, me da la espalda. Curtis indica el tubo. Le está dando indicaciones. Voy a necesitar toda la ayuda del mundo, así que hago un esfuerzo por escuchar lo que dice.

—Esa pared está a pleno sol, así que se deshará más pronto. Ve con cuidado con no engancharte por el borde de la tabla cuando aterrices de las piruetas.

Saskia asiente y se ata las cintas. Curtis se queda sentado y la observa mientras salta. Un tipo barbudo con dorsal de competición choca sus puños con él. Es estadounidense.

Me encajo las ataduras e inspiro profundamente en un intento de preparar mi estómago para las piruetas.

Las palabras de Curtis flotan empujadas por el viento.

—Debería mantenerse dura todo el día.

Qué raro. ¿Le acaba de decir exactamente lo contrario a Saskia o lo he entendido mal?

Al cabo de media hora, ya estoy al borde de un ataque de nervios mientras espero a que digan mi nombre.

—¡Milla Anderson!

Normalmente, llegados a este punto, la calma se apodera de mí y todo pasa a cámara lenta. Mis horas de entrenamiento y visualización dan sus frutos y me permiten ejecutar el salto en modo piloto automático. No obstante, esta vez es como si fuera al doble de velocidad. Me siento mareada incluso cuando estoy en pie, así que no es sorprendente que meta la pata en el primer giro y me caiga al suelo del tubo. Mi segundo salto no es mejor. Y ya estoy fuera.

Me obligo a sentarme en un banco y contemplar el resto de la competición. Voy a tragarme lo que ha pasado y asegurarme de no cometer el mismo error nunca más.

Curtis se mueve con la misma confianza y destreza sobre la nieve que fuera de ella. Sus movimientos limpios y potentes lo llevan hasta la final. Saskia llega a la final femenina y clava varios siete veintes encadenados, con lo que se coloca en la séptima posición, lo cual es impresionante, teniendo en cuenta que estamos en una competición internacional con deportistas de toda Europa. La ganadora es Odette.

Los participantes se reúnen al pie de la plataforma, donde se abrazan y chocan las manos. Abren botellas de champán y rocían a la muchedumbre.

—¡Fiesta en el Glow Bar! —grita alguien.

Parece que soy la única que no celebra nada. Mis dedos se aprietan en un puño cuando oigo que alguien felicita a Saskia. Cojo mi tabla y desaparezco.

Dentro de cuatro meses, Saskia y yo nos enfrentaremos de nuevo en los campeonatos británicos de *snowboard.* Y la venceré, aunque tenga que dejarme la piel en ello.

9

En la actualidad

La puerta del salón se abre de par en par y doy un respingo. Dale entra detrás de Heather.

Parece furioso.

—Alguien nos ha robado el portátil.

Curtis sale corriendo por la puerta.

—¿Qué pasa? —grito.

—He traído un MacBook.

Lo perseguimos al piso de abajo y por el pasillo. El aire frío me sacude el pelo cuando abre las puertas dobles. Baja los peldaños metálicos de dos en dos. Me alivia ver que nuestras bolsas de viaje están donde las hemos dejado.

Curtis comprueba su mochila.

—Mierda. Mi MacBook tampoco está.

Me fijo en que la cremallera de mi mochila está medio bajada y registro mis cosas, con pánico. Encuentro la cartera y las llaves. No he traído ordenador portátil, lo hago casi todo con el móvil.

Los demás están comprobando las bolsas. Heather escarba a través de capas y capas de ropa.

—¿Os falta algo más? —pregunta Curtis.

—No que yo sepa —comenta Brent.

Estoy tan nerviosa que ni siquiera recuerdo qué he metido en el equipaje.

—No estoy segura.

—Esto no es divertido —critica Heather—. Quiero irme de aquí.

«Piensa, Milla». Mis ojos se posan en la cámara de seguridad que enfoca a la parte superior del ascensor del teleférico que sube hasta la estación. Me coloco delante y agito los brazos.

—¡Hola! ¿Hay alguien ahí?

Curtis recorre la plataforma.

—No puedo creer que haya permitido que pase esto. Debería haber bajado hace media hora.

Sigo agitando los brazos con la esperanza de que el operador nos vea, aunque no pueda oírnos, y vuelva a activar el teleférico.

—Llevo semanas sin hacer una copia de seguridad del portátil —insiste Heather a Dale—. Tenemos que encontrarlo.

—No hace falta que me lo recuerdes —murmura Dale.

Curtis se vuelve hacia él.

—¿Qué hacíais aquí abajo tanto rato?

—Eh —protesta Dale—. No nos cuelgues ese muerto. Antes has salido dos veces de la sala y lo sabes.

Desde luego, Heather y Dale han tenido tiempo de registrar las bolsas y esconder los ordenadores mientras han estado solos aquí abajo, pero lo cierto es que cualquiera de nosotros ha tenido la oportunidad de hacer lo mismo.

¿O habrá sido alguien más?

Sea como fuere, lo han planificado con cuidado. El responsable de esto nos ha instalado arriba, en la sala de actos, suponiendo que no subiríamos las bolsas hasta el segundo piso, como ha ocurrido.

—Hemos buscado por todo el piso de abajo —informa Heather—. Luego me he acordado del ordenador.

—¿Habéis encontrado algo? —pregunta Curtis.

—Un montón de puertas cerradas —responde Dale.

—¿Nadie más? —dice—. ¿O un teléfono fijo?

—Hemos visto dos cajetines para línea telefónica, pero están vacíos —cuenta Heather—. Uno en el bar y otro en la cocina.

¿Vacíos porque alguien ha arrancado la línea? Por la expresión de su rostro, eso es lo que cree.

—¿Qué son las puertas cerradas? —inquiere Heather.

—¿Habéis encontrado alguna habitación de control central? —añade Curtis—. ¿O una sala de rescate de montaña? ¿Primeros auxilios?

—No.

—Bueno, pues vamos a ver… —Curtis golpea la portezuela de la cabina del operario del teleférico. Está cerrada, por supuesto. Apoya la mano en el cristal y trata de mirar por la ventana.

Hago lo mismo.

—¿Algún rastro de teléfono o de radio?

—No —confirma con tono frustrado.

Brent se acerca para ver mejor. Un ruido de cristales rotos nos hace girar en redondo. La cámara de seguridad está hecha pedazos sobre el suelo de cemento. Con la tabla de nieve en alto, Dale está junto a lo que queda del mecanismo. Parpadeo y miro los pedazos de la cámara, asombrada.

—¿Por qué has hecho eso? —ruge Curtis.

Dale baja la tabla.

—No queremos que nos vigilen, ¿verdad?

Lucho por conservar la calma.

—Pero podrían habernos rescatado.

Curtis recoge el pedazo más grande. No nos hace falta ningún electricista para que nos diga que la cámara no se puede reparar. Lo tira a un lado.

—Acabas de romper la única conexión que teníamos con el valle. ¿Alguien más ha visto una cámara en este lugar?

—Probablemente habrá una en el restaurante —sugiero.

Dale se aclara la garganta. Sospecho lo que va a decir.

—También la he roto.

Brent y yo cruzamos una mirada. Estoy segura de que todos pensamos lo mismo. ¿Es Dale el responsable de esto? Pero ¿por qué?

Curtis camina hacia él.

—De todas las cosas estúpidas…

—Vamos, espabila —espeta Dale—. Si hay alguien que nos vigila por las cámaras, seguro que está implicado en esto. Tiene que estarlo.

—Ya —conviene Curtis—. Necesitamos respuestas. Repasemos las papeletas del juego de mierda. —Gira la cabeza hacia Heather—. ¿Te acostaste con Brent?

Parpadeo. La sutileza nunca ha sido una de las virtudes de Curtis.

Los dos hombres se miran. Dale es ligeramente más alto, demasiado para un deportista de *snowboard:* más de metro ochenta. Pero Curtis tiene la espalda más ancha.

—¿Y después vas a preguntarme si me acosté con Saskia? —gruñe Dale.

—¿Lo hiciste? —insiste Curtis.

—¿Y tú? —replica Dale.

Curtis lo agarra por los hombros y lo empuja por la plataforma. Unos metros más allá, el suelo se acaba y se convierte en un precipicio hacia la noche. Una delgada barrera de metal es lo único que nos separa del vacío.

Brent y yo vamos tras ellos. Témpanos afilados como cuchillos cuelgan del techo del porche, sobre nuestras cabezas. Rezo porque no escojan este momento para caerse. Brent se va a por Dale, así que me acerco a Curtis por detrás. Es arriesgado hacerlo cuando está así. En teoría, sé lo que debo hacer. Cuando tu hermano mayor es un jugador de rugby, la autodefensa es una cuestión de supervivencia. Y, además, también vigilé las puertas en un club nocturno de Leadmill, unos años después de dejar el *snowboard.*

Espero acordarme de cómo hacerlo. Deslizo el brazo derecho alrededor del cuello de Curtis, el izquierdo por detrás de su cabeza y lo agarro del cuello. En cuanto se da por vencido, aflojo. Curtis se gira hacia mí, estupefacto y furioso a partes iguales.

Dale se saca a Brent de encima y lo amenaza:

—Ándate con cuidado. No eres mi persona favorita ahora mismo. —Con los ojos brillantes, Dale se recoloca la chaqueta y vuelve junto a Heather.

—Tenemos que calmarnos y tratar de comprender de qué va esto —jadeo.

—¿Qué hay de las taquillas de esquí? —pregunta Curtis—. ¿Estaban abiertas?

—Todas menos una —aclara Dale.

—Comprobemos si podemos forzarla —propone Curtis.

Me cuelgo la mochila a la espalda y cojo la bolsa donde guardo la tabla y el equipo de esquí. No pesan demasiado; al fin y al cabo, solo he venido para dos noches. Y quiero tener mis cosas cerca. Los demás también se cuelgan las bolsas al hombro y lo subimos todo al piso de arriba.

Las portezuelas de las taquillas están numeradas. Son cien en total y están pintadas de bonitos colores pastel. Las llaves cuelgan de las cerraduras. Paso frente a un par de taquillas y miro dentro. Curtis, un poco más avanzado, hace lo mismo.

—Ya hemos mirado —afirma Heather.

Observo la taquilla que está cerrada. Brent tira de la puerta.

—Tengo un destornillador —dice Curtis.

—Dame un segundo. —Brent se saca un montón de llaves del bolsillo. Lo observamos mientras separa las llaves del alambre con el que permanecen unidas y lo aplana. Lo mete en la cerradura y lo mueve con pericia.

Dale se pasea por la entrada principal, como si estuviera a punto de abrir las puertas hacia el exterior.

«No. Por favor, no». No soportaría oír de nuevo ese sonido. Tarde o temprano, tendremos que abrirla y salir fuera, pero ya estoy lo bastante nerviosa. Necesito calmarme y prepararme mentalmente.

Dale tropieza y se agarra a la pared para no caerse.

—Mierda. El suelo está mojado.

Es cierto. Hay charquitos húmedos en las tablas de madera que llevan a la entrada.

—¿Son huellas? —pregunto.

—Eso parece —afirma Curtis, sombrío—. ¿Ha salido alguien?

Se hace el silencio. Pero si hubieran salido, sus botas estarían mojadas. Compruebo con discreción los zapatos de los demás. ¿Me lo estoy imaginando o la punta de las zapatillas DC de Brent están un poco más oscuras?

—Eso es —anuncia Brent mientras extrae el alambre.

Es impresionante, pero siempre ha sido hábil con las manos.

Nos arremolinamos alrededor de la taquilla cuando abre la portezuela, pero está vacía. Curtis, el que está más cerca, mira el interior dos veces, como si se le acabara de ocurrir algo, y, luego, escudriña nuestros rostros. ¿Pensará que Brent ha abierto la taquilla con excesiva facilidad?

—Entonces, ¿dónde están nuestros teléfonos? —exige saber Dale.

—Dímelo tú —replica Curtis.

Me pongo tensa. Parece que estos dos volverán a enzarzarse en una pelea.

—¿Podemos comer? —ruega Brent.

Curtis se gira en su dirección.

—Tenemos que encontrar los jodidos móviles.

—Lo sé, pero estoy muerto de hambre.

Curtis levanta la voz.

—¿Comprendes lo que está pasando? El teleférico no funciona y no tenemos forma de contactar con nadie. Si no encontramos los teléfonos, estamos atrapados.

—Yo también tengo hambre —intervengo—. ¿Podemos hablarlo mientras cenamos?

No lo digo, pero, tal vez, comer algo ayudará a que el alcohol baje un poco y, así, podré pensar con más claridad.

Heather me mira incrédula.

—¿Cómo puedes pensar en comer mientras alguien nos hace esto?

—No sirve de nada estar estresada y, además, hambrienta —declaro.

Curtis tira de las bolsas y va hacia el restaurante, airado. El resto corremos tras él. Para cuando llegamos, se encuentra en el bar, donde inspecciona la cámara de seguridad que hay en el suelo. Amontonamos las bolsas en una pila.

Heather señala su bolso con la cabeza.

—Por favor, vigílalo —pide a Dale, y sale hacia la cocina.

De reojo, miro las DC de Brent otra vez.

—¿Tienes las zapatillas mojadas? —pregunto en voz baja.

Brent se mira los pies.

—Debe de ser *whisky*.

—Ya.

—Veamos si podemos encender el fuego —dice, y se dirige a la chimenea.

Supongo que soy tan capaz de encender un fuego como ellos, pero quiero preguntar a Heather por Brent, así que voy a la cocina.

El aroma a tomate y especias hace que me ruja el estómago. Heather mira qué hay en cada sartén y enciende los fogones.

—¿Qué hago? —pregunto.

No cocino. Trato de comer sano, pero, por lo general, todo es crudo, como ensaladas y cosas así, para no tener que meterme en la cocina.

Heather me entrega una cuchara de madera y señala el guiso.

—Ponte ahí y remuévelo.

Es un remolino de movimientos, girando y abriendo armarios en lo que parece un *ballet* de azar. ¿Cómo se mueve así con esos tacones que lleva? La última vez que me puse tacones fue cuando tenía siete u ocho años y jugaba a ser mayor. Me torcí el tobillo y no pude competir en el torneo de gimnasia de la escuela, así que juré que no volvería a ponérmelos.

Estoy desesperada por comer algo. Miro por encima de su hombro, en busca de un tentempié, pero en los armarios no hay nada excepto cosas básicas. Tampoco hay nada en la nevera. Tiene sentido. La llenarán el mes que viene, para prepararse de cara a la apertura de la estación de esquí.

—¿De qué trabajas ahora? —pregunto, e intento que mi tono parezca normal.

—Dale y yo somos agentes deportivos —explica—. Me saqué la carrera de Derecho y montamos nuestra propia agencia después de casarnos.

—Vaya, eso es impresionante.

La conversación llega a un punto muerto. Nunca supe de qué hablar con Heather. Casi no competía y yo tenía mucho más en común con Dale. Las mujeres como Heather me hacen sentir insegura. El pelo, el maquillaje, el esfuerzo por estar guapa a todas horas. Es justo como se supone que debe ser una mujer, al menos, según los estándares convencionales.

Yo no soy así. Más bien, soy una chiquilla vestida de chico que jamás ha crecido. Y sigo así. Aunque finjo que no me importa mi aspecto, en el fondo no es así. Sí que me importa. Pienso que, tal vez, a los hombres no les gusta que no sea femenina y coqueta. Y por eso sigo sin pareja.

Heather rebusca en la nevera. Nunca será buen momento para preguntarle si ha engañado a Dale, así que allá voy.

—Intento aclarar quién ha escrito las tarjetas. Y me preguntaba si lo que decía sobre Brent y tú...

Heather se endereza, con una lechuga en una mano y un pepino en la otra. Comprueba que no haya nadie en el pasillo y se gira hacia mí.

—¿Y qué te preguntabas exactamente? —inquiere, con un tono helado.

—¿Te acostaste con él?

Sus ojos relampaguean.

—¿Y tú, te acostaste con Dale?

—Por supuesto que no. —Pero sí que lo besé. Espero que no lo saquen a colación, porque no estoy orgullosa de eso—. ¿Y bien?

—No. —Pero rehúye mi mirada.

—No te creo —confieso.

Los chicos habrán encendido el fuego. El olor a madera quemada llega con más intensidad.

—Pues cree lo que te dé la gana. —Heather abre un armario de los de arriba y saca cinco platos.

—No te preocupes —digo—. Se lo preguntaré a Brent.

En silencio, sirve la comida en los platos y deja la lechuga y el pepino abandonados en la encimera. Es la segunda vez que presiento que miente. ¿Sobre qué más mentirá?

El olor a madera quemada me ahoga cuando saco los platos de la cocina. El restaurante es tal y como recordaba. Paneles de madera oscura, vigas a la vista, alfombras de piel de vaca y fotografías en blanco y negro. Las llamas destellan en la enorme chimenea de piedra. Encima de esta cuelga la cabeza disecada de un ciervo. Sobre la repisa, un reloj familiar marca las horas, amarillento a causa del paso del tiempo.

No hay mucha luz; procede de las lámparas que cuelgan sobre las mesas, muy cerca. Podría ser agradable, hasta íntimo, pero ahora hay demasiados recodos oscuros para mi gusto.

Brent y Dale están sentados charlando en la mesa más cercana al fuego. Dejo los platos, aliviada al ver que vuelven a llevarse bien. Dale también le está dando al *whisky* y hay una segunda botella de Jack Daniels al lado de la primera.

—¿Ya os habéis terminado una botella entera? —reprocho.

Brent sonríe.

—Barra libre. Ninguna queja.

Voy a buscar más vasos al bar y me sirvo otra copa, consciente de que no debería, y parpadeo entre el humo para observar a mi alrededor. Hay equipamiento de esquí antiguo colgado de las paredes a modo de decoración: gafas de glaciar *vintage,* crampones y un par de botas de esquiar muy gastadas.

Y una piqueta herrumbrosa. Los salvajes picos de Le Rocher lo convierten en un destino popular para los esquiadores en invierno. Toco la punta de metal. Sigue afilada, como si la hubieran colgado ayer.

Curtis se arrodilla frente al fuego y empuja la pila de troncos con el atizador.

—¿Qué haces? —pregunto.

—Busco los teléfonos.

—Ya he mirado ahí —informa Dale.

Curtis sigue removiendo. El humo hace que me piquen los ojos.

Heather llega con el resto de los platos.

—Tengo que encontrar mi portátil.

—Deja de hablar del portátil —sisea Dale.

Heather siempre me ha parecido una mujer fuerte. Incluso entonces, parecía que llevaba los pantalones en la relación, pero, al parecer, el equilibrio de poder ha cambiado.

Me siento al lado de Brent. Las sillas están forradas con piel de oveja. Me gustaría ponérmela sobre las piernas como si fuera una manta, pero está fijada a la silla.

—¿Qué opinas del cuádruple tirabuzón de Billy Morgan? —pregunta Brent mientras comemos.

—¿El Quad Cork 1800? Lo vi en YouTube —digo, agradecida de que haga un esfuerzo por mantener una conversación ligera.

Dale asiente.

—Y ahora un tipo japonés ha logrado hacer un Quad Cork 1980 por primera vez.

—Eso es increíble —comento—. ¿Hace cinco rotaciones completas?

—Cinco y media —corrige Dale—. El *snowboard* ha avanzado mucho.

Heather comprueba el reloj como si contara los minutos que faltan para irse de aquí y Curtis sigue vigilante. Pero yo, con el guiso y el alcohol calentándome el estómago y las llamas acariciando mi rostro, empiezo a relajarme.

—¿Puedes creer que saltásemos sin cascos? —recuerda Brent.

—Yo no lo hacía —replica Curtis.

—Menudos saltos nos marcamos —dice Brent—. Tuvimos suerte.

Pero algunos de nosotros no tuvimos tanta suerte. Intento no pensar en ello. De todos modos, un casco no impide que te rompas el cuello.

—¿Viste al tipo noruego que hizo una pirueta hacia atrás de cinco cuarenta? —pregunta Dale.

—No, ¿qué es? —respondo.

Dale era el maestro del estilo y me encantaba hablar de piruetas y trucos de ejecución con él.

Deja su vaso en la mesa.

—Es como un siete veinte y, luego, haces marcha atrás. Imagina que ralentizaras la pirueta en mitad del salto y fueras hacia atrás. Es jodidamente difícil. Inténtalo y lo comprobarás. —Pone la silla en una mesa cercana y se sube encima.

Me encantan estos tipos. Cuando salgo con mis compañeros del gimnasio, hablamos de Netflix. A estos quizá no los veo desde hace diez años, pero todavía tengo más en común con ellos que con cualquier otro.

En un deporte, nunca te haces profesional por dinero, especialmente en una disciplina de alto riesgo como la nuestra. Nunca te harás rico practicando estilo libre de *snowboard,* a menos que seas Shaun White. No, lo haces porque te apasiona. Porque quieres pasar cada minuto de tu vida haciéndolo, pensando en ello y soñando con ello. Nosotros ya no somos profesionales, pero no hemos perdido ni un ápice de la pasión que sentíamos.

Dale salta de la silla y gira en sentido opuesto cuando se deja caer.

—No —lo corrige Curtis—. Tienes que tirar marcha atrás ciento ochenta grados completos o, si no, solo es una media pirueta.

Dale lo mira con rabia.

—Probemos —propone Brent, que se sube a la mesa y salta.

Una chispa se enciende en mi interior. Me pongo en pie.

—Me toca a mí.

Heather entorna los ojos, pero me siento como si tuviera veinte años de nuevo. La silla tiembla cuando me subo. Salto en el aire. *Uf.* Aterrizo mal. Llevo años sin saltar de nada más alto que un StairMaster.

—No tenemos suficiente recorrido —alega Dale, y su mirada se posa en un pedazo de tronco cortado para hacer la función de mesa. Levanta una mesa pequeña y la coloca encima; luego, sitúa una silla en lo alto. La estructura se tambalea peligrosamente cuando se sube encima. Brent la agarra justo a tiempo. Dale salta, se da contra la mesa y cae directo al suelo.

—Basta —dice Curtis—. Dejémonos de tonterías.

Dale se levanta y se frota el hombro.

—¿Qué problema tienes?

—Pues que alguien me ha robado el móvil y el ordenador.

—Anímate.

Curtis se inclina sobre la mesa.

—Devuélveme las cosas y lo haré.

Dale y él se miran fijamente. Reparo en que el vaso de *whisky* al lado del plato de Curtis está vacío. No me había dado cuenta de que estaba bebiendo.

—No has cambiado nada, ¿eh? —comenta Dale—. Aburrido como el que más. Sabía que no deberíamos haber venido.

—¿Por qué lo has hecho, entonces? —replica Curtis.

Dale señala a Heather con la cabeza.

—Ella quería venir.

¿En serio? Miro a Heather. ¿Por qué querría hacerlo? Siempre tuve la impresión de que odiaba este sitio.

—Y para contestar a tu pregunta anterior —aclara Dale—, no, no me acosté con la hija de puta de tu hermana.

Curtis se pone en pie.

—Solo una persona tiene derecho a hablar mal de mi hermana y ese soy yo. Pero no lo hago porque, a diferencia de ti, soy respetuoso.

Hay un silencio tenso.

El ambiente cambia con tanta facilidad como las condiciones meteorológicas.

10

Hace diez años

Brent y Curtis están sentados frente a mí en la cabina del teleférico. El viento sopla con fuerza y nuestra burbuja se balancea de lado a lado. Gruño y me agarro el estómago.

—No te atrevas a vomitar sobre mis pantalones de *snowboard* nuevos —me advierte Brent, con su marcado acento de Londres.

—Sí, tienes que vigilar tus pantalones cuando Milla está cerca —bromea Curtis—. Ayer me rompió los míos.

Compruebo la parte inferior de los pantalones que lleva Curtis. No hay desgarrón. Son nuevos. Ahora que la presión de la competición ha desaparecido, Curtis y Brent son todo sonrisas. Y tienen motivos para ello. Curtis ha quedado tercero y Brent, quinto. Un buen resultado para los chicos británicos.

Otra ráfaga de viento sacude la cabina y mi estómago da un vuelco. La peste a tabaco tampoco ayuda. Quien haya viajado en la cabina antes que nosotros se ha saltado la prohibición de fumar a la torera.

He subido para ejecutar unos saltos y dar rienda suelta a mi ira, pero lo cierto es que me alegro de que hayan subido conmigo, porque así no me devano los sesos pensando en el día tan desastroso que he tenido. Cuando Curtis clava sus ojos azules en mí, es difícil pensar en otra cosa.

—Creía que estaríais abajo, celebrándolo —digo.

—Siempre doy un par de saltos más después de una competición, para bajar la adrenalina. —Curtis mira a Brent de reojo—. Y a Brent lo perseguía una chica suiza de anoche. Tenía que salir por piernas.

Sonrío y miro las tablas apoyadas contra la ventana. La de Brent está recubierta con todas las marcas de sus patrocinadores y apenas veo qué modelo es. Burton no sé qué. El modelo profesional de Shaun White, supongo. Si Brent sigue ejecutando sus saltos como lo ha hecho hoy, es posible que el año que viene los de Burton saquen el modelo Brent Bakshi.

Señalo una pegatina de Smash.

—¿De verdad bebes esa mierda?

—¿Por qué? ¿Quieres una? —Brent rebusca en su mochila y saca una lata naranja resplandeciente, la abre y me la tiende.

—No —respondo—. Bueno, de hecho, sí. Jamás la he probado. —Tomo un sorbo—. Ugh. Sabe a enjuague bucal. —Se la devuelvo—. Dicen que tiene la misma cantidad de cafeína que tres cafés.

—Cinco —corrige Brent, y se pone en pie. Su pelo negro toca el techo de la cabina. El frío entra cuando abre la ventana y vacía la lata por el agujero.

—¿Qué haces? —le reprocho—. Las marmotas no podrán hibernar este año.

—No lo soporto. —Brent cierra la ventana y mete la lata vacía dentro de la mochila—. No se lo digas a nadie, porque son ellos los que me pagan la temporada.

Me gusta Brent. Me recuerda a uno de los amigos de mi hermano, Barnsey.

—¿Te pagan más que Burton? —pregunto.

—Me pagan más que todos los demás patrocinadores juntos.

—¿En serio? —Pero tiene sentido. Brent es el chico que va a por todas. Es el modelo perfecto para una bebida energética.

—Cuando me dijeron lo que me pagarían, les aseguré que me tatuaría el nombre de la bebida en el culo.

—¡No lo dices en serio!

Brent se levanta la chaqueta y agarra la cintura de sus pantalones como si fuera a bajárselos.

—¿Quieres verlo?

No estoy segura de si bromea o no y miro a Curtis.

Este levanta las manos en el aire.

—A mí no me mires. ¿Por qué piensas que le he visto el trasero?

Brent se ríe y se sienta de nuevo. Tiene la confianza descarada que viene con ser excepcionalmente bueno en un deporte, y no uno cualquiera, sino uno en el que hay que volar por los aires hasta lo más alto. Pero es divertido. Por no mencionar que, además, es atractivo, con una sonrisa fácil e increíbles ojos oscuros.

Lo he visto en una entrevista esta mañana en la televisión, antes de venir aquí. La presentadora, Anna no sé qué, una mujer guapa de unos cuarenta años, le ha preguntado qué músculos había que trabajar para practicar *snowboard.* Casi todos, ha respondido. Ella le ha convencido para que se quitara la camisa, así que Brent lo ha hecho; la mujer no podía parar de tocarlo. El presentador masculino casi ha tenido que llevársela a rastras.

Ha sido un ejemplo hilarante de sexismo a la inversa. Si uno intercambiase los géneros, con un presentador hombre y una atleta mujer, habría generado una polémica a nivel nacional. Pero en la entrevista, la mitad del público se ha reído de ella y la otra mitad se ha vuelto igual de loca por Brent como ella. Brent se ha sentado tan tranquilo a disfrutar del espectáculo.

Y sí, esos pectorales suyos. Ya, lo entiendo. Pero no me afecta, no como Curtis.

Me agarro al asiento cuando la cabina se balancea de nuevo. La burbuja disminuye la velocidad al llegar a su destino.

—¿Sabes que Dale me ha pedido un *smash* esta mañana? —dice Brent a Curtis.

—¿Ah, sí? —se sorprende Curtis.

—Anoche se marchó a casa con la camarera.

—¿Con quién, con Heather?

—No sé cómo se llama.

—Pelo negro.

—Sí.

—Vive con mi hermana —comenta Curtis—. Así que lo dejó seco, ¿eh? Bueno, eso seguro que te ha ayudado.

Los dos se ríen.

—¿En qué posición ha quedado Dale? —pregunto.

—Séptimo —indica Curtis.

La dinámica entre Brent y Curtis me interesa. Son rivales, pero también amigos. Curtis es mayor, tendrá veinticuatro o veinticinco años, demasiado para ser un deportista profesional de *snowboard.* Los chavales que ganan competiciones hoy en día a veces solo tienen quince años y lo cierto es que muy pocos compiten pasados los veintitantos. Los huesos jóvenes y blandos no se rompen con tanta facilidad. Es posible que Curtis se sienta amenazado por el vertiginoso ascenso de Brent.

Me abalanzo hacia delante cuando la burbuja se detiene con brusquedad. Mierda. Solo estamos a mitad de recorrido de la empinada montaña.

—Dicen que, una vez, un esquiador se tiró de esos peñascos —comenta Curtis.

Miro la cara de la montaña, de pura roca.

—¿En serio? ¿Tú lo harías?

—No sin paracaídas.

Se oye un crujido en los altavoces y el locutor hace un anuncio en francés.

—¿Qué ha dicho? —pregunta Brent.

—¡Agarraos, agarraos! —grito.

Curtis se ríe.

—Qué mala eres, Milla.

—En serio, ¿qué ha dicho? —insiste Brent.

—No lo sé —confieso—. No sé mucho francés.

—Tienen un problema técnico —explica Curtis—. Y lamentan el retraso.

Brent suelta un exabrupto.

—¿Alguien tiene comida?

Busco en mi mochila y saco una barrita de muesli.

—Tengo esto.

—Genial.

La burbuja se balancea de lado a lado como si estuviéramos en una feria. Una corriente helada entra por la ventana abierta. Aprieto las rodillas contra el pecho.

—Aquí nos vamos a congelar.

Curtis se cambia de sitio para sentarse a mi lado. Al cabo de un momento, Brent hace lo mismo, así que estoy apretujada entre los dos. Es bastante íntimo y creo que no soy la única que se da cuenta, porque se hace un silencio.

El crepúsculo tiñe la nieve de un color dorado. La nieve fresca más arriba sigue las líneas ondulantes de mil descensos. Debería preguntarles cosas acerca de los trucos que emplean para saltar, pero no puedo pensar en nada excepto en la presión del muslo de Curtis contra el mío.

Me mira de nuevo.

—¿Mejor?

—Sí. —Tengo que salir de aquí. No aguantaré si me sigue mirando así. Lo último que quiero este invierno es una distracción.

El locutor vuelve a hablar por los altavoces.

—¿En serio? —se queja Curtis—. El viento ha activado el cierre automático del sistema. Van a evacuar las cabinas de una en una. Mejor poneos cómodos. Estaremos aquí un buen rato.

Se oye el zumbido de un helicóptero sobre nuestras cabezas. Estiramos los cuellos para verlo. Se pasea por encima de una de las burbujas que está más abajo en la pendiente. Un hombre desciende por una cuerda. Me soplo los dedos. Esto tardará un siglo.

—¿Quieres mi chaqueta? —pregunta Curtis.

—No, gracias —respondo.

—¿Y la mía? —dice Brent.

Capto la mirada furibunda de Curtis a Brent. «No te pases».

—No. ¿Alguno de los dos quiere la mía? Bien, porque no tengo intención de prestarla.

Los tres nos reímos y la tensión se rompe. Dejan de flirtear y volvemos a hablar de *snowboard.* De lugares donde hemos competido, de los días buenos y malos; del récord de Terje Hakonsen de 9,8 metros en el aire en el Reto Ártico. El cielo se transforma y pasa de rosa a púrpura y a azul marino.

—¿Cómo os conocisteis vosotros dos? —pregunto.

—En el Open Burton de Estados Unidos, hace unos años —explica Curtis—. Alquilamos un apartamento juntos durante la última temporada.

—Con su hermana —añade Brent.

Curtis y él cruzan una mirada. ¿De qué va esto? Pero ahora no quiero pensar en ella. Simplemente me alegro de haber quedado atrapada en la burbuja con estos dos y no con ella.

Otro anuncio por los altavoces.

—Falta poco —informa Curtis.

—¿Hablas bien francés?

—Yo no diría eso.

—También habla alemán —añade Brent—. Si hubiera sabido que me iba a dedicar a esto, me habría esforzado más en las clases de idiomas en la escuela.

—Yo igual —convengo—. Pasé toda una temporada en Suiza el año pasado, en Laax, y solo sabía decir dos frases en alemán.

—¿Y cuáles eran? —se interesa Curtis.

Intento hablar con mi mejor acento alemán.

—*«Ich verstehe nicht»*. —La mirada de Brent denota que no lo pilla—. Quiere decir que no lo entiendo.

—¿Y la otra? —pregunta Curtis.

—*«Wo ist der Krankenhaus?»*. Dónde está el hospital.

Curtis se ríe.

—Buena elección. De hecho, se dice *«das Krankenhaus»*.

Finjo que le doy un puñetazo en las costillas.

Se oye un ruido persistente por encima de la burbuja y se proyectan luces sobre la cabina.

—Ha llegado el helicóptero —anuncia Brent.

Una figura entre sombras desciende con una cuerda. Nos apartamos cuando el hombre fuerza la puerta de nuestra cabina y se planta dentro. Dice algo en francés.

—¿Quién va primero? —dice Curtis.

Levanto la mano.

—¡Yo!

Siempre tengo esta necesidad absurda de demostrar que puedo con todo. Que no tengo miedo. La culpa es de mi hermano. Jake y sus amigos se lanzaban a hacer un montón de locuras en los bosques cercanos a nuestra casa y la única manera de que me dejaran ir con ellos era que me comportara como la más aguerrida de todos. «Venga, Milla. ¿A que no te atreves?» Me rompí varios huesos al intentar seguir su ritmo. Jamás me negaba ante un reto, y sigo igual. Es un hábito. Milla la Atrevida. Es lo que espera la gente.

El hombre me engancha al arnés de seguridad.

—No *ze* preocupe, *zeñorita.*

—No lo estoy —aseguro—. Siempre he querido hacer algo así.

Me mira con curiosidad y Curtis y Brent se ríen a mandíbula batiente.

—Ánimo, Milla —dice Brent cuando empiezo el descenso.

De hecho, estoy muy lejos de estar tranquila. Las rocas a nuestros pies parecen muy escarpadas. «Venga, aguanta». Paso a paso, desciendo por la fachada del precipicio, atada a la cuerda. El viento me azota y me empuja. «Vaya». Me agarro a la cuerda con una mano y estiro la otra justo cuando me balanceo contra la pared de roca. Espero a que pase la ráfaga helada y sigo bajando.

Diez metros más. Por fin la pendiente se aplana y mis botas se hunden en la nieve.

Un Snowcat ha zigzagueado y ha cubierto la corta distancia al pie del glaciar para iluminar la zona donde aterrizamos. Me protejo los ojos del brillo de sus faros.

Y Saskia emerge de entre las sombras como un fantasma.

Me sorprende tanto verla que casi choco de espaldas contra las rocas puntiagudas.

—¿De dónde sales? —suelto.

Con la cabeza, señala una burbuja más allá de la nuestra. Su expresión es de triunfo y, de repente, lo entiendo. Me ha visto arrastrarme hasta aquí y me ha seguido para restregarme su victoria.

Aprieto las manos a ambos lados para contener las ganas de empujarla precipicio abajo.

11

En la actualidad

—¿Sabes qué? —suelta Dale—. Me alegro de que tu hermana esté muerta.

Los puños de Curtis salen disparados e impactan contra la mandíbula de Dale, que se cae hacia atrás y se lleva las manos a la cara.

No es un puñetazo demasiado fuerte, porque estoy segura de que podría haber sido peor si Curtis hubiera querido, pero, aun así, me quedo boquiabierta. Por lo general, Curtis es el señor Control, aunque hubo ocasiones en aquel invierno cuando lo vi perder los estribos, y siempre era por su hermana. El Superman del *snowboarding* británico y su kriptonita.

Dale se recompone, se abalanza sobre Curtis y lo golpea contra una mesa.

Las cosas se pusieron feas entre Dale y Curtis la noche antes de que Saskia desapareciera, pero, hasta donde yo sé, Heather y Saskia fueron quienes lo empezaron todo. Curtis y Dale se vieron arrastrados, nada más. Imagino que después de eso, no volvieron a verse, como yo, y su amistad jamás lo superó.

Brent y yo intervenimos. Los puños vuelan y el pobre Brent recibe un golpe que lo deja sin aliento. Intento detener a Curtis y lo atenazo por el cuello de nuevo, pero ya ha aprendido el truco. Heather permanece en un rincón, con las manos sobre la cara.

—¿Cómo sabes que está muerta? —cuestiona Curtis—. ¿La mataste tú?

Por cómo mira a Dale, parece que lo considera una posibilidad.

Una carga familiar se apodera de mí.

«No fue Dale. Fui yo. Yo la maté».

Quería ganar a toda costa y estaba dispuesta a hacer cualquier cosa. Durante estos últimos diez años, he repetido en mi cabeza una y otra vez lo que sucedió y siempre llego a la misma conclusión: murió por mi culpa.

Y lo que me provoca náuseas es que si volviera a pasar por la misma situación, no sé si actuaría de forma distinta.

Dale choca conmigo y me devuelve al presente. Me tambaleo hacia un lado, caigo encima de una mesa y él sobre mí. Estoy mareada a causa del *whisky* y tardo en reaccionar. Brent agarra a Dale de la capucha de la chaqueta y se oye un desgarrón.

Dale maldice y empuja a Brent contra la chimenea.

—Vale, te lo voy a preguntar: ¿te acostaste con mi mujer?

Es posible que Dale haya perdido su aspecto de vikingo, pero sigue actuando como si lo fuera. Contengo la respiración. «Di que no, Brent, aunque lo hicieras, o te aplastará».

—No —contesta Brent.

Dale lo mira fijamente y se gira hacia Curtis.

—En cuanto a ti, tu hermana estaba fuera de control. ¿Sabes qué pienso? Que tú la mataste. Admítelo. Estabas hasta las narices de ella, igual que todos nosotros.

Curtis lanza otro puñetazo. Dale lo esquiva y la mano de Curtis le roza el hombro. Tiene dos pequeños círculos rojos en las mejillas. Jamás lo he visto tan alterado como ahora.

Su furia me hace pensar. Tal vez la muerte de Saskia no fue culpa mía, después de todo. ¿La golpeó él? ¿Fue así como murió? Es difícil de imaginar, porque era muy protector con ella, pero, quizá, perdió el control. Todo el mundo tiene un límite. Incluso Curtis.

Curtis y Dale siguen esquivándose y peleando. Las sillas y los vasos se estrellan contra el suelo.

Heather se sujeta la cabeza con las manos.

—¡Basta!

Brent pone la mano en el hombro de Dale.

—Tranquilízate.

Y Dale le da un puñetazo en el estómago. Esto está degenerando en una pelea de bar, y recuerdo a la perfección lo que pasó la última vez que estos tipos se pelearon.

Espero que la culpa no esté pintada en mi rostro.

«No pasa nada. Nadie sabe lo que hiciste».

No sé qué me da más miedo: la perspectiva de que me descubran o la posibilidad de que Saskia no muriera como yo imaginaba, sino a manos de una de las cuatro personas que están aquí conmigo.

Por cómo nos miramos los unos a los otros, parece que todos los demás se preguntan lo mismo:

«¿Mataste a Saskia?».

Excepto, por supuesto, si uno de ellos es la persona que la asesinó.

Curtis carraspea:

—Mirad, ni siquiera sabemos si mi hermana está muerta o no.

Dale masculla algo.

Curtis salta:

—¿Qué has dicho?

Mierda, otra vez no.

—Dejémoslo aquí —propongo, mientras Curtis da la vuelta a la mesa en dirección a Dale—. Es tarde y todos estamos nerviosos. Hablaremos largo y tendido mañana por la mañana.

Brent se interpone entre Curtis y Dale.

—Vamos a dormir, amigo.

Curtis mira a Dale. Luego, gira sobre sus talones, agarra las bolsas y sale en tromba del restaurante. Algo acerca de la caída de sus hombros me hiere. Parece como si, de nuevo, estuviera roto. Miro a Brent, nerviosa por dejarlo a solas con Dale, cojo mi bolsa y sigo a Curtis.

—¿Cuántos dormitorios hay abiertos? —pregunto. Curtis empuja una doble puerta.

—No me acuerdo.

Quiero que se apague la luz, pero Curtis presiona todos los interruptores y permanece encendida.

—No me apetece compartir habitación con Heather —reconozco.

Cuento los dormitorios mientras Curtis sigue abriendo puertas.

—Uno, dos. —El armario con la ropa de cama—. Tres, cuatro. Genial. Heather y Dale pueden compartir uno.

Curtis empuja la última puerta con el pie.

—¿Quieres este?

—Gracias —digo, y arrastro mi bolsa al interior.

Se queda en el umbral. Tiene una marca roja en la sien.

—Necesitas ponerte hielo —recomiendo.

Curtis chasquea la lengua e inspecciona sus nudillos. Están enrojecidos.

—¿También te has hecho daño en la mano?

—Estoy bien. —Descansa la cabeza contra la puerta.

—¿De verdad?

—Sí.

Lo observo mientras inspira profundamente.

—¿Soy yo o Dale ha cambiado? —pregunta.

—Parece bastante tenso. —«Como tú», podría añadir, pero no lo hago. Cambio de tema—. ¿Por dónde paras estos días?

—Londres, pero viajo mucho. ¿Y tú?

—Sigo en Sheffield.

Se yergue.

—Buenas noches, Milla. Estaré en la habitación de al lado. Como en los viejos tiempos.

Siento una punzada en el pecho. No es exactamente arrepentimiento, sino más bien una especie de nostalgia de lo que pudo ser.

Lo sigo hasta el pasillo. Quizá no sea el mejor momento para preguntárselo, pero necesito saberlo.

—¿Sales con alguien?

Trato de que suene casual, pero no lo parece en absoluto. ¿Se habrá dado cuenta? Se gira despacio y observo su cara, pero sus ojos azules son tan impenetrables como siempre. Creo que es una de las cosas que me atrajo de él, junto con el muro que puso entre los dos cuando Brent y yo estuvimos juntos. Me fascinaba. Todavía lo hace.

—Rompí con alguien hará unos meses. ¿Silvi Asplund? —Lo pronuncia como si tuviera que reconocer el nombre.

—Ya no sigo las clasificaciones.

—Es noruega. Su estilo era *big air.* —Curtis se apoya en la pared—. Salimos durante unos años, pero no era nada serio. No es fácil convivir con exatletas.

—Qué me vas a contar —concuerdo—. Sobre todo con los que fracasan.

Su expresión se suaviza.

—Tú no fracasaste.

Arqueo las cejas.

—Aquel invierno te esforzaste más que nadie, Milla.

—No es verdad.

—No hablo sobre lo que podías hacer. Me refiero a los riesgos que corriste.

—Todos nos arriesgamos —señalo.

—Sí, pero llevaba años practicando las piruetas que hacía. Y Saskia y Brent, igual. Las habíamos probado en trampolines y, luego, sobre colchonetas de aire en los campamentos de verano. Tú las probabas sobre el hielo.

No me lo había planteado así. Solo veía que era la peor atleta del grupo y siempre trataba de estar a la altura de los demás.

—¿Por qué lo dejaste? —pregunta.

Hay una respuesta sencilla a esa pregunta. Por lo de tu hermana. Y por Odette también, claro. Pero, sobre todo, por su hermana.

—Hice cosas que no debería haber hecho. —Trago saliva—. Y me equivoqué muchas veces.

Muchas.

Curtis me observa con intensidad y, de repente, pienso en un error en concreto, una decisión que tomé en este mismo pasillo hace diez años. La elección entre seguir con mi sueño de convertirme en una deportista profesional del *snowboard* o rendirme a una atracción que se convertiría en una distracción para mi carrera.

Me pregunto si adivina en qué pienso. Separa los labios, pero las dobles puertas se abren y los demás aparecen, acarreando sus bolsas. Brent nos mira con curiosidad y se mete en uno de los dormitorios. Detrás de Heather y Dale, la puerta se cierra en el dormitorio adyacente.

Estoy a punto de entrar en el mío cuando Curtis murmura:

—¿Sabes que jamás encontraron el cuerpo de mi hermana?

Me giro para mirarlo.

Vacila.

—Quizá esté loco, pero me ha parecido oler el perfume de Saskia cuando he abierto esa taquilla. Y también en el pasillo.

Se me pone la piel de gallina. Recuerdo la intensa fragancia de vainilla.

—Yo también lo he notado —musito con voz débil—. Pensaba que era el perfume de Heather.

Mira hacia el pasillo y baja la voz todavía más.

—Siempre he tenido mis dudas acerca de lo que pasó. En los registros de su tarjeta de crédito aparecieron muchas transacciones después de que desapareciera.

Lo miro fijamente.

—¿Qué dices?

Los ojos azules de Curtis parecen turbados.

—No lo sé.

—¿De verdad crees que…?

Comprueba el pasillo de nuevo, casi como si esperara verla allí.

No parece feliz ante la idea de que su hermana pueda estar viva. En absoluto.

Parece preocupado.

12

Hace diez años

El pelo de Saskia está alborotado por la ventisca. Iluminada por los faros del Snowcat, parece Medusa.

Brent y Curtis se acercan a nosotras. ¿Me lo estoy imaginando o a ninguno de los dos les alegra mucho verla?

Saskia anda arriba y abajo, en busca de atención como una gata que se ha pasado todo el día encerrada.

—Dios, qué aburrimiento, ¿no?

«En absoluto. Me lo estaba pasando de muerte hasta que has aparecido».

—Tenía mucho frío, joder —se queja, y se quita un guante—. Mira. —Sus dedos helados se deslizan por mi chaqueta y me tocan el cuello desnudo.

Me aparto. Se acerca a Brent.

—Vete a la mierda —exclama él.

Tocan la bocina desde el Snowcat y avanzamos entre las rocas hacia el vehículo. El conductor suelta una retahíla de francés.

—Somos los últimos del rescate —traduce Curtis—. Más abajo hay una familia a la que tiene que acompañar al pueblo. Solo caben cuatro pasajeros. Pregunta si nos importaría dormir en los dormitorios de la estación de esquí, en el glaciar, y así no tendrá que volver a por nosotros. Él nos acompañará.

Brent está contento:

—Mañana seremos los primeros en la montaña.

—Espero que tengan habitaciones para todos —digo.

El conductor abre la puerta de la parte trasera de la cabina y nos apretamos en el asiento, con las tablas y las mochilas apiladas sobre nuestras piernas. Saskia está a mi lado y su perfume intenso y empalagoso flota en la cabina sobrecalentada por las respiraciones agitadas. ¿A quién se le ocurre ponerse perfume para hacer deporte? Solo a ella.

La máquina escala la pendiente y nos empuja hacia atrás. El humo del combustible se mezcla con el perfume y mi estómago vuelve a dar un vuelco.

—¿Visteis mi último siete veinte? —pregunta Saskia—. Casi me caigo.

De algún modo, su presencia ha vuelto a generar tensión. No soy la única; los chicos también están más callados, o, tal vez, solo estén cansados. Trata de entablar conversación con ellos acerca de la competición, pero no pican. Ahora está nevando. Cuando se estampan contra el parabrisas, los copos brillan con el color anaranjado de los faros de la máquina.

En la cima, el edificio Panorama está iluminado. Curtis se dispone a salir, pero el conductor agita el dedo y lo abruma con una larga diatriba. La única palabra que entiendo es «grietas» y nos lleva directos a la entrada principal.

—Nunca he estado aquí de noche —comenta Curtis mientras sacudimos los pies en el felpudo de entrada.

—Yo tampoco —coincido.

Una mujer con un delantal nos saluda desde el pasillo. Sigo a los demás hasta el restaurante y reparo en que se mueven de maneras muy diferentes: Curtis, erguido y con precisión; Brent, perezoso y relajado, con los pantalones medio caídos hasta la mitad del trasero, y Saskia, grácil como una bailarina.

Los ojos me escuecen a causa del humo, pero el fuego que arde en la chimenea es una visión reconfortante. Solo hay otro grupo en el comedor; ya es tarde. Me quito las botas y permanezco frente a las llamas con la esperanza de que nadie huela mis calcetines.

Sobre la repisa de la chimenea hay un montón de fotos en blanco y negro. Escaladores enfundados en equipaciones anticuadas de escalada posan frente a cumbres de formas conocidas. «Mont Blanc, 1951», reza una de las leyendas. Bastante peligroso en la mejor de las circunstancias, no digamos con crampones atados con cuerdas.

Curtis se inclina para mirar una foto diferente.

—Grande Casse. Es uno de los favoritos de mi padre. Fue la primera persona en saltar haciendo *snowboard* por la cara norte, justo después de que Saskia naciera. Mi madre no quería que lo hiciera.

—Pensaba que a ella también le iba el *snowboard*—comento.

—Después de tenernos, lo fue dejando.

Es típico. Mi madre hizo lo mismo, dejar un trabajo que adoraba como directora de una residencia de ancianos para cuidarnos a mi hermano y a mí. Volvió a trabajar a tiempo parcial en cuanto nos hicimos mayores, pero nunca recuperó su antiguo puesto. ¿Por qué siempre son las mujeres las que tienen que sacrificar sus sueños? No tengo intención de hacer eso por nadie.

Saskia se une a nosotros, levanta unas gafas de glaciar antiguas y se las pone.

—¿Qué os parece?

—Ve con cuidado —dice Curtis—. Son un objeto delicado.

Las vuelve a poner en su sitio con expresión enfurruñada y se detiene frente a la cabeza disecada de ciervo para acariciarle la nariz antes de sentarse con Brent a la mesa.

He entrado en calor lo bastante como para desabrocharme la chaqueta. El pelo se me engancha en la cremallera.

—Mierda.

—Déjame a mí —se ofrece Curtis y sus dedos cálidos se posan sobre los míos.

Está tan cerca que apenas puedo respirar. Me llega un olor dulce y almizcleño que quizá sea su desodorante, ¿o tal vez su piel? Se pelea con la cremallera y me dispongo a quedarme sin unos cuantos cabellos, porque cuando me pasa a mí, siempre termino arrancándolos, pero maniobra con suavidad y lo logra. Se me forma un nudo en la garganta.

—Ya está —anuncia, y baja la cremallera.

Estoy roja como un tomate, consciente de que su hermana y Brent nos observan, pero Curtis no parece tener prisa por apartarse. Me coloca el resto de la melena con cuidado por encima del hombro.

Este tipo me hace sentir algo. No se trata solo de su aspecto físico; es su forma de ser. Su exterior tranquilo y seguro de sí mismo me provoca ganas de romper el muro y ver qué hay detrás. En el fondo, presiento que no es frío en absoluto; que, quizá, lo que haya sea un fuego devastador.

«Para». No puedo ir por ese camino. Este invierno es mi ahora o nunca. Si no llego a estar entre las tres primeras, tendré que dejarlo y buscar un trabajo de verdad.

Saskia me mira con curiosidad cuando me siento al lado de Brent. Cada vez que la veo, me pongo furiosa, así que fingiré que no está aquí.

Brent toma un trago de la botella y estira las piernas.

—¿Quieres tomar algo, Milla?

Suelto un quejido.

—No. No quiero volver a beber alcohol nunca más.

Me muestra la botella. Solo es una Coca-Cola.

—Ah —digo—. No, estoy bien, seguiré con el agua.

Lleno un vaso con la jarra que hay en la mesa.

—¿No vas a preguntarme si quiero algo? —interviene Saskia.

Brent toma otro trago como si no la hubiera oído.

Interesante. Sin duda, ha fingido que no se ha enterado. ¿Por qué? ¿Ha habido algo entre Brent y Saskia?

Ella lo mira sorprendida. No está acostumbrada a que la ignoren, está claro. Se pone en pie de un salto y las patas de la silla chirrían contra las planchas de madera del suelo.

—Vale, iré a por mi bebida yo misma.

Disimulo una sonrisa mientras se dirige hacia el bar con grandes aspavientos. Brent también sonríe.

Normalmente, no estaría relajada con un chico tan guapo al lado, pero se parece mucho a Barnsey. Hace los mismos gestos y hasta tiene el mismo acento. Me siento cómoda con él, como si lo conociera desde hace años.

Justo lo contrario de lo que me pasa con Curtis.

—Eh, Sass. —Curtis me toca el hombro.

Giro la cabeza.

—¿Cómo me has llamado?

Curtis sonríe, avergonzado.

—Disculpa la confusión. Es el pelo. —Me ofrece una copa de vino tinto—. ¿Quieres?

—No, gracias. Seguiré con el agua. Y mañana me teñiré el pelo de color rosa. Y no lo digo en broma.

Brent suelta una risita.

—Has metido la pata, tío.

Saskia vuelve con una copa vacía. Sin decir palabra, le quita la botella a Curtis, se sirve la bebida y vuelve a sentarse.

La mujer con el delantal se acerca con platos de *tartiflette*. Es una patata cubierta de mantequilla y queso fundido. Ahora que mi estómago por fin se ha calmado, estoy hambrienta. Mientras mastico, estiro los dedos para acercarlos al calor de las llamas.

—¿Qué edad tenías cuando empezaste a practicar *snowboard,* Milla? —pregunta Curtis.

—Once —respondo—. En la pendiente seca de Sheffield. No lo hice en la nieve hasta los dieciséis. ¿Y tú?

—Cinco.

—Yo tenía tres —interviene Saskia, aunque nadie se lo ha preguntado. Qué afortunada. No me extraña que sea buena.

—Nuestros padres nos llevaron por todo el mundo —explica Curtis—. Por todas las montañas del mundo, mejor dicho. Mamá es de California y tenemos familia allí, así que pasábamos algunos inviernos en Mammoth.

Lo sé, pero no quiero decirle que lo he leído en una revista.

—Recuerdo que vi vídeos antiguos en Burton de tu padre y de tu madre, volando por las pendientes empinadas de Alaska.

—¿Ah, sí? —comenta Curtis, sonriente.

—Tuviste una infancia genial.

—A veces no me gustaba tener que viajar tanto.

Saskia bosteza.

Me giro hacia Brent.

—¿Y tú?

—Diez —revela—. Pero practicaba con el monopatín desde los seis. Mi padre es constructor e hizo una rampa para patinar en el patio trasero para mí y para mi hermano.

Su acento de Londres me parte de risa.

—Conseguimos algunos patrocinadores —añade—. Mi hermano era realmente bueno.

—Pero tú prefieres el *snowboard,* ¿verdad? —aventuro.

—Se pueden hacer más cosas —contesta con una sonrisa.

—¿El año pasado fue tu primera vez en los campeonatos británicos, Milla? —pregunta Curtis.

—Sí. Me presenté el año anterior, pero me lesioné la rodilla antes de la competición.

Saskia se inclina hacia adelante.

—¿Qué tipo de lesión?

—El ligamento lateral externo. —Admitirlo parece una debilidad—. Pero ya me he recuperado.

No voy a decirle que me pasé trabajando ochenta horas a la semana para pagar las sesiones de fisioterapia, además de ahorrar para la temporada siguiente.

—Saskia se jodió el cruzado anterior hace unos años —revela Curtis.

Saskia gira la cabeza hacia él.

Es una lesión bastante grave. Espero, por si añade algo más.

Quizá se da cuenta de cómo lo mira Saskia, porque se limita a reclinarse en su asiento y dice:

—Es un juego de serpientes y escaleras o, al menos, yo lo veo así. Tienes que ascender más de lo que te deslizas hacia abajo.

Los demás comensales han desaparecido y la mujer que nos ha servido la comida espera al fondo de la sala. La pobre parece exhausta. Es una sensación que conozco bien, después de los veranos en los que trabajaba en el bar hasta las cuatro de la mañana y solo podía descansar unas horas antes de volver a empezar al día siguiente.

Bajo la voz.

—Creo que quiere que nos demos prisa para cerrar.

Nos terminamos la comida y, en cuanto puede, la mujer retira los platos. Señala las habitaciones a lo largo del pasillo. Podemos quedarnos una cada uno.

—Eh, Milla —me llama Curtis discretamente cuando estoy a punto de entrar en la mía—. Si pasas frío esta noche, ya sabes a dónde ir.

Saskia se gira para mirarlo con una expresión extraña.

—Creo que mi cama te parecerá más cálida que la suya —añade Brent desde el umbral de la puerta.

Me meto en mi habitación antes de ruborizarme.

Los atletas somos gente física. Tenemos un montón de energía y, a veces, cuando termina el día, aún nos queda un remanente. Así que no me sorprende el pase que han hecho los dos. Y me ha gustado su estilo. No han sido babosos ni amenazantes; tan solo me han ofrecido algo y yo puedo aceptar o declinar.

Me tiemblan las piernas mientras me ducho. A ellos no les importa, porque seguro que tienen un montón de chicas entre las que elegir, pero a mí nunca me habían hecho una propuesta tan clara dos tíos tan atractivos.

Y es evidente que alguien con talento para el *snowboard* también tendrá talento en la cama.

El agua cae sobre mi cabeza. Son dos personas muy distintas. Brent es como un par de botas de patinar gastadas, cómodo y familiar.

Y Curtis son las botas nuevas de la siguiente temporada. Jamás me las he puesto, ni tampoco he imaginado cómo me sentiré con ellas, pero si lo hago, presiento que no querré quitármelas nunca.

Cierro los ojos y dejo que el agua me acaricie la cara. Después de dos rupturas, todavía me siento frágil. La única relación que puedo permitirme este invierno es algo divertido y casual, y no hay nada casual en lo que siento por Curtis.

No me lo saco de la cabeza.

La presión del agua en este lugar es muy débil y la ducha no me ha calentado demasiado. Me castañetean los dientes cuando me pongo la ropa térmica. Mis pies me llevan al pasillo. Levanto la mano, con el presentimiento de que estoy a punto de cometer un terrible error.

Pero hay una complicación añadida, claro. Su hermana es mi mayor rival. Curtis es la última persona con la que puedo enrollarme.

Camino dos pasos más.

Y llamo a la puerta de Brent.

13

En la actualidad

Los recuerdos me asaltan mientras me quedo de pie en el pasillo frente a la habitación de Brent. La puerta se abre y ahí está, con su ropa interior térmica de Burton y el pelo mojado después de la ducha, como la última vez, solo que ahora es más inseguro.

Siento otra oleada de afecto hacia él.

—¿Puedo pasar?

Da un paso atrás y sus ojos oscuros me miran con cautela.

—Claro.

Me gustaría abrazarlo, aunque no quiero darle la impresión equivocada. Quiero saber cómo le ha ido en estos años, pero parece una pregunta demasiado personal.

Brent y yo nos miramos. Todavía me siento intranquila después de lo que Curtis me ha dicho en el pasillo. Que ambos hemos olido el perfume de Saskia.

En el mismo edificio.

¿Son imaginaciones nuestras? Dios, eso espero.

Las tablas de madera están heladas bajo mis pies desnudos. Debería haberme puesto calcetines.

—Hace tanto frío en tu habitación como en la mía —señalo—. Mira, se me ve el aliento.

Brent saca la manta de la litera inferior.

—Siéntate aquí.

Me coloco encima del delgado colchón. Se hunde a mi lado, con cuidado de no rozarme, y pasa la manta por nuestros hombros. Nos echamos hacia atrás hasta recostarnos contra la pared.

He venido para saber qué piensa Brent de lo que sucede, pero ahora que estoy aquí no sé por dónde empezar. Odio esta distancia entre los dos. Me doy cuenta de que ya no sé cómo estar con él.

Antes era muy fácil. Todavía recuerdo la sonrisa lenta que se dibujó en su cara hace diez años, cuando me abrió la puerta. El hecho de que no tuve que decir nada. Simplemente, me llevó de la mano a su estrecha litera, se metió dentro conmigo y cumplió con su promesa de calentarme durante la fría noche.

Veo el tatuaje, un poco menos definido, bajo el borde de su manga. Casi muevo el dedo para tocarlo, pero me contengo a tiempo. Me fijo en su reloj, un G-shock de color verde fosforito.

—¿Se te rompió el Omega?

—Lo vendí por eBay para pagarme quince días en Breckenridge.

Me muero por preguntarle por qué dejó de competir, pero tengo miedo de que no me guste la respuesta, así que intento conversar de cualquier cosa para recuperar la conexión que teníamos.

—Es una mierda eso de tener que pagar por tu equipo de *snowboard,* ¿verdad? No es el deporte más barato del mundo.

Su sonrisa parece forzada.

—Sí, a veces pienso en mudarme a Francia. Si supiera más de cinco palabras en francés, quizá lo haría.

Su acento londinense me reconforta y es familiar.

Pero la manera en que me mira no lo es. Es muy cauteloso. Se inclina hacia delante, saca una botella de *whisky* de debajo de la cama y me la enseña. Se la habrá llevado del restaurante.

—¿Quieres?

—No, gracias.

Toma un trago. Resulta extraño verlo beber así.

—¿Todavía haces de modelo? —pregunto.

—No. Soy demasiado viejo.

Basta de cháchara. La parte más infantil de mí quiere preguntarle si se acostó con Heather o no, pero eso nos haría sentir un millón de veces más incómodos, así que lo dejaré para otro momento, o volveré a preguntárselo a Heather mañana.

Respiro hondo.

—Bueno, ¿quién crees que nos ha invitado a venir?

Brent me mira de reojo.

—¿Suponiendo que no fuéramos ni tú ni yo?

—¿Has sido tú?

—No.

—Vale. Yo tampoco te he invitado.

Por un momento, sus ojos oscuros se posan en mí una vez más. Mierda. De verdad pensaba que quería verlo otra vez. Alguien me utilizó para atraerlo hasta aquí, igual que usaron a Curtis para atraerme a mí.

Me envuelvo en la manta con firmeza.

—¿Quién habrá sido?

—Me apuesto lo que quieras a que ha sido Curtis —opina Brent.

—¿De verdad?

—Piénsalo. Tiene dinero.

—Ya, bueno, pero acuérdate de lo furioso que se puso después del juego de las tarjetas —remarco—. No me digas que fingía; no me lo creo. Y, de todos modos, ¿por qué esperaría diez años para hacerlo? No tiene sentido.

Brent se encoge de hombros.

Por alguna razón, siento que lo estoy traicionando al decirlo, pero necesito que sepa que Curtis no está detrás de todo esto.

—Ni siquiera está seguro de que Saskia esté muerta. En el pasillo me ha puesto los pelos de punta. Me ha dicho que había olido su perfume.

—¿Cree que sigue viva? —Brent sacude la cabeza—. Se está engañando a sí mismo. Venir aquí habrá reavivado sus recuerdos. Pobre hombre. Ya viste lo mucho que se querían, aunque ella lo sacaba de quicio. Por eso creo que es Curtis quien tira de los hilos.

—Ya, pero hay algo más: a mí también me ha parecido oler su perfume.

Brent me mira, no parece convencido.

Cambio de tema.

—Esta tarde, ¿llegasteis todos al salón de actos al mismo tiempo?

—No, yo fui el primero. Comprobé el restaurante y vi que estaba vacío. La sala parecía el siguiente lugar más obvio que comprobar.

Es interesante que llegara a esa conclusión más rápido que los demás. ¿Será él el responsable de todo esto?

Lo observo y me odio por sospechar de él.

—La manera en que separaron nuestras bolsas fue inteligente. Nos obligó a pasear por todos los pisos. Si hubiéramos ido directos al salón, tal vez nos las hubiéramos llevado con nosotros.

—Ya, lo sé.

Su rostro no revela nada.

—Cuéntame, entonces —pido—. ¿Quién llegó después?

—Dale y Heather. Heather no paraba de parlotear por el móvil y se puso como una furia por tener que dejarlo en la cesta. Curtis no pensaba hacerlo, pero Heather se lo puso difícil. «Si tú te quedas el tuyo, yo me quedo el mío».

Llaman a la puerta.

—Adelante —dice Brent.

Curtis aparece en el umbral. Espero que no nos haya oído hablar de él.

—¿Has visto a Milla? —pregunta—. Oh.

Me ve. Maldita sea. Ahora piensa que Brent y yo tenemos algo. Un recuerdo se abre paso en mi mente. Hizo exactamente lo mismo hace diez años, cuando pasamos la noche aquí: asomó la cabeza en la habitación de Brent para preguntarle si sabía dónde estaba yo.

Ahora me mira con la misma expresión impenetrable que entonces. Tengo ganas de decirle que, en esta ocasión, no es lo que parece.

—Olvidé decírtelo antes —comenta Curtis—. Echa el cerrojo de tu puerta esta noche, ¿vale?

—Vale.

—Buenas noches —dice Brent.

Curtis cierra la puerta. Mierda. Piensa que voy a pasar la noche aquí.

Me obligo a volver al tema.

—Si no es él, ¿quién más podría ser?

Brent reflexiona.

—¿Te acuerdas de Julien?

—Julien Marre. —Hacía tiempo que no oía este nombre.

Julien fue el principal sospechoso de la desaparición de Saskia, incriminado por su propio grafiti. Lo detuvieron para interrogarlo al respecto y, después, lo soltaron. Al parecer, demostró que ese día había estado en una estación de esquí cercana.

—Pero ¿por qué haría algo así? —pregunto.

—Estaba obsesionado por ella, ¿no?

Lo observo más de cerca.

—Sugieres que cree que uno de nosotros la mató y nos ha traído aquí para… ¿Para qué? ¿Vengar su muerte? Es muy raro que haya esperado una década para hacerlo.

—Pero era un tipo muy raro, ¿no? Por cierto, oí que le habías dado una paliza.

—¿Quién te dijo eso?

Brent se pasa los dedos por el pelo húmedo.

—No me acuerdo. Dale, creo.

—¿Cómo lo sabía él? La única persona que estaba allí era Saskia.

Se encoge de hombros.

—Sí, le di un puñetazo. Era un idiota. —Dios, parezco Saskia.

—¿Te devolvió el golpe?

—No. Estaba en el suelo, tumbado. Le di bastante fuerte.

Brent ríe brevemente.

Pero me ha hecho pensar. ¿Es posible que sea Julien el que ha organizado esto? Sí, lo es. Tuvo problemas con casi todos nosotros en algún momento de aquel invierno. Odiaba a Curtis y a Dale, eso estaba claro.

Aparto la idea por el momento.

—Siguiente pregunta. Si uno de nosotros la mató, ¿quién fue?

La expresión de Brent se endurece.

—Creo que todos teníamos una razón.

—Cierto.

Brent me mira a los ojos.

—¿Crees que fui yo?
Algo en cómo me lo pregunta me hace estremecer.
—Por supuesto que no —contesto.
Pero cuando lo miro, no estoy tan segura.

14

Diez años antes

Floto por el aire. Hay poca visibilidad, los copos de nieve y la niebla se funden con el fondo blanco. No veo nada, pero estiro la mano y me rodeo el pie por detrás para agarrar el borde de la tabla y, luego, coloco la pierna hacia fuera, como Dale me aconsejó. *Stalefish*.

Han rociado la parte superior del tubo de rojo para ayudarnos a verlo, teniendo en cuenta la visibilidad de hoy, así que me concentro en la línea roja cuando regreso hacia tierra. Más o menos como un *jumbo* que va a aterrizar de noche, excepto que yo lo haré en hielo vertical. Hago contacto y acelero por el fondo plano para despegar de nuevo.

En los días como hoy, es importante controlar los nervios y tener una fe ciega en uno mismo. En cuanto pierdes esa fe, te la pegas fuerte, como le ha pasado a bastante gente en la última media hora. Hoy el tubo es muy duro, como un chaleco antibalas, sin sol que lo reblandezca.

Con esta visibilidad, no me atrevo a girar, así que me limito a dar saltos rectos. Desde mi desastroso resultado en el Open de Le Rocher, me obligo a darlo todo. Era la ocasión de demostrar a mis patrocinadores que podía lograrlo, pero la desperdicié. Ahora todo depende del campeonato británico. Este año lo celebran aquí y, en parte, por eso decidí entrenar en esta estación.

Llego al fondo y dejo de contener la respiración. He sobrevivido. Hasta la próxima vez. La adrenalina recorre mis venas. ¿Por qué jugar con la muerte nos hace sentir más vivos?

La niebla es tan espesa que casi la siento en mi garganta, húmeda y fría cada vez que inspiro. Dale se detiene a mi lado, con un chirrido de metal contra el hielo. No era consciente de que estaba detrás de mí.

Me saluda con el pulgar hacia arriba.

—Has clavado ese *stalefish.*

—Gracias. Me sorprende que lo hayas visto. —Antes he subido con él hasta el teleférico y le he preguntado cómo debía hacerlo.

—Voy a beber algo —dice Dale.

—Yo también.

Nos quedamos en pie bebiendo directamente de nuestras botellas de agua. Solo Dale puede hacer que una bebida energética de color naranja fluorescente parezca guay. De sus rastas cuelgan pequeños copos de nieve.

—¿En qué trabajas hoy? —pregunto.

—En mis agarres *«indys»*.

—¿Solo eso?

Un *«indy»* es el agarre con la mano posterior del borde delantero de la tabla y es el primer movimiento de *snowboard* que aprendí. Es probable que sea el primero que aprende todo el mundo.

Dale sonríe.

—El estilo lo es todo.

Un esquiador gira en su pirueta final y aterriza de espaldas, un hito impresionante con esta visibilidad. Saskia emerge de la niebla y pasa de largo, seguida de cerca de un tipo bajito vestido con una chaqueta de camuflaje verde y gris.

—¿Quién es ese? —pregunto, porque, quienquiera que sea, es bastante bueno.

—Julien Marre —señala Dale.

El número uno francés. No me extraña.

Saskia y él desaparecen en la niebla. No hemos hablado desde la competición, pero, en una estación de esquí tan pequeña, es imposible evitarla del todo. La he tenido detrás en la cola del telesilla un par de veces y me he preparado por si me decía algo, pero no lo ha hecho. ¿Lamenta lo que me hizo? No ha mostrado la menor señal de arrepentimiento.

Alguien aterriza sobre las manos estiradas y suelta un grito de dolor.

—Joder, hoy están cayendo como moscas —comenta Dale, y sube por el tubo hacia la neblina blanca para advertir a los demás.

Curtis está sentado cerca y habla con una fotógrafa. La pobre mujer no ha escogido el mejor día para una sesión de fotos. Está envuelta en prendas para protegerse del frío, solo se le ven los ojos.

Dale vuelve y abro la boca para preguntarle por mis *«indys»,* pero Heather se acerca.

—Hola —saludo.

Heather me mira mal. Quizá compartimos el lugar de procedencia, pero ser del norte de Inglaterra es lo único que tenemos en común. Creo que no le caigo bien. Se gira hacia Dale.

—¿Listo?

—¿Dos más? —pide Dale.

—Me estoy congelando viva —responde ella.

Lo cual no es sorprendente porque solo lleva una chaqueta de cuero corta. Seguro que ha venido a ver los saltos de Dale. Todavía no la he visto con una tabla en la mano. No sé qué hace en una estación de esquí si no le interesan ni el esquí ni el *snowboard.*

—Nos vemos luego —me despido, y cojo mi tabla.

Brent está sentado en el banco de nieve, charlando con una bonita chica japonesa que quedó tercera en el Open de Le Rocher. Los saludo y me ato el pie delantero a la tabla.

—Gracias por lo de ayer —le dije a Brent cuando desperté en su litera, en el glaciar, hace dos días—. ¿Te importa si esto queda entre nosotros?

—Claro que no.

—¿Y Curtis…?

—Le pediré que sea discreto.

Así que delante de Saskia, a la hora del desayuno, hicimos como si nada y cualquiera que nos observara no habría adivinado lo que habíamos hecho unas horas antes.

Aun así, pensé que a estas alturas los detalles de nuestra noche juntos ya habrían circulado por toda la estación. Sé cómo son los tíos, sobre todo a su edad. Pero lo único que apunta a nuestra intimidad de esa noche es alguna que otra sonrisa secreta con la que me obsequia de vez en cuando. Su discreción me impresiona. Al parecer, Curtis también ha mantenido la boca cerrada.

Me dirijo al telesilla. Parece que Heather se ha salido con la suya, porque Dale se cuelga la mochila. Pobre Dale. Pero es el tipo de problema con el que te encuentras si te lías con alguien aquí. Este invierno no quiero preocuparme por nada, solo por mi carrera. Comer, dormir y practicar *snowboard.* Es lo único que tengo intención de hacer durante los próximos cuatro meses.

Mientras espero en la fila, los copos de nieve vuelan y me atacan de lado. Algunos se introducen por la abertura de la chaqueta, hasta el cuello. Me estremezco y aprieto el cierre del velcro.

Cuando la barra en forma de T me tira hacia arriba, Brent se coloca a mi lado, con su habitual hoyuelo a pesar de las malas condiciones de visibilidad de hoy.

Hemos subido juntos en el telesilla unas cuantas veces desde la noche que pasamos juntos y seguimos hablando del *snowboard.* Entre nosotros no existe la incomodidad que suele instalarse entre dos personas después de tener un rollo de una noche y se ha comportado de manera cálida y amistosa en todo momento.

Su guante de competición se curva sobre el mío en la barra.

—¿Quieres pasar esta noche conmigo?

Lo miro, sorprendida. Pensaba que lo nuestro en el glaciar había sido cosa de una sola vez. Pero lo cierto es que sí que me apetece verlo de nuevo. Me duele el cuerpo, he estado entrenando muy duro y quiero sentir sus manos cálidas y su boca sobre mí otra vez.

Espero que no piense que se trata de otra cosa.

Dos horas más tarde, llamo al timbre del pequeño chalet que Brent me señaló en nuestro descenso. Y Saskia abre la puerta.

Está en el umbral, descalza y enfundada en tejanos apretados, como si meditara si dejarme pasar o no. Lleva un jersey ajustado de color blanco y parece delicada, casi frágil, con lo que vuelvo a maravillarme ante la ilusión óptica. Porque no hay nada frágil en cómo practica el *snowboard* ni en su personalidad.

Curtis aparece detrás de ella.

—Has llegado justo a tiempo. Estoy a punto de emplatar.

Me quito las Nike cubiertas de nieve y los sigo adentro.

Todos los demás están ahí, entre la diminuta cocina y la sala de estar. Heather, Dale, Odette y Julien. No es lo que esperaba en absoluto. Brent y Julien están inclinados sobre un portátil. Brent me sonríe a modo de disculpa, porque está claro que él tampoco se lo esperaba, pero se adapta y yo haré lo mismo.

La chimenea está encendida y hay humo en el aire, mezclado con el olor a cebolla y a ajo. No puede ser que todos vivan aquí. Calcetines, guantes y gafas se pelean por un espacio encima del radiador; hay ropa mojada colgando en todas las superficies que veo. Hay suficientes tablas de nieve tiradas por los rincones como para abrir una tienda de alquiler, pero solo hay tres pares de botas cerca del fuego. Creo que son las de Curtis, Brent y Dale. Ya fue bastante incómodo ver a Curtis en el hotel del glaciar a la hora del desayuno y no me entusiasma la idea de repetirlo.

—¿Quieres una cerveza? —ofrece Curtis desde la cocina.

—No, solo agua —respondo al entrar—. Pero ya la cojo yo.

Masculla y mira los fogones con impaciencia. Busco un vaso en los armarios. Cuando lo lleno, me pide una cuchara de madera con brusquedad y, luego, me riñe porque le he dado la que no era.

Dale se ríe cuando salgo de la cocina.

—No vuelvas a entrar ahí mientras esté cocinando. Es lo que hago yo.

—Sí, Dale, después te toca lavar los platos —grita Curtis.

Heather arruga la nariz.

—Aquí dentro huele a muerto. —Levanta un calcetín de *snowboard* que está del revés en el respaldo de una silla—. ¿Esto es tuyo, Dale?

—Sí —afirma él, con una sonrisa.

—Qué asco —dice ella, y se lo tira.

Dale lo atrapa con facilidad y lo arroja a un rincón. Me gusta que Heather no se sienta intimidada por él. Es un tío imponente y guapo, pero ella lo pone en su sitio con firmeza.

—Eh, Mills —me llama Brent—. Un tío de España ha ejecutado un salto de sesenta y siete metros por raíles. Es el nuevo récord mundial.

Voy hacia allá. En la pantalla del portátil aparece la figura, enfundada en una chaqueta, que salta por unos raíles de metal instalados en la nieve y se desliza como si nada por ellos.

—Hace que parezca fácil —comenta Brent.

—Es el problema de los raíles —señalo—. Parecen jodidamente fáciles, hasta que los pruebas. Todavía tengo la cicatriz en la espinilla de la última vez que lo intenté.

Saskia se sienta con nosotros y me pongo tensa. Sigo furiosa por lo sucedido en el Open de Le Rocher, pero ahora que ya ha pasado algo de tiempo, siento una especie de respeto por lo que hizo. Aquí, por fin, hay una chica que juega tan duro como yo. Y por cómo la pillo observándome a veces, puede que el respeto sea mutuo.

Observamos varias caídas en raíles de metal, gente que gime, frunce el ceño y se dobla de dolor en las pistas.

Curtis sale de la cocina con un montón de platos.

—Una vez Curtis se pasó todo el día haciendo saltos en raíles —dice Saskia—. Medía la distancia y yo le decía lo lejos que había llegado. No pudo superar los veinte metros.

Es una distancia impresionante, pero Curtis la mira con una sombra de advertencia en los ojos.

Saskia se acerca a él y desliza un brazo alrededor de su cintura.

—¿Qué? ¿Estoy revelando tus secretos?

Al verlos juntos, no sabría decir cuál de los dos es más atractivo.

Curtis la aparta con el codo, pero sonríe.

—Toma, Milla. —Y me tiende un plato de pasta—. Busca sitio antes de que te quedes sin.

No muestra señales de que le haya molestado que escogiera a Brent, simplemente ha dejado de flirtear. Como un interruptor que se haya apagado y lo cierto es que, en secreto, lo echo de menos.

Me hundo en el sofá con el plato en el regazo. Me tenso cuando Saskia se pone a mi lado. Uno a uno, todos se aprietan y Saskia se acerca más. El pintaúñas de sus dedos descalzos es del mismo color azul de sus ojos.

Dale me mira y, luego, observa a Saskia.

—Parecen gemelas.

Está decidido, me voy a teñir el pelo.

Saskia ladea la cabeza hacia mí. Me estudia.

—Deberíamos saltar juntas alguna vez —propone como si nada.

La gente detiene los tenedores con los que se llevaban la pasta a la boca y calla de repente. Qué descaro, pedírmelo delante de todos. Voy a rechazar la oferta y, de paso, la humillaré.

Excepto que algo en sus ojos me detiene. ¿Es posible que de veras quiera pasar tiempo conmigo?

—Sí —respondo lentamente—. Hagámoslo.

Saca su móvil.

—¿Me das tu número?

En cierto modo, esto es más importante que cuando Brent me lo pidió. Creo que mi invierno se ha vuelto mucho más interesante.

15

En la actualidad

Mi habitación huele a polvo y humedad. Pero, por suerte, no detecto rastro del perfume de Saskia. Brent probablemente tiene razón: nos lo estábamos imaginando. Aunque no es que lo deseáramos, al menos por mi parte. Más bien, es un problema de culpabilidad.

Echo el cerrojo y tiro de la puerta para asegurarme de que realmente está cerrada. Quienquiera que dejara estas habitaciones abiertas para nosotros, no nos ha dado llaves. Odio que solo podamos cerrar la puerta desde dentro. Cualquiera podría haberse metido mientras hablaba con Brent. Me siento ligeramente ridícula mientras compruebo el armario, luego el baño, e incluso miro detrás de la cortina de la ducha para asegurarme de que no hay nadie escondido.

Convencida de que estoy sola, me siento en la estrecha cama de la litera. No sé qué me aterroriza más: la idea de que Saskia esté aquí, en el edificio, vivita y coleando, o que Brent o alguno de los demás sea su asesino. La mirada de Brent al preguntarme si lo creía capaz me ha asustado mucho. La oscuridad latente en sus ojos.

Ahora que tengo un momento, quiero desentrañar los secretos del juego. ¿Decían la verdad esas tarjetas? Alguien parece creer que sí o, de lo contrario, no se habría molestado en organizar todo esto.

Busco un bolígrafo en la habitación, pero esto es un albergue de esquí, no un hotel, y no hay ni bolígrafo ni escritorio, ni siquiera una silla. Estoy perdida sin mi móvil. No recuerdo la última vez que tuve que escribir algo a mano. Por lo general, solo saco fotografías. Si no recupero el móvil, me pondré como una furia.

Rebusco en mi mochila. Nada. La pequeña ventana me llama la atención. Exhalo sobre la superficie hasta que se forma una capa de vaho. Perfecto.

El cristal está helado al contacto con mi dedo. Escribo nuestros nombres: Milla, Curtis, Brent, Heather, Dale. Por ahora, voy a borrarme de la lista y a fingir que la muerte de Saskia no fue culpa mía. Y supongamos que todos los secretos son verdad y que cada uno de nosotros hizo solo una cosa.

Así que uno de mis amigos es un asesino. Miro hacia la puerta para asegurarme de que está cerrada.

Vale, tengo que ser objetiva. Los dos primeros secretos son fáciles. Suponiendo que Brent es hetero, y estoy bastante segura de que lo es, las dos personas con las que se ha acostado deben de ser Heather y yo. Escribo «durmió con Brent» junto a nuestros nombres. Será mejor que Dale no vea esto.

Es extraño lo molesto que estaba por la supuesta infidelidad de su mujer. Cualquiera pensaría que sucedió ayer, en lugar de hace una década, y, además, fue antes de que estuvieran casados. Aun así, en cierto modo lo entiendo. Al estar aquí de nuevo con el mismo grupo de personas, me siento como si no hubiera pasado el tiempo.

En cualquier caso, eso deja tres hombres a quien adjudicar los tres secretos restantes. Uno de ellos se acostó con Saskia, otro sabe dónde está y tercero la mató. Me recuerda a un sudoku. Jamás se me dieron bien, y menos después de beber. La comida ha contribuido a que la borrachera se me baje un poco, pero no lo suficiente.

Vale, suponiendo que Curtis no se acostara con su propia hermana, tuvieron que haber sido Dale o Brent. Dale y Heather se juntaron más o menos durante la segunda semana de la temporada, ¿así que quizá fue Brent?

Pero ya le pregunté si se había acostado con ella y lo negó rotundamente. Y me tortura la idea de pensar en los dos juntos. Sí, era asombrosamente guapa, pero también era mi principal enemiga y pensaba que la odiaba. ¿Dale, entonces? Saskia pudo haberse acostado con él solo para ver si podía robárselo a

Heather. Me muerdo el labio inferior y escribo «se acostó con Saskia» junto al nombre de Dale.

Según las tarjetas, eso significa que o Brent o Curtis la mataron, y que el otro sabe dónde está.

Pienso en cómo se portó Brent en la cama conmigo.

«No tienes por qué ser tan cuidadoso» le dije más de una vez. «No me voy a romper».

No es un hombre violento. La única persona para la que representa una amenaza es él mismo.

Me muerdo el labio de nuevo y rememoro la mañana de los Campeonatos Británicos de *Snowboard*. Curtis no se presentó en el tubo hasta unos minutos antes de que le tocara. Había estado en el glaciar con Brent y Heather, al parecer, buscando a Saskia, pero lo que dijo no tenía sentido.

Mi dedo se posa en el nombre de Curtis. «Mató a Saskia», escribo. Lo borraré enseguida, porque no soportaría que lo viera. ¿Y qué hay de lo que me dijo en el pasillo? Sería una mentira muy astuta para despistarme si sospechara de él.

Así que Brent «sabe dónde está Saskia», el contenido de la última tarjeta. ¿Por qué iba a saberlo? ¿Vio a Curtis cuando la mató? ¿Lo ayudó a esconder su cuerpo? ¿Dónde? No tenían coche, así que no sé cómo la sacaron de la estación. Lo que significa que todavía debe de estar aquí. En algún lugar de la montaña.

Un estremecimiento recorre mi cuerpo. Muchos detalles sobre las últimas horas de vida de Saskia no encajan. Yo nunca lo conté todo y presiento que no soy la única.

Miro lo que he escrito. Las letras se deshacen. El agua corre por el cristal como lágrimas.

Muchas suposiciones. ¿Habré acertado? Esto no va de cómo somos ahora. La clave está en cómo éramos en el pasado. Cierro los ojos e intento recordar.

16

Hace diez años

Me despierto en la cama de Brent, con su silueta fuerte y delgada abrazándome por detrás. Llevo una de sus camisetas Burton y huele a él.

Me giro. En su casa se está bien, es cálida. El radiador que hay al lado de la cama ha funcionado toda la noche, y él solo lleva un par de calzoncillos Calvin Klein. Las marcas para las que Brent hacía de modelo no han perdido el tiempo y también lo patrocinan. Me pregunto si ahora mismo tiene que pagar algo de lo que necesita.

Deslizo los dedos por los músculos firmes de su pecho. Dios, qué cuerpo tiene. Un atleta en su mejor momento.

Los ojos oscuros de Brent se abren y sonríe perezoso.

—Buenos días.

Sigo explorando y bajo por su estómago duro.

—Tienes una piel divina.

Mis dedos parecen pálidos a su lado.

Alarga la mano hasta la mesita de noche para coger el reloj, un Omega de metal bastante grande. Hay un anuncio de una página en el suplemento del *Sunday Times* en el que aparece ejecutando una pirueta del revés en el aire con el reloj puesto. Seguro que el precio de venta al público supera lo que me costará esta temporada.

—¿Qué hora es? —pregunto.

—Las ocho.

Los teleféricos abren a las ocho y media, y normalmente a estas horas ya me estaría preparando para salir, pero no nos fuimos a dormir hasta pasada la medianoche. Nos metimos en su habitación con discreción, cuando casi todos los demás se habían retirado. Aguzo el oído por si oigo ruidos en la cocina. ¿Curtis estará despierto ya?

Brent se pone el reloj y veo el tatuaje en su antebrazo, otra vez. «Hazlo a lo grande o vete a casa». Toco las letras.

—Me encanta.

—Es para recordarme quién soy. No quiero convertirme en un viejo aburrido.

—No te imagino como alguien viejo y aburrido. Seguirás haciendo piruetas en el aire cuando tengas ochenta años. Con el taca-taca.

Se ríe y me abraza. Debería levantarme, pero se está divinamente en su cama. Lo abrazo.

Me acaricia el pelo.

—¿Alguna vez has hecho giros del revés?

—No a propósito.

—¿Quieres probar?

—Tengo que hacerlo. —Soy consciente desde hace tiempo de que con saltos rectos y piruetas sencillas no llegaré demasiado lejos. Para escalar en la clasificación, tengo que añadir algunos giros del revés a mi exhibición. Saskia sabe hacer McTwists, un giro frontal con una rotación de 540 grados.

—Yo te enseñaré —se ofrece Brent.

—Genial.

—Si quieres, te vigilo en el trampolín más tarde.

—Espera, ¿hay un trampolín aquí?

—Sí, en el gimnasio.

—Mierda, ¿cómo es que no lo sabía? Supongo que Saskia se pasa el día allí.

—Sí.

Gimo y me hundo en su pecho.

—Llevo años sin subirme a un trampolín elástico. Practiqué gimnasia hasta los once. Sabía realizar volteretas en el aire hacia atrás.

—Deberías haber seguido con eso.

—Ya, qué me vas a contar. Mis padres no se lo podían permitir. —Invirtieron todo el dinero que tenían en la carrera de *rugby* de mi hermano. Salió bien, ahora Jake juega en los Sheffield Eagles, pero me sigue dando rabia.

Cuando tenía catorce años, conseguí un trabajo de fin de semana en la rampa seca local, así que me pasé al *snowboard* porque podía saltar sin pagar. He llegado adonde estoy sin ayuda de nadie. Es parte de lo que me impulsa. Mi manera de decirle a mi padre que puede irse a tomar viento.

La mano de Brent se mete por debajo de mi camiseta, hasta la cadera.

—Será mejor que nos vayamos. A menos que…

—¿Te quedará energía para entrenar después? —Pero mi cuerpo ya reacciona a sus caricias.

Sonríe.

—Soy la cara de Smash, la bebida energética que todo lo puede, ¿recuerdas?

Me llega un mensaje al móvil.

—Será mejor que conteste —señalo—. Esta semana operan a mi hermano de la rodilla.

Busco el móvil en la mochila, pero el mensaje no es de mi hermano. Es de Saskia.

«Te he pedido café. ¿Nos vemos en la cabina para el primer salto?».

¿Snowboard con Saskia o sexo con Brent? La decisión es fácil. Salto de la cama.

—Lo siento, olvidaba que había quedado con Saskia.

—¿Saskia? —Su voz suena preocupada.

Me visto.

—Tienes un problema con ella, ¿no? ¿Es tu ex o algo así? —Niega con la cabeza—. Pero te acostaste con ella.

—¡No!

La vehemencia de su respuesta me sorprende. Es evidente que despierta emociones fuertes en él, pero no entiendo el motivo. Ahora Brent también se empieza a vestir.

—No tendré tiempo de desayunar —anuncio—. ¿Tienes un poco de Smash a mano?

Hace un gesto en dirección a una caja en el rincón.

—Ahí está, sírvete tú misma.

—Gracias. Nos vemos en la montaña.

—Claro.

Me lo tomo de un trago mientras salgo fuera, aunque sabe a rayos. Ha nevado durante la noche y cerca de siete centímetros de nieve cubren el pavimento. Los coches se arrastran por la calle principal con las cadenas tintineando como campanillas. Me fijo en las decoraciones de los escaparates; las luces navideñas ya están colgadas. De repente, caigo en la cuenta de que es Nochebuena. Siempre pierdo la noción del tiempo durante el invierno. Solo me importa competir.

De vuelta en mi pequeño apartamento, me pongo la ropa de *snowboard*, meto unas cuantas barritas de muesli en el bolsillo de la chaqueta y vuelvo a salir corriendo. Se me pasa por la cabeza la idea de que Saskia es capaz de verter alcohol en mi café, pero seguro que me daría cuenta y supongo que sabe que no soy tan estúpida.

Los nervios me atacan el estómago cuando corro por la calle con mi tabla bajo el brazo hacia el teleférico que nos llevará a la estación. Me siento como si fuera a una cita. ¿Estaremos solas?

Los rayos del sol asoman sobre las cimas y tiñen las pendientes de color naranja. Saskia está sentada encima de la valla de madera y balancea las botas con una taza de plástico en cada mano. No sé qué hacer. ¿Le doy dos besos, la abrazo o qué? ¿Por qué estoy tan nerviosa?

Salta y sus labios cálidos besan mi mejilla, fría a causa del aire helado de la mañana. Su perfume me envuelve, dulce y potente.

—Toma —dice, y me tiende el café.

—¿Hay vodka dentro? —bromeo.

Se ríe y levanta la tabla de la nieve.

—Vamos.

El teleférico sube por la ladera de la montaña. Saskia y yo estamos frente al plexiglás, codo con codo mientras bebemos nuestros cafés.

—¿Qué perfume llevas? —pregunto.

—Orquídea Negra de Tom Ford. ¿Te gusta?

Vacilo. Es fuerte y exótico, el tipo de olor que o bien lo odias o lo amas. Como la propia Saskia.

—No estoy segura.

Las huellas de un pequeño animal se dibujan en la pendiente más abajo. Quizá sean de una liebre de nieve o de un armiño. Los abetos se doblan por el peso de la nieve fresca. Más arriba es todavía más profunda.

—¿Quieres ir al glaciar? —sugiere Saskia—. ¿Y probar con la nieve fresca?

Así que nos subimos en la burbuja. No sé si es la combinación del café y la bebida energética o la perspectiva de que trabemos amistad, pero estoy muy animada.

Es como cuando uno viaja en avión y mira hacia abajo, a un mar de nubes. Así es hoy la vista desde lo alto del glaciar, en el teleférico. Y también es lo que sentimos al descender. Como si flotáramos por las nubes blancas y esponjosas.

De vuelta al pie del glaciar, Saskia señala mi tabla, con su logo de Magic oscurecido por la nieve.

—¿Es mágica de verdad?

—Sí —afirmo—, la verdad es que sí. La mejor tabla que he tenido jamás.

—¿Quieres que nos las intercambiemos durante un salto?

La idea de que sus manos toquen mi tabla me estremece. Es como mi bebé. Pero no se me ocurre ninguna razón para negarme, así que lo hacemos y aparto la nieve en la parte delantera de la suya para ver qué modelo es. Una Domina Spin 154. Tres centímetros más corta que la que suelo utilizar. Es lógico, porque Saskia es más delgada que yo. Hago una nota mental para inclinarme más hacia atrás cuando me lance sobre la nieve fresca.

Aceleramos las dos juntas, esculpiendo enormes giros que rocían el aire de nieve. Esta tabla atraviesa la nieve recién caída como un cuchillo que corta la mantequilla, pero siento menos placer al ver la mía bajo sus pies.

La nieve me golpea la cara cuando chocamos las palmas abajo, después de la carrera. Me alivia recuperar mi tabla. Subimos de nuevo.

—¡Sígueme! —grita desde lo alto.

La persigo por el otro lado de la montaña, donde todavía no he estado. La nieve fresca rebota en cada uno de sus giros, así que cubre mis labios y mis mejillas. Vamos como una bala hacia abajo, saltando y girando sobre los labios de la rampa. Hago un par de giros malos, pero no es tan duro como caerme en el hielo duro del medio tubo. Me siento invencible.

Más tarde, cuando estamos en la colina más allá del tubo, veo un risco y me dispongo a saltarlo. Saskia sale disparada por encima de mí y aterriza más lejos. Maldita sea.

—Repitamos ese salto —propongo.

En lugar de bajar hasta el teleférico, sacudo la tabla y escalo la pendiente hacia arriba. Saskia me sigue con dificultad. Inspiro hondo porque me falta el aire y me ato la cinta de la tabla al pie. Esta vez voy en línea recta para llegar más lejos que ella. Salta otra vez y me adelanta. Me quito la tabla para intentarlo de nuevo.

Escalamos más y más. Esto es cada vez más peligroso. A decir verdad, estoy saltando a más altura que nunca.

Después de otro fuerte impacto, Saskia aterriza a mi lado, un poco más adelantada.

—¡Eh! —grita una voz desde arriba. Curtis nos hace señas desde la plataforma superior—. ¿Qué hacéis ahí? El tubo está genial hoy.

Saskia y yo nos miramos, sudorosas y sin aliento.

—¿Vamos? —pregunta.

Me molesta que Curtis nos haya interrumpido y, al mismo tiempo, también me siento aliviada. Si no fuera por él, no sé hasta dónde habríamos llegado.

O si alguna de las dos habría parado.

17

En la actualidad

Permanezco temblando en mi litera. Las sábanas están frías y acartonadas. Tengo dos mantas encima, pero no son suficiente. Necesito otra. Había un montón en el armario de la ropa limpia, pero no quiero salir para coger otra.

Las preguntas dan vueltas en mi cabeza. ¿Quién nos ha traído aquí y por qué? ¿El asesino de Saskia es uno de mis amigos? ¿O tendrá razón Curtis y está vivita y coleando en este edificio?

Me he levantado una docena de veces de la cama para comprobar el pestillo de la puerta de mi habitación. Sin móvil, no tengo ni idea de qué hora es, pero me siento como si llevara horas en la cama. Mi último reloj se rompió después de que me metiera en el *jacuzzi* del gimnasio y no llegué a comprarme otro porque en las instalaciones deportivas hay relojes por todas partes y, cuando no estoy ahí, miro el móvil.

No puedo dormir. Tengo demasiado frío. Me pongo la almohada sobre el pecho como una capa extra, pero no sirve de nada. Tendré que salir al pasillo e ir a buscar otra manta. Mi habitación está completamente a oscuras. Avanzo a tientas por las tablas de madera del suelo hasta alcanzar el interruptor. Ahí está. Luego, salgo al oscuro pasillo y también enciendo la luz.

El pasillo está vacío. Exhalo con alivio. No sé qué esperaba ver, estamos en mitad de la noche. Vale, voy a hacer esto lo más rápido posible. Paso por delante de la puerta de la habitación de Curtis, llego al armario de las sábanas y estiro la mano para abrir la puerta. Y me quedo helada. Hay alguien ahí. Una voz de mujer. Heather. Y un hombre. Pero ¿quién?

Pego la oreja a la puerta, dispuesta a salir corriendo si los oigo salir. El tono de voz masculino es bajo y no distingo quién es. No puede ser Dale, porque si quisieran hablar podrían hacerlo en la cama. ¿Brent o Curtis, entonces? ¿Será Brent? ¿Estarán hablando de lo que se ha dicho durante el juego de las tarjetas?

Pero podría ser alguien más: el tal Julien. O el psicópata que nos ha traído aquí, por razones que no alcanzo a imaginar. Mi corazón late a toda velocidad. Quiero volver a la protección del dormitorio, pero Heather empieza a hablar más alto, como si se hubiera molestado. ¿Estará el hombre, quienquiera que sea, amenazándola? Mi palma se tensa instintivamente hacia la puerta. No importa lo que piense de Heather, es una mujer y eso nos une.

Me acerco todavía más. La luz del pasillo se apaga. Mierda.

Mientras parpadeo en la oscuridad, una mano me tapa la boca. Unos brazos fuertes me agarran, me levantan del suelo y me tiran hacia atrás por el pasillo. Me dejo llevar por mis instintos: empujo con el hombro y suelto un golpe con el puño derecho por debajo de mi axila izquierda.

Se oye un gruñido de voz masculina. Los brazos me sueltan pero, al hacerlo, pierdo el equilibrio. Me tambaleo hacia atrás y me caigo de lado encima de él, desorientada por completo. Se abre una puerta cerrada detrás de nosotros. Me levanto de un salto y busco el interruptor. Luz, por fin.

Curtis está en el suelo, apretándose el pecho. Estamos en su dormitorio.

—¿Qué cojones haces? —susurro.

No puede hablar. Intenta respirar.

Mi corazón late desbocado. Mierda, me había asustado.

Curtis me mira como si todavía no se creyera lo fuerte que le he dado.

—Parecía que..., que fueras a abrir la puerta —balbucea con voz ahogada—. Y no quería... que supieran que alguien los había visto.

—No iba a hacer nada. Solo quería saber si eras tú o Brent el que estaba ahí dentro. O alguien más.

—Es Brent.

—¿Estás seguro?

—Los he visto entrar juntos.

«Se acabó el pánico. No era un psicópata peligroso. Solo era Brent».

Trato de calmar mi propia respiración.

—¿Qué hacen ahí dentro?

—No lo sé.

—¿Están liados?

Curtis esboza una sonrisa, todavía dolorido.

—No tengo ni idea.

Estoy a punto de volver a salir para intentar escuchar la conversación, pero se oye un interruptor y la luz se filtra por debajo de la puerta de Curtis. Este se lleva el dedo índice a los labios. Se oyen puertas que se abren y se cierran.

—Se han ido —murmuro.

Curtis se pone en pie con dificultad. Lleva la ropa térmica, una camiseta negra de manga larga de un tejido elástico que resalta sus hombros anchos y pantalones largos igual de ceñidos. Tiene una marca roja en la sien, donde le he golpeado.

Yo también llevo mi ropa térmica y, ahora que la conmoción del encuentro se me ha pasado, vuelvo a temblar de frío. Me rodeo el pecho con los brazos.

Saca una manta de su litera y me la tiende.

—Gracias —digo, y me envuelvo en la prenda.

Se acerca y sus ojos son oscuros.

—No podía dormir.

—Yo tampoco.

Su habitación huele a ropa recién lavada, o tal vez sea su ropa térmica.

Se acaricia la nuca mientras me mira la boca. Cuando se da cuenta de lo que hace, aparta la mano, saca una segunda manta de la litera y se la pone encima de los hombros.

—Bueno ¿y qué pasa con Brent y contigo?

La esperanza rebrota.

—Nada. No nos hemos visto en diez años.

Se hunde en el colchón. Me siento a su lado, a una distancia prudencial.

Como he hecho muchas veces, imagino qué habría pasado si aquella noche mi elección hubiera sido distinta. Recuerdo cómo era entonces: Milla la Atrevida, centrada en mi carrera y en forma. Tan sola como ahora, pero en aquella época eso no me preocupaba tanto. De hecho, ni siquiera era consciente de ello: miraba con expectación y esperanza a un futuro lleno de competiciones y podios.

El joven Curtis no era el conquistador que yo había imaginado en un principio y, durante gran parte de aquel invierno, no estuvo con nadie. En lugar de eso, se centró en su carrera de *snowboard.* Solo lo vi enrollarse con una chica, Jacinta Lee, una deportista australiana, y eso tampoco duró demasiado.

¿Cuánto tiempo habríamos durado? Sospecho que la temporada habría tenido un final muy distinto. Pero, en aquel momento, no era lo que yo quería. Curtis es un hombre que se entrega (vi cómo fue con Jacinta) y de ninguna manera podría haber compaginado una relación seria con el entrenamiento exigente que me propuse tener aquella temporada.

Bueno, lo hecho, hecho está. Pero ¿y ahora qué? ¿Compartimos demasiadas cicatrices del pasado como para tener un futuro juntos? Me contengo. ¿Qué demonios estoy haciendo? Han pasado diez años. Ni siquiera sé quién es ahora.

Me mira el pelo.

—¿Así que volviste al rubio?

—¿Qué? Oh, sí. —Supongo que le recuerdo a su hermana, igual que él me recuerda a ella.

Siempre me he preguntado cómo le afectó su pérdida. A juzgar por su comportamiento de hace un rato, está claro que las emociones siguen a flor de piel, pero ¿la echa de menos? ¿Cada vez que oye su nombre es como una puñalada en el corazón? ¿O se sintió aliviado en secreto, como si alguien le hubiera quitado un peso de encima? Su vida debe de ser mucho más sencilla sin ella.

—¿Puedo preguntarte algo? —me atrevo a decir—. ¿Por qué dejaste de competir?

—Si quería seguir, tenía que someterme a una operación de reconstrucción de hombro. —Aparta la mirada—. Aunque, en realidad, fue por mi madre. Quería pasar más tiempo con ella. Y bueno, ya sabes. En las montañas puede pasar de todo. No habría soportado perderme a mí también.

Trago saliva y me arrepiento de habérselo preguntado.

—Debió de ser duro para tus padres.

—Nos destrozó —confiesa en voz baja—. Mi madre no habla de otra cosa, no piensa en otra cosa. Mi padre luchó durante años para que declararan a Saskia legalmente muerta. Pensaba que ayudaría a mi madre a superarlo, a pasar página. Normalmente, tienen que pasar siete años para declarar a alguien muerto *in absentia,* pero ella no lo consintió: llegó a los tribunales e insistió en que seguía viva, presentó la prueba de las transacciones de las tarjetas de crédito. No dictaron la resolución hasta hace un mes. —Su voz se rompe—. Mi madre no se lo tomó nada bien.

—Lo siento muchísimo.

—No cree que fuera un accidente. Ni siquiera hay pruebas de que Saskia estuviera en la montaña aquel día.

—Pero Brent y Heather la vieron allí.

—Dicen que la vieron. —Curtis escudriña mi rostro—. Hace diez años te pregunté algo y me pareció que no fuiste del todo honesta conmigo.

Me pongo rígida.

—Voy a preguntártelo de nuevo. —Su mirada me quema y me esfuerzo al máximo por no vacilar—. ¿Sabes dónde está mi hermana?

Está bien. No ha formulado la pregunta adecuada.

—No.

—¿Crees que sigue viva?

—Lo siento, pero creo que no. —Espero que se venga un poco abajo, pero no deja traslucir ninguna emoción.

—¿Qué crees que le pasó?

Que me pregunte eso es buena señal, ¿no? Significa que antes me he equivocado y que no es el asesino.

¿O acaso está fingiendo y simplemente intenta desviar mis sospechas?

—En mi opinión, hay tres posibilidades —digo con cautela—. Tuvo un accidente, alguien la mató o se suicidó.

Su rostro se tuerce con una mueca de dolor.

—Pero ¿por qué haría algo así?

Trago saliva.

—No lo sé. En cualquier caso, creo que sigue aquí, bajo el hielo.

Curtis me observa durante un largo rato.

—Me gusta pensar que soy capaz de leerte, Milla.

—Saskia siempre pudo hacerlo.

Sus labios se curvan.

—¿De verdad?

—Pero yo jamás pude leerla a ella. Ni a ti.

Su sonrisa se hace más amplia.

—Eh, dije que podía leerte. No que te entendiera.

Creo que se refiere a cuando escogí a Brent en lugar de a él. Por suerte, nunca me preguntó por qué y jamás se lo he explicado. Hacerlo habría significado admitir lo que sentía por él.

Y lo que todavía siento. Esa sonrisa hace que mi estómago se llene de mariposas. Me dan ganas de tirar la manta al suelo y subirme a su regazo. Sin embargo, no tengo ni idea de en qué punto estamos.

Y menos ahora, que los secretos del juego de las tarjetas se interponen entre nosotros.

Parece más calmado que antes, así que voy a preguntárselo. Debe de haber pensado en ello. A menos que las escribiera él, claro está.

—¿Crees que lo del juego para romper el hielo iba en serio?

Me mira extrañado.

—Desde luego, alguien sí se lo ha tomado muy en serio.

—Pero ¿quién?

—Dios, esta litera es muy incómoda. —Levanta la almohada y se la pone detrás de la espalda—. No lo sé, pero estoy seguro de algo: quienquiera que matara a Saskia, si es que la asesinaron, no es el responsable de esas tarjetas.

Tiene sentido. Si la mataron, dudo que tengan ganas de atraer la atención sobre el crimen.

Tamborilea los dedos sobre el colchón.

—¿Por qué haría alguien algo así? Convocarnos a todos, dejarnos atrapados y obligarnos a recordar aquel invierno. Eso es lo que trato de averiguar.

—Para denunciar al asesino y que se haga justicia, ¿por qué si no?

Por supuesto, la conclusión obvia es que Curtis está detrás de todo esto, como dijo Brent. Su familia está desesperada por saber qué le pasó a Saskia y, además, tienen los recursos económicos para hacerlo.

—¿Y qué hay de un posible chantaje? —sugiere mientras recoloca la almohada tras la espalda—. Alguien que sospecha de uno de nosotros y trata de obtener dinero.

—Vale, eso no se me había ocurrido. —Tengo los pies helados. Me llevo las rodillas hasta el pecho para meterlas bajo la manta.

Me percato de que Curtis observa todos mis movimientos.

—Crees que lo he organizado yo —apunto.

Sonríe para suavizar la acusación.

—O Brent.

Aquí estoy, con él a mi lado en la cama, la fantasía con la que he soñado desde que acepté la invitación para venir aquí hecha realidad, pero el juego de las tarjetas se ha cargado todo el potencial romántico del encuentro.

—Al menos, no crees que la matara yo —comento.

Su rostro se endurece.

—Si alguien la mató, creo que fue Dale o Heather. O ambos.

Le doy un ligero golpe con el hombro para quitarle hierro a la acusación que me dispongo a lanzarle.

—Y fíjate, yo pensaba que eras tú quien la había matado.

Si le digo eso, querrá decir que confío en él, ¿no? Espero que no se lo tome mal.

Curtis suelta una risa vacía.

—Ha sido una noche de lo más extraña.

¿Confío en él? ¿Sí? No estoy tan segura.

Su risa se apaga. Se mira la mano izquierda y la aparta del colchón, como si quemara.

—¿Milla? —Su voz suena estrangulada—. ¿Has entrado en mi habitación antes?

—¿Qué? No. Bueno, quizá cuando hemos estado abriendo las puertas, todos juntos, es posible…

Observa la cama, donde tenía la mano. Me doy cuenta de lo que está mirando. Sin comprender, estiro la mano.

—¡No! ¡No lo toques!

La aparto. Allí, en la parte superior de la litera, donde estaba la almohada, hay un mechón de cabello largo recién cortado. Rubio, casi blanco.

Una oleada de frío me estremece. Curtis inclina la cabeza para estudiarlo, se acerca todo lo posible sin tocarlo. Cuando levanta la mirada, su expresión está turbada.

—No es mío. —Mi voz tiembla—. No soy tan rubia.

¿Están jugando con nosotros de nuevo? ¿O Curtis tiene razón? ¿Es posible que Saskia esté ahí fuera? Pero si es así, ¿por qué no anuncia su presencia, especialmente a su hermano, a quien hace años que no ve? Mi corazón late con fuerza. La idea de que puedo abrir una puerta y verla allí, de repente, no puede ser más aterradora.

Intento pensar.

—Nadie podía saber que ibas a escoger esta habitación.

¿Es posible que haya mechones de pelo debajo de todas nuestras almohadas? Trago saliva. Nota mental: comprobar la mía cuando regrese a la habitación.

Curtis sigue observando el mechón con fascinación horrorizada.

—¿Has salido en algún momento de la habitación? —pregunto.

—Una vez. No, dos. —Le cuesta hablar—. He bajado para comprobar la burbuja del teleférico. Sí. Para ver si había alguien. Y cuando he oído las voces. Brent.

Sus palabras no son coherentes. También estaba fuera de la habitación cuando ha llamado a la puerta de Brent, cuando yo estaba con él, pero se ha olvidado de eso.

Si alguien quiere desestabilizarlo, de momento lo está consiguiendo.

18

Hace diez años

Brent y yo estamos sentados el uno al lado del otro en la alfombra de su apartamento. Somos siete delante del televisor para ver el nuevo DVD de Burton. En la chimenea arde el fuego y noto el calor de las llamas en la frente. Es Nochevieja, pero como las condiciones para esquiar son buenas y se espera que nieve más, hemos optado por una celebración tranquila.

Todo el mundo vitorea cuando el nombre de Brent aparece en la pantalla. Empieza a sonar «Young Forever» de Jay-Z. Y ahí está Brent, dirigiéndose hacia uno de los saltos más altos que he visto jamás. Salta por el aire en un enorme siete veinte. Y clava el aterrizaje.

Le obsequio con una sonrisa y aprieta sutilmente su rodilla contra la mía. Las ocasionales noches en su cama son nuestro pequeño secreto. Nadie excepto Curtis lo sabe, aunque creo que Saskia sospecha. Me preguntó por Brent el otro día, quería saber si teníamos algo. Lo negué. No estoy segura de la razón, pero no quiero que sepa nada de las noches que pasamos juntos. No es que Brent y yo salgamos en serio.

La miro y la pillo observándonos. Aparto la pierna.

En el sofá, Curtis y Odette están sentados juntos y se ríen de algo. Los dos parecen llevarse bien. Odette tuvo una caída bastante mala ayer y se ha puesto hielo alrededor de la muñeca.

Suena el timbre de la puerta.

Dale se levanta.

—Voy.

Lleva tejanos rotos de un color púrpura tan brillante que hace que mi pelo, que me teñí yo misma de rosa ayer por la noche, parezca discreto en comparación. La toalla terminó más rosa que el pelo, pero al menos nadie me confundirá con Saskia a partir de ahora. Ha pasado ya tres veces y me empezaba a hartar.

Dale vuelve con Heather, que arruga la nariz al ver sus tejanos. Lleva un vestido negro y ceñido y botas altas de tacón. Debe de haber acabado su turno en el bar. Los ojos de Brent la siguen por la habitación y los de Julien también. Curtis sigue mirando la televisión, al parecer, inmune. Me acerco al fuego para dejar sitio a Heather y a Dale en la alfombra.

En la pantalla, Brent no para de dar saltos.

—¿Dónde es eso? —pregunto.

—Nueva Zelanda —explica Brent—. El Parque de la Nieve el pasado mes de agosto. Fue épico. Burton nos pagó el viaje a Curtis y a mí.

—Sois unos cabrones afortunados —comento—. Algunos de nosotros tuvimos que trabajar. ¿Cómo es que compites en el medio tubo? Eres tan bueno con los saltos que podrías pasar a Big Air.

Brent no contesta.

—Quiere ir a los Juegos Olímpicos —revela Curtis, y se acerca a atizar el fuego.

Brent se ruboriza. Debe de ser cierto.

Todo el mundo se ríe. Todos excepto yo. El Big Air no es una categoría olímpica. Bueno, al menos, no todavía. Ni siquiera el medio tubo lleva tanto tiempo ahí, entró justo en las últimas Olimpiadas.

—¿Por qué os reís? —les reprocho—. Que haga lo que quiera y, además, no me extraña. Todo el mundo quiere participar en unos Juegos Olímpicos.

—Yo no —afirma Dale.

—¿Por qué no?

Suelta un bufido.

—Son corruptos hasta el tuétano. No pienso entrar en su juego.

Miro a Curtis.

—¿Y tú? ¿No quieres ir?

—Claro que sí —asegura Curtis.

—Ya fuimos —añade Saskia.

—¿Qué? —exclamo.

—Como espectadores —aclara Curtis—. En Nagano en el 89. Nuestros padres nos llevaron.

—Vaya —exclamo—. Ese fue el primer evento de medio tubo. Debió de ser fantástico.

—Lo fue —afirma Curtis, que arroja otro tronco al fuego, con lo que inicia una nueva ronda de crujidos y chispas.

A veces lo observo con la esperanza de que vuelva a mirarme como antes, aunque no lo consigo.

—Yo los vi por la tele —interviene Brent—. En aquel momento, estaba totalmente metido en el *skateboarding*, y me dije que ese sería yo en diez años. No sabía que las Olimpiadas solo se celebraban una vez cada cuatro años.

Dale vuelve a soltar una risita.

—¿Quieres ir a las siguientes? —pregunto.

Brent sonríe, incómodo. Así que los próximos años son tan importantes para él como para mí. Mi sueño también incluye las Olimpiadas, pero antes de atreverme a pensar en ello, tengo que subir más en el escalafón de las clasificaciones británicas.

—¿Cómo se clasifica uno?

—Tienes que ir a la Copa Mundial de la FIE, la Federación Internacional de Esquí —dice Curtis—, para conseguir suficientes puntos.

—Maldita FIS —espeta Dale—. Prefiero los X Games antes que los Juegos Olímpicos.

Los X Games solo funcionan por invitación, eso lo sé. Curtis ha participado, compitió el año pasado, pero Dale no. Debe de ser un asunto delicado para él.

—¡Shhhh! —nos calla Julien, y señala la pantalla. Ahora aparece su nombre.

Pero Dale sigue quejándose de la FIS.

Julien busca el mando a distancia con expresión afligida. Me muerdo el labio para no reírme. Veo que Saskia hace lo mismo. Nos miramos y me tapo la boca con la mano.

Julien le hace un gesto a Curtis.

—Mira.

Un sonido apagado se escapa de mi boca. Bajo la cabeza y salgo de la habitación. Saskia me sigue y las dos nos encontramos en la pequeña cocina, riéndonos a carcajadas.

—Pobre Julien —digo.

—Es tonto —comenta ella.

Nos reímos un poco más. No puedo evitar que Saskia me guste. Y en estas situaciones es cuando más me gusta.

Ve la marca de la botella de vino blanco que hay sobre la encimera y vacía su copa en la albahaca de Curtis.

—Puaj. No me extraña que sepa tan mal. —Saca una Kronenbourg de la nevera—. ¿Quieres una?

—Prefiero vodka —señalo—. Pero bueno, vale. Porque es Nochevieja.

Abrimos los botellines y nos sentamos en el mostrador, tan cerca que puedo oler su perfume. Es la primera vez que bebo desde el Open de Le Rocher.

Las sartenes están apiladas en el fregadero. Se supone que Brent debía lavarlas, pero sospecho que no lo hará. En Navidad los chicos discutieron porque Curtis cocinó un pavo y a los demás les tocaba limpiar. Luego, Heather se negó a pasar la noche aquí porque todo estaba patas arriba, así que Dale se fue con ella.

Saskia me toca el pelo.

—Me encanta el color.

—Gracias. Todavía me sorprendo cuando me veo en el espejo.

Estira un largo mechón rosa con el dedo índice.

—Quizá tenga que teñirme yo también.

La miro, alarmada. Se ríe y me doy cuenta de que bromea.

—¿Quieres venir a mi apartamento el martes por la noche? —propone—. Podemos celebrar una noche solo de chicas.

—Claro.

—Te mandaré un mensaje con la dirección.

Julien entra en la cocina con el mando a distancia en la mano.

—Os habéis perdido mi parte.

—¿En serio? —pregunta Saskia, con tono inocente.

De cerca, pienso que su aspecto me recuerda al de un oso panda. Tiene la nariz y las mejillas marrones, y las ojeras blancas y moteadas de pecas. Es más bajito que Saskia y bastante más que yo; parece que tenga catorce años, aunque en realidad, según Brent, tiene veintidós.

—Puedo rebobinarlo, ¿te apetece? —Tira de Saskia, la hace bajar de la encimera y los dos entran en el salón. Saskia me mira por encima del hombro, con sus ojos azules con una chispa traviesa, y levanta la mano hasta la frente en un gesto obsceno. «Capullo».

Brent aparece cuando se van.

—¿Te quedas esta noche?

—Espero que sí —respondo—. Hoy me he bebido tres latas de Smash y tardaré horas en conciliar el sueño.

Los ojos de Brent se oscurecen.

—Ningún problema.

El sabor es asqueroso, pero me da la sensación de que me ayuda a saltar mejor, así que le cambié una caja de barritas de muesli por una de Smash y ya me he bebido la mitad.

Se inclina para besarme, pero oímos un ruido tras él y nos separamos.

Saskia nos mira con curiosidad y coge la cerveza del mostrador.

—Me la había olvidado.

No sé si ella y Brent se han enrollado antes. En cuanto se cierra la puerta de nuevo, abro la boca para preguntárselo, pero Heather entra en ese momento.

Saca una botella de champán del congelador y mira a Brent con ojos inocentes.

—Mi jefe me ha dado esto. ¿Puedes abrirla, por favor?

Me entran ganas de reír. En su trabajo debe de estar cansada de abrir botellas toda la noche, pero al pedirle a Brent que lo haga, cree que así halagará su vanidad masculina.

Opto por estirar la mano para abrirla yo misma y estropearle la jugada. Pero Brent es más rápido, la coge y la abre con facilidad en el fregadero. Juraría que cuando se la tiende, hincha el pecho... Lo miro mientras él la observa buscar copas. No estoy celosa. Es más bien... ¿curiosidad? Heather despierta un lado de Brent que alguien como yo nunca despertará. Preferiría morirme antes que pedir ayuda, especialmente a los chicos. Supongo que es una señal de debilidad. Pero Heather finge que es más débil a propósito y, de algún modo, logra hechizar a Brent al hacerlo.

Hasta que Dale llega y rompe el momento.

Brent y yo volvemos a nuestro rincón en la alfombra. Saskia y Julien se han instalado en el sofá, al lado de Curtis y Odette, que estaban enfrascados en una conversación. ¿Estará Curtis interesado en ella? No veo señales de que flirteen, pero mi encuentro con Heather me ha demostrado lo poco que entiendo a los hombres.

—¿Alguna vez has intentado una voltereta Haakon? —pregunta Odette.

—No —dice Curtis—. ¿Y tú?

—¿Volteretas Haakon? —interviene Julien—. *Zon* facilísimas.

Odette entorna los ojos, pero no dice nada.

—Yo *laz* hago todo el tiempo —añade Julien.

Saskia aparta la manta del respaldo del sofá, la coloca sobre sus regazos y Julien parece olvidar lo que estaba a punto de decir. Gracias a Dios.

Dale reparte copas de champán.

—¿Alguien sabe qué tiempo va a hacer?

—Esta noche será húmeda —contesta Curtis.

—Genial —comenta Dale.

—*Ezto* no *ez* nada —señala Julien—. *Deberíaiz* haber *vizto* el invierno pasado.

Todo el mundo entorna los ojos a la vez. Por favor, que alguien le cierre la boca a este tipo.

Julien vuelve a abrir la boca, pero la cierra de nuevo. Saskia está a su lado, muy cerca, y ha metido la mano derecha bajo la manta. No estará… No es posible.

Me fijo en el leve movimiento de su brazo.

Lo está haciendo.

Aquí, en medio de la habitación, con todo el descaro del mundo. Los demás están absortos mirando la televisión y nadie aparte de mí se ha fijado. No sé si sentirme escandalizada o impresionada. Esta chica no tiene vergüenza.

Su mirada se pasea por la habitación y, de repente, se fija en mí. Una sonrisa sutil se pinta en sus labios.

El estómago me da un vuelco, pero no sé por qué.

19

En la actualidad

Cuando despierto en mi dormitorio helado y húmedo, lo primero que hago es comprobar que la puerta sigue cerrada y, luego, reviso la habitación con la mirada para asegurarme de que no hay nadie más. Solo por si acaso, me levanto y registro el baño. Mis miembros están rígidos a causa del frío.

Me alegro de no pasar otra noche en este sitio. Me pongo todos los jerseys que he traído, me abrocho la chaqueta de *snowboard* hasta el cuello y cruzo la habitación para mirar por la ventana.

Cielo azul, nieve fresca, prístina y blanca. Una excitación conocida despierta en mí, a pesar de la falta de sueño. A la luz del día, las cosas no pintan tan mal. Tanto si encuentro mi móvil como si no, voy a salir de aquí hoy. Si el teleférico no funciona, no pasa nada porque podemos bajar por la montaña con las tablas de *snowboard*. Sea como sea, espero tener la ocasión de recorrer algún tramo de esa nieve recién caída antes de irnos.

El pasillo huele a madera quemada del fuego de la chimenea de ayer. Curtis está en la cocina, acuclillado frente a la impresionante máquina de café, con los tejanos oscuros que llevaba ayer y un polar púrpura de Sparks de tejido sintético con cremalleras por todas partes. La marca en su sien también se ha vuelto de color púrpura. Quiero decirle que se ponga hielo, porque parece hinchada, pero imagino que prefiere que no se lo recuerden.

—¿Qué hora es? —pregunto.

Comprueba su reloj.

—Las siete y veinte.

—Es muy raro no saber la hora.

La máquina de café suelta un pitido. Curtis maldice.

—¿No funciona?

—Sí, sí, estoy en ello.

—¿Sigue sin aparecer nadie del personal?

—No. —Curtis aprieta más botones. La máquina vuelve a pitar y Curtis suelta más exabruptos.

—Esta mañana estás de muy buen humor. ¿Pudiste dormir?

—No mucho.

Miro por encima de su hombro.

—La carga está vacía.

—¿Cómo lo sabes?

—Porque tengo cerebro.

Aunque lo cierto es que he trabajado en la mitad de cafeterías de Sheffield.

Se gira, furioso. No me había dado cuenta de que estaba tan tenso; de lo contrario, no le habría tomado el pelo así. Busco granos de café. Estoy acostumbrada a lidiar con hombres altos, fornidos y malhumorados, y sé que ahora es mejor mantener la boca cerrada.

Curtis siempre tenía que controlarlo todo, así que no me extraña que esto le resulte difícil. El perfume y el mechón de pelo en su cama debe de haberlo sacado de quicio.

¿O hay una razón más siniestra para su ira? Quizá mató a su hermana y ahora teme que lo descubran. O tal vez sea el responsable de esta excursión, el que nos ha traído hasta aquí para resolver el misterio de la desaparición de su hermana. Es posible que su antiguo afecto por mí se haya trocado en odio y lo que acabo de ver sea la máscara deslizándose y desvelando la verdad.

Compruebo el armario encima del fregadero.

—Lo siento —murmura—. Solo quiero un maldito café.

Levanto un enorme tarro de granos de café.

—Vamos allá. ¿Un *cappuccino* está bien?

—Yo lo haré. —Trata de arrebatarme el tarro.

—He utilizado una máquina como esta antes.

—Ya lo hago yo.

Probablemente debería ceder, pero no lo soporto.

—No sabrás hacerlo.

Arquea la ceja y contengo el aliento, consciente de que quizá me estoy pasando de la raya. Ninguno de los dos cede hasta que, al fin, se aparta a regañadientes. Con cuidado para no mirarlo, abro el compartimento en la parte superior de la cafetera, pero no logro abrir la maldita jarra con los granos de café.

Curtis lo toma y lo abre.

—Músculos —indica, luchando por no sonreír.

Maldita sea. Ahora me giro yo para ocultar mi propia sonrisa. La máquina se pone en marcha y la cocina se llena con el aroma a café recién molido.

—¿Te has hecho algún café esta mañana? —pregunta.

—No, ¿por qué?

—Cuando he entrado en la cocina, me ha parecido que olía a café recién hecho.

Sé lo que está pensando. Su hermana era una fanática del café. Le tiendo un *cappuccino.*

—Habrá sido alguno de los otros. ¿Hay rastro de los móviles?

—No. Oye, no les digas a los demás lo del mechón de pelo...

Se calla de repente en cuanto Brent entra, con el cabello encrespado y la marca de la almohada todavía en su mejilla.

—Buenos días.

¿Le doy un abrazo o no? Brent tampoco parece saber cómo actuar. Al final, lo hacemos, pero es un poco rígido e incómodo.

—¿Café? —ofrece Curtis.

—Sí, gracias, amigo.

Me giro hacia la máquina antes de que surja otra discusión sobre quién lo hace.

Los tres nos sentamos en la barra y sorbemos nuestros cafés en silencio. Dios, qué tensión hay en la estancia. Incluso Brent parece sentirla. Sus ojos oscuros tienen una mirada perturbada que jamás había visto antes. Es normal, supongo, después de los hechos de ayer.

¿O tendrá razón Curtis? ¿Es posible que Brent esté tenso porque está chantajeando a Dale y a Heather? Si es así, ¿qué hacemos Curtis y yo aquí? ¿Solo para hacer bulto, o Brent planea chantajearnos a nosotros también?

Me remuevo en la silla, intranquila. Hay una cosa que Brent sabe de mí, algo que no me gustaría que se divulgara, pero él no lo haría. ¿Verdad?

Me termino el café y me pongo en pie de un salto.

—Voy a comprobar si la burbuja funciona.

—Ya he ido yo —señala Curtis.

Pero tengo que comprobarlo por mí misma y, de todos modos, necesito espacio. Cruzo las puertas dobles y salgo al aire helado por los peldaños metálicos.

La vista es deslumbrante. Los Alpes se extienden hasta donde alcanza la vista: cumbres blancas y valles verdes. Los pequeños cubículos naranjas cuelgan inmóviles contra un cielo sin nubes, desaparecen brevemente más allá de los riscos y luego cruzan la plataforma a nuestros pies. El pueblo de Le Rocher no se ve desde aquí porque está en lo más profundo del valle.

Me concentro en la cabina del operador y trato de abrir la puerta. Sigue cerrada, no esperaba otra cosa. Pongo las manos sobre el cristal de la ventana. Hay un panel de control que parece complicado de operar y varios monitores. Estoy bastante segura de que, aunque rompiéramos la ventana, no seríamos capaces de activarlo. Hará falta alguna llave o código.

No importa. Podemos bajar por la montaña. Primero sobre las tablas de *snowboard,* hasta que ya no quede nieve, y, luego, a pie. Será un paseo bastante largo porque la cota de nieve es alta, pero deberíamos ser capaces de llegar en medio día.

Oigo pasos en las escaleras a mis espaldas. Es Dale. El presentador de un programa de televisión, Dale, el que huele a loción de después del afeitado y parece que estos días lea *GQ* en lugar de la revista de esquí deportivo *White Lines,* con sus tejanos elegantes y su jersey de color marrón grisáceo, que posiblemente sea de cachemir, aunque la capucha de la chaqueta de *snowboard* está desgarrada por la pelea de ayer y tiene un morado incipiente en un ojo.

Mira a su alrededor.

—¿Siguen cerradas?

—Sí —confirmo, y lo rodeo para volver arriba.

Me agarra por el brazo derecho.

—¿Fuiste tú, Milla? ¿Eres tú quien nos ha traído hasta aquí?

—No.

Trato de zafarme, pero no me suelta.

—Entonces, ¿por qué mi mujer asegura que has sido tú?

Hay algo en este lugar. Es como si la naturaleza salvaje de las montañas se apoderase de nosotros. O quizá sea el hecho de que estamos tan alejados del resto de la civilización. Aquí no hay límites, no hay vigilancia.

—No lo sé. Suéltame.

En lugar de hacerlo, me agarra con más fuerza.

—Primero dame una respuesta.

El corazón me late con fuerza, pero en situaciones así no se puede exteriorizar el miedo.

—Puedo hacerte daño —amenazo.

La mejor defensa es un ataque, al menos, según mi hermano y mi padre.

Ni siquiera parpadea.

—Yo puedo hacerte más daño.

Nos miramos fijamente y busco al Dale que conocí y que recuerdo: la sombra de un tatuaje, sus orejas perforadas y también el labio, donde tenía los *piercings.* Pero no queda nada. Como si jamás hubiera existido.

20

Hace diez años

Saskia no se ha cambiado, todavía lleva los pantalones de *snowboard*. Está preparando un batido y va de aquí para allá. Odette y yo nos apoyamos en la barra de la cocina. Ninguna de nosotras ha pedido alcohol, así que parece que nuestra «noche de chicas» será bastante tranquila. A mí me parece bien.

—¿Qué estás poniendo en el zumo? —pregunto.

Saskia se gira hacia mí con una sonrisa bailando en sus ojos.

—Remolacha, zanahoria, espinacas y limón.

¿Sabe que me pone nerviosa cada vez que me tiende una bebida? Sospecho que sí. Me ha invitado a un café varias veces, en la montaña. Mi presupuesto no da para bebidas calientes, así que no le he podido devolver el favor, pero no parece que le importe. Quizá sea su manera de compensarme por lo del Open de Le Rocher.

Mete un puñado de polvo de color *beige* en la batidora.

—Y maca.

Estudio el recipiente.

—Se supone que contribuye a la recuperación muscular —explica—. Curtis me habló de esto.

Olisqueo el contenido.

—¿Sabe a mierda?

Odette mete un dedo dentro. Lleva una muñequera, por la caída que tuvo hace unos días.

—No sabe tan mal. Pruébalo.

Lo hago.

—Puaj.

Saskia pulsa el botón de la batidora.

—En el zumo ni lo notarás.

Odette saca otra jarra. Superverdes.

—Pon un poco de esto también.

—No, no. Quiero que le guste. —Saskia vierte el líquido marrón en tres vasos y nos los llevamos al sofá.

El apartamento es pequeño, pero mucho más bonito que el mío. Tiene el suelo de madera de un tono pálido y alfombras coloridas.

—¿También vives aquí? —pregunto a Odette.

Su piel blanca está enrojecida por el sol.

—No —contesta—. Tengo un apartamento encima de la tienda de alquiler de esquís.

—Aquí solo vivimos Heather y yo —informa Saskia.

—¿Esta noche trabaja? —pregunto.

—Sí, gracias a Dios. —Saskia se inclina hacia delante para dejar su vaso vacío en la mesita de café y el jersey se le sube, lo que deja al descubierto su esbelta espalda. Me fascina. Tan menuda y, a pesar de eso, tan fuerte.

Hay un montón de revistas tiradas encima de la mesita. Les echo un vistazo, con la esperanza de descubrir algo de su carácter. Revistas de moda francesas, mezcladas con otras de *snowboard* y prensa del corazón inglesa sobre famosos. Esto no me dice gran cosa y, además, es posible que algunas sean de Heather.

Señalo las tablas de *snowboard* apoyadas contra la pared.

—¿Son todas tuyas?

—Excepto esa —señala Saskia—, que es de Heather.

—No me lo puedo creer, tienes cinco tablas.

No todas pueden ser de su patrocinador. Dos ni siquiera son de Salomon. El precio medio de cada tabla es de unos quinientos pavos, esas tablas no son de las baratas.

Me giro hacia Odette.

—¿Y tú?

—Tres.

—¿Cuántas tienes tú? —pregunta Saskia.

—Una —contesto. Ojalá no hubiera preguntado—. Pero es la única que necesito, porque es mágica.

Y se ríen.

Mientras me bebo el batido, veo que Saskia me observa. Quizá la fascinación sea recíproca.

Coloca los pies desnudos sobre la mesita. Esta noche lleva las uñas de color plateado.

—Tengo una pregunta para ti, Milla. ¿Qué es mejor, el *snowboard* o el sexo?

Esperaba algo así. Después de todo, es una noche de chicas. Y aunque disfruto charlando de *snowboard* con Odette, prefiero no hablar de mis avances en presencia de Saskia, así que me encanta cómo ha cambiado de tema.

—Depende de con quién esté —respondo.

Una chispa traviesa brilla en sus ojos.

—Con Brent.

—Ya te lo he dicho —insisto—. No estoy con él.

Hoy Brent y Curtis se han ido a Italia para participar en una competición. Hago una nota mental para llamarlo después y que me cuente cómo le ha ido.

Saskia arquea una ceja.

—Da igual —añado—. Me gustan las dos cosas.

Odette sonríe.

—Sí, una de día y otra de noche.

—No seas aburrida —dice Saskia.

Hoy parece molesta con Odette, como si hubiera preferido que nos quedásemos las dos solas. ¿O me estoy engañando a mí misma? Tres siempre es un número extraño. De nuestro pequeño trío, Odette es la más seria, Saskia la más divertida y, a menudo, yo estoy entre ambas. Esta noche me decanto por Saskia.

—¿Por qué no las dos cosas a la vez? —propone Saskia—. Basta con encontrar un sitio tranquilo en la montaña.

—¿En la burbuja del teleférico, quizá? —sugiero.

Saskia sonríe, irónica.

—¿Hablas por experiencia?

Me río.

—¡No! Ahora te toca a ti. ¿Cuál es mejor?

Me muero por oír qué dice. Los hombres la miran allá donde va, pero no muestra interés por ninguno, excepto, quizá, por Julien, aunque sospecho que solo lo aguanta por los consejos de *snowboard* que saca de él. Imagino que, como yo, prefiere concentrarse en el entrenamiento.

—Sí —cede—. Tienes razón. Necesito las dos cosas.

—¿Con Julien? —insisto.

Se ríe y aparta la mirada.

Estoy a punto de preguntar a Odette, pero suena el timbre. Y es el pesado de Julien.

Saskia lo saluda con un beso frío en cada mejilla.

Odette frunce el ceño.

—Es una noche solo para chicas.

—Oh, ¿qué importa eso? —exclama Saskia.

Julien y Odette son franceses y uno pensaría que eso haría que se llevasen bien, pero Saskia es la única que habla con él. Odette ni siquiera lo saluda con dos besos, sino que levanta la cabeza y punto.

Julien habla en francés.

—Esta noche hablamos en inglés —puntualiza Saskia.

—¿Has visto mi siete veinte invertido? —pregunta Julien.

Lo escuchamos durante un rato. Sería interesante si no fuera porque habla muy mal inglés y me cuesta seguirlo. Saskia lo interrumpe para preguntarle a Odette sobre una competición que va a celebrarse en Suiza. A Julien no parece preocuparle la falta de interés de Saskia. No puede apartar la vista de ella, como si fuera su musa o algo parecido.

Me giro hacia Odette.

—He visto que hoy has hecho unos novecientos impresionantes.

Odette agita la mano.

—No, impresionantes tampoco. Pero tú estabas a tope con tus siete veintes.

—Me han salido mal casi todos. —Hacemos eso típico de las mujeres, restar importancia a nuestros logros.

Saskia bosteza. No le gusta hablar de ella, como hace Julien, pero tampoco se critica delante de los demás. No lo necesita. Se frota el cuello para relajarse.

—¿Te has hecho daño?

Julien se pone en pie de un salto y se coloca detrás del sofá. Aparta el pelo de Saskia y empieza a hacerle un masaje en la parte superior de los hombros. Su mirada intensa me recuerda a la del gato de mis padres cuando se acurruca en el regazo de alguien.

Me aguanto la risa y miro a Odette para comprobar si se ha fijado. Los mira con una expresión extraña. Hasta que me ve a mí.

Su rostro cambia tan rápido que ni siquiera estoy segura de si me lo he imaginado.

Por un momento, diría que he visto odio.

21

En la actualidad

La mano de Dale me estruja el brazo. Algunos hombres son incapaces de pegar a una mujer. Brent, por ejemplo. Curtis probablemente piensa que si tuviera que hacerlo, podría, pero no estoy tan segura de que fuera capaz. Cuando miro en los ojos fríos, verdes y grises de Dale, creo que sí lo haría.

De repente, pienso en cómo se acercó a Saskia en el Glow Bar, hace diez años. Mi mente se acelera. ¿La atacó de nuevo después de aquello y la mató? ¿Es eso lo que pasó? De ser así, corro un peligro real. Si piensa que le he mandado la invitación para hacerlo caer en una trampa, se sentirá como un animal acorralado.

Maldita sea. Y ahora he perdido el factor sorpresa. ¿Qué hago? Dale, el presentador del programa de televisión, me asusta. Quiero que vuelva Dale el Vikingo.

Miro su mano. Lleva las uñas arregladas a la perfección y en la muñeca tiene una capa de espeso vello rubio.

«Los mejores luchadores hacen todo lo posible por evitar una pelea, Milla. Pero si no puedes hacerlo, pega primero y hazlo fuerte».

Mi padre me enseñó a pelear. Era un tipo duro. Y también listo. Podría pegar a Dale con la izquierda o, mejor aún, darle un rodillazo en los genitales y no me faltan ganas, pero él me devolvería el golpe y los dos saldríamos bastante mal parados. Optaré por la primera opción.

—Si no me sueltas ahora mismo, le diré a tu mujer que me besaste.

Es bastante rastrero por mi parte amenazarlo con eso. Después de todo, fui yo quien tomó la iniciativa en el beso. Pero no me importa, estoy furiosa. Si eso no funciona, le daré un rodillazo y echaré a correr.

Me suelta.

Antes sentía mucho respeto por Dale. Era un tipo divertido y relajado, con un estilo único en su forma de practicar el *snowboard,* en la ropa que llevaba y en su propia vida. ¿Debería contarle que Heather estaba con Brent ayer por la noche, en el armario de la ropa limpia?

No, primero tengo que escuchar la versión de Brent. O, mejor todavía, concentrarme en salir de este sitio. Subo las escaleras mientras lucho por calmar mi respiración.

—Eh —me llama Dale.

Me giro.

—Lo siento.

«¿En serio? Haces lo que haces ¿y crees que luego puedes disculparte y que me olvidaré de todo?». Ni siquiera estoy segura de que lo diga de verdad, pero asiento y sigo subiendo mientras contengo el aliento hasta que llego a la relativa seguridad de la cocina.

Heather está ahí, esbelta y elegante como siempre, con tejanos blancos ceñidos y las botas de tacón que llevaba ayer. Nos observa con suspicacia cuando Dale entra detrás de mí.

No, Heather. No le he besado. Esta vez, no.

Dale va directo hacia ella y la rodea con los brazos. No sé si para tranquilizarla, dejar claro que es su amo o ambas cosas.

Noto que Curtis me está mirando. ¿Se me verá tan alterada como me siento?

—¿Funciona la burbuja? —pregunta Heather.

—No —contesta Dale.

—Y presiento que no funcionará —añade Curtis.

Varias cabezas se giran hacia él.

—Si alguien se ha tomado tantas molestias para reunirnos aquí, no nos dejarán ir tan fácilmente.

—Si al menos tuviéramos los malditos móviles —exclama Heather.

—Por eso se los quedaron, ¿no? —señala Curtis—. Porque quieren que estemos aquí, atrapados.

Me estremezco. ¿Qué más han planeado para nosotros?

—Tenemos el vuelo mañana por la noche —informa Heather—. Debo estar en el trabajo el lunes. ¿Qué vamos a hacer?

—¿Desayunar? —sugiere Curtis.

Heather maldice.

—Luego bajaremos —continúa Curtis—. Es una suerte que quien planeó esto no fuera lo bastante listo como para llevarse nuestras tablas de *snowboard,* además de los móviles.

Dale carraspea.

—Heather no tiene tabla.

Mierda. No lo había pensado.

Curtis nos mira a Brent y a mí, esperanzado.

—¿Traéis una de sobra?

Brent y yo sacudimos la cabeza.

Curtis mira las botas de Heather.

—Dime que al menos te has traído otro par.

—Sí —afirma.

—Algo es algo.

Heather contempla nerviosa a su marido.

—Mis sandalias de tacón.

Curtis deja caer la cabeza entre las manos.

Y lleva razón. Tenemos un problema.

—Te lo dije —le recrimina Dale.

La expresión de Heather es de rebeldía.

—Si hubiera sabido que íbamos a bajar montaña abajo haciendo alpinismo, no habría venido.

Estoy a punto de decir que no es exactamente alpinismo. Luego recuerdo la sección superior de la ruta de descenso. Una de las pendientes negras de la estación, de las más difíciles, solo para expertos, es muy empinada y está plagada de rocas. Si bajásemos haciendo *snowboard,* nuestra máxima preocupación sería la zona más descubierta de nieve y el riesgo de romper nuestras tablas. Sin eso, no obstante, Heather sí que estaría haciendo alpinismo en determinados puntos.

Esto es malo.

—¿Qué número calzas, Heather? —pregunto.

—Un treinta y ocho.

—Yo un cuarenta. Puedes llevar mis Converse, con un par de calcetines extra.

Heather acepta.

Miro a Dale. «Espero que ahora te sientas culpable por haberme amenazado».

—¿Y tú, Milla? —inquiere Curtis.

—Yo me pondré las botas de *snowboard.* —Las nuevas, que todavía no he llevado. La mera idea de las ampollas que me van a salir hace que parpadee de dolor.

Todos, incluido Dale, miramos a Curtis para que nos dé su veredicto. Se ha pasado casi toda la vida en las montañas, y es el más experimentado de todos los aquí presentes.

Sacude la cabeza.

—No me gusta. La nieve estará helada después de que el sol la haya calentado todo el verano. Incluso si lleva las Converse, resbalará a cada paso hasta que lleguemos al final de la cota.

—Podríamos atarla con una cuerda —propongo.

—Hay cuerda en el trastero, cerca de la entrada principal —indica Dale.

Curtis y él deben de seguir molestos después de la pelea de ayer por la noche, por no hablar del dolor físico que aún sentirán, pero dejan sus diferencias a un lado. Estamos trabajando en equipo, porque todos tenemos las mismas ganas de largarnos de aquí.

—¿Alguna vez has escalado? —pregunta Curtis a Heather—. ¿O hecho excursionismo?

Heather sacude la cabeza. Está pálida.

Curtis se gira hacia Dale.

—Hay peñascos y precipicios en todos los puntos. Si resbala, es posible que se lleve por delante a uno de nosotros. Reservémoslo como última posibilidad. Primero, será mejor que descartemos las demás opciones.

—¿Como cuáles? —digo.

—Como meternos en la cabina del operador del teleférico. Si logramos activar las burbujas, ya estaremos a mitad de camino. Si no, quizá haya una radio o algún tipo de botón de emergencia. Tenemos que comprobar el entorno para ver qué más hay. Es posible que haya una radio en el cobertizo del teleférico.

—Quienquiera que haya hecho esto es un psicópata —masculla Heather, temblorosa.

Curtis guarda silencio un instante y suelta:

—¿Alguien ha visto u oído algo que le lleve a pensar que no estamos solos aquí arriba?

Su mirada se cruza brevemente con la mía cuando recorre la habitación y reparo en cómo ha formulado la pregunta. No ha mencionado ni el perfume ni el mechón de pelo, pero creo que piensa en ello.

Los demás niegan con la cabeza.

Curtis no sugiere que nos separemos. ¿Por qué? Podría bajar con Brent y conmigo, por ejemplo, y dejar a Heather aquí con Dale hasta que el personal de la estación active los ascensores del teleférico. ¿Es la posibilidad de que su hermana esté aquí lo que se lo impide?

—Vale —dice Curtis—. Vamos a comer; luego, nos pondremos manos a la obra. —Mira a Dale con intención—. A menos que alguien tenga una idea mejor.

Dale levanta la mano hasta la frente en un irónico saludo militar.

Curtis sale de la cocina a grandes zancadas.

Heather lanza una mirada a Brent y me pregunto qué pasó en el cuarto de la ropa limpia.

Dale le susurra algo al oído; ella asiente y acaricia su mandíbula con la nariz. ¿Cómo es tener algo así? ¿Que alguien siempre esté a tu lado? No lo sé, porque nunca lo he experimentado. Ha sido por elección propia, pero, aun así, a veces me pregunto si me estoy perdiendo algo.

Me alejo y me preparo un bol de cereales. No los he probado desde aquel invierno. Llevamos los desayunos hasta el restaurante, donde las sillas están volcadas y el suelo, repleto de cristales rotos de la pelea de la noche anterior.

Hay un silencio incómodo mientras comemos. Heather trata de llamar la atención de Brent.

«No lo hagas, Heather, o Dale se dará cuenta».

Por la ventana, el sol cae implacable sobre el glaciar con un brillo tan intenso que tengo que protegerme los ojos para mirarlo. A unos centenares de metros de la pendiente se ven los restos de varios saltos, probablemente del campamento de verano que Burton organiza aquí cada mes de agosto.

La tristeza me invade. En una vida distinta, estaríamos ahí fuera disfrutando en lugar de atrapados aquí, sospechando cosas horribles los unos de los otros.

Necesito meterme en la cabeza que esto no es la reunión nostálgica que esperaba.

Y que estas personas ya no son mis amigos.

22

Hace diez años

La adrenalina fluye por mis venas. Hoy es día de volteretas hacia atrás. Ayer nevó y todavía no han despejado el tubo, así que hemos subido al glaciar para practicar un salto.

«Está entrando en un área de alta montaña. Peligro: grietas y avalanchas. ¡Avance bajo su propia responsabilidad!». Los carteles están en seis idiomas distintos, pero nos hemos deslizado por debajo de las barreras y hemos escalado por la nieve recién caída.

La nieve fresca brilla al sol. Es el momento perfecto para mí, la oportunidad de probar nuevos trucos con un aterrizaje más suave. Si logro clavar las volteretas hacia atrás en un salto recto, luego podré pasar a los McTwists en el tubo.

Hay siete personas. Dale y Curtis se han traído palas plegables, que han cargado en sus mochilas; los demás utilizamos las manos y las tablas para dar forma a la rampa. El frío se filtra por mis pantalones de *snowboard* cuando me arrodillo en la nieve y agarro la tabla por las cintas para moverla arriba y abajo, en el punto que será la salida.

Curtis se levanta con la cara roja a causa del esfuerzo.

—Me parece que está bien. ¿Todos contentos con el resultado?

Él y yo caminamos juntos y nos hundimos en la nieve hasta la rodilla a cada paso. Aquí el aire es más ligero, y aspiro bocanadas como si diera a luz. Él también jadea, lo cual me hace sentir un poco mejor.

—Tienes que ir más a menudo al gimnasio —bromeo.

—Cállate. No te vi allí ayer por la noche.

—Estaba en el fisio. —La rodilla ha empezado a dolerme de nuevo desde que salté por el precipicio para recoger el guante del bebé.

Miro por encima del hombro para asegurarme de que Saskia no nos oye. Está más atrás, con Odette y Julien.

—Saskia sabe hacer McTwists, ¿verdad? Hizo uno en la final de los campeonatos británicos.

—Sí —confirma Curtis.

—No la he visto hacer ninguno aquí todavía.

—Sufrió una mala caída en el campamento de verano de Hintertux. Se quedó inconsciente. Por eso empezó a llevar casco.

—¿Ha intentado hacer alguno desde entonces?

—No que yo sepa.

—Interesante. —Si logro hacer alguna voltereta hacia atrás hoy, seguro que a Saskia no le gustará.

La nieve cede bajo mis botas. Curtis me tira hacia atrás. Hay una grieta azul y vidriosa justo donde acabo de poner el pie.

Miramos con cuidado a través de ella. Es profunda. Las llaman «abismos», porque siguen hasta donde llega la vista.

—Ojo, hay una grieta muy grande aquí, chicos —grita Curtis a los que están más abajo.

Compruebo a mi alrededor si hay alguna más. El problema es que la gran mayoría están ocultas bajo finas capas de nieve, los «puentes de nieve», así que no te das cuenta de que están ahí hasta que las pisas.

—Sigue —le indico a Curtis—, ve tú delante.

Se ríe y revisa la nieve que hay en el camino con la punta de su tabla. Ascendemos poco a poco. En lo más alto nos atamos las tablas, jadeantes.

Curtis se pone el casco. De nuestro grupito, solo él y Saskia llevan uno. Probablemente, yo también debería, pero no son baratos y aún no me he decidido a comprarme uno.

Oigo que Saskia le pregunta algo a Julien en francés cuando nos alcanzan. Odette camina detrás de ellos, con expresión enfadada.

—¿Quién va a ser el conejillo de Indias? —dice Curtis.

—¡Yo! —exclamo de inmediato. Soy la peor del grupo y necesito demostrarles que puedo estar a la altura.

En línea recta, me digo. Porque todos me miran.

Bajo rápido hacia el hueco y, luego, hacia arriba desde la rampa y hacia el aire. El salto me impulsa más alto de lo que esperaba, pero conservo la calma, agarro el borde del talón y empujo hacia fuera la parte posterior de la tabla, de modo que vuelo por los aires con mi tabla perpendicular a la dirección del avance. Agarre «método». Cuando lo haces bien, lo sabes porque lo sientes. Y ahora lo siento.

La gravedad tira de mí hacia abajo. Suelto el agarre. Es una caída grande y notaré el impacto. Siento todo mi peso corporal en los cuádriceps. Sigo, contenta por haber hecho todas esas sentadillas.

Desde la cima se oyen aplausos y vítores. Mientras me suelto la cinta, Curtis salta y Odette lo sigue, con agarres método que me muestran cómo podría mejorar el mío. Observo dónde aterrizan: ¡apenas unos metros más lejos que yo! Genial.

Saskia es la siguiente y, luego, Julien y Brent saltan; sonrío porque ellos también lo hacen con el agarre método. Dale ejecuta uno, lo sujeta mientras realiza una rotación de 180 grados y suelta la mano para realizar un agarre «indy» antes de aterrizar. No me sorprende que Oakley quisiera contar con él. Tiene un estilo propio.

—¡Bah! Agarres dobles —comenta Julien a nadie en particular—. No me gustan.

Vuelvo a subir, con Odette al lado. Anoche estuve en su apartamento y nos quedamos hasta tarde viendo DVDs franceses de *snowboard.* Cuando Saskia no está, Odette es distinta, está más relajada, y creo que a mí me pasa lo mismo. No mencionó dónde estaba Saskia y yo no se lo pregunté, supuse que habían discutido. Hablamos de nuestros objetivos para ese invierno: las competiciones en las que queríamos participar, los saltos que esperábamos aprender. Si fuera británica, no le habría contado todo eso, pero estaba muy por delante de mí, así que no parecía tener importancia.

Julien y Saskia están justo detrás de nosotras. El francés de Saskia debe de ser mejor que el inglés de Julien, porque vuelven a hablar en francés. Por cómo señala la rampa de nieve, parece que le está dando más consejos.

—¿En francés también suena como si fuera idiota, igual que en inglés? —susurro a Odette.

Esperaba que se riera, pero ni siquiera sonríe.

—Sí.

No parece que Julien le guste, pero tiene sentido. Los dos son competidores increíbles, sin embargo, él siempre tiene tiempo para decirle a la gente lo bueno que es, mientras que Odette se limita a estar callada y saltar. Si Curtis no lo hubiera mencionado, ni siquiera me habría enterado de que se clasificó en segunda posición en la Copa del Mundo FIS que se ha celebrado en Vars esta semana.

—¿En qué trabajas hoy? —pregunta Odette.

Vacilo y digo:

—Volteretas hacia atrás, espero.

Ahora no me queda más remedio que hacerlo.

—¿Es tu primera vez?

—Sí. Estoy muy nerviosa.

Me toca el brazo con el guante.

—No te preocupes. ¡Seguro que lo consigues!

Brent se ata las cintas en la cima.

—Hora de la voltereta hacia atrás —anuncio en voz baja—. ¿Algún consejo de última hora?

—No aterrices sobre la cabeza —responde Brent con una sonrisa—. No, lo hiciste genial en el trampolín. Pero concéntrate. No llegues a la mitad del salto y decidas entonces que no quieres completarlo.

Por su forma de andar, encorvado y relajado en sus pantalones de cintura baja, uno jamás adivinaría que Brent es un atleta de élite. Parece más bien un fumata o tan solo un vago. Luego lo ves con la tabla y todo cambia.

Salta desde la cima con un amplio siete veinte. No parece que tenga miedo. Lo envidio; con los guantes puestos, me sudan las palmas de las manos. Saskia interroga a Julien otra vez, mientras se atan la tabla a las botas. Estoy deseando ver su cara si lo logro.

Curtis se pone en pie.

—¿Vas?

—No, después de ti —suelto, porque no estoy del todo lista.

Curtis acelera y ejecuta una voltereta hacia atrás impecable. Todo el mundo aplaude.

Ahora tengo que hacerlo. Corro hacia abajo. La velocidad es importante, necesito suficiente tiempo en el aire para lograr el giro de la tabla. En el instante en que el morro de la tabla llega al borde de la rampa, me inclino hacia atrás.

Es como cuando vas en una montaña rusa y das el giro cabeza abajo. Excepto que, en lugar de estar sentada y protegida por los cinturones de seguridad, ahora mismo no tengo ni idea de lo que va a pasar. Mi campo de visión se vuelve azul y, luego, blanco. Si me caigo al suelo, me romperé el cuello, seguro. Enseguida vuelvo a ver cielo azul y de nuevo tengo la tabla bajo los pies.

Me dedican aplausos más entusiastas que a Curtis.

Este me saluda con respeto cuando me acerco.

—Bien hecho.

Me encojo de hombros, quitándole importancia como si no hubiera pasado nada especial. Pero por dentro me siento feliz. No estoy segura de por qué, pero el elogio de Curtis significa más para mí que todo lo que digan los demás. Es como si fuera mi padre y mi hermano, todo en uno. Al impresionarlo a él, he logrado lo imposible: impresionar a los demás. Es una estupidez, lo sé, porque lo que siento por Curtis dista de ser fraternal, pero recordaré este momento para siempre.

Saskia se lanza desde la rampa y no puedo ocultar mi sonrisa cuando gira de nuevo. Se lo he puesto difícil y no logra hacer lo mismo que yo.

Curtis me ve.

—Ten cuidado con mi hermana.

—¿Qué quieres decir? —pregunto, sorprendida.

—Solo eso... Ten cuidado.

—¿Me estás pidiendo que no compita con ella? —insisto. Espero que no.

—No. Pero no le gusta perder.

Me rio.

—¿Acaso le gusta a alguien?

Curtis abre la boca como si fuera a decir algo. Luego, la cierra de repente.

Eso hace que me pregunte qué más habrá hecho Saskia. Pero ahora tenemos una tregua, dudo que haga nada a mis espaldas.

—No te preocupes —digo—. Yo también sé jugar duro.

Justo en ese momento, Julien salta de la rampa con una pirueta tirabuzón. Es lo que me gusta del *snowboard* de estilo libre. No es como ir en bicicleta o correr, donde las carreras se vencen por milésimas de segundos y hace falta la *photo finish* para decidir quién ha ganado. Nuestro deporte es tan joven que los competidores crean nuevas piruetas constantemente, saltos que la gente que compitió antes jamás pensó que fueran posibles o ni siquiera imaginaron. Me encanta pensar en lo que se hará dentro de diez años.

Brent me da un golpecito en la espalda cuando lo alcanzo.

—Bien hecho, Mills.

Cinco volteretas hacia atrás después, me siento exultante y hasta algo vanidosa. Cada vez que clavo una, me digo que será mejor que pare ahora que me están saliendo bien. Luego, veo la expresión de Saskia y me obligo a hacer una más.

Así es como voy a vencerla. No con trucos rastreros, sino con esfuerzo y con trabajo duro, clavando nuevas maniobras, una tras otra. Tengo un equipo de expertos a mano a los que pedir consejo y tres meses por delante antes de los campeonatos británicos de mediados de abril. Es factible. Puedo hacerlo.

Brent y Dale están sentados más arriba comiendo mis barritas de muesli. Me alegro de que le gusten a alguien. Todavía me quedan veinte cajas. Dejo la tabla, me hundo en la nieve al lado de Brent y abro una barrita para mí.

Una exclamación con voz femenina hace que me gire.

Saskia está de pie a mi lado, con la mano sobre la boca.

—Lo siento muchísimo, Milla.

El temor se apodera de mí. Mi tabla no está donde la he dejado.

Me pongo en pie de un salto. Seguramente esté detrás. O deslizándose por la pendiente, donde topará con un montón de nieve fresca y blanda y se detendrá.

Pero no es así.

—Ha sido un accidente —dice Saskia—. Le he dado sin querer.

Señala un agujero en la nieve.

Corro para comprobarlo. A unos treinta metros, en la estrecha grieta, está mi preciada tabla hecha añicos.

La miro y veo una sombra de sonrisa que borra de su rostro con rapidez.

Veo que me equivocaba con ella: no somos amigas. Quizá no es consciente, pero me ha declarado la guerra.

23

En la actualidad

Brent golpea la ventanilla de la cabina del operario del teleférico.

—Cristal templado.

Curtis y él llevan sus guantes de *snowboard* y también las gafas de protección. Deliberan acerca de la mejor manera de entrar en la cabina.

Los demás esperamos. En cuento pueda, pienso escabullirme y registrar las habitaciones en busca de los móviles o de una pista de quién está detrás de esto.

El viento arrecia. Las pequeñas burbujas naranjas crujen mientras se balancean hacia delante y hacia atrás. No tengo muchas esperanzas de que los chicos activen el teleférico. Los ascensores alpinos cuentan con un buen sistema de seguridad hoy en día y la persona que nos haya traído hasta aquí habrá supuesto que trataríamos de acceder a las instalaciones del operario.

Brent agarra su tabla.

—Tomemos esto primero.

Dale y Heather están un poco más lejos, en la plataforma, hablando en voz baja. Otra discusión, a juzgar por los sonidos que nos llegan. Dale me pilla mirándolos y hace un gesto a Heather para que se calle.

—Vuelvo enseguida. Tengo que ir al baño. —Subo corriendo y me dirijo a la habitación de Dale y Heather.

Dale se ha llevado mucho menos equipaje que Heather, así que empezaré con él. Registro su bolsa de *snowboard.* Pantalones para la nieve, guantes, gafas protectoras, jerseys de colores apagados y pantalones de camuflaje. Casi todos son de sus antiguos patrocinadores y, prácticamente, están nuevos. También hay ropa interior y veo que ahora lleva calzoncillos de marca Calvin Klein. El viejo Dale jamás se habría gastado pasta en calzoncillos de marca. Habría ahorrado para el *snowboard*. Una bolsa de plástico con tornillos, un par de herramientas de mantenimiento de tablas. Nada personal. Ningún teléfono.

Reviso bajo las almohadas y los colchones y palpo todas las mantas de las literas. Tengo que ser rápida. El armario está vacío. La maleta de Heather está abierta en el suelo. Hay ropa a montones, la gran mayoría de color negro y de aspecto caro, toda bien doblada. Aprieto la tela para comprobar si hay un móvil oculto. Nada.

En un rincón, hay un batiburrillo de ropa interior elegante. Se me hace raro ver las bragas de otra chica y no puedo resistirme: levanto un par de prendas. Un diminuto tanga transparente y un sostén que apenas cubre los pezones.

Lo dejo en su sitio. Voy al baño. Entre la pila de cosméticos de Heather veo píldoras azules en un paquete. Tengo ganas de examinarlas más de cerca, pero no dispongo de mucho tiempo, así que abro el neceser de Dale. ¡Mierda! ¡Viene alguien!

Me meto en el cubículo de la ducha y corro la cortina justo cuando la puerta se abre. Oigo la voz de Dale:

—Ahora lávate la cara. Y cálmate.

Heather está llorando.

—Nunca saldremos de aquí. Todo es culpa tuya. No deberías haberte quedado con su tarjeta de crédito.

¿Qué tarjeta? ¿La mía? ¿Han estado en mi dormitorio?

—Baja la voz, joder —la regaña Dale—. Ya no la necesitaba, ¿no? ¿Qué les importa a sus padres un par de miles de dólares? Están forrados.

Dios mío. Hablan de Saskia. Así que fue Dale quien utilizó su tarjeta de crédito.

—Nos lo debía —añade Dale—. Y no te oí quejarte cuando nos gastamos el dinero.

Se oyen sollozos apagados.

—Si esto sale a la luz, podría perder mi licencia de abogada. Lo perderíamos todo.

—No te desmorones ahora —sisea Dale—. Nadie lo sabe. Nadie nos pilló, ¿por qué sigues preocupándote por eso?

—¿De verdad nadie lo sabe? ¿O es la razón por la que estamos aquí? —Heather se sorbe la nariz—. Porque alguien sospecha de nosotros.

—¿Quién? ¿Lo dices por Milla? —pregunta Dale.

—O alguien que finge ser ella. No deberías haberla robado.

—Saldremos de aquí hoy, estoy seguro. Solo tienes que mantener la boca cerrada hasta entonces.

Heather se echa a llorar. Me indigna cómo le habla Dale. No hay ningún afecto. Él parece enfadado y amargado. Curtis tiene razón. Dale ha cambiado.

—Te traeré tus pastillas —dice Dale.

Hay corriente, alguien entra en el baño. La cortina tiembla. Contengo el aliento. Mi brazo todavía recuerda la presión de los dedos de Dale. Si me ha hecho aquello fuera, en el exterior, ¿qué hará si me encuentra en su habitación?

Oigo el agua del grifo. La cortina se mueve. ¿Se ha ido?

Heather lloriquea un poco más.

—Gracias.

—Tenemos que volver ahí fuera —insiste Dale.

La puerta se cierra con un clic y, luego, se hace el silencio. Me desplomo, aliviada. Me he librado por los pelos.

La mente me da vueltas. ¿Significa eso que la mataron ellos? Si lo hubieran hecho, les preocuparía que descubrieran el asesinato, no el robo de la tarjeta. Pero tampoco puedo descartarlo. Quizá uno de ellos la matara y el otro no lo sepa.

Mejor sigo con el registro. He comprobado cada rincón de la habitación. Todo está en silencio en el pasillo, así que me deslizo con sigilo. ¿A dónde voy ahora, a la de Curtis o a la de Brent?

Avanzo ante tres puertas y abro la de Curtis. Está más ordenada que la mía y desprende un ligero olor a almizcle, quizá su desodorante. Quiero terminar tan rápido como sea posible porque no me gustaría nada que me pillara aquí dentro.

Su bolsa de *snowboard* Sparks de color azul marino y blanco está en la litera inferior, medio abierta. La abro del todo. Las planchas de madera se balancean un poco a mis pies y tengo que agarrarme a la litera para no caer.

Arriba, sobre la pila de ropa doblada, está el pase del teleférico de Saskia.

Mi mano tiembla cuando lo cojo.

No debería tenerlo.

Para acceder al teleférico, hay que escanear el pase al pie de la montaña, antes de entrar en la burbuja. Sin ese pase, Saskia jamás habría logrado colarse frente a los vigilantes con vista de halcón del teleférico. Pero Heather y Brent dijeron que la vieron en el glaciar y Curtis también me aseguró que la vio prepararse arriba. ¿Es cierto o los tres mienten y están compinchados?

Todas las acusaciones que ha hecho Curtis: el perfume, el pelo, sus preguntas sobre si todavía está viva. ¿Ha sido para disimular que en realidad la mató él? No quiero creerlo, pero no se me ocurre ninguna otra explicación.

En la fotografía, Saskia está tan guapa como la recordaba. Sus deslumbrantes ojos azules me miran como si tratara de decirme algo.

¿Dónde estás, Saskia, y por qué Curtis tiene tu pase?

24

Hace diez años

—La odio —susurro a Brent al oído.

Oculta por sus gafas de color rosa chillón, la boca de Saskia se curva como si supiera que hablamos de ella. Su larga cola de caballo, de pelo rubio casi blanco, se enrolla alrededor de su cuello como una serpiente.

—Cálmate —me tranquiliza Brent.

—Pero es que me encantaba mi tabla.

Pensaba que le caía bien. Eso es lo que más me duele. Que he sido lo bastante estúpida como para creérmelo. En cambio, ella solo se ha acercado a mí para que yo bajara la guardia.

—Olvídalo —insiste Brent—. Cada vez lo haces mejor y eso es porque eres buena, no por tu tabla. No puede quitarte tu talento.

Estamos sentados al pie del medio tubo, comiendo. Mi nueva tabla es idéntica a la que perdí, pero todavía echo de menos la antigua. Y cada vez que miro a Saskia, revivo el momento en que fui consciente de que no la recuperaría.

Hoy también hace sol y Brent lleva una gorra de béisbol de Burton del revés. Desliza el brazo por mis hombros y me acerca a él.

Me pongo más rígida. Brent está muy guapo con la gorra, pero, hasta ahora, él y yo hemos sido discretos y nadie excepto Curtis sabe lo nuestro.

Hoy, en cambio, se encuentran todos aquí. Odette y Saskia están sentadas cerca, Curtis charla con una chica australiana que hace un rato ejecutaba *«big airs»*. Julien parece muy bajito al lado de un trío de esquiadores franceses de estilo libre. Incluso Heather nos ha honrado con su presencia. Lleva toda la mañana esperando al pie del tubo con una cámara y cara de pocos amigos. El patrocinador de ropa de Dale lo ha dejado, a causa de recortes presupuestarios, y necesita algunas fotos decentes para enviar a patrocinadores potenciales.

Mastico mi *baguette* y me siento incómoda.

Saskia es la primera en fijarse. Levanta sus gafas hasta el casco y nos observa con descaro.

Con la mano libre, Brent se quita la gorra y la coloca en mi cabeza en la posición correcta.

—Me gustas, Milla. Las chicas suelen volverse muy dependientes cuando están conmigo, pero a ti no te pasa eso. —Sus ojos oscuros me estudian como si tratara de entenderlo—. En cambio, haces que yo sí tenga ganas de pasar más tiempo contigo, lo cual es bastante raro.

Saskia le da un codazo a Odette y las dos nos miran. ¿Por qué me siento tan incómoda? Me gusta Brent. Me encanta ver sus piruetas en el tubo, lanzándose al aire y suspendido con agarres complicados. Disfruto al pensar que su increíble cuerpo será mío más tarde y que podré jugar con él.

Y es un tipo dulce. Esta mañana ha aparecido en la puerta de mi apartamento con una tabla para prestármela. No he querido decirle que, por la noche, llamaron al timbre y que, cuando abrí, había una Magic Pipemaster 157 contra la pared. Primero pensé que había sido un regalo suyo, pero ahora sospecho que fue Curtis, aunque lo niega.

Sin embargo, a pesar de lo genial que es Brent, no estoy lista para una relación a largo plazo y formal. Me obligo a sonreír y me separo de su brazo. Tendré que hablar con él de ello, pero no ahora, delante de todo el mundo.

—Voy a volver a subir.

—A por ello —me anima Brent, con su encantadora sonrisa de hoyuelos.

Me alegro de que no se dé cuenta de que algo va mal. Le tiendo la gorra, me meto el resto de la *baguette* en la mochila y bebo un poco de agua. Tengo ganas de tomarme otro Smash, pero no quiero excederme. Es una inyección de energía inmediata, pero me llena de cafeína y luego me cuesta dormir.

Lo que veo cuando bajo la botella me deja atónita. Saskia está en brazos de Curtis, con la cara hundida en su pecho. ¿Está disgustada? Cuando estuvo arriba, en el glaciar, Curtis perdió los estribos con ella y, desde entonces, su comportamiento ha sido bastante raro, pero ahora la abraza fuerte y murmura en su oído. No los había visto tan unidos hasta ahora. ¿Qué le estará diciendo?

Saskia asiente y se aparta. Se dirige hacia mí y escudriño su rostro. No estoy convencida de que se sienta mal de verdad. Estaría jugando con él, nada más.

Recoge la tabla y anuncia:

—Voy contigo, Milla.

Intento concentrarme en cosas tranquilas mientras sube hasta el tubo junto a mí. Necesito apartarla de mi mente y canalizar mi furia en el salto. Me vengaré cuando la aplaste en la clasificación de los campeonatos británicos.

—¿No seguirás enfadada por lo de la tabla, verdad? —pregunta—. Ya te he dicho que fue un accidente.

Y una mierda. Pero no hay manera de demostrarlo.

Me da un suave codazo.

—Así que Brent y tú, ¿eh? Ya me lo olía.

—¿Y qué hay de tú y Julien? —replico, cortante.

—¿A qué te refieres?

—¿Estáis juntos?

Se ríe.

—No. Lo estoy utilizando, igual que tú a Brent. —Su cola de caballo se balancea y me golpea en la mejilla.

—¿Qué? —Siempre logra decir lo que menos espero—. Yo no utilizo a Brent.

Pero ha sembrado la duda en mi mente. ¿Lo estoy haciendo?

No. Brent y yo nos lo pasamos bien juntos. Es sencillo y fácil y no hay nada malo en ello. Es otra táctica de Saskia para desestabilizarme.

Sonríe.

—Me he fijado en cómo miras a mi hermano.

—¿Perdón? —Echo un vistazo a nuestras espaldas para asegurarme de que no tenemos a nadie cerca.

La sonrisa de Saskia se ensancha. Me aterroriza que pueda ver en mi interior con tanta facilidad. ¿Cómo voy a ganarla, si parece capaz de leerme la mente?

25

En la actualidad

Saskia me sonríe desde su fotografía en el pase del teleférico.

Algo, una corriente o un ruidito que solo mi subconsciente detecta, me hace levantar la vista. Veo a Curtis en el umbral.

El miedo me atraviesa a medida que se acerca. ¿Qué hará conmigo? Odio tener miedo, pero el hecho de que Dale me agarrara antes me ha ayudado a comprender dos cosas:

1) En realidad, conozco muy poco a estas personas.
2) Las reglas normales no se aplican en este lugar.

Curtis se detiene a unos centímetros de distancia. Debe de estar experimentando todo tipo de emociones: dolor, porque he registrado sus cosas, culpabilidad, al ver que he descubierto el pase del teleférico, y pánico, ante la posibilidad de que lo descubra; pero su expresión es tan impenetrable como siempre. Sin decir nada, me quita el pase de la mano. Lo mira. Lo gira. Levanta la mirada.

Veo sorpresa. Y sospecha.

—¿De dónde has sacado esto? —exige.

—De tu bolsa de *snowbard.*

Parpadea.

—¿Lo has puesto tú ahí?

—¿Qué? —Esperaba muchas cosas, pero esto no. Un ataque directo, abierto y tan rápido que difícilmente habrá tenido tiempo de planear—. Por supuesto que no.

Curtis mira el pase de nuevo, lo dobla y lo sostiene a contraluz. Hasta lo huele. La foto está impresa sobre el plástico directamente. Pasa la yema por el rostro de ella.

—Parece usado, como si fuera el pase auténtico de aquel invierno.

Si miente, es un actor extraordinario. Del todo convincente.

Le arrebato el pase. Ahora sostengo una pequeña pieza del puzle de la desaparición de Saskia, pero no tengo ni idea de qué significa. Según el ordenador de la estación de esquí, no constaba que Saskia hubiera utilizado su pase el día que desapareció, así que es difícil de creer la versión de Brent y Heather, que dijeron que la vieron en el glaciar. La policía decidió que era un error del sistema, pero la presencia del pase lo desmiente.

—Si hubiera subido a la montaña ese día, habría llevado el pase encima —declaro.

Curtis aprieta la mandíbula.

—Es justo lo que pensaba. ¿Dónde ha estado todo este tiempo?

—¿Me estás diciendo que no lo tenías tú?

—Sí, eso es lo que digo. ¿Dónde lo has encontrado exactamente?

—Encima de tu ropa.

Cruza los brazos.

—No estaba esta mañana. Alguien lo ha dejado ahí. Entre que he salido de la habitación y ahora, cuando he vuelto.

Me fijo en cómo lo ha formulado. No está dispuesto a dejarme ir tan rápido.

—No se tarda ni cinco segundos —añade.

—Pero ¿por qué?

—Chantaje, como dije ayer por la noche.

Quiero creerlo, pero no estoy segura.

La mirada de piedra de sus ojos se vuelve pensativa.

—O quizá es una pista. Alguien quiere que descubra las respuestas.

En mi interior, siento un escalofrío. Hay una cosa en concreto que preferiría que no se descubriera jamás.

—¿Me lo puedo quedar? —pide.

Vacilo. Me lo guardo en el bolsillo de la chaqueta.

—Lo siento. Esto implica muchas cosas. Tendré que decírselo a los demás.

Asiente, inexpresivo.

Está ofendido porque no confío en él.

—También he registrado la habitación de Dale y Heather —digo, para demostrarle que no es nada personal.

Arquea las cejas.

—¿Ah, sí? Yo también. ¿Cuándo lo has hecho tú?

—Hace cinco minutos. —Mencionaré el tema de la tarjeta de crédito de Saskia más tarde. Cuando lo haga, quiero que Brent esté delante, porque Curtis se va a poner furioso—. ¿Y tú?

—Mientras desayunabais.

—Eso es arriesgado. ¿Has encontrado algo?

—Un montón de laca.

—¿Crees que Dale también la usa ahora? —bromeo.

Curtis se ríe y los dos nos relajamos.

Hasta que dice:

—También he registrado tu habitación.

El dolor me golpea. Ahora sé cómo se siente.

—Es justo.

Saca una pulsera plateada y azul de su bolsillo y me mira.

Me ruborizo.

—¿Qué?

—Es de Saskia.

—Lo sé. Me la dio.

Me mira suspicaz.

—¿Cuándo?

Me obligo a sostenerle la mirada.

—Cuando éramos amigas.

Se encoge de hombros y me la devuelve. No la quiero, ni siquiera la deseaba entonces, pero me la guardo en el bolsillo, con el pase. La tiraré en la primera grieta que encuentre. Solo la había traído a la reunión por si a Curtis le gustaba, como recuerdo de su hermana, pero el momento de dársela ya ha pasado.

Salimos al pasillo.

—¿Ha habido suerte con la cabina del teleférico? —pregunto.

—Hemos entrado, pero no hemos podido activar la burbuja. Los botones del panel no funcionan. O le falla la alimentación o alguien lo ha saboteado.

—¿No hay radio?

—No. Pero se ve dónde tendría que estar. Alguien se la ha llevado.

Encontramos a los demás en el restaurante.

—Registremos el exterior —ordena Dale antes de que pueda mencionar lo del pase del teleférico.

Curtis señala las botas de tacón de Heather.

—Alguien tendrá que quedarse aquí con tu mujer.

¿Para protegerla del peligro o para proteger a los demás de lo que pueda hacer Heather si se queda sola? Sospecho que lo segundo. No parece que Heather le caiga muy bien a Curtis; ya me fijé en ello hace diez años. Cuando Heather y su hermana vivían juntas, se peleaban a menudo y Curtis tuvo que intervenir más de una vez.

—Ya me quedo yo con ella —se ofrece Brent.

Dale da un paso al frente.

—Por encima de mi cadáver.

Veo que Curtis oculta una sonrisa.

—Tú y tus jodidos zapatos —sisea Dale.

Heather se encoge.

No me gusta cómo Curtis y Dale se meten con ella. Es evidente que Dale quiere salir para registrar los alrededores, pero está claro que no piensa dejar a su esposa a solas con Brent.

—Yo puedo quedarme, si queréis —propongo—. Que vayan Curtis y Dale.

Si hay algún teléfono ahí fuera, confío en que Curtis lo encontrará. De todos modos, quiero volver a charlar en privado con Heather.

Dale asiente con reticencia.

—De acuerdo —accede Curtis—. Vayamos a prepararnos. ¿Te has traído el transmisor-receptor de avalanchas y un arnés?

—El transmisor sí, pero no el arnés —responde Dale.

—Creo que hay algunos en el almacén.

—¿Los necesitamos?

Curtis levanta la voz.

—¿Estás de broma? La patrulla de esquí no ha limpiado estas pendientes desde hace meses y hay un montón de capas inestables. Existe un riesgo muy elevado de que se produzca una avalancha. Por no hablar de las grietas…

Los glaciares son lugares especialmente peligrosos en esta época del año. Una masa de grietas y gargantas sin suficiente nieve como para cubrirlas. Durante la temporada de esquí, el personal de mantenimiento de la estación se dedica a limpiar la nieve de las más pequeñas y a cerrar las demás.

—Tranquilízate —replica Dale.

Curtis se gira hacia nosotros.

—Mientras estemos fuera, tengo una tarea para vosotros tres. —Se mete la mano en el bolsillo de la chaqueta, saca una larga retahíla de llaves y las deja sobre la mesa como si fuera un mago.

Dale se hace con una.

—Esta es la llave de mi casa. Joder, tío, esto es de muy mala educación.

—Lo siento —dice Curtis, aunque no parece que lo lamente—. Tenía que hacerlo. Necesitaba comprobar si encajaban en alguna de las cerraduras.

—¿Cuándo las has cogido? —pregunta Dale.

—Mientras desayunabais. No podía arriesgarme a que alguien las ocultara.

Dale lanza la llave con las demás y se aleja.

En la mesa distingo la llave de mi apartamento, la del coche e incluso la llave pequeña del candado de mi bicicleta. Para encontrarlas, Curtis habrá tenido que sacarlas del bolsillo interior de mi mochila, entre mis tampones de emergencia y los condones que me había traído, por si acaso, pensando en él.

Otro puñetazo en el estómago.

Después de pasar media hora probando llaves en cerraduras, me doy por vencida.

—¿Quién quiere otro café?

Brent y Heather están sentados juntos en el restaurante cuando entro con las tazas. Se callan en cuanto me acerco y eso me indica de qué hablaban. Acerco una silla. Brent se pasa los dedos por el pelo; Heather tamborilea sus uñas perfectas sobre la mesa. Resulta extraño pensar en estos dos juntos. Ella es lo opuesto a mí. Espero que tenga el sentido común de no decírselo a Dale o Brent estará en un grave aprieto.

Nos tomamos el café. El pelo de Brent está alborotado por las muchas veces que se ha pasado la mano por la cabeza, nervioso. Tengo ganas de pasar mis dedos por su cabello y peinarlo, pero ya no es mío. Tampoco es mi Brent, al menos no es el chico que recordaba. Ya no hay luz en sus ojos.

Rememoro los largos y oscuros meses que viví después de dejar el *snowboard.* Había un agujero enorme en mi vida. Me sentía perdida y sin propósito, y no sabía quién era. Lo único que sabía era que tenía que tapar el agujero antes de que la voluntad de vivir me abandonara. Al principio, busqué la respuesta en el alcohol, pero eso me hacía sentir peor al día siguiente.

Una noche, mi hermano me arrastró al gimnasio y lentamente escalé el agujero y salí de la oscuridad. A veces, cuando hago tanto deporte que estoy a punto de desmayarme, me siento bien. Llego a pensar que si trabajase un poco más duro, corriese un poco más rápido o levantara otros cinco quilos de pesas, volvería a ser feliz.

Por eso entiendo que Brent se diera a la bebida y no se lo reprocho. Pero sí, lo echo de menos. Echo de menos al viejo Brent.

Pienso de nuevo en nuestra situación.

—¿Puedo preguntarte algo, Heather?

Me mira por encima del borde de la taza.

—El día que desapareció Saskia. ¿Por qué subiste a la montaña?

Siempre me extrañó que estuviera allí aquel día.

—Quería ver la competición —comenta, como si fuera algo obvio.

—¿Aunque Dale no participase?

—Sí. ¿Por qué no? Había perdido mi trabajo y no tenía nada mejor que hacer.

Brent toma un sorbo de café, no dice nada.

—Pero la competición se hacía en el medio tubo —insisto—. ¿Por qué subiste hasta arriba de todo, hasta el glaciar?

—Vi a Brent en la primera cabina del teleférico. —Lo mira—. Nos pusimos a charlar.

—¿De qué?

—¿Cómo voy a acordarme? Saskia también estaba allí, pero yo no quería hablar con ella. Cuando llegamos a la estación intermedia, Brent dijo que subiría con la burbuja hasta el glaciar para realizar un salto de calentamiento, así que subí con él.

Hay algo en su relato que no acabo de creerme. Heather a veces subía a la estación intermedia cuando tenía la tarde libre, revoloteaba con sus zapatos totalmente inapropiados para la nieve y tomaba el sol en la terraza, pero jamás la vi en el glaciar. Para empezar, no tenía la ropa adecuada. Una chaqueta de piel no ayuda cuando estás a veinte grados bajo cero.

Brent se termina el café y se dirige al bar.

Heather prosigue:

—Saskia estaba en la burbuja de delante y, cuando llegamos arriba, empezamos a discutir.

—¿Por qué?

—Por la pelea en el Glow Bar. Salió disparada y, luego, apareció Curtis, que la buscaba, quejándose de que se había hecho daño en el hombro por su culpa. —Sus ojos miran hacia la puerta, como si temiera que Curtis la pillara hablando de él—. Se había vuelto loco, daba miedo, de verdad. Jamás lo había visto tan enfadado.

—Ya. —Es una versión distinta de los hechos, diferente de la que me contó Curtis hace diez años. Y no sale bien parado.

—¿Sabes qué me dijo? —Heather comprueba la puerta de nuevo y baja la voz hasta susurrar—: «Cuando la encuentre, te juro que la mato».

26

Hace diez años

El gimnasio huele a sudor y desodorante. Hoy hay mucha gente. Veo a la chica australiana con la que Curtis hablaba en el tubo y me dirijo a la máquina de cuádriceps, que está vacía, a su lado.

Roxy debe de ser su patrocinador porque toda la ropa que lleva puesta tiene el logo en forma de corazón. Compruebo el peso que levanta, cien kilos, y me pongo ciento veinte. Sonríe al verme.

Curtis está haciendo dominadas enfrente y la camiseta se le levanta para revelar unos abdominales definidos. Se suelta y se coloca sobre una máquina vacía al lado de la australiana.

—¿Conoces a Jacinta, Milla?

—No —digo—. Encantada.

—Antes lo has hecho genial en el tubo —comenta ella.

—Y tú también. —Es mucho mejor que yo. La próxima vez que me conecte a internet la buscaré, porque quiero saber en qué posición se encuentra en las clasificaciones.

—Me encanta tu pelo —añade.

Curtis se sienta mientras nos ejercitamos. Por su lenguaje corporal, está claro que la chica le gusta. Y entiendo la atracción. Tiene la piel pálida y las piernas largas, como una Nicole Kidman joven, y aunque me duele admitirlo, parece muy agradable.

Cuando añade veinte kilos más a sus pesas, yo añado otros cincuenta. Los cuádriceps me dolerán bastante mañana, porque estoy levantando casi el triple de mi peso corporal. Cinco... Seis. Curtis arquea una ceja. Creo que sabe a la perfección lo que estoy haciendo. Siete... Ocho... Nueve. Me tiemblan las piernas, pero logro terminar y me detengo un momento para secarme la frente.

Saskia hace sentadillas con un balón medicinal al otro lado del recinto y nos observa por el espejo. A su vez, Julien la mira a ella; lo veo en las banquetas de pesas, al lado de uno de los esquiadores de estilo libre con el que lo he visto esta tarde.

—Te he grabado, antes —dice Curtis a Jacinta, cuando termina los ejercicios. A veces trae la cámara al tubo y nos filma por turnos—. Lo veremos en mi apartamento esta noche, por si quieres venir. De hecho, ven a cenar.

Sus ojos se iluminan.

—Genial.

Curtis se gira hacia mí.

—¿Vienes, Milla?

No soporto que mire así a Jacinta, pero necesito hablar con Brent y, de todos modos, quiero ver la grabación.

—Sí, claro.

Brent llama a Curtis para que lo ayude con las pesas y Curtis se levanta, obsequiándome con un fogonazo de muslos blancos y pálidos de sus pantalones cortos de deporte. Me lanzo a otra serie. Me arrepiento de haberlo cargado tanto porque, a este paso, no podré caminar, pero Jacinta sigue con sus ejercicios y no puedo abandonar antes de que ella termine.

Tras ducharme, me estiro en la cama de Brent. Me encanta esta sensación de los músculos agotados porque los he llevado más allá del límite. Todo mi cuerpo palpita. He ejercitado hasta el último músculo, no me queda ni un ápice de energía.

La puerta se abre y Brent entra con una toalla enrollada a su cintura, con la cara todavía enrojecida después del ejercicio en el gimnasio. Me echo hacia atrás y disfruto de las vistas mientras se seca. Ahora tengo que encontrar una manera de abordar el tema de nuestra relación.

—¿Cómo es que Dale no estaba en el gimnasio esta noche? —pregunto—. Y tampoco anoche.

—Ayer se peleó con Heather.

—¿Por qué? —Siento curiosidad.

Brent se ríe.

—Ni idea.

—¿Heather es consciente de lo mucho que afecta a su entrenamiento? Además, ¿qué hace ella aquí? Solo la he visto saltar con la tabla una vez, como mucho.

—Estaba estudiando en Lyon, en la universidad. Derecho y francés. Consiguió un trabajo en el Glow Bar durante las vacaciones y allí conoció a Dale.

Me intriga el hecho de que Brent sepa algo así. Creo que siente algo por Heather.

—¿Y qué pasa ahora con su carrera universitaria? —pregunto.

—Supongo que la ha aparcado.

—Vamos, que los dos están mandando su futuro al cuerno.

Brent se encoge de hombros.

—De todos modos, hoy era su última noche libre, así que se la ha llevado a cenar. Vendrán más tarde.

Eso me da el pie perfecto.

—Por eso decidí que no tendría ninguna relación este invierno.

Brent me mira con expresión curiosa.

—Me prometí que me concentraría en el deporte y en nada más.

Se seca el pelo, reflexivo, como si pensara en ello.

—Te parece bien, ¿no? —Supongo que es un poco tarde para preguntarlo. Debería haber sacado el tema antes. Aun así, el sexo sin compromiso es el sueño de la mayoría de los tíos. No debería sentirme culpable.

—Lo que tú digas. —Arroja la toalla a un rincón, se pone unos calzoncillos y se tumba en la cama a mi lado.

Lo miro de reojo. Con el pelo todavía húmedo, sus mechones parecen lenguas oscuras. ¿De verdad no le importa? Eso parece.

Saca dos pastillas de un paquete junto a la cama, calmantes para el dolor de espinillas, se las toma con un poco de agua de la botella que tiene en la mesita de noche y se tumba de nuevo.

Deslizo los dedos por sus pectorales. Huele a limpio y a jabón y su piel todavía está caliente después del ejercicio, como la mía; yo solo llevo puesta la toalla.

Me toca la mejilla.

—Tienes ojos de oso panda.

Sonrío.

—Lo sé. Tengo un aspecto horrible.

—Por cierto, Curtis me dijo que echaras un ojo a Saskia.

—¿A qué te refieres?

—Que estáis muy igualadas. Y, al parecer, va a por ti.

Pienso en las palabras de Curtis en el glaciar, «no le gusta perder», y me estremezco, inquieta.

—¿Se supone que debo asustarme?

—Solo repito lo que me ha dicho.

Quiero reír, pero Curtis no me parece de esas personas que se preocupan de forma innecesaria. Estudio el rostro de Brent y me pongo más nerviosa; se toma la advertencia en serio.

—Dime por qué no te gusta —exijo.

Brent se frota la barbilla.

—¿Has visto cómo es con Julien? La temporada pasada se portó conmigo así. ¿Recuerdas que compartí apartamento con ella y con Curtis?

—¿Flirteó contigo?

—Más bien jugó. Era agradable y, de repente, luego se portaba como una zorra. Al principio me gustaba.

Al menos no soy la única persona a la que ha tomado el pelo.

—Sembró muchísima cizaña entre Curtis y yo el invierno pasado —explica Brent.

—¿Por qué lo haría?

—Quién sabe. Quizá le guste. Curtis ya la conoce, pero son familia, claro, así que se pondrá de su lado pase lo que pase. Hasta la mitad de la temporada no me di cuenta de cómo era. El pobre Julien todavía no lo sabe. Saskia usa a la gente.

Me siento avergonzada al recordar la acusación de Saskia de antes. ¿Estoy usando yo a Brent?

—No puedes confiar en ella, Milla.

—¿Qué más puede hacerme?

—No lo sé. Pero entrenamos en un entorno peligroso, así que ve con cuidado.

Al menos, ahora ya estoy avisada. Seguro que no hay nada más que pueda intentar.

—Vale, ¿cómo puedo vencerla?

Brent sacude la cabeza.

—Nunca descansas, ¿verdad?

—Me lo tomo en serio.

—Vale. Pues o bien te centras en realizar saltos más grandes o más técnicos. Si es posible, ambas cosas. —Parece pensativo—. Podrías probar un *crippler.* No, mejor no.

Es un salto con voltereta, eso lo sé, pero solo con oír el nombre se me quitan las ganas de probarlo. ¿Quién querría quedar lisiado?

—¿Qué es exactamente?

—Es mitad voltereta hacia atrás y mitad cinco invertido. Te enseñaré uno en el tubo mañana. Aunque no estoy muy seguro; si te equivocas, te caerás de cara.

—Estupendo. Lo buscaré por internet, a ver si encuentro algún vídeo en YouTube. ¿Y cómo hago saltos más grandes?

Brent me levanta el borde de la toalla y traza un zigzag en mi muslo desnudo con su dedo.

—Esta es tu línea del tubo, ¿ves? Y esta es la mía. —Traza un zigzag con ángulos mucho más abiertos—. Llego al muro en un ángulo de casi cuarenta y cinco grados.

—Vale. —Me había fijado, pero nunca me había detenido a pensarlo.

—Me doy menos golpes, pero son más fuertes porque mi velocidad es mayor que la tuya cuando despego.

—De acuerdo. —Así que mi ruta por el tubo penaliza mi velocidad. Imagino la línea de Saskia y la comparo con la mía. ¿Su línea es más empinada? Mañana me fijaré.

La mano de Brent no se mueve de mi muslo. Y me gusta. Nuestros ojos se encuentran.

Me obligo a no pensar en Saskia.

—¿Quieres zigzaguear un poco más arriba?

Me aliso el pelo cuando Brent y yo entramos en el salón. Todos los demás están ahí, apretujados frente al fuego. Mi estómago da un vuelco al ver a Jacinta sentada junto a Curtis en el sofá.

—Os estábamos esperando —suelta Curtis.

Me ruborizo.

Brent sonríe.

—¿Quieres una cerveza, Mills?

—Sí, venga —acepto.

—¿Después de la sesión de gimnasio de hoy? —duda Curtis—. Más vale que le pidas una Super Mag.

—¿Una qué? —pregunto.

—Una mezcla de magnesio —explica Curtis—. Es una bebida de recuperación muscular.

En un día normal, me negaría por principios, porque no soporto que me digan lo que tengo que hacer, pero, al parecer, Jacinta también se está tomando una y, después de la sesión, es cierto que tengo los cuádriceps destrozados. Me irá bien toda la ayuda que pueda conseguir, así que acepto a regañadientes y Brent se va a la cocina.

—Deberías tomarte otra tú también —sugiere Curtis.

—Sí, papá —contesta Brent.

Salto por encima de Julien y me instalo en un rincón vacío de la alfombra. El fuego cruje y escupe chispas. Disimulo un bostezo. Ayer por la noche estuve despierta durante horas, con el cuerpo exhausto y la mente todavía activa debido al exceso de cafeína. Me había propuesto no beber más Smash, pero por la tarde estaba tan cansada que tuve que hacerlo. Quizá unas pastillas para dormir me ayudarían. De ese modo, tendría lo mejor de los dos mundos. Energía de día y sueño de noche.

Brent vuelve con un vaso en cada mano, se sienta detrás de mí y, luego, me acerca a su regazo. Vaya, no es un gesto precisamente discreto. Dale y Heather están sentados cerca en una posición similar. Heather comprueba el móvil con expresión aburrida. De hecho, lo siento por ella. Si está estudiando Derecho, debe de ser inteligente, pero está metida en una sala con un montón de deportistas que apestan a sudor.

—¿Estáis listos? —pregunta Curtis.

Su portátil está conectado a la televisión. Señala el mando a distancia y coloca el brazo en la parte superior del sofá. No toca a Jacinta. Todavía no.

Doy un sorbo a mi bebida. Brent dice que no le gusta el sabor, pero a mí no me parece tan malo. Sabe a limonada sosa.

Brent sale primero, ejecutando su movimiento habitual, la voltereta hacia atrás en el aire. Salta a tanta altura que habrá pillado a la persona que filmaba por sorpresa, porque le cortan la cabeza. Me fijo en su línea cuando cruza el suelo del tubo. Más abajo, clava el giro con un golpe y todo el mundo parpadea al unísono.

—Eso parecía brutal —exclama Dale.

—Me pasé con la rotación —dice Brent con una sonrisa, pero antes he visto el moratón en su cadera.

La grabación continúa y aparece Odette, seguida de Curtis. Yo soy la siguiente y, como siempre, me da mucha rabia lo cortos que son mis saltos en comparación con los de los demás. Me fijo en mi línea. Ahí está el problema. Es mi objetivo para mañana.

Saskia aparece en lo alto del tubo. Hasta que un dedo enguantado cubre la pantalla y oscurece la vista. Es el mío. La primera vez que Saskia me filmó, me hizo lo mismo.

Desde el brazo del sofá, la cabeza de Saskia se vuelve hacia mí.

—El juego continúa —murmuro.

La expresión de Curtis se vuelve ceñuda, así que me concentro en mi bebida.

El dedo se retira de la pantalla cuando Jacinta se lanza al tubo con su chaqueta rosa de Roxy. Odio que sea mejor que yo.

Curtis se estira de lado en el sofá para susurrarle algo al oído; ella asiente y responde también con un susurro. En mi interior, algo se retuerce. Le está dando consejos.

Me doy cuenta de que a ella también le gusta, por cómo gira el cuerpo hacia él y la forma en que mira su boca cuando habla. No lo soporto. No puedo mirar. Y tampoco puedo dejar de hacerlo.

Curtis baja la mano hacia su regazo. La de Jacinta está cerca y Curtis enlaza su dedo meñique con el de ella. Aparto la mirada.

En la pantalla, un esquiador novato se ha metido en el tubo, despistado. Dale ejecuta un giro amplio, baja a ciegas y casi aterriza encima de él.

—¡Sal de ahí! —grita Dale en la pantalla, y todos nos echamos a reír.

Dios. Curtis y Jacinta se están besando. Ella se aparta con una risa suave y, luego, vuelve a por más. No la culpo. Curtis sonríe mientras la besa y le acaricia la mandíbula. Le susurra algo al oído. Ella asiente; se ponen en pie y suben al piso de arriba.

Miro a Saskia, que también los observa. Parece que no soy la única que está celosa.

27

En la actualidad

En el bar, Brent levanta las botellas una por una para estudiar las etiquetas.

«Por favor Brent, no empieces a beber. Necesito que estés sobrio y preparado para lo que pueda pasar. Ni siquiera son las doce y tenemos un día muy largo por delante».

Me giro hacia Heather. Ya me ha mentido antes. ¿Lo está haciendo de nuevo? Pero su historia tiene un terrible eco de verdad. En lo que respecta a su hermana, las emociones de Curtis siempre fueron intensas. Ya lo he visto perder el control por temas relacionados con Saskia varias veces este fin de semana.

—¿Qué pasó después? —pregunto.

—No encontrábamos a Saskia y la competición estaba a punto de empezar, así que dejé a Brent y a Curtis en el glaciar y bajé en la burbuja.

Estudio su lenguaje corporal y trato de decidir si la creo o no. Está muy nerviosa, sus ojos van de la puerta a mí y de mí a Brent, pero eso no tiene por qué ser una señal de que miente. Podría indicar miedo.

Miedo de que Curtis sospeche de ella.

Que quizá esté a punto de sufrir el mismo destino que Saskia.

Al otro lado del restaurante, Brent se sirve un largo trago de licor en un vaso. «No, Brent». Se lo bebe y cruza la habitación hacia la ventana.

Heather juguetea con la cucharilla de té.

—Después de eso, ya no vi a nadie. La competición estaba a punto de empezar, así que me subí a la burbuja y regresé a la plataforma intermedia para observar desde allí.

—No recuerdo verte allí —señalo.

—Estuve solo un rato, pero luego me entró demasiado frío y volví a casa.

Da un respingo cuando Dale y Curtis entran de repente, con las mejillas enrojecidas y dejando un rastro de huellas nevadas a su paso.

—¿Habéis encontrado algo? —pregunto.

Dale niega con la cabeza.

—Una pérdida de tiempo.

—Ni siquiera hemos tratado de meternos en el cobertizo de los ascensores —explica Curtis—. Desde la ventana se veía el lugar donde se suponía que iba la radio, pero no estaba.

Dale mira a Curtis y flexiona los puños.

—Alguien se la ha llevado, como la de abajo.

Claramente, el rato que han pasado en el exterior no ha mejorado su estado de ánimo.

Brent apoya la frente en el vidrio.

—Joder.

Necesito contarle a Curtis lo de la tarjeta de crédito, pero me contengo porque lo imagino golpeándole la cara a Dale hasta dejarla en carne viva, y aquí no podemos llamar a una ambulancia si nos hacemos daño. Estamos al borde de un precipicio y la palabra incorrecta puede empujarnos hacia el abismo.

—Así que me va a tocar bajar a pie, ¿verdad? —lamenta Heather, temblando.

Dale da una patada a una silla y Heather salta.

—Tiene que haber algo que podamos hacer —exclama Dale—. Una vez hice un puente para arrancar un coche. Quizá podemos probar a hacer lo mismo con uno de los Snowcats.

Curtis suelta un bufido.

—Inténtalo. Aunque lograse arrancarlo, ¿de verdad piensas que podrás conducirlo montaña abajo?

La expresión de Heather es de terror.

—Prefiero ir a pie —afirma.

Brent pasea arriba y abajo frente a la ventana, como mi gato cuando está desesperado por salir.

Curtis me mira y comprendo que espera que cuente a los demás lo del pase de Saskia. Mierda. Si lo hago, pensarán que

Curtis ha sido el responsable de todo. Será la gota que colmará el vaso.

Jugueteo con los bordes duros del pase en mi bolsillo. Si lo saco a colación, Dale se lo tomará como una prueba irrefutable de que Curtis mató a su hermana, y Heather se pondrá de parte de su marido. Brent ha tratado de mantenerse neutral todo este tiempo, pero creo que está llegando al límite, y eso podría decantarlo hacia un lado u otro. Y yo estaré atrapada en mitad de todos.

Pienso en la versión de Curtis. ¿Y si es cierto que alguien puso el documento en su bolsa para que nos peleáramos entre nosotros? Igual que el juego de las tarjetas.

—¿Estás mirándolo? —estalla Dale de repente.

Heather tartamudea.

—¿Qué? No.

Dale la agarra por los hombros. Me dirijo hacia ellos. Brent hace ademán de moverse en esa dirección.

Dale levanta el mentón.

—Ni se te ocurra —amenaza a Brent.

—No miraba a nadie —asegura Heather con una vocecita débil.

—Aparta —ordeno. Qué posesivo es. Antes no estaba tan tenso.

Ni Curtis, ni Brent. Una energía peligrosa fluye en la sala. Es como si lo salvaje del territorio que nos rodea nos esté infectando.

Deslizo la mano en el bolsillo. Por ahora, mantendré la boca cerrada. No mencionaré el pase de Saskia porque no quiero arriesgarme a que haya otra pelea. Necesitamos calmarnos y trabajar juntos para salir de aquí sanos y salvos.

Curtis comprueba el reloj.

—Tenemos que ponernos en marcha si queremos llegar abajo antes de que anochezca.

—¿Qué pasa con el cobertizo que hay en la parte de arriba del teleférico? —sugiere Dale—. Tal vez encontremos una radio allí.

—Lo dudo —dice Curtis—. Teniendo en cuenta que se han llevado todas las de aquí abajo.

—Sí, pero quizá no se hayan molestado en coger esa. Solo tardaremos unos minutos en comprobarlo.

—No tenemos unos minutos —salta Curtis—. No sabemos cuánto tardaremos en ayudar a tu mujer a bajar por la pendiente.

Dale se gira hacia Heather con la mirada cargada de veneno. Ella agacha la cabeza y se mira los pies. Ahora mismo es difícil saber quién la asusta más, si Curtis o su marido.

—Mirad —intervengo—. Si te resulta más fácil, Heather, te prestaré mi tabla y yo bajaré a pie.

No tiene ni idea de lo importante que es esto para mí. Acabo de renunciar a la oportunidad de subirme a una tabla de *snowboard* por primera vez en diez años. Pero la pobre chica parece a punto de vomitar.

—Gracias, Milla —murmura Dale.

«No lo hago por ti, gilipollas. Lo hago por ella».

Pero Heather se abraza el pecho y dice:

—No recuerdo cómo se hace. No me he subido a una tabla en diez años y ni siquiera entonces se me daba.

Los demás intercambiamos miradas. La perspectiva de guiar a una principiante nerviosa por una pista negra llena de rocas no es demasiado apetecible.

Curtis suspira.

—¿Quién se apunta a registrar el cobertizo?

Inspiro el aire frío y ligero del glaciar. Los Alpes se extienden a mis pies como una dentadura plagada de caninos blancos. Al este, Italia. A unos cien kilómetros al norte, el Mont Blanc. Me siento como si estuviera en la cima del mundo.

Dios, cuánto lo he echado de menos. La blancura brillante. El peso familiar de la tabla bajo la axila, donde otras mujeres llevan sus bolsos.

—No tardaré —le asegura Dale a Heather.

Ella asiente y se ajusta la bufanda.

Dale iba a quedarse aquí con ella, pero Heather debe de haber percibido las ganas de salir de su marido o, quizá, (y lo más probable) a ella le apetecía perderlo de vista un rato.

—Ve —le ha dicho—. Me sentaré abajo y vigilaré.

Me ha sorprendido que le dejara ir, pero no me quejo, porque con su tabla y las gafas de protección, Dale vuelve a ser el vikingo de siempre.

Brent también se parece más al de antes. Asiente cuando ve los restos de saltos medio derretidos y su sonrisa con hoyuelos reaparece.

—¿Estás pensando lo mismo que yo?

—Sin duda —afirma Dale.

Durante unos minutos, voy a fingir que todo es como antes y que todavía somos amigos.

Claramente, Curtis no está seguro de que dejar a Heather a solas sea una buena idea, pero no se opone. Supongo que prefiere llevarse a Dale en lugar de dejarlo con Heather, sin posibilidad de vigilarlos.

—Tened cuidado con dónde pisáis —advierte Curtis—. Vamos a seguir la línea del ascensor. En fila india.

—Entendido —dice Dale.

Ascendemos por la pendiente. El quiosco está cerrado y el área de la terraza está llena de bancos de nieve. Los pequeños botones de plástico que son los asientos del telesilla cuelgan del cable y crujen cuando la brisa los balancea.

—Ojalá pudiéramos arrancar el telesilla —comenta Dale—. Nos ahorraría una buena caminata.

La nieve fresca nos llega hasta las rodillas en algunos puntos. Vadeo detrás de Brent y jadeo más de lo que me gustaría admitir. Dale va delante. Mira por encima del hombro y yo hago lo mismo. Heather sigue allí, sentada en un banco de nieve junto a la entrada principal.

Más arriba, las cumbres empinadas se yerguen sobre el paisaje. Contengo un estremecimiento ante la idea de que toda esa nieve pueda caernos encima. Todos llevamos arneses y transmisores de seguridad para avalanchas. Regalé todo el equipo cuando dejé el *snowboard,* incluido mi viejo transmisor-receptor, pero mi hermano sigue practicando *snowboard* una vez al año y, afortunadamente, tenía uno que me ha prestado. Me alegro de haberlo traído.

Me bajo la cremallera del cuello de la chaqueta y miro hacia la pequeña cajita azul atada a mi torso. Compruebo la pantalla.

Lo último que quieres es quedarte enterrada bajo la nieve, preguntándote si has encendido el dichoso trasto.

—Qué buena pinta tiene este —admira Brent mientras llegamos a la altura del salto más elevado. Empieza a ir hacia allá.

—¡No! —grita Curtis—. No es seguro. No salgas de la fila.

Brent resopla y vuelve a su sitio.

—Es perfecto para una voltereta hacia atrás —comento cuando Brent me alcanza—. Podemos probarlo cuando bajemos. —Espero que se ría, pero no lo hace.

—¿Seguro que puedes? —comenta—. Si no has saltado desde…

—Oh, no empieces. —Su sobreprotección me recuerda por qué lo dejé. En realidad, bromeaba acerca de la voltereta hacia atrás, pero ahora tendré que probarlo.

Dale se gira.

—Siempre te gustó jugar al límite, ¿eh, Milla?

Algo en su tono me molesta. Miro las lentes de sus gafas y desearía verle los ojos. ¿Ha sido un gesto de respeto? ¿Un intento de renovar nuestra amistad?

¿O ha sido una amenaza?

Ahora que lo pienso, es extraño que estuviera dispuesto a dejar sola a Heather. Como si supiera que no le va a pasar nada malo.

Como si Heather y él fueran los que están detrás de todo.

Y, si es así, ¿qué piensa hacer con nosotros?

28

Hace diez años

No aparto la mirada de Saskia mientras se deja caer en el medio tubo.

—¿Sigue saltando más que yo en su primer aterrizaje?

—Es difícil de determinar —dice Brent.

Suspiro.

—Me lo tomaré como un sí.

Brent y yo estamos sentados abajo en la pausa para comer. La noche anterior fue fría y clara, y el tubo todavía no se ha ablandado. Él se ha golpeado en la rodilla, yo me he pellizcado la muñeca, así que nos aplicamos puñados de nieve contra los moratones.

Se oye una exclamación entre la gente que está mirando justo cuando alguien se estampa contra la superficie. Mierda, ha sido Curtis. Se sacude la nieve de la chaqueta y se levanta.

—Está probando los giros Haakon —señala Brent—. Ayer los practicó en el trampolín.

Jacinta espera al pie del ascensor. Curtis le ajusta la cinta del casco y suben juntos. Apenas se han separado en toda la semana. Me doy la vuelta. Si tiene que salir con alguien, me alegro de que sea con ella. Es encantadora.

Saskia también los observa y no parece contenta. Quiere toda la atención de su hermano para ella.

Odette salta y realiza una voltereta muy alta, por encima del borde. Es un McTwist, y bastante amplio. Vuelvo a suspirar.

—¿Cómo voy a competir con eso?

—No participa en los campeonatos británicos, ¿verdad? —pregunta Brent.

—No, gracias a Dios.

—Pues no te preocupes por eso. Todavía no.

—Aunque entrenara doce meses al año, no sería capaz de saltar así. Mi instinto de supervivencia es demasiado fuerte.

—Cálmate, Mills —me tranquiliza Brent, y desliza su brazo por detrás de mi espalda.

Lo aparto.

—Tú no lo entiendes. No tienes instinto de supervivencia.

Brent se limita a reír, lo que me hace querer pegarle.

Observo a Odette ejecutar su primer salto. Unas pocas mujeres como ella pueden superar el miedo, pero, por mucho que lo intente, no soy capaz. De vez en cuando, logro hacer McTwists pequeños, cuando las condiciones son las correctas, pero el miedo sigue ahí, siempre. Me frena. Es muy frustrante.

El único consuelo es que Saskia tampoco puede hacerlo. Está probando otro McTwist, porque mis intentos también la han presionado a ella, pero está claro que le da tanto miedo como a mí.

Agarro un puñado de nueces y me las meto en la boca. Estoy entrenando tanto que me resulta difícil consumir la energía que gasto, así que me he aficionado a comer frutos secos durante todo el día, incluso cuando subo en el telesilla. Las pastillas para dormir me ayudan a calmarme por la noche, pero luego necesito un Smash por la mañana para despertarme.

Curtis vuelve a estar arriba. Lo miro nerviosa y sospecho que va a intentar otra voltereta Haakon. Me cuesta mirar. También cuando salta Brent. Algunas de las posiciones que ejecutan son peligrosas. Cabeza abajo, balanceándose a poca distancia del hielo; giros en los que parece que no van a aterrizar bien.

Brent se cae a menudo, porque va al límite y a muerte. Curtis rara vez se cae, pero cuando lo hace, se levanta como si fuera Terminator y lo vuelve a probar hasta que clava la figura.

Ahora se lanza hacia arriba, gira de lado en el aire y cae de nuevo.

Brent gruñe.

—Eso le habrá dolido.

Curtis se queda quieto, con una mano apretada contra el hombro.

—¿Vamos a ver si está bien? —propongo.

Brent le da un mordisco a la barrita de muesli.

—Espera.

Y tiene razón. Con esfuerzo, Curtis se levanta y desciende mientras comprueba si puede girar el hombro. Todavía se lo frota, pero se encamina de nuevo hacia la salida.

—Ya verás —dice Brent—. Lo probará otra vez.

—¿No deberíamos detenerlo? —pregunto—. Va a romperse algo.

Brent se ríe.

—Un consejo. Cuando se caiga, ni te acerques, ni lo mires. Te arrancará la cabeza.

Igual que mi hermano cuando pierde un partido de *rugby.*

Es el turno de Julien. Volteretas encadenadas en sus dos primeros saltos.

—Pensaba que Dale iba a golpear a Julien antes —comenta Brent.

—¿De verdad? —me sorprendo—. ¿Por qué?

—Ha hecho un comentario sobre los agarres de tabla de Dale. Y sobre su chaqueta. En la misma frase. El tío no sabe cuándo cerrar la boca.

Me río, pero me callo de repente al ver a Curtis saltar de nuevo. No lo soporto. Gira de lado por encima del hielo, se golpea con el borde al aterrizar y cae con un crujido.

Cuando está claro que no se levanta, Brent y yo corremos hacia él. Se agarra el hombro con un gesto de dolor.

Brent aparta la tabla de Curtis, le pasa el brazo por la cintura y lo ayuda a levantarse.

—Venga, tío. Vamos a meterte en el teleférico.

Me quedo en segundo plano, consciente de que Curtis no querrá que lo vea así. Y, de todos modos, parece que Brent lo está gestionando bien.

Jacinta se acerca.

—Mierda, ¿te has caído otra vez?

—Estoy bien —asegura Curtis, y aprieta los dientes—. Nos vemos después del entrenamiento.

Saskia nos mira desde lo alto del tubo; no parece preocupada.

—Vuelvo enseguida —se excusa Brent, y los dos se marchan.

Al cabo de diez minutos, Brent reaparece, solo.

—¿Se encuentra bien? —pregunto.

—El invierno pasado se dislocó el hombro un par de veces. Dice que le ha parecido que se le salía y que volvía a encajar.

Pobre Curtis. Me pregunto cuánto reposo tendrá que hacer.

Saskia pasa por delante de nosotros de camino al teleférico. La miro y espero a que pregunte por Curtis, pero no se detiene. Supongo que lo habrá visto un millón de veces.

Brent y yo subimos juntos. Mis gafas de protección se han empañado. Después de tantas caídas, el material está húmedo. Busco en el bolsillo. Maldita sea.

—¿Tienes un paño para limpiar las gafas?

—Claro —dice Brent, y me tiende uno con el logo de Oakley.

Lleva la gorra de béisbol al revés. Cuando llegamos arriba, se baja las gafas.

—Te enseñaré a hacer un *crippler*.

—No tienes por qué —indico.

Frunce el ceño mientras observa el medio tubo.

—De verdad —le aseguro—. Lo miraré por YouTube.

No soportaría verlo caer a él también.

—Trato de recordar cómo eran. Hace tiempo que no los hago.

Acelera por el lateral del tubo y se lanza. Contengo el aliento cuando gira en su segunda pirueta. Unas horas antes, estaba dentro de mí, mirándome con más ternura de la que yo querría. Y ahora está cabeza abajo, girando su cuerpo en una diagonal enloquecida, muy por encima del hielo.

Las emociones me sacuden. Orgullo. Envidia. Culpabilidad, porque hace esto para mí. Y terror.

Sobre todo terror. Si no gira la tabla a tiempo…

Pero lo hace, justo en el momento necesario, y yo respiro de nuevo.

Odette se ríe suavemente mientras se ata las cintas cerca de mí.

—Los *crippler* dan mucho miedo.

No me había dado cuenta de que me observaba.

—Hola, Odette.

Me estoy ruborizando.

—Así que estás con Brent, ¿verdad?

Vacilo.

—Es algo casual.

—Salta bien. ¿Y te gana al pulso?

Sonrío.

—Jamás lo hemos probado. Pero sí, imagino que me ganaría. —Intento controlarme—. Muy bueno el McTwist de antes, por cierto.

—Gracias.

Debería preguntarle si ha hecho un *crippler* alguna vez, pero aún me cuesta respirar. No quería sentirme así por nadie. Amigos con derecho a roce, eso es lo que se supone que Brent y yo somos.

Unos saltos después, camino a un lado del tubo detrás de Saskia cuando Jacinta salta y logra uno de sus enormes siete veintes. Me siento aliviada porque no tendré que competir contra ella este invierno. Saskia sí, en un evento de la semana que viene, de la Copa Mundial de la FIS. Yo podría haberme inscrito, pero, después de mi lamentable experiencia en el Open de Le Rocher, he decidido tomarme una pausa de un año en las competiciones internacionales y centrarme solamente en los campeonatos británicos.

Jacinta zigzaguea arriba y abajo. Acelera en el muro hacia mí. Por la posición de su cuerpo, está claro que se dispone a ejecutar otro gran salto. Un objeto negro y pequeño rueda por el tubo, Jacinta lo esquiva, pero un instante después, ya está en el aire. Su giro está descentrado y cae al suelo, con la tabla y las piernas por encima de la superficie. Se golpea el muslo contra la barra lateral del tubo y se oye un crujido estremecedor.

Grita y se desliza por el suelo del tubo. Mierda. Me cuelo por la pared para comprobar si está bien. Saskia viene conmigo y las dos nos inclinamos sobre Jacinta, que no puede hablar a causa del dolor. Hago gestos, desesperada, para que la gente que está en la base nos ayude.

Mi mente está procesando lo que he visto. Ese objeto negro. ¿Qué era? Miro a mi alrededor, pero no lo veo. Fuera lo que fuera, estoy segura de que Saskia lo ha tirado.

29

En la actualidad

Me arrastro por la pendiente hacia el cobertizo del teleférico con los ojos clavados en la chaqueta de Dale. Espero estar equivocada acerca de él. De todos modos, seríamos tres contra uno, así que ¿qué espera hacer?

Ascender nos lleva más tiempo del que pensaba. Había olvidado lo difícil que es caminar por la nieve fresca cuando es tan profunda. Curtis está delante, casi ya en el cobertizo. Miro hacia abajo, al edificio Panorama; Heather sigue allí.

—¿Dónde saltaste el invierno pasado? —le pregunta Brent a Dale.

—No salté —responde—. Heather y yo estábamos demasiado ocupados montando nuestro negocio.

—¿Y cómo va?

Vacila un segundo.

—Es duro, la verdad. Apenas cubrimos gastos.

Vale, así que Dale va apurado de dinero. Curtis mencionó la posibilidad de un chantaje. ¿Por eso nos han traído hasta aquí? ¿Es un plan desesperado de Dale para extorsionar a todos o solo a uno de nosotros? ¿Y si no pueden pagar? ¿Qué hará Dale entonces?

Curtis llega al cobertizo y desaparece en el interior. Al menos, la puerta está abierta. Con un estremecimiento, recuerdo que ha sido idea de Dale subir hasta aquí. Lo observo nerviosa y rezo porque no intente hacer nada.

Cuando llegamos al cobertizo, Curtis emerge. Su expresión es asesina. Tiene algo en la mano, una hoja de papel.

En medio del folio veo tres palabras. Están escritas en mayúsculas, como las tarjetas del primer día:

«EL JUEGO CONTINÚA».

Me estremezco.

—Eso es lo que…

—Lo sé —dice Curtis.

—¿Qué? —pregunta Brent.

—Es lo que Saskia y yo nos decíamos —explico.

—Oh, venga ya —exclama Dale—. ¿Lo dices en serio? No es ella la que está detrás de esto.

Curtis avanza hacia él.

—¿Y cómo lo sabes?

Dale levanta las manos.

—No es lógico. Sé que es tu hermana, tío, pero detente un momento y piensa en ello. Como, por ejemplo, ¿dónde se habría escondido todo este tiempo? —Mira a Brent en busca de ayuda—. ¿Y por qué iba a crearnos problemas?

Curtis nos deja atrás y se levanta las gafas de protección. Observa las pendientes y las montañas, como si la buscara con la mirada.

—¿Entiendo que no había radio en el cobertizo? —pregunta Dale.

Curtis no responde. Sube unos pasos para ver mejor en la distancia.

Con un bufido exasperado, Dale se encamina hacia el cobertizo.

Me giro hacia Brent.

—¿Qué opinas? ¿Crees que es posible que…?

—No. No es ella —La respuesta de Brent es instantánea, igual que la última vez que sugerí la posibilidad. Y eso me intriga. ¿Cómo está tan seguro? No puede saberlo a ciencia cierta. A menos que…

—Entonces, ¿quiénes? —Observo su expresión, o lo que atisbo tras las gafas de protección.

—Ya te lo dije —contesta, tajante—. Debe de ser Julien.

—¿De verdad crees que es él?

—¿Quién si no? Aquel invierno, bebía los vientos por ella. Probablemente supone que uno de nosotros la mató y quiere castigarnos por ello.

—Pero ¿por qué esperar diez años?

Brent no tiene respuesta a eso.

Un movimiento en la pendiente me llama la atención. ¿Qué...? Protejo mis ojos del sol. El edificio Panorama está envuelto en silencio, inmóvil. La entrada principal no se ve, oculta tras la rampa más amplia, así que ya no vemos a Heather. Pensaba que había visto una figura que se movía, pero ahora no hay nada. Debe de haber sido ella. Miro hacia el cielo. O a la sombra de una nube.

Dale sale del cobertizo con las manos vacías.

—Será mejor que bajemos.

Mira abajo, a la pendiente hacia el edificio Panorama. Quizá por fin ha comprendido que dejar a Heather sola ha sido arriesgado.

Brent observa los saltos. Es evidente que tiene ganas de probarlos.

Curtis vuelve. Observa el papel por última vez y se lo mete en el bolsillo.

—Ataos.

El aire quieto resuena con los chasquidos metálicos de las cintas de las tablas de *snowboard*. El sonido despierta un millón de recuerdos y la emoción me recorre las venas. Repaso las cintas y, por primera vez en diez años, me siento viva. Voy a expulsar toda esta mierda de mi cabeza, al menos durante unos minutos.

Curtis se alinea en la rampa más alta y se lanza por el aire.

Brent suelta un aullido.

—¡Venga!

Tiemblo de miedo, pero es una buena clase de miedo. Hay gente que opta por drogarse para experimentar esto y, quizá, se podría decir que es más seguro, pero yo siempre he preferido que mi adrenalina venga del deporte. Vamos allá. La tabla roza contra el hielo, ganamos velocidad. El viento me golpea la cara y hace temblar la tela de mis pantalones de *snowboard*. El subidón que siento al machacarme en el gimnasio no es nada comparado con esto.

Llego al final de la rampa y salto hacia arriba. Noto la sensación conocida y deliciosamente dulce de mi estómago cayendo cuando surco el aire. Agarro el extremo posterior de mi tabla y apunto hacia fuera con el pie delantero. Un *indy.* Y suelto el agarre para aterrizar con suavidad.

—Calma, Milla —advierte Curtis cuando llego hasta él.

—Por un instante, he sido feliz —le recrimino—. ¿Por qué tienes que aguarme la fiesta?

—Estamos solos aquí arriba. Si pasa algo, estás jodida.

La adrenalina corre por mis venas.

—Tú no te lo has tomado con calma.

—Ya, pero yo practico *snowboard* con regularidad. Tú dijiste que ya no lo hacías.

—Es como ir en bicicleta.

—Dios, te pareces tanto a mi hermana… A veces, solo a veces. —Habrá visto mi expresión—. Bueno, solo quería decir que si te rompes algo, no vendrá ningún helicóptero para llevarte a un hospital.

—Lo sé perfectamente.

Curtis mira de reojo a Dale y Brent, que están inclinados sobre la tabla de Dale, toqueteando las cintas, y baja la voz.

—¿Por qué no les has hablado del pase?

—No lo sé.

Curtis me estudia, pensativo.

—¿Crees que…? —De repente, se queda boquiabierto.

Me giro y veo que Brent gira en el aire, agarrando su tabla y cabeza abajo. Aterriza sobre la explanada y frena con rabia, rociándonos de nieve. Hay una enorme sonrisa en su rostro. Chocamos los cinco. Este sí es el Brent que yo conocí.

—Id con cuidado —repite Curtis.

—¿Me estás diciendo cómo debo saltar, amigo?

—A ver, ¿soy el único consciente de lo que ocurre? —grita Curtis, claramente ansioso—. Si le pasa algo a uno de nosotros, nos afecta a todos.

Justo entonces, Dale vuela por los aires con un giro de tirabuzón.

Curtis levanta las manos, desesperado.

—¡Por el amor de Dios!

Sé lo que quiere decir. Es cierto que hay peligro, pero en el edificio Panorama también lo había, por cómo los tres se enfrentaban entre ellos. Es mejor que se quiten la tensión de encima aquí, durante unos minutos, antes de que emprendamos el descenso.

Curtis vuelve a saltar mientras masculla. Y hace una voltereta hacia atrás.

Vale. Esta es mi oportunidad. Seré la chica salvaje y sin miedo que solía ser. Y, quizá, esta sea la última oportunidad que tendré de realizar una voltereta hacia atrás, porque quién sabe si volveré a la nieve. Brent se ajusta las gafas a mi lado. No le digo lo que voy a intentar porque no le gustaría.

Dale grita.

—¿Dónde está Heather?

Me protejo los ojos del sol y me esfuerzo por buscarla con la vista. Ya no está ahí.

—Quizá tenía frío y se ha metido dentro.

—¡Heather! —El grito de Dale resuena por todo el valle. Corre hacia abajo, dejando atrás el resto de las rampas.

Brent suspira.

—Será mejor que bajemos.

Curtis y él salen disparados detrás de Dale.

Observo la rampa. Dale ya está en el edificio y se quita la tabla. Sé que no debería hacerlo, pero solo tardaré unos segundos más. Pronto volveré a casa para dedicarme a la misma mierda aburrida de siempre y solo tengo esta pequeña oportunidad antes de irme.

Me dirijo hacia abajo. Confío en mi memoria muscular para guiar el cuerpo en todos los movimientos. Cuando llego al final del salto, me echo hacia atrás y me encojo para asegurarme de que me hago un ovillo. Cuando me acerco a tierra, me doy cuenta de que he girado con demasiada violencia. Voy a aterrizar sobre la parte trasera de la tabla. En un intento desesperado por corregir la trayectoria, me inclino hacia delante. El morro de la tabla se inserta en la nieve y se detiene con brusquedad. La parte superior de mi cuerpo sigue rotando, pero mis piernas no se mueven, están fijadas a la tabla.

El dolor asalta la parte posterior de mi rodilla. Por un instante, solo siento eso. Me agarro la rodilla. Cuando vuelvo a enfocar la mirada, veo que Brent y Curtis me miran, jadeantes.

—¿Dónde te has lesionado? —pregunta Curtis.

Estoy sin aliento.
—Creo que es mi ligamento lateral.
La misma caída de la última vez que me lesioné.
Curtis mira hacia el edificio. Dale ya no está. Habrá entrado.
—Id —digo—. Yo os sigo.
—¿Necesitas ayuda para levantarte? —se ofrece Curtis.
Niego con la cabeza y me esfuerzo por levantarme. Con cuidado, descargo el peso en mi pierna mala. Una oleada de dolor me asalta. Me muerdo el labio para no gemir. Los dos me tienden la mano.
—Me las arreglaré —les aseguro—. Id.
Curtis estalla.
—¿Por qué nunca dejas que te ayuden?
Brent y él se apresuran hacia el edificio.
Lo que me faltaba, que se meta conmigo.
—¿Acaso tú permites que te ayuden? —le grito.
Utilizo la tabla como muleta y cojeo tras ellos. El fuerte dolor que palpita en mi rodilla se convierte en una punzada salvaje cada vez que apoyo el peso en la pierna. «Ignóralo. No es la primera vez».
Para cuando los alcanzo, Curtis y Brent se han despojado de la ropa de *snowboard* y se han quitado las botas cubiertas de nieve. Dejo la tabla recostada contra la pared, al lado de las demás.
Dale sale corriendo del edificio.
—No la encuentro.
—¿Has mirado en la habitación? —pregunta Curtis.
—No está allí. —Dale parece desesperado—. ¿Alguno la ha visto entrar? Es posible que se haya caído por una grieta.
Cruzamos una mirada. Es la regla de oro del glaciar: nunca te quites la tabla. Con ella, tu peso se distribuye sobre una superficie mayor. Sin ella, el riesgo de caer por una grieta se multiplica. Al subir, hemos seguido la línea del teleférico porque sabíamos que, al menos durante los meses previos, el personal de la estación debió de limpiarlo de grietas. Pero Heather no tendría ni idea de eso y, a diferencia de nosotros, no llevaba ni transmisor ni arnés.
—Voy a comprobar los alrededores —anuncia Dale, y se dirige a los garajes.

—Miremos dentro —grita Curtis.

—¿Estás bien, Milla? —pregunta Brent.

—Sí.

Curtis observa cómo me retuerzo mientras me quito las botas, sin decir palabra. Está claro que le molesta.

—No hace falta que me esperéis —le aseguro.

—De acuerdo —dice Curtis—. Brent, tú mira en el piso de arriba y yo revisaré el de abajo. Seguro que está en alguna parte.

—Voy a mi dormitorio —les informo a sus espaldas.

Recojo un puñado de nieve y lo presiono contra mi rodilla. Hay un montón de trajes, guantes y arneses al lado de la puerta. Rebusco para localizar mis botas de interior. Ahí están. Tengo los calcetines empapados, pero aprieto los dientes y me tambaleo hacia dentro. Debo mantener la pierna en alto.

Giro por el pasillo hacia las habitaciones. Curtis habrá acabado de registrar esta zona porque las luces están encendidas. Olisqueo el aire y mi estómago da un vuelco. Otra vez el perfume de Saskia.

Se me eriza el vello de la nuca. Hay alguien detrás de mí.

Corro tanto como me lo permite la rodilla, pero no hay nadie. Asustada, sigo cojeando. No estoy lejos. No puedo esperar a encerrarme en la habitación. Un ruido a mis espaldas. Me giro otra vez. Mierda, eso ha dolido. Me agarro la rodilla. Pero el pasillo está vacío.

—¿Hola? —grito.

Se oyen pasos en el piso de arriba. Debe de ser eso lo que he oído: Brent en el piso superior. Este edificio juega con mi mente. Avanzo y dejo atrás el dormitorio de Brent y el armario de la ropa limpia.

Las luces se apagan. Oscuridad absoluta. Odio las luces que se apagan automáticamente. ¿Dónde está el maldito interruptor? Con la nieve en una mano, palpo la pared con la otra. El hielo se está derritiendo, así que gotea por todas partes y moja el suelo. Lo último que necesito es volver a resbalar. Avanzo poco a poco. Tiene que haber un interruptor en algún rincón.

Siento una corriente detrás de mí. ¿Se ha abierto una puerta? Me giro y escudriño la oscuridad.

—¿Hola?

¿Hay alguien en el pasillo conmigo? Mis dedos buscan ansiosos el interruptor. ¡Sí! ¡Aquí!

Cuando se hace la luz, algo desaparece por la esquina del pasillo. Ahogo un grito.

Lo que he visto no es posible. No puede ser.

Parecía una melena de pelo rubio casi blanco.

30

Hace diez años

Le mando un mensaje de texto a Curtis:

¿Cómo está Jacinta?

Se ha roto el fémur. Se la han llevado a Grenobles.

Lo siento mucho.

Pobre Jacinta. Su temporada ha terminado.

Me quedo despierta durante la mitad de la noche, pensando si hablar con Curtis sobre el papel de su hermana en el accidente. Estoy casi segura de que Saskia soltó el objeto negro, fuera lo que fuera, en el tubo. Pero no podría jurarlo; todo sucedió muy deprisa. Quizá simplemente el viento lo empujó desde su posición. Y si de verdad fue ella quien lo arrojó, pudo ser accidental. El instinto me dice que no fue así, que se trata de un sabotaje deliberado, pero, aun así, es probable que solo se propusiera distraer a Jacinta y estropearle el salto, nada más.

De todos modos, no conseguiría nada al contárselo a Curtis. Saskia afirmaría que fue un accidente y el daño ya está hecho. Ojalá haya aprendido la lección.

Al día siguiente, en el tubo, no consigo sacarme el accidente de la cabeza. Cada vez que estoy a punto de saltar, me descubro mirando alrededor por si veo a Saskia, para asegurarme de que no tira nada cuando yo esté a punto de saltar.

Vale, está subiendo por el telesilla, así que estoy a salvo. Inspiro profundamente. ¡Venga, concéntrate!

Faltan diez semanas para los campeonatos británicos. Por el momento, he abandonado la idea de probar un *crippler*. Ver cómo lo hacía Brent ayer ya me asustó lo suficiente. En lugar de eso, mi objetivo es ampliar mis saltos, así que me tiro desde más arriba del tubo. Cómo no, Saskia se ha dado cuenta y ahora está haciendo lo mismo.

Esta vez, salto desde veinte metros de altura y casi me despisto en el descenso hacia la pared. Mi primer salto me lleva más alto de lo que esperaba; agito los brazos como si estuviera loca, en busca de equilibrio y, de algún modo, lo consigo. Un par de tambaleos rápidos más y un giro bastante flojo en la última figura. Me detengo, sorprendida por estar todavía en pie y entera.

Brent salta desde arriba. Traza una línea agresiva. No me extraña que se lance al límite. Cuento las rotaciones hasta su figura final. Una, dos, tres, creo. Lo hace tan rápido que cuesta seguirlo.

—¿Has hecho un diez ochenta? —pregunto cuando se acerca a mí.

Sonríe.

—Sí. Quería probar un doce sesenta, pero no importa.

—El salto ha sido enorme. ¿No tienes miedo?

—Solo cuando te miro.

—Cállate.

—Lo digo en serio, Mills. En ese último salto te la estabas jugando bastante. Necesitas aflojar un poco, ¿vale?

—¿Perdona? Eres la última persona que esperaba que me dijera eso.

—Disculpa. Eh… Voy a comer algo, si quieres…

—No.

Se dirige hacia su mochila.

Odette se detiene a mi lado.

—¿Estás bien?

Exhalo.

—Brent me acaba de decir que me lo tome con calma. Es un jodido hipócrita.

—Es difícil practicar con alguien a quien le importas. Pero hay que separar las cosas. De otro modo… Buf. Puede ser un ancla que te impida avanzar.

Tiene razón. ¿Y cómo puede uno llegar a los saltos grandes con el peso de un ancla?

—¿Quieres saltar otra vez? —sugiere Odette.

—No, ve tú. Necesito concentrarme. —Quiero observar a Saskia y ver desde dónde salta.

—Vale —dice Odette—. Cruza los dedos. Probaré el giro invertido.

Odette y yo entrenamos juntas ayer en la cama elástica.

—¡Buena suerte! —la animo cuando se aleja.

Dale está sentado en un banco de nieve, tomándose un Smash. Me arrepiento de haber probado esa bebida. Ahora tomo una lata al día y quiero dejarlo por completo. Una vez te acostumbras a dormir mal, es difícil romper el hábito. Creo que necesito pastillas para dormir más fuertes.

Ahí viene Saskia. Me esfuerzo por verla. Maldita sea, sigue subiendo. Disimulo y miro hacia otro lado cuando pasa junto a mí con el telesilla. Curtis está justo detrás de ella. A pesar de lo que se hizo en el hombro, no dejará de entrenar.

—Deberías intentar un agarre posterior en ese último giro —le recomienda a Brent cuando pasa a su lado—. Puedes agarrar la tabla durante más tiempo.

Curtis fue el número 1 en el Reino Unido el año pasado, y Brent el número 2, pero en base a cómo Brent está saltando este año, quizá pueda cambiar las tornas. ¿Por qué lo ayuda Curtis? Pero Brent no da muestras de que le parezca raro. Tan solo asiente pensativo, como si imaginara la figura en su cabeza, y muerde una manzana que ha traído.

Voy detrás de Curtis y me agarro al telesilla a su lado. Quiero saber a qué juega.

—Pensaba que estarías en el hospital —comento.

—Jacinta me ha dicho que no quería que me perdiera el entrenamiento —explica.

—¿Cómo está?

—Bueno, no muy bien. En cuanto pueda volar, se irá a casa. La rotura ha sido grave.

—Qué horror. ¿Y tu hombro?

—Me lo han examinado mientras estaba allí. —Una sonrisa irónica—. Me ha venido bien.

—¿Y qué tal?
—No está tan mal.
Lo que significa que le duele como mil demonios, pero que no piensa dejar de saltar por ello.
Señalo a Brent con la cabeza.
—¿Puedo preguntarte algo? ¿Por qué lo has hecho?
—¿El qué? —dice Curtis.
—Darle un consejo a Brent. Ayudarlo.
Silencio.
—El tío tiene redaños —afirma Curtis finalmente.
—Sí, pero compites contra él.
Se encoge de hombros.
—Supongo que yo juego así.
—¿Y Brent te ayuda?
—Sí, hablamos de cómo mejorar los saltos.
—Entonces juegas de una manera muy distinta a como lo hace tu hermana —comento, y a como lo hago yo, pero eso no lo digo en voz alta.
Curtis aprieta la mandíbula.
—Me gusta pensar eso, sí.
Mis gafas han vuelto a empañarse. Aprieto la barra entre los muslos, me quito el guante y busco en el bolsillo el pañito para limpiarlas.
—¿Tienes una gamuza?
—Toma.
Alguien ha dejado caer sus gafas en mitad del circuito del telesilla. Con un pie y sin manos, las esquivo. La tabla me desestabiliza.
Curtis me agarra por la cintura.
—Cuidado, no te caigas.
Maldita sea. Por mucho que finja que mi atracción hacia él ha quedado atrás, no es cierto. Me siento más tentada que nunca.
—Gracias.
Subir con él ha sido un error. Necesito concentrarme. Estamos casi en la cima. Inspiro lenta y profundamente en un intento de despejar mi mente.
—¿Estás bien? —pregunta Curtis.

Sonrío.

—Sí. Estoy trabajando mis saltos para que sean más amplios que los de tu hermana.

—Ya me he fijado —comenta, pero no sonríe.

—Déjame adivinar. ¿Tú también me vas a decir que me lo tome con más calma?

—¿Quién te ha dicho eso?

—Brent.

—No. Ve a por ello. Simplemente ten cuidado cuando estés con mi hermana, ¿vale? No te fíes.

Lo miro fijamente.

—¿Qué quieres decir con eso?

Frunce los labios como si lamentara haber hablado.

Ojalá me dijera qué ocurre. Pienso en sus advertencias. En cómo avisó a Brent para que la vigilara. ¿Habrá habido otros incidentes, más graves que una broma pesada? ¿Le habrá hecho daño a alguien antes?

Exacto, eso es. Se lo preguntaré directamente a ella.

Se está atando la cinta de la tabla en lo alto del tubo, así que me acerco.

—¿Podemos hablar?

Parece sorprendida.

—Claro.

Apenas hemos cruzado palabra desde que empujó mi tabla por aquella grieta. Curtis nos mira de reojo mientras se ata sus cintas. Busco a mi alrededor para encontrar un rincón discreto.

—¿Quieres bajar hasta la plataforma? —propone.

—Sí, genial —contesto.

—¿Adónde vais? —pregunta Curtis cuando nos marchamos en la dirección opuesta.

—¡Hacia abajo! —grito.

Saskia y yo descendemos por la pista roja. La pendiente está desierta. Hace un mes bajé por este circuito con ella, cuando pensaba que éramos amigas. Odio admitirlo, teniendo en cuenta todo lo que ha hecho, pero he echado de menos correr a su lado.

Salta un montículo con un uno ochenta; la sigo y hago un tres sesenta. Hace lo mismo y se marca otros tres sesenta en el lateral de la pendiente. Intento un cinco cuarenta y me caigo. Saskia se ríe.

Existe la idea de que no es adecuado ser competitiva si eres mujer y, por eso, con las demás chicas, incluso con Odette, trato de ocultar mi tendencia a competir. Pero con Saskia le doy rienda suelta. No tiene miedo de ser ella misma y, a su vez, eso también hace que yo me atreva a serlo. Cuando estoy con ella, a pesar de que a veces me haga sentir furiosa, creo que soy la versión más honesta de mí misma.

Si al menos hubiéramos sido amigas. Quizá si hubiéramos coincidido en un deporte de equipo, en lugar de en uno individual... ¿O también competiríamos entre nosotras, porque somos así?

Llegamos abajo, hasta la plataforma, jadeando.

No hay cola, así que pasamos rápidamente por el torno de entrada.

Me lo he pasado tan bien que me gustaría hacerlo de nuevo. Maldita sea. Y ahora tengo que sacar a colación el accidente.

Una silla con tres asientos avanza hacia nosotras. Antes ha nevado un poco y los asientos de plástico negro parecen espolvoreados con azúcar.

—¡Eh! —grita alguien.

Me giro.

Es Curtis, que baja la pendiente a toda velocidad.

—¡Esperad!

Saskia me tira del brazo.

—Vamos.

Vacilo, pero Saskia me empuja y la silla nos arrastra.

—¡Nos vemos en la cima! —le grito a Curtis.

Saskia no ha bajado la barra de seguridad, así que estiro la mano para hacerlo.

—Espera —me pide—. Deja que me quite la chaqueta, estoy sudando.

Así que dejo la barra levantada y me echo hacia atrás. Hace un día cálido. Estamos a principios de febrero, pero parece que ya sea primavera. Saskia se ata la chaqueta alrededor de la cintura y se reclina sobre la silla.

Curtis suelta un silbido agudo y largo desde la silla de atrás.

Me giro.

—¿Qué?

—¡La barra de seguridad!

—¿En serio? —murmura Saskia.

Bajo la barra y cae sobre nuestros regazos con un sonido metálico. Me vuelvo hacia Saskia. Voy a abordar el asunto de una vez por todas.

—¿Qué fue lo que dejaste caer en la trayectoria de Jacinta ayer?

Para mi sorpresa absoluta, se ríe.

—¿Querías hablar de eso?

La observo; espero que su diversión se deba a la sorpresa y no al abrupto final de la temporada de Jacinta.

Se mete la mano en el bolsillo y saca un pedacito de tela negra.

—¿Te refieres a esto?

Me fijo en el símbolo de la punta, el relámpago blanco de Electric Eyewear.

—Es mi gamuza... De las gafas de protección.

—La encontré en el tubo donde se cayó la pobre Jacinta. La dejaste caer justo delante de ella.

—¡Fuiste tú! —la acuso.

Se ríe de nuevo.

—¿Por qué iba yo a tirar tu gamuza?

Abro la boca, atónita. Sus acciones hicieron que Jacinta se rompiera la pierna, pero no siente ni un ápice de remordimiento. Es casi como si el resultado la hiciera feliz.

—Eres increíble... Debes de haber...

Dios, apenas puedo hablar. ¿Y cómo demonios se hizo con mi gamuza?

Mira por encima del hombro hacia su hermano, en la telesilla de atrás.

—Es mi palabra contra la tuya. Si cierras la boca, yo tampoco diré nada. ¿A quién piensas que creerán?

Acabo de ser testigo de lo protector que es Curtis con su hermana. Quizá me advirtió de que fuera con cuidado, pero si tuviera que escoger entre las dos, posiblemente la creería a ella. La sangre es más espesa que el agua y todo eso. Y es mi gamuza, después de todo.

Luego pienso en el mensaje de texto que le mandé ayer. «Lo siento mucho». Se podría malinterpretar como un arrebato de culpabilidad. Mi amistad con Curtis significa mucho para mí. Incluso si Saskia asegurara que arrojar la gamuza fue una broma estúpida, el hecho es que su novia se rompió la pierna a resultas de eso. Y no creo que Curtis me lo perdonara.

Saskia se la vuelve a meter en el bolsillo.

—Me la guardo. Es una prueba.

31

En la actualidad

Mi rodilla late de dolor. Cojeo por el pasillo tan rápido como puedo. Hacer frente a los miedos, sin rodeos: eso fue lo que aprendí del *snowboard.* Doblo la esquina, aterrorizada por lo que pueda ver.

El pasillo está vacío. Exhalo. Solo ha sido mi imaginación.

O mi conciencia culpable.

El pasillo se bifurca y giro a la izquierda.

—¡Heather! —la llamo.

—¿Milla?

La voz de Heather se oye tan débil que apenas la distingo.

—¿Dónde estás? —grito.

—Aquí…

Se oyen unos golpes en algún punto del pasillo, más adelante.

Sigo el sonido y empujo la tercera puerta. Heather emerge por el umbral y cae en mis brazos.

—La puerta…

Tiembla tan fuerte que apenas puede hablar.

—Eh —digo—. Tranquila, estás bien.

—La puerta no se abría.

—Se acaba de abrir sin problemas. Quizá solo estaba atascada. —Empujo la puerta de par en par—. ¿Ves?

La habitación es una especie de vestuario para el personal, con cubículos para el calzado y la ropa, una ducha y un baño. No recuerdo haberla visto antes. Quizá no encendí la luz.

Heather se abraza, sigue temblando. Definitivamente no miente, al menos esta vez. Es una mujer aterrorizada.

—¿Por qué has entrado aquí? —pregunto.

—Tenía que ir al baño. —Sus ojos recorren el pasillo—. Así que he ido a mi dormitorio. Y cuando volvía, he visto a alguien.

—¿A quién?

—No lo sé. Pero había alguien más en el pasillo, conmigo.

—¿Quieres decir Brent o Curtis?

—No. No era uno de nosotros.

Mi corazón da un vuelco. Había logrado convencerme de que mis ojos me engañaban. Pero si Heather también se lo ha encontrado…

—¿Hombre o mujer?

—No lo he visto bien. Solo he echado a correr y me he escondido aquí.

Olisqueo el aire. El olor es tan sutil que no estoy segura de si me lo estoy imaginando.

—¿Hueles el perfume?

Hace lo mismo.

—No, ¿por qué?

—Curtis piensa que quizá Saskia nos ha traído aquí.

—No —niega Heather, encogiéndose hacia la pared—. No puede ser.

Se ha puesto tan pálida que por un momento pienso que va a desmayarse. La agarro del brazo.

—Respira. Inspira profundamente.

—Pero está… —Le cuesta decirlo—. Está muerta. ¿Verdad?

—En teoría, sí. —No estoy segura de nada.

Heather se queda en silencio y atónita. No sé si la asusta la idea de los fantasmas en general o la de este en concreto.

—Además, Dale está muy preocupado —añado—. Será mejor que vayas a decirle que estás bien.

Sus ojos miran a ambos lados del pasillo.

—¿Vienes conmigo?

—Irás más rápido sin mí. —Le explico lo de mi rodilla—. Vamos, te alcanzo en cuanto pueda.

De mala gana, se va.

La rodilla me arde y estoy terriblemente sedienta. Hay un vaso cerca del fregadero. Cojeo hacia él y parpadeo cuando la puerta se cierra a mis espaldas. El vaso no parece demasiado limpio, así que abro el grifo y bebo agua con las manos. La presión aquí es peor que en la ducha. Apenas sale un hilito.

Cuando he bebido lo suficiente, me reclino contra la pared y me obligo a cojear para regresar al dormitorio.

Al girarme, alguien entra por la puerta.

Suelto un grito agudo.

Curtis me agarra las caderas.

—Eh, soy yo.

Estoy sin aliento debido al susto, combinado con el tacto de sus manos.

—He encontrado a Heather.

—Sí —dice—. Acabo de verla.

No me he apartado y él tampoco. Como yo, todavía lleva la chaqueta de *snowboard* y el cierre de velcro de nuestros cuellos están lo bastante cerca como para engancharse. Huelo su piel, una mezcla de sudor y protector solar.

—¿Cómo tienes la rodilla?

Sonrío.

—Me duele.

Él también sonríe.

—Tenías que hacerlo, ¿verdad?

—Sí.

—¿Te arrepientes?

—No.

Sus manos me aprietan con más fuerza y algo dentro de mí también se retuerce.

—Tengo una rodillera en la habitación —dice—. Pero no sé qué demonios vamos a hacer, porque no puedes bajar con la tabla. Dios, Milla. Me sacas de quicio.

Pero no parece enfadado. Ya no. Sus ojos me miran con calidez por primera vez desde que hemos llegado aquí. Y con algo más.

Camino hacia él, sin soltarlo, hasta que está contra la pared.

—Milla.

Me alegro de que todavía me sujete, porque en este momento no confío en mis rodillas.

—¿Qué?

—¿Qué haces?

—¿A ti qué te parece?

El deseo en su expresión está mezclado con otra cosa. Turbación.

Traga saliva.

—Hay algo que no te he contado.

El temor brota en mi estómago y, de repente, la magia se rompe. Me aparto.

Solo se me ocurre una cosa que podría ocultarme.

¿Lo hizo? ¿La mató él?

Por favor, por favor, ojalá esté equivocada.

Curtis siempre pareció tener una moral más fuerte que los demás. Si la mató, si acabó con su propia hermana, ¿qué esperanza nos queda? Si no puedo confiar en él, no puedo hacerlo en nadie. Nunca más.

Da un paso hacia mí.

—Perdóname, Milla.

¿Qué va a hacerme?

Tiro de la puerta, pero no se abre. Lo miro por encima del hombro y tiro con más fuerza. Mierda. A diferencia de las habitaciones, esta puerta no tiene pestillo. Alguien debe de haberla cerrado con llave.

—¿Has cerrado la puerta?

—No. Milla, escúchame.

En medio del pánico, me esfuerzo por pensar. No puede haberla cerrado con llave porque lo habría visto hacerlo. Sin apartar los ojos de él, golpeo la puerta.

—Para —dice Curtis.

Se oye la voz de Heather.

—¿Milla? ¿Curtis?

—¡Aquí!

Golpeo la puerta con más insistencia.

Se abre con un crujido. Heather está de pie, jadeante.

¿Ha sido ella quien nos ha encerrado?

—Rápido —nos urge—. Brent está herido.

32

Hace diez años

Llamo a la puerta del apartamento de Brent.

Curtis abre con la sudadera arremangada y las manos manchadas de harina.

—Brent ha dio a Risoul. Mañana tiene una sesión de fotos para Smash. Se olvidó de decírtelo.

—Oh. —Doy un paso atrás.

—Quédate —dice Curtis—. Estoy haciendo *pizza.*

—Vale. —Lo sigo hasta la cocina.

Camina en posición erguida y da preferencia a su pierna izquierda.

—¿Estás bien? —pregunto.

—No es nada. A estas alturas de la temporada, casi siempre estoy hecho pedazos.

—Brent tiene calmantes. Estoy segura de que...

Curtis me interrumpe.

—No creo en ellos.

En la encimera, la masa está extendida en círculos perfectos. Debería haber adivinado que las preparaba él, masa incluida. Tiene la nariz y las mejillas morenas porque llevamos una racha de días soleados; está sudado por cocinar y tiene el pelo húmedo. Observo cómo retira las pepitas de un pimiento rojo, con sus dedos ágiles y confiados. Sé que, de algún modo, acostarme con él sería muy distinto del sexo con Brent. ¿Cómo serían sus dedos sobre mi piel?

Curtis levanta la mirada y me pilla observándolo. Me ruborizo. Igual que su hermana, tiene una capacidad increíble para leer mis pensamientos. Espero que no adivinara lo que estaba pensando en este momento.

—¿Vino? ¿Cerveza? —ofrece, neutral, como siempre.

—Mejor agua. —Me sirvo un vaso.

Curtis señala los champiñones.

—¿Puedes cortarlos?

Busco un cuchillo.

—Antes, en la montaña, cuando has ido detrás de mí y de Saskia por la pendiente, parecías irritado.

Mueve los pies.

—¿Por qué?

Se encoge de hombros.

—No lo sé. Pero, quizá… Ahora que falta poco para los campeonatos británicos, sería mejor que no corrieras con ella. Solo por si acaso.

Me río, intranquila.

—¿Por qué? ¿Qué más piensas que hará?

Observa las *pizzas*. Está claro que este tema lo incomoda mucho.

De repente, me acuerdo.

—La barra de seguridad.

Curtis levanta la cabeza como un resorte.

Me estremezco.

—No creerás que sería capaz de…

Cuando pasas tanto tiempo sentada en telesillas como nosotros, no siempre te preocupas por la barra de seguridad. No es grave. Nunca he corrido el riesgo de caerme, ni una sola vez. El asiento se balancea hacia atrás, así que sería casi imposible.

A menos que alguien te empuje, claro.

—No —aclara Curtis—. Por supuesto que no.

Pero es evidente que lo pensaba. O, al menos, le pareció que existía la posibilidad.

Corto los champiñones muy finos.

—Digámoslo así: te prometo que no volveré a subirme al telesilla con tu hermana.

Seguimos cortando en silencio. ¿Tendrá razón Curtis? Me echó vodka en la bebida, empujó mi tabla por una grieta; ella causó el accidente de Jacinta. Pero ¿sería capaz de ir tan lejos? Había rocas bajo el telesilla. Si me hubiera caído, podría haber muerto.

El móvil de Curtis suena. Comprueba la pantalla y frunce el ceño.

—Hola. ¿Cuándo? No, eso es justo antes del Open USA de Burton. Tendrán que enviar a un fotógrafo.

Cuelga.

—¿Tu agente? —pregunto.

—Sí. —Parece realmente estresado.

—Ser famoso es duro —bromeo.

Me quita el cuchillo.

—Si vas a hacerlo así, mejor nos comemos una *pizza* congelada.

Miro los champiñones. No tengo ni idea de qué he hecho mal.

Curtis abre la nevera y saca más champiñones. Los corta por la mitad tan rápido que saltan encima de la madera.

—Así, ¿ves? Si no, se quedan mustios.

—Prefiero la *pizza* congelada y ahorrarme el trabajo.

—Confía en mí, vale la pena. Coge un poco de albahaca, por favor.

Miro los botes de hierbas aromáticas en el mostrador. Ahí está.

—¡No, la fresca! —exclama, en tono exasperado.

Arranco unas hojas de albahaca de la maceta y las corto. El aroma invade la cocina.

—¡No! —grita Curtis.

—¿Qué pasa ahora?

—No las cortes nunca. Estropea el sabor. Rómpelas.

Dejo el cuchillo, malhumorada. «Si estuviéramos juntos, te diría que te callaras, te empujaría contra la pared y te besaría. O incluso me saltaría lo de la pared y subiríamos directamente a tu habitación».

Su energía desbocada es un fastidio en la cocina, pero estoy bastante segura de que en la cama sería explosiva.

—No me mires así, Milla —dice tan bajito que apenas lo oigo.

Trago saliva.

—Lo siento.

Me da la espalda.

—Mi control tiene sus límites.

Creo que eso significa que también lo siente. Estoy a punto de saltar de pura tensión. Llevo toda la temporada así y, ahora, a menos de dos meses del campeonato británico, se ha disparado.

Curtis exhala un largo suspiro y sigue dándome la espalda. Hace un gesto hacia el salón.

—Mejor espera ahí. Yo terminaré de preparar la *pizza*.

Me arrastro hasta el sofá. Mis pies avanzan solos. Tiene razón, no está bien que lo mire como lo hago. No le haría eso a Brent ni a Jacinta, y Curtis tampoco. Brent y él mantienen su amistad a pesar de ser rivales en las clasificaciones, pero si ahora pasara algo entre Curtis y yo, eso la estropearía.

Muevo algunas prendas húmedas y me siento. El olor a calcetines mojados es especialmente fuerte. Hay tres pares de botas de *snowboard* junto al radiador. Cojo un ejemplar de la revista *White Lines* de la mesita del café. Curtis protagoniza la portada, saltando hacia lo que parece una grieta sin fin. Paso las páginas con la esperanza de encontrar una entrevista cuando oigo la voz de Saskia.

—¿Qué hay para cenar?

Genial, justo lo que necesitaba.

—Eh, *pizza* —contesta Curtis.

—Mmm —dice ella.

¿Se ha invitado a sí misma o ha sido él? No lo sé.

Entra en el salón. Cuando me ve, se queda demudada, pero se recupera al instante.

—Hola.

—Hola. —Sé que debería charlar de cosas intrascendentes, por guardar las formas, pero no dejo de pensar en ella a mi lado, en el telesilla. Con su mano derecha deslizándose por mi espalda.

Saskia se quita la chaqueta, la arroja sobre el sofá y casi se cae sobre mis piernas. Luego se despoja del casco y los guantes. Se suelta la coleta que lleva y su cabellera ondulada cae por la espalda. ¿En serio me habría empujado? No me lo quito de la cabeza.

De repente, se me ocurre algo. Mi intranquilidad juega a favor de Saskia. ¿Es esa la intención de Curtis? ¿Intimidar a la rival que más cerca está de su hermana en la clasificación?

Saskia coge los guantes, los cuelga sobre el radiador y se va. Oigo el pestillo del baño.

Su pase del teleférico está en el suelo, cerca de la mesita. Se le habrá caído del bolsillo. Me levanto. Me he metido el pase a medias en el bolsillo cuando oigo un ruido en el umbral.

Es Curtis.

—¿Qué haces? —pregunta con calma.

No contesto.

Frunce el ceño.

—No lo hagas.

¿Cómo lo sabe? ¿De verdad soy tan transparente?

—¿El qué?

—Ya lo sabes.

Odio que me haya pillado *in fraganti.* Miro a la puerta del baño para asegurarme de que Saskia sigue allí.

—Cuando perdió mi tabla, me pasé medio día sin poder entrenar. —Por no hablar del sabotaje contra la pobre Jacinta con mi gamuza—. ¿Por qué no iba a cobrármelo?

No responde.

—¿Eres su guardaespaldas o qué? Conseguirá otro. Solo tiene que enseñar su identificación en la taquilla.

—Sabes que se vengará. —Se oye a alguien tirar de la cadena a sus espaldas. Curtis se acerca a mí—. Dámelo.

Lo sostengo en el aire y lo alejo de él.

Un músculo se tensa en su sien.

—No quiero pelearme contigo por esto, Milla.

—Pues no te metas. O ayúdame a ganarla.

Su rostro se retuerce.

—No puedes pedirme eso. Es mi familia.

La puerta del baño se abre, Saskia merodea hacia el salón y arquea las cejas al vernos juntos.

—Qué bonito. ¿Interrumpo algo?

Dejo caer el pase detrás de mí y me voy hacia la puerta de entrada.

—De hecho, he perdido el apetito.

33

En la actualidad

Brent está sentado al pie de las escaleras que llevan al salón y se frota la cabeza.

Me acuclillo.

—¿Estás bien?

—He estado peor.

Curtis se encuentra junto a la pared, con la mano sobre el interruptor, listo para accionarlo en cuanto se apague la luz.

—¿Qué ha pasado? —pregunto.

Brent parpadea.

—No lo sé.

Huele a alcohol.

—¿Has bebido algo más?

Frunce el ceño.

—No.

Miro a Curtis. ¿Brent se habrá caído porque estaba borracho? Curtis se pregunta lo mismo. Pero hace apenas unos minutos, se ha marcado una voltereta hacia atrás, así que no es posible que estuviera tan borracho.

—Cuando lo he encontrado, estaba sentado aquí —indica Heather.

Vi a Brent después de sufrir algunas caídas y golpes durante aquel invierno y, por lo general, se recuperaba bastante rápido. Esta vez parece peor. Sus ojos están vidriosos y no logra centrar la vista; mira a su alrededor como si no comprendiera lo que sucede.

—¿Te ha empujado alguien? —inquiero.

Brent se agarra la frente.

—No lo sé.

«¿Te ha empujado Saskia?».

Pero también pueden haber sido Heather o Dale. O incluso Curtis. Después de todo, ha sido él quien ha enviado a Brent arriba; tal vez lo haya empujado antes de que me haya encontrado en el baño. Miro a Curtis de nuevo, todavía alterada por nuestra conversación de hace unos minutos. Me devuelve la mirada con tristeza en los ojos.

Brent se levanta y se tambalea a un lado.

Curtis lo sostiene.

—Tómatelo con calma, tío. Quizá deberías sentarte un rato más.

—Estoy bien —dice Brent.

Pero sigue sin mantenerse erguido y se agarra a la barandilla para no caerse.

Curtis permanece a su lado, listo para sostenerlo. Comprueba el reloj y maldice.

—¿Qué hora es? —pregunto.

—Casi las dos. Tenemos que decidir si nos quedamos o si nos vamos.

—Espero que lo segundo —comento—. No quiero pasar otra noche en este lugar.

—Pero tu rodilla... Había pensado que Brent y yo podemos bajar con la tabla y pedir que pongan en marcha el teleférico para que os vengan a buscar a vosotros. Pero después de lo que ha pasado... —Mira a Brent—. Quizá podamos bajar Dale y yo.

Mierda. No confío en Dale y sé que Curtis tampoco. Ahora que lo pienso, ¿dónde está? Miro a ambos lados del pasillo.

—No me gusta la idea de dejarte aquí —afirma Curtis—. Pero ¿qué podemos hacer, si no?

Ahora mismo no estoy segura de quién me da más miedo. No confío en nadie.

Heather se queda a un lado del pasillo, con expresión tensa.

—No creo que estemos solos. Hay alguien más aquí. He visto una persona en el pasillo —le explica a Curtis—. Mientras estabais en el glaciar.

—Yo también creo que he visto a alguien. Apenas un segundo, girando una esquina. —Me estremezco al recordarlo—. Y lo siento, Curtis, pero parecía tu hermana. Te juro que vi una melena rubia. —Después de lo que Curtis me ha dicho en el lavabo, ya no sé si era ella o su fantasma. O mi imaginación hiperactiva.

Curtis cierra los ojos.

—Mierda.

—Quienquiera que sea, me ha encerrado en esa habitación —señala Heather.

Recuerdo que la puerta también se ha cerrado detrás de mí. Quizá esté estropeada.

—Dios mío, me duele la cabeza —se queja Brent.

—¿Cuánto has bebido? —pregunta Curtis.

—Casi nada. No es eso. Necesito echarme algo de agua en la cara.

Hay unos lavabos a la izquierda. Curtis acompaña a Brent. Heather recorre el pasillo.

—¿Dale? —llama—. ¿Dónde estás? ¡Dale!

—¿Lo has visto desde que has entrado en el edificio? —inquiero.

—No. —Llega a la esquina y se queda allí, reticente a perderme de vista.

Curtis y Brent salen del baño.

—No hay agua —informa Curtis.

—¿Cómo? —exclamo.

—Probemos en la cocina —sugiere.

Me preparo para un recorrido difícil, pero Curtis desliza su brazo por mi espalda con una mirada que desafía cualquier protesta por mi parte. No puedo evitarlo y me encojo. Me siento extraña cuando me toca.

En el grifo de la cocina, el hilillo de agua pronto deja de correr. Curtis prueba con el agua caliente y tampoco sale nada.

—Las tuberías se habrán congelado —comento. Eso explicaría el chorrito de agua del baño, un poco antes.

—¿Qué temperatura crees que hay en el exterior ahora mismo? —pregunta Curtis.

—¿Diez grados bajo cero, quizá?

Curtis asiente.

—Frío, pero no tanto.

Tiene razón. El edificio Panorama está diseñado para soportar temperaturas bajas. Una vez subí aquí cuando estábamos a treinta bajo cero. Es raro que las tuberías se congelen ahora, cuando, estrictamente hablando, ni siquiera es invierno.

—Alguien ha cortado el agua —comunico.

«El juego continúa».

¿Ha sido Saskia? ¿Ha sido ella? Por la expresión de Curtis, creo que piensa lo mismo, aunque, de nuevo, por supuesto, podríamos haberlo hecho cualquiera de nosotros. ¿O alguien más? ¿Julien, quizá?

—Si uno de nosotros sale fuera y trae algo de nieve, podemos derretirla —propongo.

—Iré yo —se ofrece Curtis, y agarra una sartén.

—Suerte que todavía tenemos electricidad —comenta Brent. Al parecer, se encuentra un poco mejor.

Curtis se detiene en seco.

—¿Alguien ha traído linternas?

Los tres negamos con la cabeza.

—Yo tengo una pequeña —dice Curtis—. Pero si vamos a dejar a alguien aquí arriba, tenemos que encontrar más. De inmediato. O incluso velas.

En este edificio hay kilómetros de pasillos sin ventanas. Me muerdo el labio y pienso en lo oscuro que estará si la luz se corta.

Curtis tira la sartén y sale corriendo por el pasillo. Brent lo sigue.

—Eh, ¿estás bien? —llamo, pero Brent ya se ha ido.

Heather permanece en el umbral, con los brazos cruzados, como si quisiera protegerse.

—¿Has visto linternas o velas? —pregunto.

—No lo sé. Solo quiero salir de aquí.

Ahora mismo estoy agradecida por tenerla a mi lado. Abro los armarios de la cocina para comprobar si hay velas, pero no encuentro ninguna.

¿Por qué uno está más sediento cuando no tiene agua a mano? Sostengo un vaso bajo el grifo, pero el hilillo de agua se detiene antes de siquiera llenar la mitad. Me la bebo. Alguien pasa a mi lado. Brent.

—Oye —digo—. Si te encuentras mejor, ¿puedes ir a por nieve? Estoy desesperada.

—Claro. —Recoge la sartén que Curtis ha dejado tirada.

—¡Espera! —saco otra. La nieve es sobre todo aire, así que no creo que una sartén nos proporcione demasiado líquido.

Brent se la lleva.

Curtis entra con una linterna Maglite pequeña en una mano y la rodillera en la otra.

—Póntela.

—Gracias.

—¿Necesitas ayuda?

—No, tranquilo. —Después de lo que me ha dicho, tengo miedo de mirarlo a los ojos. Levanto la pernera de mis pantalones de *snowboard* y, con cuidado, me ato la rodillera a la pierna, por encima de la ropa térmica.

—Tenemos que hablar.

—Sí —contesto, aunque no estoy segura de querer.

Curtis se saca un envoltorio de aluminio del bolsillo.

—Tómatelos.

Son calmantes. Genéricos, de un supermercado británico.

—¿Son tuyos?

—Sí.

Con toda la sutileza de la que soy capaz, compruebo que el paquete sea nuevo.

—Pensaba que no creías en los calmantes.

—Y no creo.

—Ya. —Y, en cierto modo, eso define su forma de ser. O, al menos, de quien yo creía que era. El tipo que trae calmantes a una reunión, aunque no crea en ellos. No sé si lo hace porque la gente más débil que él le importa o es tan solo fruto de una necesidad compulsiva de estar preparado para todo.

Saco un par de pastillas y me las trago en seco.

Abre los armarios.

—¿Qué buscas?

—Linternas, velas. Lo que sea.

—Ya he mirado yo.

—Probaré en el restaurante —dice Curtis, y sale de la cocina.

Brent se está tomando su tiempo para llenar esas sartenes. Por fin vuelve, jadeante, con una sartén encima de otra, ambas rebosantes de nieve.

—Te has pasado un montón de rato fuera —comento.

Las coloca en el fogón eléctrico.

—Quería nieve que nadie hubiera pisado.

Saco un puñado para apretarlo contra mi rodilla y enciendo el fogón a máxima potencia.

—¿Qué tal la cabeza? ¿Te encuentras mejor?

Se la frota.

—Todavía me duele, pero lo tolero.

Curtis entra con un puñado de velas en vasitos de cristal y un encendedor y lo deja todo en la encimera.

—Genial —digo.

—¿Has encontrado alguna linterna? —pregunta Curtis a Brent.

—No.

Curtis se vuelve hacia Heather.

—¿Dale ha traído alguna?

—No lo sé. —No parece que ahora mismo Heather sepa demasiado.

—¿Dónde está Dale? —digo.

—¿Todavía no ha vuelto de comprobar los alrededores? —pregunta Curtis.

—Acabo de estar fuera y no lo he visto —informa Brent.

—Yo tampoco —añade Heather. Está sumida en un ataque de pánico silencioso. Sus ojos recorren todas las esquinas.

Curtis se dirige hacia Brent.

—Revisa el dormitorio y el resto del edificio, yo daré la vuelta por fuera. Ten cuidado.

Vuelven al cabo de unos minutos. Dale no se encuentra en la habitación.

—Me he desgañitado gritando, pero no contesta —anuncia Curtis—. Esto es ridículo. Se nos acaba el tiempo.

—¿No llevaba el transmisor? —pregunto.

—No —contesta Curtis—. Eso es lo que me preocupa. Lo ha dejado al lado de la puerta, con el arnés y la tabla. Más vale que vayamos a buscarlo. Milla, quédate aquí.

—Voy a por mis botas —dice Brent, apresurándose.

Curtis señala el encendedor y las velas.

—Guárdalas, por si acaso se va la luz —me indica. Mira a Heather, que está recostada contra una pared, y me aparta a un rincón del pasillo. Me susurra al oído—: Ten cuidado.

—¿Cómo? —susurro, sorprendida.

—Heather es menuda, pero con las mujeres nunca se sabe.

Observo cómo desaparece por el pasillo y pienso en el día que Heather y Saskia me enterraron viva.

34

Hace diez años

Heather coloca el último puñado de nieve sobre mi cabeza. El frío me oprime, se filtra por la tela 3G de mi chaqueta y los pantalones de *snowboard.* Parpadeo bajo la media luz grisácea e inspiro lenta y profundamente. Espero no encontrarme nunca de veras en esta situación.

He perdido algunos buenos amigos a causa de las avalanchas. Doreen Clavette, la número cinco francesa en el medio tubo, quedó atrapada mientras saltaba fuera de pistas este verano. Nadie fue a buscarla, porque el chico con el que había salido a saltar también quedó enterrado. ¿Fueron así sus últimos momentos? ¿Cuánto tardaron en morir? No, no quiero saberlo.

Toco el hielo con la yema de los dedos. A estas alturas, las chicas estarán buscándome. Saskia y Odette, con sus transmisores en modo de búsqueda, recorren la nieve que me cubre para localizar la señal del transmisor que tengo atado alrededor del cuello.

Como es la persona con menos probabilidades de hacer esto algún día, Heather se ocupa de cubrirme con la nieve. Enterrarme viva debe de ser el punto álgido de su invierno. Se muestra muy irritada cuando Dale y yo hablamos de *snowboard.* No soporta que nos llevemos tan bien. De todos modos, la profundidad actual de la nieve aquí en el glaciar es de diez metros, así que no ha sido una tarea tan difícil.

Un momento. ¿Tengo activado el transmisor para emitir señal? Estaba jugueteando con el aparato antes de meterme aquí. Maldita sea. La nieve que me rodea me presiona demasiado como para que pueda abrirme la chaqueta y comprobarlo.

El pánico se asienta en mi estómago. Quiero salir de aquí. ¿Dónde están?

Esta prueba ha sido idea de Saskia. Arriba, todo es un manto blanco. La visibilidad es demasiado mala como para saltar en el tubo, así que nos hemos acercado al glaciar para construir una rampa. Pronto nos hemos dado cuenta de que no podríamos verla.

—No tiene sentido que llevemos transmisores y que no sepamos usarlos —había declarado Saskia—. ¿Quién se presenta voluntaria para enterrarse bajo la nieve? ¿Milla?

—No gracias —dije.

—¿Por qué? ¿Tienes miedo?

El brillo de satisfacción en su mirada me obligó a abrir la boca. Y, como una idiota, mordí el anzuelo.

—Vale, lo haré.

Milla la Atrevida vuelve a la carga. ¿Por qué he tenido que hacerlo?

Intranquila, pienso en las advertencias de Curtis. Pero Saskia lleva semanas sin acercarse a mí, ha mantenido las distancias. Es probable que Curtis le haya dicho algo, así que no puede hacer nada, al menos delante de él o de los demás.

Hace mucho frío. Tengo las manos tan heladas que apenas las siento. Debería haberme puesto los guantes.

Saskia y Odette están tardando una eternidad. ¿Qué les lleva tanto tiempo? Curtis está abajo, cronometrándolas. Claro, teníamos que convertir esto en una competición, chicas contra chicos. También ha sido idea de Saskia. Vamos, chicas. ¿Dónde estáis?

No oigo nada. ¿Cuánto aire me queda?

«No pierdas los nervios». Brent es el siguiente al que enterrarán bajo la nieve. Él no tendrá ningún ataque de pánico, nada lo asusta. Trato de controlar mi respiración e inspiro lentamente por la nariz. Si hace falta, puedo sacar la mano y agitarla, así me verán y me sacarán de aquí. Seguro.

Luz. De un agujero sobre mi cabeza. Me río, aliviada al ver el rostro de Saskia flotando sobre mí.

—Aquí no hay nada —dice.

La nieve vuelve a tapar el agujero.

¿Qué hace? Me ha visto. ¿No?

Está más oscuro que antes. ¿Ha echado más nieve encima? El miedo aletea en mi estómago. ¿A qué juega?

—¡Eh! —grito. Pero no los oigo, así que supongo que ellos tampoco me oyen a mí.

Levanto los brazos y empujo hacia arriba. La nieve me hiere las puntas de los dedos; pedacitos de hielo se desprenden sobre mi rostro. Parpadeo para apartármelos de los ojos y la fría humedad me cubre las pestañas. Doy más golpes, pero la nieve es sólida e inamovible. ¿Es mi imaginación o me cuesta más respirar?

¿Por qué Odette no hace algo? No quiero hiperventilar. «Basta. Toma respiraciones lentas. Haz que el aire te dure».

Curtis y Dale no permitirán que me quede aquí durante más tiempo. O quizá sí. Cuanto más pase, mejor, porque así ellos nos vencerán cuando lo consigan más rápido. Brent no puede ayudarme; se ha ido al quiosco a por un tentempié. ¿Se acordará Heather de dónde me ha enterrado, con esta niebla? Incluso si se acuerda, tampoco se dará prisa.

Esto ha sido una idea estúpida. No hay ninguna necesidad de que yo esté aquí, enterrada bajo la nieve. ¿Por qué no enterramos el maldito transmisor y ya está, como todos los demás? Hago acopio de todas mis fuerzas y lo intento de nuevo. Empujo hacia arriba con ambas manos. La nieve cae sobre mi cabeza y me entra en la boca. Toso y entro en pánico.

Y, de repente, comprendo algo terrible. Saskia lo ha planeado todo.

35

En la actualidad

Los ojos negros y muertos del ciervo miran el restaurante. Su piel pálida está apelmazada y veo los cuernos cubiertos de polvo. Tengo la sensación de que me está observando.

Solo se oye el rítmico tictac del reloj sobre la repisa y el crepitar de las llamas. He tardado diez minutos en encender el fuego. Aquí todo está empapado por la humedad.

Heather revolotea por la habitación como una mosca azul atrapada.

—¿Dónde demonios se ha metido?

Yo también estoy preocupada. Dale no es ningún idiota, pero en este tipo de terreno, hasta los mejores sufren accidentes. Podría estar tirado en cualquier rincón, herido o enterrado bajo una avalancha, o haber caído por una grieta.

A menos que sea un plan taimado ideado por Heather y él, en cuyo caso los que corren peligro son Curtis y Brent. ¿O es Saskia la que está ahí fuera? De ser así, todos estamos en peligro.

Por la ventana, se divisa el cielo gris y las cumbres de color azul marino. El sol casi se ha puesto. Lo que está claro es que hoy no vamos a salir de aquí y odio la idea de pasar otra noche en este sitio.

Por mucho que acerque los dedos a las llamas, casi quemándome las yemas, no dejo de temblar. Debajo de la rodillera de Curtis me he aplicado un poco de hielo. El ibuprofeno no me ha ayudado con el dolor. El alcohol sí que ayudaría, pero quiero tener la mente despejada hasta que vuelvan los chicos.

—Ese maldito reloj me está volviendo loca —espeta Heather.

—A mí el ciervo —digo.

¿Cuántas situaciones como esta habrán visto esos ojos muertos? Antes de que construyeran el edificio Panorama, solo había una simple cabaña de madera en este lugar, que había sido un refugio para los alpinistas y escaladores de las décadas anteriores. Se ven algunos en las fotografías que están colgadas en la pared. ¿El ciervo vivió aquí también? Parece lo bastante antiguo.

Heather rebusca entre la pila de troncos de madera.

—¿Qué haces? —pregunto.

—Si encontráramos los móviles, podríamos pedir ayuda.

Hemos buscado ahí al menos dos veces, pero me abstengo de decírselo.

—¡Argh! —Heather coge el reloj y lo arroja a la pared. Se estampa contra los paneles de madera. El cristal se hace añicos, que cubren el suelo. No sabía que tenía tanto genio.

Esta es mi oportunidad. Tiene la guardia baja y es más probable que diga la verdad.

—Sabes que yo no te invité a venir, ¿verdad?

Asiente.

—Entonces, ¿quién lo hizo?

Se mordisquea el labio.

—No lo sé.

—Intento averiguar quién organizó lo de las tarjetas de secretos —explico, en tono conciliador—. Necesito saber si Brent y tú…

Empieza a protestar.

—Es solo que si lo hiciste, tenemos que pensar en quién más puede saberlo.

Heather mira por encima de su hombro, hacia el pasillo, y luego gira la cabeza hacia mí.

—Sí. Me acosté con él. ¿Contenta?

—De acuerdo.

No voy a preguntarle si fue cuando yo todavía estaba con Brent, aunque me muero por saberlo. No tengo derecho a ello. Le dije que no quería una relación y él sigue siendo el hombre menos posesivo con el que he salido. Tampoco es que a lo que hacíamos Brent y yo se le pueda llamar «salir». Las únicas veces que nos veíamos a solas era en la cama.

Y, una vez, en una sauna muy oscura y húmeda.

Pero ¿por qué engañaría Heather a Dale?

Ahora que lo ha confesado, no para de hablar.

—Pensaba que Dale me engañaba —se justifica—. Con Saskia.

—¿En serio?

—Fui a buscar a Dale al gimnasio y salieron juntos de la sala de ejercicios. Y ella sonreía con expresión satisfecha.

—Espera, eso fue el día antes de los campeonatos británicos ¿verdad? Me acuerdo. Yo estaba en el gimnasio cuando ella le pidió que la ayudara con los ejercicios.

Dale no quería, pero Saskia le ofreció un soborno: comprar su bebida energética durante el resto de la temporada de invierno. Y lo más probable es que sonriera porque había aprendido a hacer *cripplers*.

—Bueno, pues Dale fue a cambiarse —continúa Heather—. Y le pregunté por qué sonreía tanto. Y ella..., no lo dijo exactamente, pero..., insinuó que acababa de tener sexo con él allí, en el gimnasio.

¿Lo hicieron? ¿O solo era Saskia jugando con Heather? A Saskia le encantaba manipular a la gente. Me inclino por pensar que no se acostó con Dale, pero no quiero decirle a Heather por qué lo pienso.

—Cuando se lo pregunté a Dale, lo negó y se largó. Pero... —Heather me mira, como si quisiera que la tranquilizara.

—Si se acostaron, yo nunca me enteré.

Mira de nuevo por encima de su hombro y baja la voz:

—Bueno, pues esa fue la noche en que me acosté con Brent.

—Vale.

Así que Brent no me engañó; rompí con él el día anterior.

—Fui a casa de Dale para hablar con él, pero no estaba allí. Brent sí. —Heather trata de controlarse y sigue con voz estrangulada—. Me abrazó y yo me eché a llorar. De alguna manera, empecé a besarlo. Me preguntó si estaba segura de lo que hacía, y, luego, me llevó arriba.

Una lágrima rueda por su mejilla.

El bueno de Brent. El hombro perfecto en el que llorar. Además del perfecto polvo de venganza. Una opción muy arriesgada, porque Dale podría haber llegado en cualquier momento, pero a Brent siempre le había gustado el riesgo y también se sentía atraído por Heather. Aun así, me sorprende. Él y Dale eran amigos. Supongo que estaba triste por nuestra separación y Heather lo pilló en un momento de debilidad.

—¿Quién más lo sabe? —pregunto.

—Saskia. Nadie más.

Me sobresalto. Curtis parece creer que su hermana está detrás de todo esto y lo que Heather acaba de contarme encaja con la teoría.

—Fue mala suerte —añade Heather—. Saskia estaba en la calle cuando salí del apartamento. Vio cómo Brent me abrazaba en el porche y sumó dos más dos. Me lo preguntó directamente.

Sí, eso no me sorprende. Saskia era así de astuta.

—Lo negué todo, pero supongo que estaba demasiado azorada como para ser convincente. Se echó a reír a carcajadas.

Visualizo la escena a la perfección. Pobre Heather.

—Casi la abofeteo allí mismo. —Heather aprieta las manos—. «Cállate», me dije. «Vete». Esa noche tenía que trabajar, así que me marché a casa para cambiarme.

—¿Qué pasó en el Glow Bar? —indago—. ¿Por qué os volvisteis a pelear?

Heather suspira.

—Derramé sin querer la bebida de Saskia y ella pensó que lo había hecho a propósito. Dijo que le contaría a todo el mundo que me había tirado a Brent. Yo le contesté que, si lo hacía, revelaría que se había tirado a Dale primero. La cosa subió de tono.

—Claro —suspiro. Poco a poco, todo encaja.

Heather prosigue.

—Por supuesto, Saskia aseguró que no se había acostado con Dale. «Pobre Dale», dijo. «Voy ahora mismo a contarle lo tuyo con Brent». No paraba de acosarme.

—¿Por eso la pegaste?

—Sí.

—¿Y ella se lo contó?

—No. No que yo sepa.

—¿Y ayer no se lo dijiste?

Heather baja la cabeza.

—Me pediría el divorcio.

—¿De verdad? ¿Por algo que pasó hace diez años?

—No sabes cómo es —murmura.

Pero sí, antes me he dado cuenta de lo posesivo que puede ser. Quizá tenga razón; lo conoce mejor que yo.

—¿Curtis lo sabe?

—No a menos que Brent se lo contara.

Las preguntas dan vueltas en mi cerebro. ¿Todo esto tiene algo que ver con la desaparición de Saskia? Siempre me he preguntado qué hacían Brent y Heather en el glaciar ese día. ¿Solo subieron porque querían hablar en privado? Es un largo camino solo para eso, pero la burbuja sí sería el lugar ideal para asegurarse de que nadie oyera su conversación. Aunque Saskia… ¿Qué hizo? ¿Los interrumpió? ¿Utilizó lo que sabía para chantajear a Brent, para que la ayudara con los *cripplers?* Brent es un buen tipo. Tal vez estaba dispuesto a perderse el calentamiento de los campeonatos con tal de proteger a Heather. Pero, después de eso, ¿qué sucedió? ¿Un trágico accidente?

¿O algo más?

En resumen, acabo de enterarme de dos cosas:

1. Heather es capaz de mentir, no solo a mí sino también a su marido.

2. Brent y Heather saben mantener la boca cerrada. ¿Qué más estarán ocultando?

36

Hace diez años

Estoy atrapada en mi tumba fría y oscura mientras trato de abrirme paso entre la nieve para huir. El hielo es como granito contra mis manos. Raspo, araño, me peleo y seguramente esté pelándome la piel, pero tengo los dedos entumecidos y no lo notan. No consigo nada.

Mis respiración se acelera. Las paredes de la tumba se ciernen sobre mí. No puedo respirar. ¿Estoy cavando en la dirección correcta? «¡Piensa!». Intento concentrarme, pero la oscuridad es tan absoluta que ya no estoy segura de dónde se encuentra la superficie.

Un sabor amargo me sube por la garganta. Voy a vomitar. Doy una bocanada, pero el aire no llega a mis pulmones.

—¡Socorro! —grito. Mis manos pelean con el hielo frente a mí. Tengo que salir de aquí. No quiero morir así.

La nieve me entra en la boca. Toso, la escupo.

Un atisbo de luz. La hendidura se convierte en un agujero y la cara de Curtis me mira. Grita y dos pares de brazos empiezan a cavar. Curtis y Dale. Debería ayudarlos, pero tiemblo con tanta fuerza que mis brazos no responden.

Por fin el agujero es lo bastante grande. Curtis se inclina y me saca. Me quedo temblando y tosiendo en la nieve. Se quita la chaqueta y me envuelve con ella. Como una mortaja. Me la sacudo, no soporto que nada me cubra. Solo quiero respirar.

—Mi transmisor no funcionaba bien —dice Saskia.

—¡Tú eres la que no está bien! —grita Curtis.

Oigo la voz tranquila de Odette, pero no entiendo sus palabras.

Las figuras caminan delante de mí. Saskia, Curtis, Dale. Respiro hondo, preciadas bocanadas de aire. Brent todavía estará en el quiosco.

—¿Y cómo es que tú no la has encontrado? —acusa Curtis.

—Saskia quería hacerlo sola —replica Odette.

Debería levantarme. Odio que me vean así, tan débil y vulnerable. Pero no me puedo mover.

Curtis se arrodilla a mi lado.

—¿Quieres un poco de agua?

Saca su botella y la sostiene frente a mis labios. Tomo un sorbo y echo la cabeza hacia atrás, sobre la nieve.

Odette se inclina sobre mí.

—¿Estás bien, Milla? El transmisor de Saskia no funcionaba.

No me lo creo ni por un momento, pero veo que Odette sí. Es de esas personas que siempre están dispuestas a creer lo mejor de la gente.

Curtis se saca una barrita de proteínas del bolsillo y la abre.

—Come.

Sacudo la cabeza. No puedo masticar. Los copos de nieve caen del cielo sobre mi rostro. Me entierran de nuevo. Me estremezco y me pongo en pie. Se me nubla la vista, pero planto los pies en el suelo e inspiro profundamente hasta que se aclara.

Mi mochila está en el suelo. La recojo.

—Voy a bajar.

—Espera… —dice Curtis.

Pero quiero poner toda la distancia posible entre el glaciar y yo. Entre Saskia y yo, y todos los que me han visto así.

Los copos de nieve vuelan contra mis gafas cuando desciendo sobre el manto blanco. Una por una, dejo atrás las marcas negras de la pista de esquí. Son la única forma de saber que me muevo. Las sigo hacia abajo. El circuito está desierto; nadie es tan estúpido como para salir con este tiempo. Nadie excepto nosotros.

Podría haber muerto. Pero ¿qué voy a hacer? ¿Qué puedo hacer?

Para cuando llego a la plataforma intermedia, las piernas me tiemblan el doble de lo normal. Mi intención era que el teleférico me llevara hasta abajo, pero eso parece la admisión definitiva de mi derrota. Y, en cualquier caso, ¿qué haré abajo? ¿Dar vueltas por mi pequeño apartamento? Estoy muy alterada. Quizá, si salto, me sienta mejor.

A ciegas, me dirijo hacia el ascensor de las burbujas. No hay cola y me meto directamente en una cabina vacía.

Cuando la puerta empieza a cerrarse, Curtis entra de improviso. Coloca su tabla junto con la mía, se quita la mochila y se deja caer en el banco frente a mí. Aprieto mis manos contra el regazo para obligarlas a que dejen de temblar. No quiero que me vea así.

—¿Estás bien?

—Sí. —Me alegro de llevar las gafas de espejo y me giro hacia la ventana.

—Ha ido demasiado lejos.

Me vuelvo hacia él, asombrada porque finalmente diga algo en contra de su hermana.

Clava la mirada en sus botas de *snowboard,* con la mandíbula tensa y el cuerpo rígido. Por un instante, la piedad supera mi ira. ¿Por cuántas situaciones como esta lo habrá arrastrado Saskia a lo largo de los años? ¿Ya era así en la escuela? Me la imagino a la perfección: la zorra hermosa, reina del sexto curso. Aquella por la que bebían los vientos todos los tíos, y a la que las chicas querían tener como amiga porque les aterrorizaba la idea de lo que sucedería si no lo eran.

¿Qué puedo hacer para devolvérsela, aparte de vencer en los campeonatos británicos?

—Pues ayúdame a ganar —suelto.

Curtis levanta la mirada.

—¿Por qué lo deseas tanto, Milla?

Algo hace que me abra, quizá la sensación de estar a punto de morir o el alivio de haber sobrevivido.

—¿Sabes cuál fue el día más feliz de mi vida?

—¿Los campeonatos del año pasado?

—Ni por asomo. Me caí en el penúltimo salto e hice el ridículo. Y no gané. No, el día más feliz fue cuando tenía doce años y celebramos una jornada deportiva en el instituto. Gané los cuatrocientos metros, los ochocientos metros y la parte final de los relevos de cien metros, una detrás de otra. Y ni siquiera formaba parte del club de atletismo del instituto. Lo conseguí porque quería ganar más que ninguna de las otras chicas.

Curtis suspira.

—Háblame de tu salto.

Trato de recordar. No es el mejor momento, pero tal vez sea mi única oportunidad.

—Vale. Bueno, salgo, hago una voltereta hacia atrás, luego un *indy* frontal... —Figura tras figura, le cuento cada truco que voy a realizar. No es ningún secreto, me ve practicarlos cada día.

—Lo primero que tienes que hacer es mejorar lo de tu agarre de bota.

Bajo la cabeza. Agarrarse la bota, en lugar de la tabla, no está bien visto.

—Lo haces cuando agarras los cinco y, a veces, los tres.

Curtis desmenuza mi técnica, la analiza despiadadamente y enumera media docena de cosas que debo mejorar. Lo escucho, devastada, deseando tener un boli para tomar notas. No me extraña que Saskia me lleve tanta ventaja. Brent y Dale me han dado consejos, y Odette también, pero no con tanto detalle y profundidad. Mi ego se está llevando un buen golpe.

—Brent me sugirió que probase con un *crippler* —comento cuando termina.

Curtis arquea las cejas, sorprendido.

—¿Sabes de alguna saltadora que lo haya hecho alguna vez?

—No en una competición.

Reflexiona durante un momento. Frunce el ceño.

—No. Todavía no, de todos modos. Primero tienes que caerte más.

—¿Cómo?

—Tienes demasiado miedo a caerte.

Lleva razón, estoy aterrada. Las caídas rompen huesos, ponen fin a las temporadas, e incluso a los patrocinadores. Lo sé por experiencia. Pero no me ayuda en absoluto que me lo diga.

Y *odio* que se haya fijado en eso.

—No quiero romperme nada ahora que falta tan poco para los campeonatos.

Son dentro de dos semanas.

—Sí, pero te impide avanzar. Tienes que encontrar un salto grande sobre nieve fresca y acostumbrarte a caer. No será tan malo como crees. Y, luego, podrás empezar a pensar en los *cripplers.*

Lo miro, dubitativa. Caerse es arriesgado, incluso en nieve fresca. ¿De qué lado está, realmente? ¿Intenta ayudarme o habla desde la lealtad hacia su hermana?

37

En la actualidad

Heather pasea arriba y abajo frente a la ventana del restaurante. Si no me hubiera lesionado la rodilla, yo estaría igual.

—¿Y si no vuelven? —pregunta.

—Sí que volverán.

Se ha hecho de noche. ¿Dónde están y por qué no han encontrado a Dale? Miro hacia la mesa de nuevo para comprobar que las velas y el encendedor siguen ahí, por si se va la luz. Estoy tan nerviosa como Heather, pero lo guardo para mis adentros. Curtis y Brent podrían haberse caído por una grieta durante la búsqueda. ¿Debería salir a por ellos? Pero ¿y si la persona que ha organizado todo eso —Saskia, Dale o quien sea— les ha hecho daño? Tal vez esté esperando ahí fuera a que salga.

Me esfuerzo por cambiar de tema.

—Bueno, ¿y cómo es la vida de casada?

Heather se acerca.

—Está… bien.

—Ya.

Rectifica y empieza a hablarme de sus amigos, parientes y de la nueva agencia, pero lo que ha dicho en primer lugar es la verdad. Que está bien y punto.

Exhala aire y se estremece.

—Mira, necesito mis pastillas. Están en la habitación. ¿Me acompañas, por favor?

—Claro —respondo, pero enseguida me pongo en guardia. «Ten cuidado». ¿Estará planeando algo?

Todavía llevo la chaqueta y los pantalones de *snowboard*. Meto el encendedor y un par de velas en el bolsillo y me levanto. Accionamos todos los interruptores a medida que avanzamos por el pasillo.

—¿Duele mucho? —pregunta mientras cojeo a su lado.

—Sí. —No tiene sentido mentir. Aprieto los dientes para no gemir a cada paso.

Las puertas dobles se cierran de golpe a nuestras espaldas.

Y se va la luz.

Heather grita. Me preparo por si ella, o cualquier otra persona, me ataca. Busco el encendedor y la vela. Trato de recordar la distribución del edificio. Si alguien viene a por mí desde la entrada principal, cojearé en la otra dirección tan rápido como pueda para encerrarme en el dormitorio. Si se acercan por la otra, giraré a la izquierda, después, otra vez a la izquierda y luego… Luego, ¿qué?

Oigo a alguien palpando la pared, espero que sea Heather.

—No encuentro ningún interruptor —dice.

—No te molestes, se ha ido la luz. —Enciendo el mechero y veo la cara pálida de Heather. La mano me tiembla tanto que tengo que controlarme para sostener la vela.

«Olvida el pánico, Milla. No ayuda en nada».

Por fin consigo encender la vela. Compruebo ambos lados del pasillo. Estamos solas.

—Vamos a por tus pastillas rápidamente y volvamos al restaurante —sugiero—. Con el fuego de la chimenea, tendremos más luz.

Llegamos a su habitación.

—Están en el baño —indica.

Sostengo la vela frente a nosotras y cojeo hacia dentro. En el baño, Heather rebusca en el neceser y saca las pastillas. Levanta la mirada y grita.

Me echo hacia atrás. Señala con un dedo tembloroso el espejo. Hay una palabra escrita con pintalabios rojo.

«CULPABLE».

Heather me mira, aterrorizada.

¿Qué significa esto? ¿Quién es culpable, Heather o Dale, y de qué? La respiración de Heather se acelera a la luz de la llama, igual que la mía. Aparto la cortina de la ducha y levanto la vela para iluminar los rincones de la estancia. No hay nadie.

El armario.

Miro a mi alrededor en busca de algo que pueda empuñar como arma, pero no veo nada.

—Aguanta esto. —Tiendo la vela a Heather. No confío en ella, pero ahora mismo no tengo alternativa. Necesito tener ambas manos libres. Si hay alguien escondido en el armario, tendré que golpear primero y preguntar después. Heather se acerca conmigo sin separarse de mí. Abro la puerta de golpe. Vacío. Recupero la vela.

Con manos temblorosas, Heather saca dos pastillas y se las toma. Me mira.

—Tengo ataques de ansiedad.

—Salgamos de aquí.

Regresamos al pasillo a la luz de la vela. «CULPABLE». Podría referirse a lo de la tarjeta de crédito de Saskia. O quizá sea un chantaje. Para cuando llegamos al restaurante, estoy bastante afectada.

—Necesito comer algo. —Cojeo hasta la cocina.

Heather me sigue. Me late la rodilla y sé que debería estar con la pierna elevada, pero Heather no es capaz de hacer nada ahora mismo. Enciendo más velas para ver lo que hago y compruebo los armarios, por si hay comida que no tenga que calentar o preparar. Hay una lata de tomates y varias de atún. Qué raro, juraría que ayer había más cosas.

Preparo queso gratinado mientras vigilo tanto a Heather como a la puerta de entrada. Mi rodilla me hace más vulnerable. Estoy segura de que podría con ella si tuviera que hacerlo, pero no sé si sería capaz de encargarme de ella y de Dale.

Heather corre hacia el pasillo. La sigo.

—He oído algo —susurra—. Ahora mismo. ¿Tú no?

—No. —El pasillo está oscuro y en silencio—. Quizá solo eran las tuberías.

—Hay alguien más en este edificio.

Miro por encima del hombro hacia el restaurante en sombras.

—¿Qué tipo de ruido era?

—Un crujido. Como una puerta que se cierra.

—Quizá haya sido una ráfaga de viento —digo, en un intento de sonar tranquila.

Regresamos a la cocina. Lejos del fuego, me castañetean los dientes, pero me dejo el hielo puesto en la rodilla. Necesito contener la hinchazón, por si tengo que bajar a pie la montaña.

Se oye un golpe distante. Heather suelta una exclamación y me agarra del brazo.

Voces en el pasillo. Curtis y Brent.

Heather sale a recibirlos.

—¿Lo habéis encontrado?

La respuesta es obvia. Dale no está con ellos.

Curtis apenas logra sostenerle la mirada.

—Lo siento.

Apaga la linterna y nos congregamos en la cocina a la luz de las velas.

Heather lo mira y, luego, a Brent, incrédula.

—Tenéis que seguir buscando.

—Ahora mismo no es seguro —explica Curtis—. Lo siento, Heather. De verdad que lo siento. Pero estamos cansados y empezamos a cometer errores.

Brent y él parecen destrozados. Sé que no abandonarían así como así. Brent se quita la gorra y se pasa los dedos por el cabello húmedo.

—¿Dónde hay un jodido teléfono cuando hace falta? —masculla Curtis.

Heather agarra la linterna.

—Vale, pues iré yo sola.

Su tono roza la histeria.

Me subo la cremallera de la chaqueta.

—La acompañaré.

Ni loca permitiré que salga al exterior en la oscuridad sola. Con la rodilla lesionada, dudo que llegue lejos, pero si no hubiera insistido en hacer una voltereta hacia atrás, quizá Dale no estaría fuera y solo.

Curtis se interpone entre nosotras y la salida.

—Acabaréis en el fondo de un precipicio.

Heather trata de apartarlo.

—No podemos dejarlo solo ahí fuera.

—Acabo de meter el pie en un puente de nieve, Heather —interviene Brent, con voz tranquila—. Curtis ha tenido que agarrarme para que no me despeñara. La nieve ha cedido bajo nuestros pies y ha sido aterrador.

—Podría estar en cualquier parte, a resguardo de la nieve —añade Curtis—. Mañana a primera hora saldremos de nuevo a buscarlo.

Miro a Brent y sacude la cabeza de manera imperceptible. Yo tampoco creo que Dale tenga ninguna posibilidad. En esta época del año, por la noche, la temperatura es de quince grados bajo cero.

Me vuelvo hacia Curtis. ¿Todavía cree que Dale y Heather ocultan algo? ¿Que Dale ha desaparecido a propósito? Cuando esté a solas con él, se lo preguntaré. Pero la desesperación de Heather parece bastante convincente. Sigue luchando para salir al exterior.

Brent pone la mano en su brazo y ella se deja caer en los suyos. Me mira incómodo por encima del hombro. Es tan extraño ver cómo la abraza.

—¿Qué tal tu rodilla? —pregunta Curtis.

Me encojo de hombros. Quejarse no sirve de nada.

—¿Tienes cinta deportiva?

—Sí, pero durante las próximas veinticuatro horas sería mejor que siguieras con la rodillera y el hielo.

—La quiero para el descenso de mañana.

La preocupación se pinta en la expresión de Curtis.

—Es una bajada jodidamente larga con una rodilla lesionada.

Se deja caer contra la pared a mi lado y observo el movimiento de su pecho al respirar. Parece agotado.

Brent todavía intenta consolar a Heather.

—¿Cuándo se ha ido la luz? —pregunta Curtis.

—Hará unos veinte minutos —indico—. ¿Dónde están los fusibles?

—Lo miré cuando estábamos fuera. La caja de luces se encuentra en la pared exterior del edificio. Está cerrada con un candado.

Así que alguien estaba fuera con ellos o ha sido uno de los dos quien ha apagado la luz.

Heather golpea el pecho de Brent.

—Esto es culpa tuya. Tú nos obligaste a venir aquí.

Brent baja la voz.

—No. Ya te lo dije ayer por la noche.

—No te creo —replica Heather.

—Espera —interrumpo—. ¿Por qué dices que Brent te obligó a venir?

Heather mira furiosa a Brent y se gira hacia mí, desafiante.

—Porque me chantajeó.

38

Hace diez años

El hielo me atrapa y me oprime el pecho. No puedo respirar. Agito las manos, desesperada.

—Eh, eh. —La voz de Brent flota sobre mi consciencia.

Abro los ojos. No hay hielo, solo es la manta de Brent, cálida y segura, que no se ha lavado en toda la temporada. Inspiro el olor almizcleño y trato de controlar mi respiración.

—¿Estás bien?

—Era una pesadilla.

—Ven aquí.

Hundo mi cara en su pecho. Era un sueño muy real. No sé si podré enfrentarme hoy a la montaña. ¿Qué es lo siguiente que me hará Saskia? Porque, si sigo por el mismo camino, tengo que ser consciente de que habrá una próxima vez.

Me siento en una encrucijada. Tengo dos opciones: distanciarme del grupo, bajar la cabeza y entrenar sola, evitando el apartamento de Brent cuando Saskia esté allí, o pelear y devolvérsela.

«No puedo permitir que gane».

Pero ¿tengo fuerzas suficientes como para plantarle cara?

—¿Mejor? —pregunta Brent, con sus labios contra mi pelo.

—Sí.

Salta de la cama y aparta las cortinas. Su rostro se ilumina.

—Hay casi dos palmos de nieve fresca. ¿Quieres subir al glaciar y nos tiramos encima? El tubo estará enterrado.

No puedo evitar estremecerme al escuchar esa palabra.

La calle principal de Le Rocher, con sus adoquines, está despejada y la nieve se apila a ambos lados. Una espesa alfombra blanca cubre todo lo demás. Encima de las señales de tráfico hay varios centímetros de nieve, y en los techos y balcones la capa es de casi un metro. Los coches aparcados apenas se ven.

Brent, Curtis y yo caminamos por el centro de la calle. La pequeña iglesia de piedra está cubierta de bancos de nieve y la cruz y las verjas de hierro forjado están envueltas en una gruesa capa de escarcha blanca. Los dueños de las tiendas utilizan máquinas quitanieves para despejar los accesos a sus locales.

Es el primer día de abril, pero hace tanto frío como si fuera febrero. Me subo la cremallera de la chaqueta hasta el mentón. Hace poco fui al médico para pedir que me recetara somníferos más fuertes. Lo son, así que esta mañana me siento un poco mareada y me falla el equilibrio.

—Tengo que pasar por Sport 2000 —dice Brent—. Ayer la tabla me hizo un ruido raro durante uno de los saltos.

Curtis y yo nos sentamos en un banco de nieve mientras esperamos a que salga de la tienda. Llega un delicioso olor a chocolate de una pastelería cercana y se me hace la boca agua.

—¿Sabes algo de Jacinta? —pregunto.

—Sí, la llamé ayer por la noche —responde Curtis—. En dos semanas le quitan el yeso y empieza la rehabilitación, a tiempo para el invierno australiano.

—Genial. Dale recuerdos de mi parte.

—Lo haré.

Un hombre persigue a una mujer por la calle con una bola de nieve en la mano. Deben de tener unos cincuenta años. Hay algo en la nieve recién caída que saca nuestro niño interior a relucir.

Se oye un estallido distante por todo el valle y dejo de reír. Es la patrulla de esquí, que arroja cargas explosivas contra las pendientes con la esperanza de provocar avalanchas controladas y, de ese modo, evitar que entierren a los esquiadores si se producen de forma natural. Hoy tendrán mucho trabajo. No dejarán subir a nadie hasta que se aseguren de que no hay peligro. Contemplo las pendientes inundadas de nieve. Después de lo que ocurrió ayer, es como si hubiera perdido mi garra. No quiero volver a estar enterrada nunca más.

Un estallido más cercano me sobresalta. Mis ojos buscan la nube de polvo que precede a la avalancha.

—Así que de todos los deportes del mundo, ¿por qué el medio tubo? —se interesa Curtis—. ¿Por qué no el atletismo? ¿O cualquier otra cosa?

¿Sabe qué estoy pensando? Quizá sí.

—Probablemente a causa de Spiderman.

Se echa a reír.

—¿Cómo?

—Cuando era pequeña, a mi hermano y a mí nos fascinaba que Spiderman escalara las paredes y se quedara pegado. Solíamos intentarlo. Poníamos un colchón en el suelo y corríamos hacia la pared tan rápido como podíamos. Luego descubrí el medio tubo; las paredes son casi como un edificio de dos pisos, ya sabes. Así que somos un poco como Spiderman.

Curtis se ríe. Pensará que soy muy rara.

—¿Y tú? ¿Por qué el medio tubo?

Se pone pensativo.

—Cuando saltas en un parque, en la rampa, como máximo puedes hacer cuatro o cinco figuras de salto. En un salto abierto, una como mucho. Pero en el tubo tienes la posibilidad de hacer unos diez en menos de un minuto. Eso es pura adrenalina. Por lo general, mi cabeza va a mil por hora, pienso en un millón de cosas distintas, pero cuando estoy en el tubo, se vacía. Estoy en la zona. Como si usara la fuerza o algo así. —Se calla y sonríe—. No podría tener esta conversación con nadie más.

—Lo mismo digo.

Me sostiene la mirada durante una fracción de segundo más de lo que debería. Ahora mismo, estoy feliz.

Brent sale de la tienda y Curtis se pone en pie. No me habla de la misma manera cuando Brent está delante. Supongo que es una cuestión de respeto entre hombres.

—Hasta luego, Luke —me despido en voz baja—. Que la fuerza te…

—Calla —masculla Curtis.

Es curioso pensar que, si me hubiera ido con Curtis aquella noche, en el glaciar, probablemente a estas alturas habríamos tenido ya una ruptura dramática y no nos hablaríamos. Al rechazarlo, he llegado a conocerlo de una manera que, de lo contrario, no habría podido. Así que las cosas han terminado bien, después de todo.

Pero yo sigo deseándolo.

Entramos en la cabina del teleférico. Mierda. Saskia está dentro con Odette. Curtis saluda con la cabeza a Odette y se va al otro extremo del vehículo sin dirigir la palabra a su hermana.

Pero Brent sí que lo hace.

—¿Por qué eres tan hija de puta?

«No, Brent, no lo hagas».

La cabina se queda en silencio. Los miro, impotente.

Brent levanta la mano como si estuviera a punto de agarrarla.

—Deja a Milla en paz. ¿Me oyes?

Saskia arquea las cejas como si fuera a echarse a reír. Brent no es un tipo amenazador.

Curtis se acerca.

—No puedo creer que me cayeras bien. Eres una mocosa insegura y mimada, y todo el que te conoce lo sabe. —Y, sin más, Brent baja la mano y regresa a mi lado.

Suelto el aire que había contenido. Ha sido un momento de tensión. Brent odia las confrontaciones, así que estoy asombrada de lo que ha hecho por mí.

—Gracias —susurro—, pero puedo librar mis propias batallas.

Al otro lado de la cabina, la sonrisa irónica de Saskia es un poco más frágil. ¿Le habrá afectado lo que ha dicho Brent? Creo que sí. Después de todo, tras la máscara de sus bravuconadas, es humana.

Odette la consuela y le da palmaditas en la pierna. Y deja la mano ahí. Un momento. ¿Están juntas?

Saskia me mira de reojo, como si escuchara mis pensamientos. La chispa regresa a su mirada y sus labios se curvan en una sonrisa. Sabe que lo he visto.

La cabeza me da vueltas.

«Los amigos no son de tu propiedad».

Eso es lo que mamá me decía cuando era pequeña. Pero mamá se equivocaba. Siempre hay una jerarquía de lealtades. Pensaba que Odette era tan amiga mía como de Saskia, pero en todo este tiempo, en realidad lo ha sido solo de Saskia.

Ahora que lo sé, no me explico cómo no lo he visto antes. Todas las señales estaban ahí. Las sonrisitas que intercambiaban; el hecho de que siempre se sentaban juntas. Sabía que Saskia pasaba mucho tiempo en casa de Odette, pero creía que era para evitar a los demás.

¿Por qué disimulan? ¿Porque las dos son figuras conocidas? ¿O no quieren que sus familias lo sepan?

Todas las conversaciones que he mantenido con Odette acerca de agarres y giros y piruetas... Me sentí halagada por el interés de la campeona, pero probablemente se lo contaba todo a su amiguita. Me siento traicionada.

Odette me sonríe con expresión apenada, pero no le devuelvo la sonrisa.

La cabina se balancea al llegar a la plataforma intermedia.

Cuando salgo, Saskia me espera en la zona de llegada de las cabinas. Se acera a mí y me susurra al oído:

—No te preocupes, se la devolveré.

Brent, Curtis y yo subimos en la burbuja hasta el glaciar, dejamos a Saskia y a Odette atrás, y me obligo a pensar en el *snowboard.* La conversación con Curtis de antes, ya fuera o no deliberada, me ha recordado lo que me aficionó a saltar por el medio tubo. Esa sensación de estar pegada a la pared y desafiar la gravedad: me encanta y no quiero dejar de sentirla nunca. No puedo permitir que Saskia me intimide.

Por eso seguiré luchando. Y para tener la oportunidad de estar entre los tres primeros clasificados, necesito luchar con todas mis fuerzas.

El consejo de Curtis acerca de aprender a caerme me ronda la cabeza mientras construimos la rampa, porque es la ocasión perfecta para intentarlo. Dejarme caer a propósito va contra todo lo que he hecho en mi vida, pero Curtis tiene razón: el miedo me impide crecer.

Bajo a toda velocidad, vuelo como Superman por los aires y me caigo con fuerza. El golpe expulsa todo el aire de mi cuerpo, pero no es tan terrible como imaginaba. La nieve fresca es blanda y mullida, así que es como hundirse en un cojín helado.

Brent llega a mi lado enseguida.

—¿Estás bien?

Suelto una risa débil y me quito las gafas protectoras.

—Sí.

Desde lo alto de la pendiente, Curtis me saluda con aprobación. Vuelve a nevar, los enormes copos de nieve caen sobre mis mejillas como besos. Me levanto y regreso a la cima.

Y vuelvo a caer. Una y otra vez.

El pobre Brent no entiende nada.

—Solo te dije que lo probaras una vez —me recuerda Curtis, tranquilo, tras mi cuarta caída.

—Sigo teniendo miedo —explico—. Así que seguiré cayéndome hasta que no lo tenga.

39

En la actualidad

Observo a Heather.

—Dijiste que la invitación que habías recibido estaba firmada por mí.

Llora con fuerza, tanto que apenas puede hablar.

—La primera, sí.

Me siento confusa.

—¿La primera?

Se le ha corrido el maquillaje por las mejillas en dos abigarrados surcos negros. Le tiendo una servilleta de un montón que hay en la encimera de la cocina.

Se suena la nariz e inspira, todavía alterada.

—Nos llegó una invitación tuya, pero no queríamos volver. Así que respondimos al correo electrónico y dijimos que no podíamos venir. Unos días después, me llegó otro correo. —Lucha por controlarse—. De Brent.

Brent frunce el ceño y niega con la cabeza.

—No.

—¿Qué decía el correo? —pregunto.

—«Ven o lo contaré» —desvela Heather—. Solo eso.

Brent la mira con pánico.

—No pasa nada —lo tranquilizo—. Sé que te acostaste con ella.

Brent gira la cabeza hacia mí. Abre la boca, la cierra y la abre otra vez.

—Vale, sí. Estuvimos juntos. Fue hace diez años, por el amor de Dios. ¿Qué importa ahora? —Mira a Curtis y a Heather—. Pero no sé nada de ese correo electrónico, lo juro.

Una vez más, mi cerebro da vueltas. Así que todo el mundo recibió una invitación de mi parte excepto yo. La mía vino firmada por Curtis. Todos aceptamos, excepto Heather. Cuando declinó, le llegó otra invitación o, más bien, una amenaza, de Brent. ¿Significa eso que Brent es quien lo organizó todo? ¿Nos invitó a mí y a Curtis, fingiendo para que pareciera que nos invitábamos mutuamente? De ser así, ¿por qué lo hizo?

Siento que debería creer a Brent y no a Heather, pero no puedo olvidar la expresión de sus ojos ayer, en el dormitorio.

—Entonces, ¿cómo explicas el correo? —lo acuso.

Brent se pasa la mano por el pelo y mira a Heather.

—Bueno... Pues que alguien sabe que estuvimos juntos y lo utilizó para chantajearla y para que viniera aquí.

Quiero creerlo, pero no estoy segura.

—¿Quién sabía lo vuestro?

—Que yo sepa, nadie.

«Saskia lo sabía», pienso, pero no lo digo. El dolor me atraviesa y me mareo. Me reclino contra la pared. Todavía tienen que pasar unas cuantas horas más hasta que pueda tomarme otro ibuprofeno.

Heather se echa a llorar de nuevo. Brent alarga el brazo para consolarla.

Ella lo aparta.

—¡Todo esto es culpa tuya!

—Eh, eh —la calma Brent.

Curtis se inclina en la pared a mi lado, con la cabeza hacia atrás y los ojos cerrados. No sé si está reflexionando o tan solo exhausto.

De repente, mi estómago ruge. Necesito comer algo o me desmayaré. Reúno la poca energía que me queda, me enderezo y tiro la mezcla de tomate y atún en unos platos. A Gordon Ramsay le daría un ataque, porque parece comida para perros, pero creo que a nadie le importará.

Cuando nos sentamos frente al fuego, el ambiente es muy distinto al de anoche. Comemos en silencio, encorvados sobre nuestros platos. Hace más viento y este repiquetea contra los cristales. Imagino a Dale fuera, en algún lugar. En cuanto se pone el sol, la temperatura cae en picado.

El dolor de Heather se ha convertido en leves sollozos que hacen temblar sus hombros; no ha tocado el plato.

Curtis arrastra otra silla.

—Tienes que mantener la rodilla en alto.

Lo intento. El dolor me sube por el muslo. Jadeo y dejo caer el pie al suelo.

Curtis se acuclilla.

—Déjame probar. —Me levanta el pie con cuidado y me observa.

—Gracias. —Se me hace raro notar sus dedos sobre mí, tocándome. Quiero hablar con él, pero prefiero esperar a que Brent y Heather no nos oigan.

Esta noche Brent bebe *brandy.* Llena otro vaso hasta arriba.

—Eso es… —empieza Curtis.

Brent lo interrumpe.

—Ni lo digas —Se bebe el *brandy* de un trago y vuelve a llenar el vaso.

—Tienes que comer algo, Heather —suplico, pero no parece que me preste atención.

—Eh, ¿qué le ha pasado al reloj? —inquiere Curtis.

—No preguntes —replico.

Se arrodilla y empuja los pedazos de cristal hacia la pared con la manga de su chaqueta de *snowboard.* A la izquierda de la chimenea hay dos grandes ganchos que emergen de la pared, separados por un par de centímetros de distancia. No recuerdo haberlos visto ayer. ¿Había algo colgado de ahí? Me esfuerzo por recordar. ¿Una foto, quizá? ¿Se la habrá llevado alguien?

La voz de Heather es un susurro furioso.

—Estamos aquí por lo que hiciste —le reprocha a Brent.

Por el rabillo del ojo, veo que Brent levanta la mirada para comprobar si Curtis o yo lo hemos oído. Curtis no —todavía está recogiendo los cristales rotos—, y yo finjo que tampoco.

—Shhh —susurra Brent—. Cuidado.

¿Qué demonios es lo que Brent no quiere que Heather diga?

40

Hace diez años

Giro por los aires, me dejo caer de nuevo hacia el suelo y no tengo ni idea de en qué dirección voy. Abajo... Abajo. ¿La cama elástica sigue debajo de mí? Me preparo para lo peor.

Se oye la tela de mi camiseta desgarrándose mientras Dale la estira para ponerme recta. El trampolín elástico rebota bajo nuestros pies y nos empuja el uno contra el otro. Sus brazos tatuados me estabilizan mientras pugno por conservar el equilibrio. Estamos sudando y él también se ha quedado en camiseta.

—Ibas bien hasta que has hecho el agarre —indica.

Trato de realizar un *crippler*. Es ambicioso, pero es la mejor opción si quiero acabar en el podio. Brent es quien suele ayudarme con este ejercicio, pero hoy lo entrevistaban en *Snowboard UK*, porque faltan dos días para los campeonatos británicos. Casi se lo pido a Curtis, pero ayudar a alguien que salta en la cama elástica es una actividad bastante íntima y no me fío de mí misma. Quizá haría algo que no debería.

Sin duda, he tomado la decisión adecuada. Dale ha tenido que agarrarme más de una vez. El trampolín elástico es un poco pequeño para este tipo de ejercicio, e incluso en las volteretas que hago bien, salgo dando tumbos.

—¿Qué hago mal? —pregunto.

Dale se limpia el sudor de la frente.

—Cuando realizas el agarre, desestabilizas tu salto. ¿Quieres te lo vuelva a mostrar?

—No.

Lo ha hecho decenas de veces, girando de lado por el aire en una pirueta elegante y perfecta. Hace que parezca muy fácil, y ni siquiera llevo mi tabla, solo finjo que agarro una imaginaria. Más tarde me la pondré, cuando domine el movimiento. Si es que lo consigo.

—Inténtalo un par de veces sin el agarre —sugiere.

—De acuerdo.

—Espera un segundo. —Dale se quita la camiseta.

Intento no mirar. Un enorme tatuaje tribal le cubre un hombro y se desliza por los musculosos pectorales. Si fuera Curtis quien estuviera delante de mí sin camiseta, lo bastante cerca como para notar el calor que irradia... Sí, definitivamente, Dale ha sido la mejor elección.

Espero a que se mueva hacia atrás y, luego, salte tres veces para conseguir altura. Salta al mismo tiempo que yo, así no rebotamos. En el cuarto salto, me esfuerzo por ganar altura. Incluso bocabajo, sé que he vuelto a hacerlo mal. Cuando giro, golpeo a Dale con la mano y lo oigo gruñir.

Me agarra cuando desciendo. Me pongo en pie tan rápido como puedo.

—Lo siento —me disculpo.

Sigue cogiéndome la cintura. Nuestros cuerpos están unidos, su pecho húmedo y sólido descansa contra el mío. Es más ancho que Brent, más parecido a Curtis.

—¿Te he hecho daño? —pregunto.

Tiene la mejilla roja. Sin pensarlo, la toco. La barba de unos días roza la palma de mi mano. Sus ojos verdes y grises se clavan en mi rostro, con las pupilas ligeramente dilatadas. Algo se enciende dentro de mí y, antes de darme cuenta, lo estoy besando.

Durante un segundo, me devuelve el beso y el *piercing* de su labio se clava en el mío. Nos separamos con brusquedad. Es difícil saber quién se ha apartado primero, pero la expresión de Dale parece tan escandalizada como yo me siento.

—Perdona —digo—. No debería haberlo hecho.

—No —corrobora—. No deberías.

Ahora me siento fatal.

Pero es un tipo realmente leal. Imagino que la gran mayoría de mujeres se asustarían si alguien las besara por sorpresa, pero estoy segura de que a los hombres les resultaría difícil resistirse, sin importar si tienen pareja o no. O, quizá, soy demasiado cínica. Solo he mantenido una relación seria; o, al menos, pensaba que lo era, hasta que volví antes de lo previsto de un campeonato hace dos años, con la rodilla lesionada, y me encontré a una de mis supuestas amigas en el apartamento de mi supuesto novio.

Dale se frota el *piercing* del labio como si tratara de limpiarse la huella del beso. Estoy bastante segura de que no se lo dirá a Heather. Ella me mataría, por supuesto, pero antes querría matarlo a él y seguro que lo sabe.

Me mira.

—No puedo seguir.

—Lo entiendo —digo.

Baja del trampolín.

Mierda. Ahora no tengo a nadie que me ayude.

Salto por el aire y caigo hacia el suelo sin la menor idea de en qué sentido. Esta vez, no tengo ningún trampolín debajo. Me doy contra la nieve fresca, de lado. Un dolor agudo me quema el pecho. Siento como si acabara de escupir los pulmones y el estómago por la boca. Trato de inspirar aire, pero no lo consigo.

Siento pánico, aunque hoy ya llevo varias caídas. Mi boca y mi nariz buscan oxígeno. El dolor es…

Por fin logro respirar. Compruebo mentalmente todo mi cuerpo. Estoy sana y salva, todo funciona. Me he dado bastante fuerte en la cabeza. Al menos, el aterrizaje ha sido suave.

Brent me mira.

—Basta. Ya es suficiente.

Estamos en el glaciar, en el extremo. Hemos construido un cuarto de tubo y, así, yo puedo practicar mis *cripplers* con una capa de nieve más profunda. Si hubiera intentado el salto en el tubo, no me habría levantado.

Tengo nieve en las bragas, en el sujetador y en casi todas partes. Me sacudo todo lo que puedo.

—No te preocupes. La próxima vez lo haré bien.

—Lo siento —se disculpa Brent—. No puedo seguir mirando.

—Gracias. No sabía que lo hiciera tan mal —Mis gafas han saltado por los aires. ¿Dónde están? Han caído bastante lejos. Me levanto, algo mareada, y me arrastro en su busca.

Brent corre detrás de mí.

—Lo digo en serio, Milla. Vas a romperte algo. Tienes que parar.

—Fuiste tú quien sugirió lo de los *cripplers.*

—Ya, bueno. Ojalá no lo hubiera hecho.

Me limpio las gafas de protección.

—Una vez más. O quizá dos.

—Ni siquiera llevas casco.

—Dice el tío que salta con una gorra de béisbol aunque te hayas caído dos veces este mes.

Se quita la gorra y se pasa los dedos por el pelo.

—No puedo dejar que te hagas esto.

—Yo corro el riesgo, así que yo decido. Tengo dos horas más hasta que acabe el turno del teleférico.

—Necesitas practicar más en el trampolín.

—No tengo tiempo.

—¿Por qué te exiges tanto? Lo haces muy bien.

—Sí, pero quiero ganar.

Brent sacude la cabeza.

—Ganar no lo es todo. Hay otras cosas.

—¿Como qué?

—Como la familia o los amigos. La vida.

Me estoy enfadando.

—Bueno, lo de mi familia es un tema delicado. No soy lo bastante dulce y femenina para mi madre, pero lo soy demasiado para mi padre y mi hermano. Y mis amigos no entienden por qué me gusta el *snowboard.* Así que tienes razón. Para mí ganar es más importante que todo eso. Pero no soy lo bastante buena.

—¿Sabes qué me dice mi padre? Hazlo lo mejor que puedas, porque es todo lo que puedes hacer.

—¿Sabes qué me dice el mío? Esfuérzate más, Milla.

—Que le jodan. Deberías hacer esto por ti, no por nadie más. Si te caes y te rompes la crisma, serás tú quien sufrirá las consecuencias. —Brent trata de abrazarme, pero lo aparto—.

Estás en tu mejor momento, así que disfrútalo. En diez años, mirarás atrás y desearás poder hacer todo esto de nuevo.

—No lo entiendes, ¿verdad? Esta es mi última oportunidad. Si logro hacer un *crippler* aquí, podré intentarlo en el tubo mañana y en los campeonatos al día siguiente. Si no puedo, todo ha terminado. Tendré que buscarme un trabajo de verdad.

—¿Y tu plan es intentarlo hasta que te rompas el cuello?

Si me quedo discutiendo con él, perderé los estribos.

—¿Alguna vez te he dicho que no intentes hacerlo mejor?

Brent suspira.

—Lo sé y lo siento, pero me importas.

—Pues prefiero que no sea así, ¿vale? No era parte del trato.

Se queda callado un instante.

—Oye, no sé lo que tenemos, pero tenemos algo. Y me importas. Es así de sencillo.

—Entonces será mejor que lo dejemos. Sea lo que sea esto. Solo somos amigos. No tienes que ayudarme, ni siquiera tienes que prestar atención a lo que hago. Simplemente necesito que te quedes diez minutos más porque si me caigo y me hago daño, no podré moverme y nadie se enterará ni vendrá a buscarme.

—A ver si lo entiendo. —Su voz suena débil, herida—. ¿Estás rompiendo conmigo por lo que te acabo de decir? ¿Porque me importas?

Miro la pendiente del salto, exasperada. Empiezo a sentir miedo.

—No creo que puedas considerarlo «romper». Ni siquiera era una relación.

—No puedo dejar de sentir lo que siento, Milla. Y, de hecho, pensaba que yo también te importaba.

No tengo tiempo para esto.

—¿Qué estoy haciendo mal? ¿Tengo que ser más rápida?

Brent sacude la cabeza y se ata la cinta de la tabla.

—¡Brent! —grito.

Se va.

Subo la pendiente. Con o sin él, tengo que hacerlo. Me ato la cinta y miro a mi alrededor. Un trío de figuras baja en eslalon por la pista, y otra media docena sube por el telesilla, pero nadie mira en mi dirección y ni siquiera me oirían si gritase. Esperaré a que se acerquen más.

Siempre me he enorgullecido de no necesitar a nadie, pero ahora pienso que no es del todo cierto.

A veces, incluso en un deporte individual como el *snowboard,* necesitas a alguien.

Nadie mira hacia aquí todavía. Tengo ganas de saltar, pero es demasiado arriesgado. ¡Argh! Me arrojo a la nieve. De todos los días en que podía suceder esto... ¿Cómo miraré a la cara a mi familia si no logro mejorar mi resultado del año pasado o, lo que sería peor, si me clasifico más abajo?

Imagino sus respuestas.

«Te lo dije, Milla».

«Hazlo mejor».

El frío se filtra a través de mi chaqueta y mis pantalones. Pronto empiezo a temblar, pero me quedo estirada en la nieve de todos modos.

El dolor en la expresión de Brent sigue grabado en mi mente y me tortura. Jamás le prometí nada, así que ¿por qué me siento tan culpable?

No puedo más; tendré que hablar con él. Maldigo para mis adentros, me ato la cinta de la tabla y desciendo. Cuando llego al medio tubo, sin embargo, no veo a Brent por ningún lado.

Odette se acerca. Me da un beso en cada mejilla.

—¿No has ido a entrenar hoy?

Me siento rara con ella, ahora que sé que está con Saskia.

—Estaba en el glaciar, probando *cripplers.*

—Qué guay. ¿Y puedes hacerlos?

—Me falta poco. —No quiero contar demasiado, o se lo dirá a su novia—. Brent y yo hemos roto.

Me toca el brazo.

—Lo siento.

—Probablemente sea lo mejor. Como dijiste, era mi ancla.

Me mira, comprensiva.

—En otro deporte, el esquí de velocidad, por ejemplo, sería distinto. Pero con el medio tubo, la posibilidad de una lesión es demasiado alta.

—Parece que Saskia y tú no tenéis ese problema —suelto, antes de que se me ocurra callarme.

—De hecho, lo que hace me aterroriza. —Odette se gira para buscarla con la mirada.

Allí está, subiendo con el telesilla.

—¿Por qué mantenéis vuestra relación en secreto? —pregunto.

—No quiere que nadie lo sepa.

—Vaya. —Noto que a Odette eso le produce tristeza—. Oye, ¿has visto a Brent?

—Sí, ha saltado, se ha caído y se ha hecho daño en la rodilla. Acaba de bajar hace unos minutos.

—¿Qué? —El pánico se apodera de mí—. ¿Está bien?

—Ha vuelto al teleférico a pie, así que no debe de ser tan grave.

Pero ¿es lo bastante grave como para que no pueda competir? Smash es el principal patrocinador del Campeonato Británico de *Snowboard* este año y Brent es su saltador estrella, la imagen en los carteles que empapelaban la estación. Actúa como si no fuera nada, pero sé que siente la presión.

De repente, recuerdo la amenaza de Saskia. «Se la devolveré». ¿Es esto lo que ha pasado? ¿Ha sido ella quien ha provocado su caída? Me muero por preguntar a Odette si Saskia estaba cerca de Brent cuando se ha caído, pero no me atrevo. Bajaré y se lo preguntaré yo misma.

Saskia llega a la parte superior de la plataforma y me mira. No podría jurarlo, pero parece exultante.

41

En la actualidad

Este lugar me está volviendo loca. Brent se sienta al lado de Heather en el restaurante iluminado únicamente por la luz de las velas, ya sea para consolarla o bien para impedir que suelte algo que no quiere que sepamos. Trato de imaginarme de qué se trata y se me ocurren un montón de posibilidades.

A cada cual más horrenda.

Cosas mucho peores que un rollo de una noche.

¿Qué hacía Brent mientras yo estaba con Heather y Curtis en el baño? ¿Ha fingido que se daba un golpe en la cabeza? Se ha recuperado bastante rápido. Y ha tardado muchísimo en llenar las sartenes de nieve. ¿Es posible que le haya hecho algo a Dale ahí fuera y que después lo haya arrojado por una grieta?

El fuego se está apagando. Curtis se levanta para echar más leña. Ahora que lo pienso, Curtis también ha desaparecido durante un rato, en teoría para buscar linternas, y Dale no es precisamente su persona favorita. Sé que Curtis tiene genio, pero ¿odia tanto a Dale como para matarlo?

¿Es posible que Brent y Curtis sean cómplices?

Los ojos negros del ciervo me taladran. A su lado están los dos clavos vacíos. ¿Qué estaba colgado allí? ¿Es importante? No lo sé.

Ya no sé nada. La rodilla me duele demasiado como para pensar. Intento recordar cuánto tardé en volver a caminar la última vez que me lesioné, pero depende de la gravedad de la torcedura de ligamentos y si solo son los colaterales laterales o también otros.

La luz vuelve.

—Algo es algo —comento.

Curtis resopla.

—Sí, pero ¿cuánto tiempo va a durar?

—Cierto. —Al menos, sé que ni él ni Brent las han encendido.

—Alguien juega con nosotros —afirma Curtis.

Pero ¿quién? ¿Dale?

—Y creo que es mi hermana. —Con expresión seria, Curtis mira hacia el umbral como si fuera a aparecer en este momento.

En mi mente, rememoro lo que me ha dicho esta tarde en el baño. Si la mató, ¿por qué está tan seguro de que es ella? Miro a los demás para ver sus reacciones.

Heather se pone en pie.

—Me voy a la cama.

No creo que lo haya oído. O, quizá, está demasiado afectada por lo de Dale como para lidiar con nada más. Tiene los ojos hinchados de tanto llorar. Todo esto debe de ser muy duro para ella. Es decir, si no se trata de ningún plan oculto organizado por Dale y por ella.

Levanto una de las velas.

—Toma, llévatela por si la luz se va otra vez. ¿Todavía tienes el mechero?

Se toca el bolsillo.

—Sí.

Mira el pasillo y vacila.

—Iré contigo —digo, y hago ademán de levantarme.

Pero Brent se pone en pie.

—Ya la acompaño yo.

Se lleva la botella de *brandy* al marcharse.

Curtis se lleva la mano a la frente.

—¿Me estoy volviendo loco por pensar que mi hermana está ahí fuera?

Compruebo el pasillo para asegurarme de que Heather ya se ha ido. Curtis se pondrá como una furia cuando se entere, y Heather ya lo ha pasado bastante mal.

—¿Cuánto dinero se gastó con la tarjeta de crédito de Saskia?

—Unos tres mil euros.

—¿En Francia o en Inglaterra?

—Francia y varios puntos de Europa, tiendas y restaurantes. Mis padres no sabían qué hacer. No sabían si era ella u otra persona. Le dieron esa tarjeta por si había una emergencia. Sus patrocinadores no le pagaban tanto como a mí. Ya sabes cómo es, tiene gustos caros.

Utiliza el presente. «Tiene gustos caros». Debe de estar convencido de que sigue viva. Probablemente, antes lo he malinterpretado; no la ha matado. Pero, entonces, ¿qué me oculta?

Suspira.

—Con el tiempo, mi padre decidió dar de baja la tarjeta. Mi madre y él casi se divorcian por eso. Ella no le dirigió la palabra durante semanas.

—¿No se podían rastrear las transacciones? —pregunto—. A partir de cámaras de vigilancia o algo así.

—La policía hizo lo que pudo, pero no había cámaras en los restaurantes. Algunas de las tiendas sí tenían, pero las imágenes eran de mala calidad. Podría haber sido cualquiera.

Respiro hondo.

—Esto no te va a gustar —aviso—. No fue Saskia. Fue Dale.

Curtis me mira, asombrado. Le cuento la conversación que he oído antes.

Me alegro de que Dale y Heather no estén con nosotros ahora mismo. La ira que desprende Curtis es aterradora. Hace lo que puede por contenerse, pero los músculos de su mandíbula se tensan y golpetea las planchas de madera del suelo con el pie.

—Pero es raro —digo—. ¿No habrán necesitado el PIN?

Curtis suelta una risotada amarga.

—Lo tenía escrito en un jodido pósit que guardaba junto a la tarjeta. Se la dejó en la encimera de la cocina. La regañé, pero, cuando volví a su casa, seguía allí. A veces era como si no le importase. Supongo que se debía a que no era su dinero.

Se queda callado unos instantes.

—Así que Dale le robó la tarjeta. Pero eso no explica por qué olemos su perfume. O el mechón de pelo rubio, o el pase del teleférico que apareció en mi bolsa.

—¿Qué insinúas? ¿Que optó por desaparecer para siempre y dejar atrás su vida?

—Quizá.

—¿Era feliz? —Sé suave, me digo.

Reflexiona.

—No tengo ni idea.

—¿Tu familia sabía lo de ella y Odette?

—¿Cómo?

Mierda. No lo sabía. Su propio hermano. Y, en cierto modo, no me sorprende. Saskia tenía muchas facetas. Yo jamás supe cuál era la verdadera, así que es posible que Curtis tampoco.

—Odette y Saskia —aclaro—. Estaban juntas.

Curtis frunce el ceño.

—No. De ninguna manera.

—Créeme. Lo sé.

Parpadea rápidamente.

—Sabía que Odette era lesbiana, pero…

—¿Cómo lo sabías?

Vacila.

—Le pedí salir al principio de la temporada y me lo dijo.

Me guardo esa información para procesarla más tarde.

—Así que dices que mi hermana era…

—No me corresponde a mí etiquetarla, pero te aseguro que ella y Odette eran pareja.

—¿Estás segura?

—Segurísima.

Curtis observa las llamas.

—¿Cómo se lo habría tomado tu familia? —pregunto.

No hay respuesta.

—¿Curtis?

Hace una mueca.

—No me lo dijo.

—¿Crees que les habría supuesto un problema que Saskia saliera con una mujer?

—Mmm. No. Creo que no. Mierda, ¿cómo es posible que no lo viera?

Sin el reloj, el silencio es absoluto.

—Así que piensas que desapareció por voluntad propia durante diez años —prosigo—. Y ahora ha vuelto para… ¿Para hacer qué, exactamente?

Se gira y contempla la oscuridad más allá de las ventanas.

—Eso es lo que me preocupa.

La inquietud recorre mi cuerpo.

—Si quisiera jugar con nosotros, ¿por qué habría esperado toda una década?

—Nunca comprendí la mitad de lo que hacía.

La voz de Saskia resuena en mis oídos.

«Se la devolveré».

No llegué a averiguar con certeza si fue ella quien causó la caída de Brent antes de los campeonatos británicos. Él dijo que sus cintas se soltaron y que por eso cayó. Se quitó la tabla un momento para tomar un tentempié y supongo que ella lo aprovechó para manipularla. Ese era el problema de Saskia. Era tan lista que resultaba imposible acusarla de nada. Nunca había pruebas.

Curtis se levanta.

—Mira, estoy agotado y tú, lesionada. No podemos hacer nada más ahora. —Se mete la mano en el bolsillo y saca la linterna—. Quédatela. Te acompaño a la habitación.

Al levantarme, mi mirada se posa sobre los clavos vacíos en la pared. Y, de repente, recuerdo lo que había ahí colgado.

El piolet antiguo.

42

Hace diez años

Hoy, el reloj en mi cabeza suena muy fuerte. Ha llegado el momento: el último día de entrenamiento antes de los campeonatos. Pero no estoy lista.

Cada vez que llego a la cima del tubo, pienso en intentar un *crippler,* pero algo me detiene. Trato de engañarme y me digo que es el sentido común. Que si me lesiono hoy y no puedo saltar mañana, mis patrocinadores se buscarán, con toda la razón, una deportista más productiva a quien financiar.

Pero, en el fondo, sé que es miedo.

El tubo está lleno de gente. Durante toda la semana, los *snowboarders* británicos han llegado en avión o por carretera desde sus lugares de entrenamiento de este invierno y hoy están todos aquí, poniéndose al límite. Un par de chicas a las que conocí en los campeonatos del año pasado se han acercado a saludar, incluso Claire Donnahue, la reina de la clasificación desde su puesto número uno, lo ha hecho. Brent está marcándose saltos enormes, con la rodilla dolorida envuelta en vendas; parece que Curtis ha clavado sus giros Haakon; Dale se ha golpeado en la muñeca y ha bajado pronto para ver al fisio.

Pero apenas soy consciente de las idas y venidas de los demás. Ayer casi logré dos de mis intentos de *cripplers* y creo que ya sé lo que hago mal. ¿Debería arriesgarme o no? Podría intentarlo solo una vez…

¿Qué es esto? El operador del teleférico está cerrando el acceso al tubo porque son las cuatro. Maldita sea. Me he distraído tanto pensando en los *cripplers* que no he repasado el resto de mi rutina. Aturdida, voy a recoger la mochila.

Curtis charla con Nate Farmer, que se clasificó en tercer lugar en los campeonatos del año pasado, por detrás de él y de Brent.

—He oído que tienes algunos nuevos trucos en la manga —insinúa Nate.

Curtis finge sorpresa.

—¿Ah, sí?

No ha respondido, ni sí ni no.

Nate sonríe.

—Supongo que lo veremos mañana.

Curtis se encoge de hombros.

—Demasiado hielo como para probar muchas cosas.

Sé perfectamente que el hielo nunca le ha impedido probar cosas nuevas.

Odette se acerca; lleva un casco Rossignol que le cubre el pelo corto.

—¿Qué tal el día?

Me obligo a sonreír.

—Bastante bien. Sigo de una pieza.

Desde que Saskia me enterró hace dos semanas, Odette se ha esforzado más por ser amable conmigo.

Presiento que va a preguntarme por lo que planeo hacer en la competición, así que hago un gesto hacia Curtis y Brent.

—¿Cuál de los dos crees que ganará mañana?

A juzgar por los saltos que han hecho durante el entrenamiento, resulta difícil elegir.

—Depende de lo que busquen los jueces —señala Odette—. Si prefieren la ejecución técnica, será Curtis. Si quieren figuras grandes, quizá Brent.

Saskia se acerca a por su mochila con expresión satisfecha. Y con razón. Mañana me ganará, a no ser que lo haga fatal. Y sé que no fallará. Es casi tan consistente como su hermano, maldita sea. Pensé que lo lograría si lo deseaba con todas mis fuerzas. Pero ella también quiere ganar y me lleva una ventaja de diez años de entrenamiento.

Durante estas últimas dos semanas, se ha mantenido alejada de mí. Supongo que Curtis habló con ella. O, tal vez, simplemente espera a que la ocasión se presente.

—¿Lista para el campeonato? —pregunta a Odette.

—Sí, quizá —responde esta.

Saltan mis alarmas.

—Pero si Odette no compite —digo.

—Sí que lo hará, ¿verdad, Odette? —proclama Saskia.

Todo el aire escapa de mis pulmones.

—Pero si no es británica.

—Necesito los puntos —se justifica Odette, reacia.

La miro sin comprender.

—¿De qué hablas?

—Es una competición pequeña y el premio es muy poco dinero —explica—. Pero los miembros internacionales también podemos participar. No nos clasificamos a efectos nacionales, pero nos da puntos en la clasificación del FIS. Este año me perdí un par de competiciones cuando me lesioné la muñeca, así que necesito los puntos.

Si antes me sentía mal, ahora tengo ganas de vomitar. Mis posibilidades de llegar a clasificarme entre los tres primeros puestos se han esfumado. Esto es muy malo para mí.

Sobre el papel, el resultado no afecta a la clasificación británica, porque no tiene la nacionalidad, pero sí que afecta a la clasificación que llevo en mi cabeza y, lo que es más importante, a los posibles patrocinadores que observen a los deportistas.

En la sonrisa de Saskia detecto una sombra y comprendo que a ella tampoco le gusta la idea. ¿Desde cuándo lo sabe?

Aturdida, recojo la tabla y sigo al grupo para lo que se ha convertido en nuestro ritual diario: la carrera hacia abajo para volver a la estación. Para los chicos es un pasatiempo divertido, pero para nosotras es algo personal. Odette siempre gana y no hay sorpresas en ese aspecto, pero Saskia y yo estamos a la par en velocidad. Stefan, mi novio del año pasado, me ayudó a mejorar la marca, y seguro que Saskia cuenta con los consejos de su hermano.

La parte superior del circuito de esquí es nuestra línea de salida. Saskia y yo nos colocamos en posición.

Necesito reaccionar. Es eso o volver a casa llorando.

—¿Has visto el *crippler* que he hecho antes? —le suelto a Saskia, animada.

Eso borra la sonrisa de su cara. Intercambia una mirada con Odette y se gira hacia mí, incrédula.

Cerca, Brent se está atando la cinta. No hemos hablado desde que rompí con él ayer, pero, un instante después, estira la mano y me ofrece el puño.

—Sí, lo clavaste, Mills.

Su guante choca contra el mío y le ofrezco una mirada de silencioso agradecimiento.

Saskia me observa. Es una victoria falsa, pero es la única que tendré.

Le da un golpecito a Curtis en el hombro.

—¿Me acompañarás al gimnasio después? —pregunta con dulzura.

Curtis nos mira a las tres.

—No. Pídeselo a alguna de tus amigas. ¿O no tienes ninguna?

Saskia se baja las gafas de protección con expresión amarga. Es evidente que quiere probar los *cripplers,* pero tampoco quiere que sus competidoras la veamos. Y eso ahora incluye a Odette.

Mmm. Si puedo incrementar la presión sobre Saskia y hacerle creer que mañana voy a ejecutar un *crippler,* quizá se arriesgue y haga algo que no debería.

—¿Todo el mundo listo? —grita Curtis—. ¡Vamos!

Es una pista negra. Apunto la tabla hacia la línea de la pendiente y apoyo el peso en mi pie delantero. Vamos a toda velocidad: Brent y Curtis; Saskia, Odette y yo. Mis pantalones ondean al viento, que ruge en mis oídos. Como siempre, los chicos se adelantan y Odette los sigue de cerca. De momento, Saskia y yo estamos a la par. Mis agotados cuádriceps se quejan cuando esquivo a un esquiador que se ha caído.

La pista se curva hacia la derecha. Curtis se marca un potente giro acelerado. Brent sigue recto y salta el pequeño barranco que hay abajo, como siempre. Lo hace porque es Brent. Yo odio los barrancos y, en un día normal, seguiría a los demás por el circuito, pero hoy me siento valiente. O, mejor dicho, desesperada. El circuito está lleno de gente que ha venido a pasar las vacaciones. La nieve fresca quizá me ayude a ir más deprisa, así que incremento velocidad y me dirijo al barranco.

Antes de que pueda cambiar de idea, estoy en el aire, me dejo llevar y mi estómago se queda atrás. El impacto del aterrizaje me golpea las rodillas y casi me arroja más allá del morro de la tabla. Los músculos de las piernas arden, me echo hacia atrás y sigo adelante.

Brent desaparece entre los abetos. Lo persigo. Los árboles están cubiertos de una espesa capa de nieve. Bajo su sombra, el aire es más frío y huele a pino. La nieve está cubierta de sombras púrpuras y me llega hasta las rodillas. Los *snowboarders* soñamos con estas condiciones, pero ahora mismo estoy demasiado concentrada en la carrera como para disfrutarla.

Los árboles aparecen a toda velocidad, enormes, y me esfuerzo por esquivarlos. Las ramas me golpean las mejillas y la nieve me cae sobre la cabeza y los hombros. En cualquier momento volveré a ver el circuito. ¡Allí está!

Me esfuerzo por buscar la chaqueta blanca de Saskia. Mierda, ya casi está en el giro. El circuito se estrecha durante unos metros justo en ese punto, con un saliente rocoso a ambos lados y una gran caída al otro. Saskia y yo llegaremos ahí a la vez, solo que yo llegaré desde arriba.

Mira hacia el lado y me ve. No voy a apartarme. Tendrá que hacerlo ella.

Pero no piensa hacerlo, está claro. Mi tabla se llevará el impacto y, como salto por encima, será su tabla la que se saldrá del circuito.

Nos acercamos y me preparo para el choque. Justo antes de que nuestras tablas entren en contacto, algo me estira hacia atrás por la chaqueta.

¿Qué demonios…? La tabla se balancea bajo mis pies y me caigo sobre la nieve fresca. Otra figura emerge.

Y, por supuesto, es Curtis. ¿Cómo ha llegado a ponerse detrás de mí?

Se arranca las gafas de protección. Está furioso y tiene las mejillas coloradas, y sé que no es por el frío.

Siento que la vergüenza y la ira también me tiñen la cara de rojo. Me tiemblan las manos. Iba a empujarla. Lo habría hecho.

Se levanta. El movimiento le arranca una mueca de dolor y se toca el hombro. Dios, espero que no se haya lesionado todavía más.

—¿Por qué, Milla? ¿Por qué tenías que hacer eso?

Podría decirle que es porque Jake me ganaba en todos los deportes que practicaba y se convirtió en una estrella del *rugby* prácticamente antes de acabar el instituto. Podría decirle que mi padre apenas me prestó atención después de eso, porque Jake era el primero en todo. Podría decirle que quiero demostrar que soy buena en algo.

Pero no es ninguna excusa.

Curtis niega con la cabeza, disgustado.

—Eres tan mala como ella.

Y no hay nada que pueda contestar, porque sé que tiene razón.

Lo peor es que Saskia es una motita en la distancia y que ahora mismo está cruzando la línea de meta. Y me ha vuelto a ganar. Otra vez.

43

En la actualidad

Con el brazo de Curtis alrededor de la cintura, salgo cojeando del restaurante.

Recuerdo la hoja herrumbrosa del piolet.

Quiero contárselo a Curtis, pero ¿y si es él quien se lo ha llevado?

—Espera aquí —me suelta y entra en la cocina.

Abre un cajón y me mira, atónito.

—¿Qué pasa? —pregunto.

—Los cuchillos. No están.

—¿Cómo? —lo compruebo. Es verdad—. Mierda. Estaban aquí antes, cuando he preparado la cena.

Curtis da un golpe de frustración a la encimera. Doy un respingo. Así que alguien se ha llevado el piolet y un montón de cuchillos y nos ha dejado sin armas.

Una idea terrible me asalta.

—Espero que no se hayan llevado nuestras tablas.

—Bien pensado.

Nos apresuramos por el pasillo. Por el momento no se ha ido la luz, pero me preparo por lo que pueda pasar. Llegamos a la entrada principal y me tranquilizo al ver que nuestras cosas siguen ahí. Agarro los guantes, las gafas, el arnés y el transmisor y me los meto en los bolsillos de la chaqueta. Ato las botas y me las cuelgo del cuello.

Curtis ata las botas de Brent y las suyas a las tablas y las levanta.

—¿Puedes tú sola?

—Sí —afirmo, y cojo mi tabla. Al hacerlo, veo la de Dale, recostada contra la pared. Y, en ese momento, lo asumo.

Curtis también la mira.

—¿No vamos a volver a verlo, verdad? —Mi voz suena temblorosa.

Aprieta los labios.

—No lo sé.

Silenciosos y sombríos, vamos hacia los dormitorios. Cuando llegamos a la puerta de mi habitación, tiro la tabla al suelo y, con cautela, empujo la puerta. Maldigo el hecho de que solo se puedan cerrar por dentro. Cualquiera podría haber entrado durante mi ausencia. O estar allí esperándome.

—Un momento —indica Curtis, que entra, comprueba el baño y el armario—. Despejado.

—Gracias —digo en voz baja.

Me observa un instante y quizá se da cuenta de que tengo miedo, porque su mirada se suaviza.

—Lo primero que haremos mañana por la mañana será salir de aquí. Golpea la pared si necesitas algo.

Cierro la puerta cuando sale. Todos mis sentidos están alerta. Miro a mi alrededor, pero todo parece igual que cuando lo dejé.

«Relájate, Milla. Nadie puede entrar».

Con el piolet, alguien podría echar abajo la puerta, pero, al menos, lo oiría. Entonces, ¿qué? ¿Grito pidiendo ayuda?

«¿Y si no acude nadie?».

Miro por la pequeña ventana. En el peor de los casos, probablemente podría romper el cristal arrojando algo y huir por ahí. De algún modo. Arrastrándome con la pierna lesionada. ¿Es lo bastante grande para salir por ahí? Aparto las cortinas. Y casi grito.

Escrito en el cristal de la ventana, sobre el vaho, hay cuatro palabras: «TE ECHO DE MENOS».

Siento un hormigueo en la piel. No es ella. No puede serlo.

Miro el mensaje. Está escrito en mayúsculas, como las tarjetas de los secretos del primer día y el «CULPABLE» que apareció en el espejo de Heather. Brent ha venido por el pasillo hace poco. Podría haber sido él. Espero que lo sea. Necesito saberlo. Hago acopio de valor para salir, abro la puerta y compruebo el pasillo.

Brent abre su puerta con la botella de *brandy* en la mano.

—¿Has escrito algo en mi ventana? —suelto.

Parpadea.

—¿Cómo?

Cojeo hacia el interior de la habitación y la puerta se cierra a nuestras espaldas.

—Alguien ha escrito «TE ECHO DE MENOS» en la ventana de mi dormitorio.

—No he sido yo.

Me quedo sin aliento. No puede ser ella. No me echaría de menos.

No después de lo que le hice.

Brent me mira fijamente.

—Crees que se trata de Saskia.

—No lo sé.

Su expresión se endurece.

—¿La echas de menos?

La culpabilidad me atenaza.

—Brent… —Sé perfectamente de qué habla.

Toma otro trago de *brandy*.

—Buenas noches, Milla.

No nos abrazamos, estamos más allá de eso. Me limito a salir cojeando. Nuestra relación está rota, sin esperanza de recomponerse. Fui yo quien la rompió. Quien lo rompió a él.

De vuelta en mi habitación, borro las palabras de la ventana. Alguien, ya sea Saskia u otra persona, se pasea como un fantasma por este edificio. El pestillo de la puerta ya no parece que sirva para nada. Busco algo para trabar la puerta por debajo, solo por si acaso. Lo único que encuentro es el envase de protector solar.

La voz de Brent resuena en mi cabeza mientras estoy echada en mi litera fría y estrecha. «¿Rompes conmigo porque me importas?».

Es un hombre dulce, apenas era un adulto entonces y no hizo nada mal. Saskia tenía razón, lo utilicé. El *snowboard* tiene un efecto extraño en mí. Me convierte en un demonio a quien no le importa nadie más. Me he dado cuenta hoy, en el glaciar, cuando me importaba más hacer mi primera voltereta hacia atrás que buscar a Heather.

Miro a la oscuridad y pienso en Stefan.

«No es la confrontación, eres tú, Milla. Tienes que ganar cada puñetera discusión. Cada maldita conversación, incluso».

Pienso en Vinny, entrenador de artes marciales en el gimnasio, con quien salía hasta hace unos meses. «Estoy cansado de intentar estar a tu altura, Milla».

No es el *snowboard,* ¿verdad? Es mi forma de ser.

La voz de Brent, de nuevo. «Ganar no lo es todo».

Pero, para mí, ganar sí lo es. Cuando quiero algo, voy a por todas, sin pensar en las consecuencias. No me importan la amistad ni los sentimientos de los demás. Y, tal vez, eso es lo que hace falta para llegar a lo más alto en el deporte, pero te causa problemas para el resto de tu vida.

Por eso no tengo amigos de verdad. Por eso todas mis relaciones fracasan. Y ahora pago el precio. Estoy total y absolutamente sola.

El rostro de Odette flota frente a mis ojos. Me hundo en la oscuridad. Curtis dijo que seguía en la silla de ruedas y que no puede mover los brazos. Pero la tecnología ha avanzado mucho. ¿Es posible que haya alcanzado algún tipo de independencia?

No puedo creer que Curtis fuera a verla y yo no. Menuda amiga soy. Odette me dijo que no quería volver a verme nunca más, pero eso fue justo después del accidente. Ahora ha tenido mucho tiempo para aceptar lo que sucedió y, quizá, haya cambiado de opinión.

Se lo debo. Tendría que intentarlo de nuevo.

Excepto que no sé si soy lo bastante fuerte como para enfrentarme a ella después de lo que hice.

La voz de Curtis. «Eres tan mala como ella».

Me hago un ovillo. El dolor me sube por la pierna, pero me lo merezco. Había esperado que esta reunión me ofreciera la ocasión de recuperar algunas de estas relaciones, pero el hecho es que metí la pata demasiado como para eso: no puedo recuperar a mis amigos. Brent sigue dolido porque rompí con él; Curtis sospecha que he hecho algo horrible, lo que es cierto, y Heather y yo somos tan distintas que no la comprendo.

En cuanto a Dale, mi insistencia egoísta en saltar retrasó a los demás en la búsqueda de Heather. Y es posible que eso haya sido la causa de su muerte.

Me aprieto los ojos con las manos. No soporto pensar en él solo, ahí fuera. Pero no voy a llorar, al menos hasta que haya bajado de esta montaña.

Mi secreto me come por dentro. Es hora de contar la verdad. Aparto las mantas y salgo cojeando al pasillo. Llamo a la puerta de Curtis.

Oigo pasos, el pestillo gira y la puerta se abre. Curtis está enfundado en su ropa térmica negra de manga larga. Me obligo a mirarlo. «Díselo».

Abro la boca, pero no encuentro las palabras.

Curtis me mira largo y tendido, por una parte, triste, y, por otra, exhausto. Se muestra curioso. En el pasillo hace un frío terrible. Me abrazo para mantener el calor. Se aparta del umbral y hace un gesto hacia la cama.

No es lo que esperaba, pero mis pies toman la decisión por mí. Cojeo sobre las planchas de madera y me instalo en la estrecha litera. La manta me acaricia la mejilla, suave y agradable; el colchón está caliente gracias a su calor corporal.

Curtis enciende la luz del baño, apaga la de la habitación y se mete en la cama conmigo.

44

Hace diez años

El Glow Bar está a reventar. Las luces parpadean, el volumen de la música está alto y las risas llenan la sala. Los británicos han llegado. Me abro camino a través del arcoíris de chaquetas de *snowboard* hacia la barra. No quería venir, pero, si no lo hubiera hecho, habría dado sensación de derrota. Mierda. Curtis está en la barra y me ha visto.

A regañadientes, voy hacia él.

—¿Cómo tienes el hombro?

—No demasiado mal.

¿Me ha perdonado por lo de antes? No lo sé, porque mira a un punto que está detrás de mí. Me giro y veo que, por supuesto, su hermana está aquí.

Está sentada con Odette en un rincón y viste un top de estilo corsé plateado. Julien trata de convencerlas para que salgan a bailar. Odette parece tener ganas de abofetearlo, pero Saskia se ríe, le toma el pelo y flirtea con él. Lo ha tenido pendiente de ella durante todo el invierno. Me pongo nerviosa al verlo porque estoy segura de que un día Julien estallará. Y quizá Curtis piensa lo mismo, porque tiene pinta de querer ir hacia allí.

—¿Qué piensas de Julien? —pregunto.

—Sin comentarios —dice Curtis, y me río.

Heather termina de servir a un cliente. Le hago una seña, pero no se fija en mí y empieza a servir a otra persona.

Al otro lado de la sala, Saskia ha convencido a Julien para que se siente con ellas. Juega con él sin despeinarse.

—Admiro muchas cosas de tu hermana, ¿sabes? —comento, reticente.

Curtis me mira, receloso.

—¿Como cuáles?

—No le importa lo que la gente piense de ella.

—¿Y eso es bueno?

—A las mujeres les preocupa demasiado lo que piensen los demás. Sé que a mí me pasa, y lo odio, pero no puedo evitarlo. A tu hermana, en cambio, le importa un pimiento.

—No diría que eso sea una cualidad.

—Es una cualidad masculina.

Frunce el ceño.

—¿De verdad?

—Sí. A los tíos no les importa demasiado. Os concentráis en lo que queréis, ¿sabes? Pero cuando una chica es así, la gente dice que tiene un problema. Es sexista, pero también cierto.

Curtis se pone rígido, con la mano sobre la barra. Por encima de las cabezas de la gente, veo a Julien de nuevo en pie, y parece agitado. Pero, entonces, Saskia sonríe con dulzura y se calma.

Curtis se gira hacia mí.

—¿Sabes que jamás ha tenido una relación seria?

—¿De verdad?

—Nunca ha traído a nadie a casa para presentárselo a mis padres.

¿Porque sale con mujeres? ¿Lo sabe? Debe de saberlo. Es su hermano. Pero no soy quién para decir nada.

—¿Vuestros padres son muy estrictos?

—No, en absoluto.

—¿A cuántas novias les has presentado?

Curtis cuenta con los dedos hasta diez y sigue contando. Los celos me queman hasta que sonríe.

—Solo bromeaba. Quizá tres.

—¿Cómo fue crecer con ella?

—¿Por qué haces tantas preguntas?

Me encojo de hombros.

—Solo por curiosidad.

Se frota la barbilla. Está claro que no quiere contestarme y, de nuevo, me sorprende su lealtad para con su hermana.

«Olvídalo», estoy a punto de decir, pero antes de que lo haga, empieza a hablar.

—Fue una jodida pesadilla. —Sonríe para quitarle hierro a la confesión—. Soy mayor que ella, pero muy pronto me di cuenta de que era mejor no cabrearla.

—¿Ah, sí?

—Una vez, un amigo mío y yo le robamos la ropa cuando estábamos en una piscina. Tendríamos unos diecisiete años. Se le ocurrió a mi amigo. Sabía que nos traería problemas, pero no dije nada. Bueno, pues Saskia tuvo que volver a casa en bañador, cruzando toda la ciudad.

Sonrío al imaginarlo.

—¿Qué tendría, unos quince años? Sí, seguro que le sentó mal.

—Se lo cobró. Es lo que hace mi hermana. Siempre se cobra las ofensas.

—¿Qué hizo?

—Nada demasiado obvio. Pero, en la escuela, todo el mundo empezó a murmurar a mis espaldas. Y nadie quiso ir a la fiesta de final de curso conmigo. —Se ríe—. Nunca me había pasado antes.

Yo también me río al imaginar a un Curtis adolescente y guapo, asombrado y solo en la sala de fiestas del instituto.

—Hasta bien entrado el verano no me enteré de cuál había sido el motivo. Había difundido el rumor de que me iba el sadomaso.

Me río más fuerte.

—¿Y es cierto?

Arquea una ceja.

Me callo de repente y el calor me sube por el estómago, aunque estoy bastante segura de que me toma el pelo.

Contiene una sonrisa.

—Bueno, firmamos una tregua que se ha convertido en indefinida. Desde entonces, me ha dejado tranquilo.

Probablemente porque le conviene tener a su hermano mayor de su parte para recoger los pedazos de todo lo que rompe a su paso y sacarla de los problemas en los que se mete. Pero me callo. Está claro que los demás no podemos decir lo mismo que él, y es una línea que no quiero cruzar.

—¡Eh! —Curtis levanta la mano y capta la atención de Heather.

—¿Qué os pongo? —Hoy Heather parece distraída y tiene los ojos hinchados. ¿Ha estado llorando?

—Una Orangina y… —Curtis me mira.

—Lo mismo para mí.

Curtis se preguntará por qué no pido nada para Brent. O quizá Brent le ha dicho lo que ha pasado. ¿Hablan de estas cosas? Miro hacia Brent, que está con un grupo de tíos que no conozco, y siento una punzada de dolor por la pérdida. Porque he perdido un amigo.

—De hecho, ponme dos —digo.

Curtis pone un billete de diez euros sobre la barra.

—No… —Odio que los hombres me inviten. Saco la cartera, pero es demasiado tarde, Heather ya ha cogido el billete y no tengo energía para pelearme—. Gracias.

Curtis toma su Orangina.

—Espera. —Lo detengo—. Necesito tu consejo para mañana. ¿Me la juego o piensas que debo ser prudente?

Vacila. ¿Me he pasado de la raya al pedirle ayuda, cuando falta tan poco para el gran día?

—Brent comentó que estás probando *cripplers* —suelta finalmente—. ¿Has conseguido hacer alguno?

Compruebo que Saskia y Odette no nos oyen.

—No. Pero he estado cerca un par de veces.

Curtis frunce los labios.

—¿A qué hora tienes el calentamiento mañana?

—A las diez.

—El tubo estará duro como una piedra.

Hundo los hombros. Tiene razón. La nieve no habrá tenido tiempo de ablandarse.

Escudriña mi rostro.

—¿Por qué quieres esto, Milla? ¿Por qué lo quieres tanto?

—Ya te lo he dicho antes. Me gusta ganar. Tú, sobre todo, deberías entenderlo.

—Creo que deseas ganar más que yo.

—Mi hermano es una estrella del *rugby.* —Mi voz sale entrecortada—. Quiero demostrar que yo también tengo talento.

Su tono se suaviza.

—Lo tienes. No necesitas una competición para demostrarlo.

Me muerdo el labio inferior para no echarme a llorar.

—Cuando compito, ¿sabes contra quién lo hago, en realidad? —pregunta.

—¿Brent?

—No. Conmigo mismo.

—¿Cómo?

—Trato de saltar lo mejor posible. Que les den a los demás. Sí, claro, también intento ganarlo, pero no puedo controlar lo que ellos hacen, solo que yo hago. Olvida a mi hermana. Olvida a tu hermano. Compite para ti.

Entiendo la lógica de lo que dice y su método claramente le funciona, pero él no se ha pasado toda la vida luchando por alcanzar a alguien que va por delante. Nació en cabeza. Yo no tengo ese lujo. Trago saliva.

—No lo entenderías. Eres el mayor.

Entonces, comprendo algo. Curtis se hizo famoso como *snowboarder* más o menos cuando mi hermano alcanzó el estrellato en el *rugby*. ¿Es él la razón de que Saskia sea como es? Siento una oleada de compasión por ella. Me aterroriza admitirlo, pero nos parecemos mucho.

Curtis se tensa de nuevo. Al otro lado de la sala, la cara de Julien está roja.

—Voy hacia allí —anuncia Curtis, y se apresura.

Cojo mi bebida.

—Eso es una puta mentira, ¿sabes? —suelta una voz en mi oído.

Sorprendida, me giro y veo a Dale a mi lado, en la barra. Es la primera vez que me dirige la palabra desde que lo besé.

—¿Perdón? —digo.

Dale señala a Curtis con la cabeza.

—Curtis Sparks es el tío más competitivo del planeta. Es un manipulador. No te fíes de nada de lo que te diga.

45

En la actualidad

Curtis y yo estamos tumbados frente a frente en su litera. La tela de su ropa térmica es suave contra mis manos, las sábanas huelen a él y me siento tan bien que tengo ganas de llorar.

«Díselo». Pero solo puedo mirarlo.

Por la tensión de su mandíbula, siento que él también lucha consigo mismo.

—¿Qué quieres? —pregunta, en voz baja y dulce.

Estoy tan nerviosa que tiemblo. No respondo, así que levanta la mano, me toca la cara como si no pudiera evitarlo y desliza uno de sus anchos dedos por mi labio inferior.

—¿Has venido aquí para esto?

Se me hace un nudo en la garganta. No sé si se debe a su mirada intensa o porque lo he deseado durante tanto tiempo. O por todas las veces que ha estado a mi lado, tanto si yo lo quería como si no. Pero mi voz se quebraría si tratase de hablar, estoy segura.

A Curtis debe de sorprenderle mi comportamiento. Nunca me ha visto sin palabras.

—¿Quieres que te bese? —susurra.

Sigo sin poder hablar.

Acerca su rostro al mío hasta que estamos tan cerca que su aliento me acaricia los labios. Y ya está, no puedo pensar en otra cosa que no sea besarlo. Mis labios se entreabren, listos.

Pero no lo hace.

—No te besaré hasta que sepa que quieres que lo haga.

Agarro su cabeza y lo acerco a mi boca. Se pone encima de mí y me besa como es debido, durante un buen rato y de forma apasionada. Sabe a pasta de dientes; y su piel, a madera quemada. Sus dedos se enroscan en los míos y coloca mis manos a ambos lados de mi cabeza. Las presiona para clavarme en el colchón.

Sabía que sería así. Se hace con el control, como siempre.

La barba de dos días me rasca la piel, un contraste delicioso con la cálida humedad de su boca. Jamás me han besado con tanta intensidad. Quizá no sea la única que ha deseado esto desde hace diez años.

Podría enamorarme perdidamente de este hombre. Pero no aquí ni ahora, con todo lo que está sucediendo, y con este secreto que cuelga sobre mí como una espada de Damocles. Esto es aterrador. Quiero huir de la habitación.

Curtis se separa de mí y clava los ojos en mi rostro, lo que me recuerda que sabe leer mi estado de ánimo muy bien. Parpadeo.

—¿Estás bien?

—Sí.

—Dime que pare. —Espera un segundo. Cuando me quedo callada, baja la cabeza y me besa con ternura, en la frente, las mejillas y el mentón. En todas partes excepto en la boca. Y no puedo parar porque lo deseo terriblemente. Traza una línea de besos desde mi mandíbula hasta la garganta y me aprieta las manos con las suyas. Me encanta.

Cuando sus labios vuelven a los míos, abro la boca para dejarle entrar, pero juega conmigo, solo me entrega la lengua un momento y luego la cambia por su dedo. Quería ver cómo pierde el control, pero soy *yo* la que lo está haciendo; me retuerzo debajo de él y trato de liberar mis manos porque quiero tocarlo más.

Por fin me entrega su lengua de nuevo. Respiro por la nariz y me siento como si estuviera sumergida bajo el agua. Por cómo respira, creo que él también está perdiendo el control.

No me besaría así si supiera lo que le hice a su hermana.

Necesito decírselo antes de que sigamos. Pero sé que, entonces, me odiará.

Y esto me gusta, me gusta mucho.

Cuando por fin libero una mano, tiro de su camiseta térmica. Deja de besarme para sentarse a horcajadas y quitársela.

Contemplo su torso bajo la luz que llega tras la puerta entreabierta del baño. No son los músculos enormes de los culturistas que veo en el gimnasio, sino el cuerpo fuerte y funcional de un atleta. Incluso ahora, diez años después.

Me mira, divertido, mientras exploro su cuerpo.

Deslizo los dedos sobre la piel tersa y tirante, siguiendo los bíceps y las cicatrices. Es hermoso.

—¿Puedo? —pide permiso mientras señala el borde de mi camiseta térmica.

—Sí.

Me la quita. El frío endurece mis pezones y, cuando los toca con la punta de los dedos, se tensan todavía más. Aparta la mano y permanece sobre mí, con respiración acelerada.

¿Qué pasa?

—Necesito contarte algo, Milla. —Me agarra con fuerza de la cintura—. Traté de decírtelo antes, en el baño.

Mierda. Creo que sé lo que va a decir. Pero no tiene sentido. A menos que todo sean mentiras: el pensar que está viva y ahí fuera, y preguntarme quién creo que la mató. Además de afirmar que le han metido el pase del teleférico en la bolsa. El estómago me da un vuelco. Debió de sacarlo de su bolsillo, como una especie de recuerdo enfermizo.

Me mira con sus ojos azules, inquieto.

—Antes de decírtelo, quiero que sepas que siento lo que hice.

Solo puede referirse a una cosa. Las imágenes desfilan por mi mente. Sus manos grandes aprietan la garganta de su hermana. O la apuñala con uno de los cuchillos de cocina. O la empuja por un precipicio. O…

Mira hacia la puerta.

—Pero no se lo digas a ellos, por favor.

Hay una mirada salvaje en sus ojos. ¿Qué me hará cuando me lo haya contado? ¿Me matará como a ella? ¿En el exterior, rodeada de hielo y viento?

Lo aparto de mí de un empujón. El dolor me ataca la rodilla mientras pugno por zafarme de él y cojeo hasta la puerta, sin camiseta.

Curtis me sigue y me impide abrir.

—Milla.

—Déjame salir.

—Por favor.

Hay desesperación en su voz. Su hermana sabía cómo encontrar el punto débil de las personas. Le gustaba llevar a la gente al límite solo para pasárselo bien, para ver qué sucedería. Tras soportarla durante veinte años, es natural que su propio hermano saltara.

Me giro para mirarlo.

—No tienes que decirme nada. —Mi voz suena temblorosa. Si lo que ha hecho sale a la luz, acabará en prisión. Es mejor que no me lo diga.

—Sí que tengo que hacerlo. Tendría que habértelo dicho antes. —Traga saliva—. Vas a odiarme, pero espero que me entiendas. Vale… —Respira hondo.

Me dan ganas de taparle la boca con la mano. En cuanto confiese, tendré que denunciarlo.

¿Verdad?

46

Hace diez años

Observo a Curtis abrirse paso por el Glow Bar para lidiar con Julien; estoy totalmente confusa y no sé qué debo hacer mañana.

¿Tendrá razón Dale? ¿Puedo confiar en lo que me dice Curtis o ha estado de parte de su hermana desde el principio?

Dale todavía intenta llamar la atención de Heather. En general, no tiene que esperar demasiado a que le sirvan, pero esta noche lo está ignorando. Deben de haberse peleado. Espero que no se haya enterado de que lo besé; es lo último que ninguno de los dos necesita.

Llevo las Oranginas hasta el otro extremo de la sala, donde está Brent, insegura de si aceptará tomar algo conmigo.

—Quería desearte buena suerte para mañana.

Brent acepta la botella con una sonrisa triste.

—Para ti también, Mills.

—Gracias, la necesitaré.

—Sabes que jamás tuve la intención de impedir que crecieras.

—Lo sé. —Tomo un sorbo. La bebida está cargada de azúcar; solo debería consumir zumo, pero nuestro pequeño grupo se ha vuelto adicto a esto durante la temporada.

La voz de Curtis se oye por encima de la música.

—No está interesada, ¿lo entiendes? —grita a Julien.

Cambia al francés, supongo que para repetir el mensaje y asegurarse de que lo entiende.

—Así que vas a competir contra Odette, ¿eh? —comenta Brent.

Suelto un gruñido.

—No me lo recuerdes.

—No te preocupes por eso. No afecta a la clasificación británica.

—Pero sí que tiene impacto en los espectadores. —Cambio de tema—. Cuando Curtis te da consejos de *snowboard,* ¿confías en él?

La respuesta de Brent es instantánea.

—Sí, ¿por qué?

—Es que... ¿No te parece raro que te ayude? Te estaría enseñando cómo vencerlo. ¿No crees que podría decirte algo que...? —Busco la palabra adecuada.

—¿Te refieres a que me dé un mal consejo a propósito? No. Curtis no es así.

—Pero es muy competitivo.

Al otro lado de la sala, Julien ha desaparecido y Curtis habla con dos tipos que no conozco.

—Lo que tienes que entender sobre Curtis —explica Brent— es que conoce a mucha gente y parece muy amistoso, pero está rodeado por muros de un kilómetro de altura. Hay un círculo interior y todo el que está fuera es un adversario en potencia. Si estás en su círculo, sería capaz de matar por ti.

—Vale. —Asimilo la información lentamente.

—Pero tienes que ganarte esa confianza.

—¿Y tú te la ganaste?

Brent asiente.

—Me llevó un tiempo, pero sí.

—¿Y Dale?

—No. No soporta a Dale.

—Sí, me he fijado. —Son dos personalidades fuertes que luchan por ser la dominante—. ¿Y yo? ¿Estoy en el círculo interior?

Brent aparta la mirada.

—Es difícil de decir.

En otras palabras, no. La respuesta me duele, pero sé que dice la verdad. Quizá entré en ese círculo brevemente, después de que Saskia me enterrara bajo la nieve, pero la carrera de hoy lo ha estropeado todo.

Me tomo la bebida y me pregunto quién está en mi círculo interior. Mi hermano convierte mi vida en un infierno cuando quiere, y tengo problemas con mis padres. Brent y yo estábamos unidos, pero ya no; y también Odette, pero, de nuevo, ya no. Además, el *snowboard* me ha distanciado de mis amigos de toda la vida. Es culpa mía, porque siempre que tuve que elegir entre el deporte y ellos, tanto para las fiestas de cumpleaños, las de compromiso o lo que fuera, siempre elegí el *snowboard*.

Así que la respuesta es fácil: nadie. No tengo un círculo interior de amigos.

A mi alrededor, grupos de gente ríen y charlan. ¿Cómo he llegado a esto? Es la víspera de la competición más importante de mi carrera y no tengo nadie con quien compartir este momento.

Brent me da un golpecito en la mano.

—¿Quieres que vaya a buscarte a primera hora y subimos juntos a la montaña?

—Sí, genial.

Una brizna de esperanza. Quizá, después de todo, las cosas se arreglen y Brent y yo sigamos siendo amigos.

Heather recoge vasos vacíos del rincón donde se sienta Saskia y derrama su botella de Orangina, todavía medio llena. Esta le dice algo y Heather se yergue, enfadada. Con el top brillante y plateado, Saskia se levanta también. Discuten y Heather aparenta estar cada vez más furiosa, aunque no oigo lo que dicen porque la música está muy alta.

Odette mira a Saskia asombrada y, luego, se pone en pie como puede. Le grita algo en francés y sale corriendo del bar.

¿Qué demonios ha dicho Heather?

Saskia se inclina y susurra algo a Heather al oído.

Heather la abofetea.

—¡Hija de puta! —grita lo bastante fuerte como para que la oiga.

Saskia le devuelve el bofetón con tanta fuerza que Heather trastabilla.

Antes de que pueda hacer nada, Dale cruza la sala desde el bar y empuja a Saskia hacia atrás. Se cae sobre una silla y los dos ruedan por la mesa, con Dale encima de Saskia.

Curtis interviene para apartarlo. La muchedumbre se dispersa mientras Dale y él forcejean. La música se para. El bar está en silencio.

—Tienes que controlar a tu hermana —grita Dale.

—No es un animal —replica Curtis.

—Yo no estaría tan seguro —increpa Dale.

El puño de Curtis sale disparado con tanta rapidez que apenas lo veo moverse. Dale se tambalea, agarrándose la mandíbula, y, luego, se abalanza sobre Curtis. Lo golpea, o eso intenta, porque Curtis lo esquiva y Dale solo logra darle en la oreja.

Llegan tres fornidos vigilantes de seguridad. Dos de ellos agarran a Curtis y lo inclinan en un ángulo forzado. Curtis contiene un gemido y se empalidece. Mierda, su hombro.

Dale intenta golpear a Curtis de nuevo cuando el tercer tipo de seguridad se interpone entre los dos y Dale le da. Aparecen más vigilantes de la nada y un hombre trajeado ladra algo en francés a sus espaldas.

Los vigilantes empujan a Dale y a Curtis hacia la salida. Dale se protege la mano. Debe de haberse hecho daño de verdad, porque no se resiste.

Heather mira preocupada hacia Dale, pero el hombre del traje le hace una seña.

—¿Qué demonios ha pasado? —dice Brent.

—No tengo ni idea —respondo—. Y estoy totalmente sobria.

—Será mejor que vayamos a ver dónde se los llevan —sugiere Brent, y sale.

Saskia es la única que se queda en la mesa. Vuelve a estar impertérrita; me mira y se encoge de hombros como si no hubiera pasado nada.

Cruzo el gentío hasta la puerta trasera, siguiendo a Brent, pero un tío de seguridad me impide pasar. Tendré que dar la vuelta y salir por la entrada principal.

El hombre del traje habla con Heather. Claramente, le está dando una reprimenda, porque se muestra cabizbaja.

Saskia me agarra del brazo cuando paso a su lado.

—Estarán bien. Quédate.

—¿De verdad lo crees? —pregunto.

—Son mayorcitos.

El grupo de seguridad vuelve a entrar. Curtis, Brent y Dale estarán de camino a sus apartamentos.

Saskia señala la silla a su lado.

—Siéntate.

Vacilo. ¿Qué quiere saber? Saskia es la última persona con la que deseo estar, pero quizá sea una oportunidad única. Todavía no he decidido cuál será mi estrategia de mañana. Si puedo hacerme una idea de cuánto riesgo está dispuesta a correr Saskia en la prueba, sabré cuánto debo jugármela yo.

A desgana, me siento.

—¿Sabes por qué no me han echado a mí también? —dice.

—¿Por qué?

Señala con la cabeza al segurata más grande que vigila la sala, con los brazos cruzados encima de su impresionante pecho.

—Quieren ver más. Una pelea de gatas, ¿sabes? Chicas arrancándose la ropa y todo eso.

Heather sale por la puerta y lleva puesta la chaqueta de cuero; tiene aspecto abatido.

—Creo que la han despedido —conjeturo.

—Se lo merece, por estúpida —critica Saskia.

Miro a mi alrededor. Todos nuestros amigos se han marchado. Solo quedamos ella y yo.

47

En la actualidad

—Fui yo quien te invitó a venir—confiesa Curtis.

Una vez más, siento que el suelo desaparece bajo mis pies, solo que esta vez es como si el hielo que hay debajo del edificio se hubiera partido y todo se desmoronara por una enorme grieta de oscuridad.

Tengo que salir de aquí. El dolor me lacera la rodilla cuando me giro hacia la puerta, pero no es nada en comparación con el que me parte por dentro.

—Mi madre jamás superó la desaparición de Saskia —explica Curtis en voz baja—. Ha sufrido tres crisis nerviosas.

Abro la puerta. Estoy desnuda de cintura para arriba, pero no me importa.

—El día que llegó el certificado de la muerte de Saskia, intentó suicidarse.

Mi mano, todavía en el pomo, vacila. Eso fue hace dos semanas. No es de extrañar que Curtis esté tenso.

—No se me ocurría qué más hacer. Fue un último intento por descubrir la verdad. Porque lo intentará de nuevo.

Me giro poco a poco.

Curtis parece tan roto como cuando el equipo de rescate anunció que no seguiría buscando a su hermana.

—Si encontrásemos su cuerpo, mi madre podría tener algo de paz. Podríamos, ya sabes… —Su voz se rompe— enterrarla. O, al menos, saber qué le pasó. Lo peor es el desconocimiento. Mi madre se imagina cosas horribles, como que alguien la secuestró y… Cuando probablemente todo fue un accidente. Pensé que la calmaría un poco. Pero no era mi intención que sucediera todo esto.

Busco mi camiseta con la mirada, pero no la veo, así que me cruzo de brazos.

—Entonces, ¿cuál era tu intención?

—Un fin de semana divertido, la ocasión de ponernos al día y hablar de los viejos tiempos. —Saca una manta de la litera y me la da—. Tápate o te congelarás.

Me la coloco sobre los hombros. La tela es suave, pero noto el frío en mis pechos.

—El plan era emborracharos a todos e intentar conseguir respuestas. O incluso una pista, un motivo. Algo. Lo que fuera. Cuando sucedió aquello, presentí que había cosas que no me decías, pero, después del tiempo que ha pasado, pensé que estarías dispuesta a hablar. —Se frota los bíceps—. Quizá descubría algo, o quizá no, pero, al menos, tenía que intentarlo. ¿Quieres sentarte?

Sacudo la cabeza. Todas las mentiras que me contó. Me siento fatal.

Se pone una manta encima y se sienta con las piernas cruzadas en la cama.

—Entonces, ¿las tarjetas con los secretos…? —pregunto.

—Nada que ver conmigo. —Al percibir mi escepticismo, añade rápidamente—; Lo digo de verdad. No tengo ni idea de dónde salen, ni quién las escribió. Mi plan para obtener respuestas no era, ni de lejos, tan retorcido.

—¿Fuiste tú quien se llevó los móviles?

—No. Envié las invitaciones y pagué la estancia, pero nada más, te lo juro.

Me duele la rodilla. Me siento en el extremo de la litera.

—¿Por qué nos trajiste hasta aquí? Podríamos habernos reunido en casa.

—Pensé en hacerlo en Inglaterra, en un bar de Londres o algo así, pero tal y como terminó todo, no sabía si estaríais dispuestos a un reencuentro. Pensé que si os invitaba aquí, no podríais resistiros.

—No podríamos escapar, quieres decir.

—No es eso lo que debía suceder. Es decir, sabía que seríamos los únicos que se alojasen en la estación, pero pensaba que habría personal.

—¿Por qué fingiste que las invitaciones eran mías?

—Hace años un par de correos electrónicos a Brent, pero jamás me contestó. Estaba nervioso por lo que había hecho mi madre. Y sí, sé que no es lo correcto, pero estaba desesperado. Se me ocurrió que si pensaba que la invitación venía de ti, Brent a lo mejor vendría. Y Dale seguro que no habría aceptado si la invitación hubiera sido mía. Aun así, Heather respondió diciendo que no podían venir.

—Así que la chantajeaste. «Ven o lo contaré todo».

Aparta la mirada.

—Sí.

—¿Cómo sabías lo de Brent y Heather? Brent me dijo que nadie estaba al tanto.

—Los oí. Estaba en la cama, echando una siesta antes de ir al Glow Bar. No fue difícil reconocer la voz de Heather.

—Así que aquí estamos. —Necesito apartar a un lado mi dolor y concentrarme para resolver este rompecabezas—. ¿Con quién hablaste para hacer la reserva en el hotel?

—Un tipo llamado Romain, porque el director no estaba. No sabía si nos dejarían subir a estas alturas del año, porque el clima es bastante impredecible. Pero los llamé, les expliqué lo que quería y me dijeron cuánto costaría.

—¿Te reuniste con alguien en persona?

—No, lo hice todo por teléfono y por correo electrónico. Las oficinas de la estación estaban cerradas cuando entramos ayer, pero Romain ya me advirtió de que sería así. Me aseguró que todo estaría preparado para cuando llegásemos. En cuanto bajamos de la burbuja y no vi a nadie, comprendí que algo no iba bien.

—¿Y por qué no dijiste nada?

Curtis me mira, avergonzado.

—Porque, entonces, venir hasta aquí habría sido inútil. Decidí que fingiría no saber nada hasta que averiguase qué había pasado. Pero, de todos modos, las estúpidas tarjetas me fueron bien, al fin y al cabo.

—¿Y cómo explicas todo lo que ha sucedido desde ayer?

Curtis mira hacia la puerta y baja la voz.

—Alguien se ha hecho con las riendas.

—¿Alguien de la estación? —En cuanto lo digo, comprendo que no puede ser. Las tarjetas las escribió alguien que nos conocía a todos. Pero ¿cómo...?

—Piénsalo —insiste Curtis—. Estamos en un área pobre, sin industria y que depende de la temporada de invierno. El director no está. No puede haber mucho personal contratado, estamos en temporada baja. Es bastante fácil sobornar a alguien. No creo que haya que pagar ninguna fortuna, ni mucho menos. Hasta donde sabemos, solo estaba previsto que pasáramos aquí el fin de semana, así que no sería muy difícil cortar el circuito del teleférico y jugar con nosotros.

Me llama la atención la palabra que ha utilizado.

Quiero creerlo, y estudio su rostro.

—¿Dejar a la gente incomunicada te parece un juego? Quienquiera que aceptara hacerlo perdería su trabajo.

—Si es un empleado temporal, quizá no tendría mucho que perder. Tal vez le dijeron que cuando quisiéramos bajar, bastaba con que telefoneásemos con nuestros móviles y descendiéramos con las tablas, ¿quién sabe? —Frunce el ceño—. Este plan huele a Saskia de principio a fin.

El dolor en sus ojos parece auténtico.

—¿Por qué haría algo así? —Al formular la pregunta, siento un escalofrío porque yo sí conozco una razón, al menos.

—No estoy seguro. —Mira hacia las sombras un momento antes de volver a mirarme—. Bueno, en cualquier caso, lo siento muchísimo.

No sé a dónde mirar. Como mínimo, me ha mentido acerca de la invitación. Y quién sabe sobre qué más.

Pero, al menos, ha confesado. Ha tenido más valor que yo. En cierto modo, comprendo sus acciones, porque su familia siempre significó mucho para él, y también por qué sospecha de mí. Me ha visto en mi momento más abyecto y tiene razón en una cosa: no sabe todo lo que pasó durante las últimas horas de Saskia.

—¿Por qué me lo cuentas ahora? —exijo.

—Estaba esperando hasta saberlo a ciencia cierta.

—¿Que yo no la maté?

—Sí.

—¿Y ahora estás seguro de que no fui yo? Vaya, me alegro.

No responde.

Lo miro fijamente.

—Aún sospechas de mí. ¿Y eres capaz de besarme así?

Se encoge de hombros con expresión compungida.

—Me gustas, Milla. Siempre me gustaste. Y algunas de las cosas que te hizo... He reflexionado mucho sobre ello a lo largo de los años, y pensé que si fuiste tú quien la... Quien le hizo daño, probablemente fuera un accidente o en defensa propia. Y, de ser así, podría vivir con ello.

Me mira con intensidad. Ahora sería un buen momento para confesar. Pero, de repente, alguien llama a la puerta.

Curtis maldice.

—Será mejor que abras —sugiero.

Se levanta y entreabre la puerta.

—He oído un ruido.

Mierda. Es la voz de Brent.

—Y Milla no contesta. He llamado a su puerta.

—Eh... —Curtis me mira por encima del hombro.

Me tapo con la manta hasta la barbilla.

—No pasa nada. Abre.

Curtis lo hace. Brent me mira, sobresaltado. He vuelto a herirlo.

—No he oído nada —dice Curtis.

—Yo tampoco —añado.

Brent permanece en el umbral claramente incómodo.

—Ha sido como una puerta que se cerraba. Y Heather tampoco está en su habitación.

Curtis y yo intercambiamos una mirada. Mi corazón empieza a latir de nuevo como un animal salvaje. Vamos de sorpresa en sorpresa, y no sé dónde terminaremos.

—Entra —le indica Curtis.

Brent avanza y me llega el olor a *brandy.* ¿Se ha bebido toda la botella? Parece que sí.

Curtis cierra la puerta al entrar y se pone una sudadera.

—¿Quieres vestirte, Milla? —pregunta, y me pasa mi camiseta térmica y dos de sus jerséis.

—¿Quieres que salga para que te cambies? —ofrece Brent, rígido.

—No —respondo. No hay nada que no haya visto antes; los dos deben de estar pensando lo mismo, aunque agradezco que ninguno lo mencione.

La rodilla lesionada se ha agarrotado y me duele. Levanto la pierna con cuidado. Brent se gira mientras me visto. La ropa de Curtis me va enorme, pero, al menos, está caliente.

—Ya está —anuncio.

Brent se pasa la mano por el pelo.

—¿Qué hacemos ahora?

Curtis parece receloso.

—Supongo que buscar a Heather.

Brent asiente.

Me fijo en que ahora sí parece dispuesto a seguir las órdenes de Curtis. Está asustado.

Y eso me asusta a mí. Mucho.

—¿Deberíamos ir armados o algo así? —pregunta Brent.

Inspiro.

Curtis guarda silencio un instante.

—¿En qué tipo de arma estás pensando?

Curtis lo mira de manera extraña. Es una prueba, para comprobar si responde rápidamente. Por si ya se ha procurado alguna arma.

—Hay palas para quitar la nieve ahí fuera —indica Brent.

Y piolets.

Los ojos oscuros de Brent se encuentran con los míos.

—Y piolets.

Dios. Imagino una figura en sombras, oculta tras una de las puertas cerradas, empuñando el piolet y a la espera.

Abro la boca para contarles que falta uno que estaba colgado en la pared del restaurante. Pero Brent todavía me mira. ¿Se lo ha llevado él? ¿Y los cuchillos? No estoy segura de nada, pero si ha sido él, es mejor que no sepa que me he dado cuenta.

—¿Tienes algo en tu habitación que podamos utilizar? —pregunta Curtis.

—El destornillador para la tabla —dice Brent.

—Ve a buscarlo.

Brent desaparece.

En cuanto la puerta se cierra, Curtis se inclina hacia mí.

—¿Confías en él?

Vacilo. Recuerdo cada centímetro del cuerpo de Brent, pero ¿lo conozco de verdad? ¿Ahora, diez años después? No puedo olvidar la mirada perdida de sus ojos ayer por la noche.

—¿Y tú? —replico.

—No estoy seguro —confiesa Curtis mientras rebusca en su mochila.

—¿Sabes el piolet antiguo que colgaba de la pared, abajo?

—¿Sí?

—Ya no está ahí.

Curtis levanta la cabeza.

—¿Desde cuándo?

—Me he fijado a la hora de la cena.

Ahora me siento mal por no habérselo dicho antes.

Maldice y saca un destornillador grande, con el mango de plástico púrpura. El mismo que me prestó hace diez años.

—Toma esto.

—¿Y tú?

—Quédatelo.

Lo hago.

—Escucha, si mi hermana es la que está detrás de todo esto, ni te acerques a ella, ¿de acuerdo? Yo me encargaré.

Esto es una pesadilla. La idea de que Saskia vuelva de entre los muertos y sea quien mueve los hilos de este plan… ¿Para hacer qué, exactamente?

Curtis mira preocupado hacia la puerta.

—Brent debería haber vuelto ya. ¿Confías en mí, Milla?

—Yo… —No lo sé—. Necesito tiempo para reflexionar acerca de lo que me has contado.

—De ahora en adelante, te prometo que haré lo posible por ser totalmente honesto contigo. Pero necesito que confíes en mí. En cuanto salgamos por esa puerta…

Se oye un grito en el pasillo. Es un grito aterrador de mujer.

Abro la puerta y salgo, aunque la rodilla me falla, y veo a Heather empuñando el piolet que faltaba en el restaurante.

Así que ella ha organizado todo esto. Ella y Dale.

Brent está a unos metros de distancia, armado con el destornillador. ¿De qué lado está?

Heather se gira y mueve el piolet hacia mí. Quizá sea antiguo, pero es un arma y puede causar una herida grave. Levanto el destornillador que llevo en la mano. Piolet contra destornillador: mis posibilidades no son buenas.

Curtis está en algún punto detrás de mí y solo tiene sus manos desnudas para defenderse.

¿Por qué Heather ha hecho esto? ¿Dónde está Dale? ¿Y quién tiene todos los cuchillos? Quiero mirar detrás de mí, hacia el pasillo, pero no me atrevo a apartar la vista de Heather. Tengo que confiar en Curtis.

La mirada de Heather se clava en la punta de mi destornillador.

—¡No te acerques!

Empuña el piolet con tanta fuerza que tiene los nudillos blancos. Si hago el más mínimo movimiento, estoy segura de que me atacará.

Entonces, se apagan las luces.

48

Hace diez años

El rostro de Saskia flota frente a mí en la oscuridad, iluminado por las luces naranjas y verdes de la pista, mientras bailamos en el Glow Bar.

La canción de The Killers vuelve a sonar. La he oído muchas veces este invierno. Las luces de la discoteca se reflejan en el corsé plateado de Saskia. Todos los hombres de la sala la observan, aunque parece completamente ajena a ellos, o, quizá, no le importa.

Parece que juguemos a quién aguanta más. Por el momento, yo voy bien, porque no he consumido alcohol, aunque creo que ella tampoco. Está claro que no voy a conseguir que se emborrache lo bastante como para que afecte a su salto de mañana, pero quizá pueda agotarla. Ayer por la noche me fui a dormir temprano y, como estoy acostumbrada a tener tres trabajos, puedo funcionar con pocas horas de sueño. Pero espero que ella no.

Aun así, seguro que lo haría mejor que yo.

Bailamos hasta que la música para. Los de seguridad nos acompañan a todos los que seguimos en el local hasta la salida. Saskia y yo nos miramos al salir a la calle.

La tensión entre nosotras es palpable. Mañana seremos archienemigas. Mis intentos por sacarle información no han tenido éxito, no me ha revelado nada de lo que piensa hacer. Pero no me veo en primer o segundo lugar, y a ella tampoco. Probablemente, Odette ganará, seguida de Claire Donnahue. Claire la estaba clavando hoy en el tubo. Esta noche no la he visto, se habrá quedado descansando. Es una chica lista. Así que, a menos que Saskia meta la pata hasta el fondo o yo logre realizar un *crippler* por arte de magia, será Saskia quien se lleve el tercer puesto. Algunas de las demás chicas también estaban haciendo una buena actuación. Así que mi única esperanza es esa, realizar un *crippler*. O, al menos, hacérselo creer a Saskia.

Llegamos a su apartamento. Hay alguien fuera, acuclillado junto al buzón. Es Julien. ¿Qué hace ahí? Se pone en pie al vernos. Tiene algo en la mano, un rotulador. Ha escrito unas palabras en francés encima del buzón.

—¿Qué pone? —pregunto.

—Zorra frígida —traduce Saskia.

Julien suelta una risotada. Me acerco a él y le golpeo con fuerza en el estómago. Se dobla. Tener un hermano mayor por fin me ha servido de algo. Jake y yo nos peleábamos cada dos por tres y aprendí desde pequeña que, si iba a golpearlo, tenía que hacerlo bien, lo que, al menos, me daría tiempo para salir corriendo hacia mamá.

Saskia me mira de manera distinta.

—¿Por qué has hecho eso? Ni siquiera te caigo bien.

Yo tampoco estoy segura.

—Soy la única persona que no se ha peleado esta noche. Me sentía excluida.

Suelta una carcajada. Julien sigue en el suelo.

Saskia saca las llaves. Maldita sea. Se supone que mi estrategia es agotarla. Recuerdo lo que Dale dijo sobre Curtis: manipulación, juegos mentales. Jamás he sido ese tipo de persona, pero es eso o volver a casa con el rabo entre las piernas. ¿Qué es lo último que esperaría Saskia de mí, ahora? Puesto que somos parecidas, lo más lógico es pensar que lo que me sorprendería a mí también la sorprenda a ella.

Amistad.

—Acabo de darme cuenta —digo— de que nunca has estado en mi apartamento. ¿Quieres venir?

Se gira, recelosa.

—Probablemente será mejor que me vaya a dormir.

—¿Por qué? ¿Te asusta lo de mañana?

Antes funcionó conmigo y ahora también funciona con ella. La provocación. Sacude la cabeza y extiende el brazo. Entrelazo el mío con el suyo y seguimos andando por la calle. Miro por encima del hombro para asegurarme de que Julien no nos sigue. Continúa en el suelo, respirando trabajosamente.

Los copos de nieve caen en silencio a nuestro alrededor.

Saskia mira hacia el cielo.

—Nevará más en la montaña.

—Espero que preparen bien el tubo.

—Tendrán que hacerlo.

Nuestros pies, los míos enfundados en Nikes y los de ella, en unas preciosas botas ribeteadas de piel, se deslizan sobre el hielo negro. Resbalamos, reímos y nos agarramos para mantener el equilibrio.

—Precisamente lo que me hace falta —bromea—, romperme el tobillo antes del campeonato.

Está claro que las dos pensamos en la competición.

—Espero que no nieve mañana —comento—. No me imagino probar un *crippler* con nieve recién caída.

Soy muy mala mentirosa, mi hermano siempre me lo ha dicho, pero Saskia me mira fijamente y deduzco que no sabe qué pensar.

Le señalo el camino hacia la puerta.

—Ya estamos. —Meto la llave y la abro, algo avergonzada.

Entra y exclama:

—Oh.

Me río.

—Sí, esa también fue mi reacción al verlo.

Son dieciséis metros cuadrados con una cama doble oculta en un armario abatible. La cocina, bueno, la diminuta nevera y el hornillo eléctrico con dos fogones prehistóricos, está en el rincón junto a la puerta, y solo se puede entrar en el baño cuando la nevera está cerrada. Fue lo mejor que encontré cuando busqué alojamiento a última hora para esta temporada.

Nos sentamos en la cama, porque no la he cerrado al marcharme. El olor del arroz quemado que preparé ayer para cenar todavía impregna el ambiente.

Saskia me mira como si se preguntara para qué la he traído a este agujero.

Busco algo que decir. No se me da bien esto de tener amigas, pero sospecho que a Saskia tampoco. Estamos más a gusto compitiendo entre nosotras que siendo amables con la otra.

Veo la pulserita de color turquesa y plata en su muñeca. Me he fijado en que suele llevarla.

—Me encanta tu pulsera.

La mira sin interés.

—Me la regaló Odette. Si quieres, puedes quedártela.

—No, no.

Pero se la quita.

—Es tuya. Ya no me gusta.

Y siento que no habla solo de la pulsera. Observo, impotente, cómo la coloca en mi mesita de noche.

Sus ojos se posan en una de las camisetas de marca Burton de Brent, arrugada encima de la almohada, y se vuelve hacia mí con una sonrisa traviesa.

—Cuéntame, va. ¿Es bueno en la cama?

—¿Y Odette? —replico de inmediato, porque no pienso contarle nada de Brent. Tampoco debería preguntarle acerca de Odette y si hubiera alguien más en la habitación, no lo haría.

Los ojos de Saskia brillan.

—¿Y tú? ¿Eres buena, Milla?

Los nervios burbujean en mi estómago. Estamos echando un pulso, igual que en la montaña.

Arqueo una ceja y finjo despreocupación.

—¿Tú qué crees?

Estira la mano para tocarme el pelo. Me estudia, quizá para detectar una señal de que me ha perturbado o para desafiarme a ir un paso más allá. No lo sé.

—Lo digo en serio —asegura—, porque a mi hermano le encantaría saberlo.

Hay envidia en su voz, como si el deseo de su hermano fuera lo único en lo que no puede competir conmigo, pero la referencia a Curtis me hace dar un respingo. Lo siguiente que hará será preguntarme qué siento por él. Necesito frenar el juego antes de revelar nada que no quiera. Una última jugada maestra para dejarla fuera de juego.

Le acaricio la mejilla.

—Quizá.

Esperaba que se apartase, pero no lo hace.

—Pues demuéstramelo —susurra.

Vale. Ahora es ella quien me ha dejado a cuadros.

Pero no puedo permitir que se dé cuenta. Solo se me ocurre un paso lógico con el que continuar. Me inclino y la beso. Noto su sorpresa, porque se sobresalta un poco, pero me lo devuelve.

Y me lanzo al aire sin nada bajo mis pies. Es la misma sensación que cuando me paso en el ímpetu de un salto. Pensaba que se apartaría. En lugar de eso, estamos en una partida totalmente distinta.

Jamás he besado a una mujer. En la boca, así. Sus labios son mucho más suaves que los de Brent y su beso también es distinto. Pero está con Odette. Tiene que apartarse antes que yo.

Pero ¿cuándo se ha apartado Saskia primero?

A través de mis pestañas veo sus intensos ojos azules, tan parecidos a los de su hermano, que me observan. La empujo sobre la cama y la beso con más pasión. Me baja la cremallera de la chaqueta; yo hago lo mismo y le quito el jersey que lleva puesto.

Entre risas, me desnuda hasta dejarme en ropa interior.

—Vamos, hazlo —dice, y señala la cremallera de su corsé.

Me tiembla la mano al hacerlo. Sus delgados dedos se deslizan por mi vientre desnudo. Sabe justo dónde y cómo tocarme y, para mi sorpresa, yo también parezco saber dónde tocarla o, al menos, reacciona como si acertara. ¿Qué pasa con Odette? Me siento culpable, pero eso no me detendrá.

Me convenzo de que lo hago para ganar la competición: la que mantenemos Saskia y yo ahora, privada e íntima; y la que mañana libraremos delante de todo el mundo, cuando saltemos. Me digo que es porque los ojos que me miran ahora podrían ser los de Curtis.

Es posible que la verdad sea más sencilla. Durante todo el invierno, he sentido una extraña fascinación hacia ella y ahora, aquí estoy, más cerca de lo que jamás habría imaginado. A pesar de todo lo que me ha hecho, aunque suene a locura, creo que en este momento estoy enamorada de ella. Solo un poco.

49

En la actualidad

El helado pasillo está sumido en la oscuridad. Todos mis sentidos van en busca del movimiento de aire que precedería al descenso de la hoja de un cuchillo.

—¡Que no se mueva nadie! —chilla Heather.

Me aparto del sonido de su voz con los brazos en alto para protegerme la cabeza, aunque no sé qué protección me ofrecerán contra un piolet que atraviesa el hielo.

Algo me roza por detrás. Doy tal salto que una punzada de dolor me recorre la rodilla.

—Baja el piolet. —Es la voz de Curtis. ¿Cómo logra mantener la calma?

Voy hacia él andando de espaldas y me toca el brazo en busca del destornillador. Dejo que me lo quite. Supongo que eso significa que, después de todo, confío en él.

Me rodea y avanza hacia Heather. ¿Qué piensa hacer con ella?

—¿Por qué me habéis traído aquí? —llora Heather—. ¿Qué queréis de mí?

La desesperación en su voz es terrible. Avanzo a tientas hasta que toco el hombro de Curtis. No quiero que le haga daño.

—Curtis, no es ella.

—Milla —advierte Curtis.

Lo dejo atrás, con la esperanza de no equivocarme.

—No, Milla —insiste Curtis.

Lo ignoro.

—¿Heather? —Me tiembla la voz—. Brent ha oído un ruido y ha dicho que no estabas en tu habitación.

Silencio.

—¿Brent? —La voz me tiembla de nuevo.

—Estoy aquí. —Brent suena más lejos—. He encontrado dos interruptores, pero no se enciende nada. La luz ha vuelto a irse.

Dos manos me agarran los hombros y me sobresalto.

—¿Dónde tienes la linterna? —susurra Curtis en mi oído.

—Eh… En mi dormitorio. En el suelo, junto a la litera.

—Voy a por ella. —Me tiende el destornillador—. No te muevas.

Cuando se va, el aire se mueve a mis espaldas.

—¿Heather? —la llamo—. Nos estás asustando.

No hay respuesta.

—Curtis ha ido a por su linterna —digo.

Durante unos segundos que se hacen eternos, el único sonido que oímos es el de nuestra respiración.

Otra corriente a mis espaldas y el pasillo se ilumina. Curtis está en el umbral de mi dormitorio con la linterna en la mano. Heather se encoge hacia la pared, con los dedos enroscados en el piolet. Brent está más lejos.

Doy un paso adelante, con la mano estirada y temblando visiblemente.

—Heather.

El piolet se desliza hacia el suelo y Heather cae de rodillas, sollozando.

Brent se encorva y se agarra el pecho.

—Me has dado un susto de muerte, Heather.

Me acuclillaría a su lado, pero no puedo doblar la rodilla. Lo único que puedo hacer es colocar mis manos temblorosas sobre sus hombros; ella también tiembla.

—Ven aquí —dice Brent, la levanta y la abraza.

—He encontrado… —Entre sollozos, Heather trata de decir algo.

—¿Qué? —digo.

Inspira ruidosamente.

—Una habitación. —Señala con el dedo, temblorosa, hacia el pasillo.

—¿Qué tipo de habitación?

Está llorando demasiado. No puede hablar. Miro a Brent, impotente.

—¿Nos la puedes enseñar? —pregunta Brent.

Heather contiene un sollozo y asiente. Brent recoge el piolet y le tiende el destornillador. Curtis se pone rígido, pero no dice nada. A continuación, Heather nos conduce por el pasillo. Curtis la sigue, iluminando el camino con la linterna. Yo cojeo detrás de ellos, apretando los dientes a causa del dolor, y Brent cierra la fila.

Nuestras sombras se balancean en la pared. Cuatro figuras, una armada con un piolet.

Espero que la linterna tenga suficiente batería. Heather toma el pasillo de la izquierda, deja atrás el baño donde la he encontrado tras su desaparición y se detiene en la siguiente puerta.

Juraría que antes estaba cerrada. Y cuando Heather la empuja y Curtis la ilumina con la linterna, sé que no la había visto todavía.

—Mierda —exclama Curtis.

50

Hace diez años

Me despiertan unos golpes en la puerta del apartamento. Saskia se mueve en la cama a mi lado, desnuda de cintura para arriba y, posiblemente, también para abajo, igual que yo.

—¿Milla?

Mierda. Es la voz de Brent. Salto de la cama y busco algo que ponerme.

Imaginaba que Saskia estaría horrorizada ante la idea de que nos pillaran así, pero no se mueve. Encuentro el jersey en el suelo y me lo pongo.

—Vístete.

Sus ojos brillan.

—¿Por qué?

—Porque quiero.

Pero se queda estirada en la cama, sonriente. La sonrisa que he visto tantas veces este invierno.

—¡Milla! —grita Brent—. ¡Vamos! Tengo que ir al baño.

Saskia disimula una risa.

—¡Un momento!

Le tiro a Saskia el sostén y las bragas y me pongo los vaqueros.

Brent golpea la puerta.

—Date prisa.

Saskia sigue sin moverse. Derrotada, abro la puerta. Brent lleva su tabla con él y toda la ropa de *snowboard.* Tira la tabla y la mochila en la alfombra y se apresura hacia el baño, pero se queda helado cuando la ve.

Está en medio de la cama, con los pechos descubiertos por encima de la manta. Lo saluda con la mano, educada.

—Hola, Brent.

Brent se vuelve hacia mí, atónito. La mira otra vez y se mete en el baño.

—Vístete —le ruego—. Por favor.

Estira los brazos por encima de la cabeza y bosteza.

—Ahora voy.

Se oye el ruido de la cadena y del agua del grifo. Saskia espera a que Brent salga del baño y, luego, se vuelve a estirar y sale de la cama completamente desnuda.

El pobre Brent no sabe dónde mirar. Saskia recoge el sostén negro de encaje y las braguitas y se toma su tiempo para vestirse. Brent la mira, sin poder evitarlo, y no lo culpo. La verdad es que es preciosa. No está tan delgada como una modelo, pero sí más que yo; y, aun así, está fuerte y tonificada. Su piel es suave y morena. El bronceado debe de ser artificial; hace meses que mis brazos y piernas no ven el sol.

Brent se obliga a mirarme. Con voz tensa, dice:

—¿Vamos al tubo juntos?

Me observa como si fuera una desconocida.

51

En la actualidad

La habitación resplandece con tonos ambarinos a la luz de la linterna de Curtis. En el centro hay una mesa larga con media docena de monitores a ambos lados.

—La sala de control —dice Curtis.

Lo huelo de nuevo. El perfume. Miro a Curtis y veo que él también se da cuenta. Se pone pálido y se apoya en la pared para no caerse.

Al fondo de la habitación hay un colchón con una almohada y un par de mantas. Mi corazón late más rápido. Alguien ha dormido aquí. Pero ¿quién? Miro hacia la puerta y Brent debe de pensar lo mismo, porque comprueba el pasillo a ambos lados. Quizá esté borracho, pero no se le nota.

Curtis observa el colchón con expresión afligida.

Me vuelvo hacia Heather.

—¿Cómo has encontrado esta habitación?

—Ya te lo he dicho, he oído un ruido. —Vuelve a contener un sollozo—. Pensé que podría ser Dale, así que he venido a investigar.

—¿Y esta puerta estaba abierta? ¿De par en par?

Asiente.

—¿Cuándo has cogido el piolet?

—Esta tarde, cuando subíais la montaña. Estaba asustada. —Sus ojos me miran un momento y entiendo que se refiere a Curtis—. Decidí guardarlo en mi habitación por si lo necesitaba.

—¿Te has llevado también los cuchillos?

—¿Qué cuchillos? —pregunta Heather.

Curtis y yo intercambiamos una mirada. Así que los cuchillos siguen en algún lugar, en manos de otra persona.

Mi rodilla no reacciona bien cuando trato de doblarla. Con cuidado, me inclino hacia delante para poner la mano sobre el colchón.

—Está frío.

Es un alivio.

—Quizá el personal duerma aquí a veces —sugiere Brent.

No sé si trata de convencerse a sí mismo o a nosotros. Es cierto que el personal de la estación se habrá quedado aquí en alguna ocasión; por ejemplo, el equipo de rescate de montaña. Este colchón no demuestra que Saskia, o cualquier otra persona, esté en el edificio.

—Pero ¿quién ha abierto la puerta? —pregunto.

Porque alguien lo ha hecho, y si no ha sido Saskia o un extraño, ha sido uno de nosotros. Dale incluido.

Debajo de la mesa hay una neverita. Brent la abre e inspeccionamos el contenido: leche, queso, jamón, un par de comidas preparadas. En la mesa también hay un microondas. Al lado, una bolsa de plástico de Carrefour contiene cereales, pan y fruta. También hay un bol, un plato y algunos cubiertos.

Me estremezco.

—La puerta de al lado —susurro—. Ese baño. ¿Crees que…?

Curtis parpadea como si despertara de un sueño. Sale al pasillo. Lo seguimos con sigilo. Ilumina con la linterna el pomo de la puerta de la habitación contigua y se echa hacia atrás como si temiera tocarlo. Yo también tengo miedo. ¿Hay alguien ahí dentro?

«¿Estará Saskia ahí?».

Brent trata de abrir con el piolet en la otra mano. La puerta se abre con facilidad y Curtis recorre las paredes con la luz de la linterna. El baño está vacío y el olor a vainilla exótica de esta tarde es mucho más suave. Estoy a punto de seguir a los demás al interior cuando recuerdo que la puerta se ha atascado antes. No quiero arriesgarme a que suceda de nuevo, así que me quedo en el umbral y la sostengo.

Volvemos a la sala de control. Brent recorre la hilera de monitores, y mueve cada ratón, pero las pantallas no se encienden.

—No hay electricidad.

Mi mente piensa a toda velocidad. ¿Alguien ha dejado esta habitación abierta a propósito porque quería que la encontráramos? ¿O ha sido un accidente?

—Heather ha dicho que ha oído un ruido —expongo—. Quizá alguien estuviera por aquí y Heather lo haya molestado, por lo que haya tenido que marcharse a toda prisa.

—Y ha apagado la luz para que no pudiéramos utilizar los ordenadores —termina Brent—. Es posible.

—¿Y dónde está ahora? —digo.

—Hay un montón de habitaciones aquí para… —Curtis se calla de repente—. ¿Qué demonios es…?

Se oye una ligera melodía. ¿De dónde viene?

Curtis se vuelve hacia Brent.

—Dame el piolet.

Brent duda un segundo, pero se lo entrega.

Curtis sale de la habitación a toda velocidad. Como se lleva la linterna, a los demás no nos queda más remedio que seguirlo a toda prisa. Al girar la esquina del pasillo, la música es más alta. Dios, reconozco la canción. Es una que Saskia adoraba: «Somebody Told Me», de The Killers. Heather contiene una exclamación porque, claramente, también la reconoce.

Llegamos al pie de las escaleras que llevan al salón y, de nuevo, huelo el perfume. El temor se apodera de mí. La música viene de ahí.

Curtis sube los peldaños de dos en dos y Brent lo sigue de cerca. Tengo la boca seca y me arrastro detrás de Heather. ¿Qué encontraremos? ¿Será ella, de verdad? Y si lo es, ¿qué piensa hacer Curtis? Este empuja la puerta cortafuegos y la cierra tras de sí, lo que nos deja de nuevo a oscuras, pero Brent la abre de una patada y la mantiene abierta hasta que Heather y yo pasamos.

En el salón, la música es ensordecedora; el aroma del perfume, más fuerte que nunca. Curtis está frente a la mesita de café. Iluminado por la luz de la linterna, vemos un pequeño reproductor de música. Funciona con batería, porque no está conectado.

Miro a nuestro alrededor, escrutando los rincones oscuros. Aquí no hay nadie más.

Heather se tapa las orejas.

—¡Haced que pare!

Curtis levanta el piolet.

—¡No! —grito.

Curtis me mira; a la luz de la linterna, su rostro parece el del demonio. Cojeo hacia el reproductor para detener la música y aprieto el botón de *Stop*. Silencio. Abro la tapa y extraigo el CD con la esperanza de descubrir alguna pista, pero es un disco virgen, sin más. Lo coloco en el reproductor, por si hay algo más, pero solo contiene esa canción.

Hacía mil años que no veía un reproductor de música. ¿Aún los venden? Recuerdo que no tenemos pilas, así que compruebo el compartimento del reproductor, pero son demasiado grandes para la linterna.

Curtis deja atrás a Heather y a Brent y sale hacia el pasillo. Lo seguimos. Abre todas las puertas que encuentra, los baños, el almacén, hasta que llega a una que está cerrada.

—Aguanta esto. —Me tiende la linterna.

Antes de darme cuenta de lo que va a hacer, agarra el piolet con ambas manos y lo descarga contra la puerta. Con apenas media docena de golpes, hace un agujero lo suficientemente grande como para mirar dentro. Me arrebata la linterna de la mano e ilumina el interior de la habitación. Maldice y me la devuelve. La luz que emite es cada vez más débil, pero no me atrevo a mencionarlo.

Curtis tiene los hombros tensos; el sudor le resbala por la frente. Extiendo la mano para tocarlo, pero me lo pienso mejor. Hace lo mismo con la siguiente puerta. Los demás nos quedamos atrás y miramos cómo destroza una puerta tras otra.

La linterna está a punto de apagarse y la pierna me duele. Estoy tan cansada que casi me duermo de pie. Y si yo estoy cansada... Curtis se tambalea mientras descarga el siguiente golpe, pero se equivoca y da al quicio en lugar de a la puerta.

Con cautela, le pongo la mano en el hombro.

—Basta.

Apoya la frente contra la madera. El piolet cae al suelo.

—Mira —digo—. Te llevaría toda la noche derribar todas las puertas del edificio. No hay nada que podamos hacer ahora, excepto encerrarnos en nuestros dormitorios e intentar dormir. Mañana a primera hora nos largamos de aquí.

Sin decir una palabra, Curtis regresa por el largo pasillo y baja las escaleras. Brent recoge el piolet antes de que yo lo haga, así que cojeo detrás de Curtis, iluminando el camino.

Cuando llega a su dormitorio, Curtis abre la puerta y anuncia:

—Tú te quedas aquí, Milla.

No es una pregunta. Cojeo hacia el interior y me giro para mirar a Heather.

—No creo que Heather deba quedarse sola.

—Yo me quedaré con ella —ofrece Brent.

Miro a Curtis. ¿Y si Dale aparece en mitad de la noche y los ve juntos?

¿O quizá Brent sabe que Dale no va a volver? Miro el piolet en la mano de Brent.

—De acuerdo. —Curtis cierra la puerta y se queda de espaldas, recostado contra la madera. En sus ojos veo culpa, frustración, tristeza. Se siente responsable de todo y se culpa por habernos traído hasta aquí. Y por traerme a mí, en concreto. Quiero tocarlo y aliviar parte de su carga, pero la línea de su mandíbula me hace dudar. Voy a darle algo de tiempo para que se tranquilice.

Pasan los minutos. Por fin levanta la mirada.

—¿Dónde quieres dormir? —Hace un gesto en dirección a la litera—. ¿Allí? ¿O conmigo?

Y así, sin más, el mundo deja de existir. Solo estamos él y yo. Todavía siento el dolor de su traición, pero la respuesta es fácil.

—Contigo.

Curtis sopesa las literas y levanta los dos estrechos colchones de las bases de madera. Colocados uno al lado del otro, ocupan toda la superficie de la habitación.

Me mira.

—Deberíamos dormir.

Me acerco a él.

—¿Me estás diciendo que no te ponga las manos encima?

Por primera vez en toda la noche, la sombra de una sonrisa cruza su cara.

—Tal vez.

—A estas alturas, deberías saber que no acepto órdenes.

Su sonrisa vuelve a hacer acto de presencia.

—Oh, lo sé muy bien.

Toma la linterna de mi mano y la deja en un rincón del suelo, encendida.

—Túmbate en la cama.

Me desprendo de la chaqueta de *snowboard* y me estiro en el colchón.

Curtis se quita la chaqueta y me imita, se tiende a mi lado. Nos tapa con la manta y, luego, apaga la linterna.

—Hay que reservar la batería.

Estiro la mano en la oscuridad para tocarle la cara.

—Milla.

—¿Qué?

Su voz suena ronca.

—Tal y como estoy ahora, es mejor que no…

Me aferro a su cuerpo, palpando, hasta localizar sus manos; las levanto por encima de su cabeza y lo inmovilizo en la cama como ha hecho antes conmigo. Para provocarlo. Porque ahora mismo es la única manera de llegar hasta él. Curtis no es el tipo de hombre que permite que lo inmovilicen. Solo espero estar a la altura de su reacción.

—Milla, te lo advierto.

Lo ignoro y deslizo mi mano libre por su pecho hasta la cintura del pantalón. Todavía lo sujeto con la otra mano y atravieso las capas de ropa hasta la piel suave y desnuda de su vientre.

Su respiración resuena en la oscuridad. Durante unos largos segundos, no hace nada. Luego, de repente, y tal y como yo esperaba, se libera las manos y me da la vuelta para tumbarme sobre el colchón.

—Bésame —murmuro.

Hay un silencio.

—Tengo la cabeza hecha un lío.

—Lo sé. Yo también. —Trazo el contorno de su boca con la punta del dedo—. Bésame de todos modos.

52

Hace diez años

Los suaves labios de Saskia rozan los míos. Veo la mirada de horror de Brent por encima de su hombro y me aparto.

—Gracias por lo de ayer —dice ella.

—No lo entiendo —se extraña Brent—. ¿Estáis juntas?

—No —respondo.

—Sí —me contradice Saskia.

Brent agarra su tabla.

—Nos vemos arriba, Milla.

—¡Espera! —exclamo.

Pero se va sin mirar atrás.

Saskia sonríe con suficiencia.

—Uy.

Ayer por la noche quizá pensara que la quería, pero ahora vuelvo a odiarla. Que Brent nos haya descubierto así ya ha sido bastante malo, pero ella ha logrado que sea un millón de veces peor, y lo sabe.

Tengo que borrar esa sonrisa engreída de su cara.

—Voy a contarle a Odette todo lo que hicimos ayer por la noche.

La observo en busca de una reacción, pero solo distingo curiosidad. Se pregunta qué ha significado para mí o si realmente tendré el valor de contárselo a Odette.

No, es más que eso.

Quiere que se lo cuente a Odette.

Justo antes del salto en el campeonato, si puede ser, para alterarla, afectar a su estabilidad y darle a Saskia la ocasión de vencerla. Por un instante, tengo que sostenerme contra la pared para no caerme. La noche anterior no significó absolutamente nada para Saskia. Me manipuló, igual que hace con todo el mundo.

—Heather y Julien tienen razón —declaro—. Eres una zorra vacía y egoísta a quien no le importa nada, excepto sí misma.

Con una sonrisa, Saskia se pone los vaqueros.

Me giro y le doy la espalda. Heather y Dale; Curtis y Brent. Jacinta. Nos ha hecho daño a todos. No puedo permitir que se salga con la suya. Pero es lo que sucederá, ¿no? Siempre lo consigue.

Apenas consciente de lo que hago, preparo café. Detrás de mí, ella sigue vistiéndose. No debería hacerlo, pero no me queda otra.

Le tiendo un café y espero en silencio a que se lo termine.

—Ojalá te rompas el cuello —le digo.

Su sonrisa se quiebra. Algo cruza sus ojos azules. Se abrocha la chaqueta y sale por la puerta.

¿He conseguido ponerla nerviosa? No estoy segura. Después de la intimidad que hemos compartido esta noche, sigo sin comprenderla.

El corazón todavía me late con fuerza cuando entro en el teleférico. No debería haber hecho eso. Sobre todo antes de algo tan importante. He ido demasiado lejos.

Mierda. Odette es la última persona que quiero ver ahora. Me encojo cuando se acerca a mí para darme dos besos, uno en cada mejilla. ¿Percibe el olor de su novia en mi cuerpo?

—¿Has visto a Saskia? —pregunta.

Trago saliva.

—No.

—Se suponía que íbamos a desayunar juntas. —Odette tiene una expresión preocupada y recuerdo cómo salió del Glow Bar ayer por la noche. Todavía no sé por qué discutía con Saskia.

Por encima de su cabeza, observo la fila de gente que espera para subirse a las cabinas del teleférico. ¿Estará Saskia entre ellos? Pase lo que pase, necesito llegar a Saskia antes que Odette y decirle que mi comentario de esta mañana ha sido una estupidez, que no lo decía en serio. Y Odette no puede enterarse de nuestra noche juntas porque la destrozaría.

—Pareces muy nerviosa —observa Odette.

Me pongo roja como un tomate. Sus ojos grises siempre se fijan en los detalles en los que nadie más repara.

Me lleva hacia la ventana.

—No hables más. Mira las montañas y concéntrate. Siempre lo hago antes de una competición.

Ayer me equivoqué. Odette no es como Saskia. Está claro que no está a gusto por colarse en un campeonato británico. Como dijo, solo lo hace porque necesita los puntos.

En la plataforma intermedia, caminamos por la nieve hasta el tubo. Saskia no está ahí, ni tampoco ninguno de los demás, y eso es raro. Firmamos y recogemos nuestros dorsales de competición. Las banderas británicas ondean junto a las francesas.

—Vamos a calentar —propone Odette.

No me concentro. ¿Dónde está todo el mundo? Se están perdiendo el calentamiento. Si Brent llega tarde, se meterá en un buen aprieto con su patrocinador. Las chicas de Smash están aquí, con sus chaquetas de color naranja brillante, repartiendo latas para todo el que las quiera. Odette sigue mirando hacia el reloj en el lateral del cobertizo del teleférico y es evidente que está tan desconcertada como yo.

Justo antes de que llamen al primer deportista, Curtis aparece en lo alto del tubo. Lleva la tabla ya ceñida, habrá bajado desde el glaciar. Odette y yo nos acercamos rápidamente hacia él.

—¿Dónde están los demás? —pregunto.

Curtis mira a su alrededor.

—¿Brent no está aquí?

—No.

Parece preocupado.

—Estaba en el glaciar. Ha dicho que ahora bajaba. Heather estaba con él.

—¿Heather? —exclamo extrañada.

—¿Saskia estaba con ellos? —pregunta Odette.

—En teoría sí —dice Curtis, y mira a otro lado—, pero no la he visto.

La culpa vuelve a invadirme. Solo hay un motivo por el cual Saskia puede haber subido allí arriba. Para intentar un *crippler* sobre nieve fresca. Un último intento desesperado a causa de la mentira que dije ayer.

¿Por qué Brent ha subido arriba con ella? ¿Lo habrá sobornado para que la ayude, como hizo con Dale? Después de lo que ha pasado esta mañana, me sorprende que Brent haya aceptado cualquier propuesta de Saskia. A menos que la haya ayudado para vengarse de mí. Pero Brent no es así. ¿Verdad?

¿Y qué hace Heather ahí arriba? Nunca sube al glaciar.

—¿Y Dale? —pregunto.

—Está en el hospital —informa Curtis.

—¿Qué?

—Ayer, en la pelea, se rompió la mano. Según Heather, no es una fractura limpia, así que tiene cita con el especialista por la mañana.

—Eso es horrible.

Es el final de la temporada de Dale y, posiblemente, también signifique que va a perder a algunos, o todos, sus patrocinadores.

—¡Llamada urgente para Brent Bakshi! —anuncia el comentarista por los altavoces—. Si Brent está aquí, por favor, que pase a recoger su acreditación y su dorsal.

Miro a mi alrededor. La gente que espera abajo se calla, como si lo buscara con la mirada. ¿Dónde demonios está?

—También deben acudir Curtis Sparks y Dale Hahn.

Empujo a Curtis.

—Será mejor que vayas.

Curtis actúa como si no me oyera. Mira a lo lejos. No veo el reloj desde aquí, así que me giro para preguntarle la hora a alguien y veo a Claire Donnahue, con su chaqueta y su casco llenos de pegatinas de Casio.

—¿Sabes qué hora es? —le digo.

Se quita el guante y revela un reloj plateado Baby-G.

—Las nueve y media.

—Gracias. —Falta media hora para mi turno. Me vuelvo hacia Curtis—. Vas a competir, ¿no?

Se baja la cremallera de la chaqueta y desliza la mano dentro para palparse el hombro. Hace una mueca de dolor y se acerca para hablar con el tipo en el mostrador de participantes.

Regresa sin el dorsal.

—¿No vas a competir? —digo.

—No.

Lo miro, asombrada.

—¿Por la pelea de anoche con los de seguridad?

—Terminaron de jodérmelo. Lleva tiempo molestándome.

Otra oleada de culpabilidad me atraviesa cuando recuerdo cómo tiró de mí ayer durante la carrera, forzando su brazo.

—Dios mío, lo siento mucho.

—No es el fin del mundo.

Pero, por la expresión de su rostro, sí lo es.

Está claro que su hermana ha hecho algo, porque está inquieto y nervioso. Mira hacia arriba, al glaciar. Las sombras se extienden por la pendiente mientras las nubes se deslizan y la montaña se torna violeta ante mis ojos. ¿Qué ha pasado allí arriba, exactamente?

53

En la actualidad

Palpo el colchón a mi lado. Curtis no está. Noto un pinchazo de dolor en la rodilla cuando me incorporo. Contengo un grito.

—Buenos días.

Y ahí está Curtis, cerca de la ventana. Gracias a Dios.

Pero parece preocupado.

—Se avecinan nubes.

—¿Nieve?

—Una tormenta en toda regla, me parece.

Me pongo en pie y me tambaleo; el dolor asciende por mi pierna.

Curtis cruza la habitación para sostenerme.

—¿Estás bien?

—Sí.

Acerca su boca a mi oreja.

—Si estuviéramos en cualquier otro lugar, aún estaría en la cama contigo.

Ahora sus besos son suaves, pero no lo fueron anoche. Todas las partes de mi cuerpo recuerdan la presión del suyo.

Se aparta como si lo lamentara.

—¿Cómo tienes la rodilla?

Me subo la pernera del pantalón para examinarla.

—Dios mío.

Tengo la rodilla hinchadísima, casi el doble de lo normal.

—¿Puedes doblarla?

Pruebo, con cuidado. Mierda, me duele.

—Pásame el ibuprofeno, por favor. Oh, mierda. Solo me quedan dos. ¿Tienes más?

—No —dice con remordimiento—. Lo siento.

—Puede que Brent tenga.

Curtis arquea las cejas. Tiene razón, Brent no es de esos hombres que viajan con un kit de primeros auxilios. Me tomo las pastillas que tengo. Me aliviarán durante unas seis horas, pero no más.

Curtis ya se ha vestido con la ropa de *snowboard*.

Voy hacia la ventana. Curtis está en lo cierto, las nubes parecen amenazadoras.

—Necesito ponerme la ropa que tengo en el dormitorio.

—Voy contigo —dice Curtis.

Con el destornillador en la mano, abre la puerta y nos adentramos en el pasillo. Mi habitación parece intacta. Me pongo la chaqueta y los pantalones de *snowboard* por encima de la ropa térmica. Y los calcetines, aunque intento no fijarme en las ampollas que tengo. El estómago me ruge.

—Mataría por un café ahora mismo —digo.

—La electricidad ha vuelto.

—¿De verdad?

Curtis enciende la luz para mostrármelo.

—Pero ¿por qué…?

—O bien la necesitan o bien están jugando con nosotros.

Intercambiamos una mirada. A su hermana le encantaba jugar con la gente.

Me cuesta un esfuerzo titánico concentrarme para olvidar el dolor de la rodilla.

—¿Cuál es el plan?

Eso es lo bueno de Curtis, sé que tendrá un plan.

—Buscaremos a Dale, pero rápido. Porque si lleva fuera toda la noche…

—Sí.

—Luego veremos si puedes bajar la montaña. Si no, nos separaremos. Dos bajan y los otros dos esperan arriba hasta que pongan en marcha el teleférico.

Hay un problema obvio en ese plan. Brent y él tendrían que bajar, así que me dejarían aquí con Heather, y todavía no estamos seguros de la implicación de Dale y ella en todo esto.

—O puedo bajar yo solo —añade Curtis.

—No. De ninguna manera.

En un terreno como este, hay que saltar con un compañero porque hay muchos peligros. Grietas, avalanchas, precipicios. La ruta estará llena de rocas y picos que sobresalen de la nieve y, cuando se desate la tormenta, no podrá ver ni a un metro de distancia. Además, no sabemos quién hay ahí fuera. Si se mete en problemas y va solo, nadie lo sabrá.

Me pongo la rodillera por encima de los pantalones.

—Puedo bajar.

—Deja al menos que seamos Brent y yo los que nos encarguemos de la búsqueda.

—No. No pienso separarme de ti.

—Vale. —Curtis parece aliviado—. Pero hay que empezar ya, no queremos que la tormenta nos pille en mitad del descenso.

Meto mis pobres pies en las botas de *snowboard* tratando de doblar la rodilla lesionada lo menos posible. Las plantillas están húmedas y frías, debería haberlas puesto a secar cerca del fuego ayer por la noche, pero, al menos, el frío me distrae de las ampollas. Me ato el arnés y me pongo las gafas de protección por encima de la frente. Aún tengo el transmisor en el bolsillo de la chaqueta.

En el pasillo, Curtis llama a la puerta de Heather.

—Eh, somos nosotros.

Brent abre la puerta, con el pelo despeinado y ojeras.

—¿Has podido dormir? —pregunta Curtis.

Brent hace una mueca.

—Digamos que, si tuviera algo de Smash, me bebería una lata.

—¿No quebraron hace unos años? —pregunto.

—Sí —confirma Brent—. Tendrían que haber conseguido un sabor mejor.

—¿Cómo está Heather? —dice Curtis.

Brent abre la puerta. Han hecho lo mismo que nosotros con los colchones y están colocados en el suelo, uno al lado del otro. Heather está enroscada, hecha una bola, en el más cercano, con lágrimas en las mejillas y angustiada, aferrada a la manta. ¿Ha sido Brent quien ha puesto así los colchones para poder abrazarla? Estoy conmovida, pero no sorprendida. Brent es muy dulce y, posiblemente, sienta más afecto por ella que su marido.

Heather abre los ojos y los cierra de nuevo cuando ve que somos nosotros. Se gira y nos da la espalda.

Curtis hace un gesto a Brent para que salga al pasillo.

—¿Ha dormido?

Brent baja la voz.

—No, está destrozada. —Se frota los ojos—. ¿Cuál es el plan?

—Se acerca una tormenta. Buscamos a Dale rápidamente y salimos de aquí. —Curtis me mira—. Si Milla cree que puede bajar y que su rodilla aguantará.

—Sí —aseguro.

Brent me mira, dubitativo.

—El camino de bajada es largo. ¿Y qué hay de Heather?

Curtis y yo intercambiamos una mirada. Mierda. Volvemos a la casilla de salida. Supongo que podría usar la tabla de Dale, pero no le resultará fácil.

Brent prueba el interruptor.

—Hay luz. ¿Y si comprobamos los ordenadores?

—Seguramente estarán protegidos con contraseña —comenta Curtis.

—Vale la pena intentarlo —opina Brent—. Si logro conectar alguno, puedo enviar un correo electrónico al centro para que arreglen el teleférico.

—Es demasiado arriesgado que bajéis solos —digo—. Tenemos que seguir juntos. Y no podéis dejar a Heather aquí sola.

—Me la llevaré conmigo —dice Brent—. Y cogeré el piolet.

Curtis asiente.

—De acuerdo. Vamos a buscar a Dale y volvemos, pero ten cuidado, ¿vale?

Curtis y yo cogemos nuestras tablas. Con el destornillador en una mano y la tabla en la otra, me ayuda a recorrer el pasillo.

—Tenemos que comer algo —advierte Curtis, y me lleva hacia el restaurante—. Siéntate aquí. ¿Qué quieres?

Abro la boca para protestar. Suspiro.

—Vale. —No llevo más de cinco minutos de pie, pero la rodilla vuelve a estar hinchada y tengo que reservarme para el descenso, que será largo—. Coge lo que sea más rápido.

El ciervo mira amenazador hacia el restaurante, con sus ojos aterradores. No lo soporto. Cojeo hasta la chimenea y espero que no esté fijado a la pared. De cerca, los ojos vidriosos ni siquiera son iguales. Uno es marrón oscuro y mate y el otro, negro, como si se hubiera roto y alguien hubiera hecho una chapuza para repararlo. Agarro los dos lados de la placa de madera donde cuelga el ciervo. Bien, se mueve. Algo sale por detrás. Un cable. Más o menos a la altura del ojo izquierdo del ciervo.

De nuevo, el suelo se mueve bajo mis pies. Miro el ojo negro y reluciente. ¿Es lo que creo que es?

54

Hace diez años

Los dedos de Odette, enfundados en unos guantes deportivos de color verde lima, no dejan de retorcerse.

—Lleva entrenando todo el invierno. ¿Dónde está?

Se muestra tan inquieta por la ausencia de Saskia que resulta difícil creer que ha sacado un 9,4 en el último salto. Por su forma de mirarme, es como si fuera consciente de que sé más de lo que digo. Es crucial que no descubra lo que hice.

Yo tampoco puedo creer que Saskia no aparezca. Esta mañana me he pasado de la raya. Pienso en cómo ha debido de sentirse al salir de mi apartamento. Curtis está sentado en un banco de nieve cercano y Odette va a hablar con él para intentar averiguar algo.

Brent tampoco ha venido. ¿Por qué? Espero que no sea por mi culpa.

Contemplo las semifinales masculinas sin, en realidad, ver nada. Odette se apresura a regresar sacudiendo la cabeza.

—¡Y en lo alto del tubo, las chicas se reúnen para la final!

El comentarista suena tan animado como si se hubiera tomado un cóctel de Smash para desayunar, o como si viniera de las retransmisiones de carreras de caballos.

—Tenemos a Claire Donnahue de rojo, Odette Gaulin de verde, Milla Anderson de azul...

No tengo ni idea de cómo he llegado a la final. Actúo con el piloto automático puesto.

—¿Vas a hacer un *crippler?* —pregunta Odette.

Las otras cuatro chicas me miran.

—Probablemente —digo.

Odette comprueba la pendiente, busca a Saskia incluso ahora.

—Debería estar aquí. ¿Sabes algo, Milla? Si es así, dímelo, por favor.

¿Puedo confiar en que Brent y Saskia guarden el secreto? Quizá Brent lo haga, pero no estoy segura de Saskia. ¿Debería decirle a Odette que la he visto esta mañana, al menos? Porque, si luego se descubre, parecerá sospechoso que no le dijera nada. Abro la boca.

—Ayer por la noche —empiezo.

—¡Odette Gaulin! —anuncia el presentador.

Maldita sea, qué inoportuno. Quizá sea mejor así, porque no tendré que responder.

—¿Qué? —insiste Odette.

—Da igual. Te lo cuento después —digo quitándole importancia.

—¿Contarme qué?

Ahora parece todavía más preocupada. Debería haberme callado.

—Ve, anda.

Muy a su pesar, se vuelve y comprueba las cintas de la tabla. Sacude la cabeza como si quisiera despejar la mente. Y salta.

—¡Enorme agarre de cola! —aplaude el comentarista cuando logra su primera pirueta—. ¡Una ejecución perfecta!

Odette acelera hacia la pared opuesta y se lanza hacia arriba, girando cabeza abajo.

Y se golpea contra el lateral del tubo. De frente.

Ahogo un grito, igual que la mayoría de los espectadores, pero lo peor está por llegar. Sigue bocabajo y su cuerpo se inclina hacia la dirección equivocada.

Es una visión horrible. Presiento lo que va a suceder, pero no puedo hacer nada excepto quedarme mirando, con los puños apretados, mientras su pálido cuello se dobla hacia atrás en un ángulo imposible. Hasta que su cuerpo hace una especie de pirueta horrible y se desliza por la pared del tubo, como una muñeca rota.

—¡Oh! ¡Una caída terrible para Odette Gaulin! —exclama el comentarista.

55

En la actualidad

Curtis entra en el restaurante con un plátano en cada mano.

—¿Te bastará con esto por ahora?

Me pongo el índice sobre los labios. Ve la cabeza del ciervo y frunce el ceño. En silencio, le muestro el delgado cable que baja por la pared, entre los paneles de madera, hasta la repisa de la chimenea y, desde allí, hasta un enchufe encima del zócalo.

—¿Es una cámara? —resulta ridículo, pero siento la necesidad de susurrar. Si alguien nos está observando, ya me habrá visto inspeccionar el cable.

—Es probable.

—¿Y tendrá sonido?

—Tal vez.

Curtis levanta la placa de madera y, claramente, lucha contra la tentación de arrancar el cable de la pared, aunque se limita a dejarlo colgando y me acompaña hasta el umbral.

Me inclino y murmuro.

—Una cámara de vigilancia normal no estaría oculta de esa manera.

—No.

—¿Crees que habrá más?

Cierra los ojos.

—Podrían estar por todas partes. La retransmisión se vería desde un ordenador, un móvil o cualquier otro dispositivo.

—Pero ¿por qué?

—Todavía no tengo respuesta para eso, pero supongo que es el motivo por el que han vuelto a conectar la corriente. La batería de la cámara solo durará unas horas. —Recoge su tabla—. Vamos. Cuanto antes terminemos con esto, más pronto nos podremos marchar de aquí.

—¿No deberíamos avisar a Brent?

Curtis se muerde el labio.

—Tiene que saberlo —insisto. Aunque Curtis no confíe en Brent, yo sí. Creo.

Curtis me tiende los plátanos.

—Espera aquí. Ahora vuelvo.

Con la tabla bajo el brazo, sale corriendo.

Sigo por el pasillo, dejo atrás las taquillas de esquí y llego hasta la entrada principal mientras pelo el plátano por el camino. Quiero saber qué tiempo hace en este lado del edificio.

El panel de cristal está cubierto de escarcha por el exterior. Dejo la tabla y los plátanos y saco los guantes de los bolsillos.

Curtis corre hacia mí.

—Te he dicho que esperaras. ¿Por qué nunca me haces caso?

—Sabía que vendrías a por mí —digo.

Está rojo.

—Intento sacarnos de aquí de una pieza. Necesito saber que harás lo que te pida.

—Tú dices «salta» y yo salto. ¿Es eso lo que quieres? —No es el momento ni el lugar para tener esta conversación, pero no puedo evitarlo.

Aprieta la mandíbula.

—Sí. A veces.

—¿Y si soy yo la que dice «salta»? ¿Saltarás?

Por la expresión de su rostro, nunca se le ha ocurrido que pudiera funcionar en las dos direcciones.

—De acuerdo —acepta, con voz más suave.

Le tiro el plátano.

—Lo creeré cuando lo vea.

Nos comemos la fruta sin desviar la mirada el uno del otro. Cuando termino, tiro la piel encima de las taquillas, me limpio las manos en los pantalones y le doy un beso en la mejilla. Él toma mis manos y me besa de verdad. Nos apartamos, un poco avergonzados. Nuestra primera pelea.

Nos ponemos los transmisores y los guantes. El de Dale está en el suelo, junto a sus gafas de protección Oakley. Trato de no mirarlas.

Con el destornillador en la mano, Curtis abre la puerta de entrada. Un viento helado nos empuja hacia atrás, como si no quisiera que abandonáramos el edificio. Luchamos contra él y salimos fuera.

A nuestros pies, el glaciar del Diablo se extiende hasta donde alcanza la vista. Curtis y yo somos las dos únicas manchas de color en un paisaje blanco y negro. Me siento expuesta y, a juzgar por cómo se agarra al destornillador, a él le pasa lo mismo.

Nuestras tablas no sirven para moverse por terreno llano, así que las dejamos contra la pared, donde no las perderemos de vista.

—Hagamos un reconocimiento rápido. —El aliento de Curtis forma una nubecita blanca cada vez que habla—. No te separes de mí.

La nieve cruje bajo nuestras botas. Cojeo pendiente arriba tras él. El aire es más helado de lo que esperaba. Me subo la capucha y bajo el mentón para protegerme con el cuello de la chaqueta. La búsqueda parece fútil; si el pobre Dale ha pasado la noche fuera, llevará horas muerto por hipotermia.

—El viento es mucho más fuerte —grita Curtis cuando otro remolino casi nos empuja a un lado.

El cielo está encapotado, el sol es una bola blanca que arde y trata de abrirse paso entre las nubes. Es una batalla perdida contra la oscuridad que traen las nubes desde el este. Se acerca una tormenta de nieve; noto la humedad en las mejillas.

Pasamos por los garajes donde estaban los Snowcats y probamos cada puerta, pero todas están cerradas. Y también los cobertizos. Mis sentidos se despiertan, alerta. ¿Estará Dale aquí? ¿O alguien más? Miro por encima de mi hombro, pero no veo nada.

La rodilla me late. El viento empuja la capa superior de la nieve recién caída, lo que hace incluso más difícil que veamos por dónde pisamos.

Curtis ralentiza el paso.

—Estás muy callado —digo.

Se detiene y se gira.

—¿Por qué viniste a mi habitación anoche y no hace diez años?

Dios mío, ahora no. Pero tiene derecho a preguntar. Busco las palabras.

—Entonces sentía algo por ti que... —Mierda, esto no es fácil.

—Lo sabía —dice—. Yo también sentía algo.

Inspiro profundamente.

—No podía mantener una relación contigo y, al mismo tiempo, concentrarme en el entrenamiento de *snowboard,* como yo quería.

Reflexiona.

—Vale, lo entiendo.

—¿Tú habrías podido?

Por un instante, solo oímos el rugido del viento.

—No lo sé. No tuve ocasión de intentarlo.

Se me hace un nudo en la garganta.

—¿Y ahora? —pregunta—. ¿Puedes incluirme en tu vida ahora?

Trago saliva.

—Espero que sí. ¿Y tú?

Se levanta las gafas de protección y su mirada me deja sin aliento.

—Sí.

Si no hiciera tanto frío, me habría ruborizado. No puedo contener la sonrisa, y él tampoco.

Se baja las gafas.

—Será mejor que terminemos con esto —dice serio.

Seguimos por la pendiente. Debería decirle lo de Saskia, pero ¿el qué exactamente? ¿Que todo empezó con un intento retorcido de atacarla? Y también tendría que explicarle que, al menos para mí, se convirtió en algo más. He pensado mucho en eso a lo largo de los años y todavía trato de comprender lo que sucedió.

Jamás había conocido a alguien como Saskia y, probablemente, no lo vuelva a hacer. Sí, tenía muchos defectos, pero también rasgos admirables. Su fortaleza, su valentía. La manera en que podía prescindir de caer bien a los demás; eso, en especial, era lo que más me gustaba de ella. Y quizá hizo que la amase, en cierto modo.

¿Por eso no me detuve? ¿O fue tan solo algo físico? A los atletas les gusta llevar sus cuerpos al límite, es una manera de descubrir qué pasa cuando probamos cosas nuevas. Si algo nos sienta bien, seguimos haciéndolo. Y estar con ella era así. Pero ¿en serio puedo contarle todo esto a su hermano?

—Grietas. —La voz de Curtis me saca de mi ensimismamiento.

Nos dirigimos con prudencia hacia allí. Las caras oscuras de las rocas de los picos que se ciernen sobre nosotros nos observan como si supieran algo que ignoramos. Echo un vistazo por el primer abismo de cristal, preparada para lo peor. Nada. Suelto el aire que había contenido y oigo que Curtis hace lo mismo.

Regresamos pendiente abajo y hacia la derecha, por la parte superior de los precipicios y en dirección al circuito negro que lleva hacia el valle. Dudo que Dale hubiera bajado hasta aquí, pero Curtis señala otra grieta más adelante. El viento juega conmigo y hace que me tambalee.

El avance de Curtis se ralentiza a medida que llega al borde de la grieta. Y se detiene en seco.

Mi estómago da un vuelco. «No. Por favor, no».

56

Hace diez años

Odette yace inmóvil y doblada en la parte inferior del medio tubo. La gente corre hacia ella. La miro, como si bastara con eso para que se moviera.

—Y ahora es el turno de Milla Anderson —anuncia el presentador, más calmado de lo que sonaba hace un minuto—. Pero suspenderemos la competición hasta valorar el estado de Odette.

Quiero ir hacia ella, pero sé que, en cuanto despejen el tubo, me llamarán por los altavoces.

Uno de los encargados habla por la radio y, poco después, aparecen dos hombres esquiando por el tubo, que vienen desde la plataforma intermedia, con una camilla. Lo llaman el Vagón de la Muerte. Observo cómo comprueban sus constantes vitales. Todo esto es culpa mía. Si no hubiera abierto la boca, jamás se habría caído. La he distraído en un momento crucial.

Le quitan la tabla para poder colocarla en la camilla. Tengo ganas de vomitar. Si no me hubiera acostado con su novia, Odette no se habría caído. Tengo que estar a su lado, así que desciendo hacia el centro del tubo.

Sangra por la nariz. Creo que se la ha roto. Los dos hombres están ocupados, por lo que me quito un guante y busco un pañuelo en mi bolsillo para tratar de contener la hemorragia.

Los ojos grises de Odette parpadean.

—No puedo moverme. —Hay pánico en su voz. Habla raro, como si estuviera confusa.

—¿Te duele? —le pregunto.

—No. No siento nada. No puedo mover las piernas.

—No te preocupes. Te las han atado a la camilla.

Me aparto para que le pongan el collarín. Necesito volver a subir, pero Odette me mira como si yo fuera lo único que la separa de caer por un abismo.

Los hombres le dicen algo, pero no parece que los oiga.

—No puedo mover los brazos.

—También están atados a la camilla —la tranquilizo—. Intenta calmarte.

Los hombres hablan por sus radios.

Sus pestañas aletean, como las alas de un pájaro atrapado.

—¿Y mis dedos? ¿También están atados?

Miro su cuerpo. Sus dedos siguen enfundados en los guantes de color verde lima.

Pero no están atados.

57

En la actualidad

Allí, en las profundidades del hielo, está Dale. Tumbado boca arriba, con la tez gris y los ojos cerrados. Quieto como una estatua de mármol.

Curtis maldice por lo bajo.

Dale cayó unos veinte metros. ¿Murió al instante o se quedó allí, roto y destrozado por el impacto, gritando a pleno pulmón, agonizando hasta morir congelado? Nunca lo sabremos.

Curtis se desploma.

—Deberíamos haberlo encontrado ayer.

Toco su manga. Incluso si él y Brent hubieran localizado a Dale anoche y por algún milagro la caída no le hubiera matado, no sé cómo lo habríamos sacado de la grieta.

—Hiciste todo lo que estuvo en tu mano.

Deja caer la cabeza.

—Teníamos nuestras diferencias. Pero... Dios mío.

Exhalo un largo suspiro y me giro hacia el edificio Panorama.

—Tenemos que decírselo a Heather.

¿Cómo voy a contárselo? Dios mío, esto la destrozará.

—Milla —me llama Curtis de repente—. No te muevas.

Iba a dar un paso, pero me detengo.

—¿Qué pasa?

—Quédate donde estás.

Mi corazón se congela. Poco a poco, giro la cabeza.

Curtis está acuclillado cerca de la nieve, al lado de la grieta, con el destornillador en una mano y un pedazo de algo delgado y blanco en la otra.

—¿Qué es eso? —digo.

—Poliestireno. —Lo arroja a un lado y mete la mano en la nieve para sacar otro pedazo rasgado.

Se me erizan los pelos en la nuca. Parpadeo y trato de comprender. Solo hay una explicación y no quiero aceptarla.

Curtis lo dice en voz alta.

—Es una trampa. Alguien ha puesto el poliestireno sobre la grieta, con una capa de nieve muy fina por encima.

Me estremezco.

—Un puente de nieve artificial —explica—. Cuando alguien lo pisa, cae al abismo.

La muerte de Dale no ha sido ningún accidente.

—Directamente entre este punto y el circuito de bajada —dice Curtis, sombrío—. Alguien quería asegurarse de que no lográramos...

Todo pasa tan rápido que no tengo tiempo de reaccionar. La nieve alrededor de Curtis se abre y él se hunde en el suelo hasta la rodilla. Se tira a un lado, estirando las manos en busca de algo a lo que agarrarse.

Hago amago de ir hacia él.

—¡No! —me ordena—. ¡No te muevas!

Obedezco y me quedo donde estoy mientras observo impotente cómo logra salir del agujero izándose con la fuerza de sus brazos.

Con cuidado, se pone en pie.

—Mierda, he perdido el destornillador.

Nuestra única arma es ahora un puntito púrpura lejano en el lecho de la grieta. Pero es mejor eso que Curtis estampado ahí abajo. Se acerca lentamente hacia mí, tanteando a cada paso.

Todavía respira con fuerza cuando me agarra.

—Vamos a seguir por donde hemos venido para volver al edificio. Sígueme y pisa exactamente donde yo pise. Es posible que haya más trampas.

—Espera —lo detengo—. Debería ir yo primero. Peso menos.

—Haz lo que te digo —replica con dureza.

Recuerdo nuestra discusión de antes. Está bien, lo seguiré. Así podré agarrarlo por la chaqueta si veo que va a caerse. Me aseguro la rodillera para poder asumir su peso en caso de que suceda.

Avanzamos con una lentitud exasperante. Tanteo cada paso antes de colocar el pie en la nieve y me preparo por si, en cualquier momento, la nieve se abre bajo mis pies.

—¿Quién haría algo así, joder? —murmura.

—¿Crees que podemos confiar en Heather, al menos?

—No lo sé. Ella y Brent... Ahí hay algo.

De repente, recuerdo una cosa.

—En la cocina, ayer por la noche —menciono, reticente—. Heather dijo algo y Brent la mandó callar, como si no quisiera que los oyera.

Curtis gira la cabeza.

—No me fijé en eso. Pero los he pillado intercambiando miradas. Parece una locura, pero ¿crees que a lo mejor tienen una aventura? ¿Y querían deshacerse de Dale?

—No —contesto, pero no quiero confesar que ayer pensé lo mismo—. Lo que pasó hace diez años fue cosa de una noche.

—¿Cómo sabes que no siguieron viéndose en secreto al regresar a Inglaterra? ¿O que no se encontraron por casualidad en algún momento, quizá después de que Heather se casara, y el romance se reavivó? Tal vez ella tenía miedo de lo que Dale pudiera hacer si lo dejaba para irse con Brent. Dale es un tipo bastante violento.

«Era», pienso, pero no lo digo.

—No sugiero que Brent y Heather sean responsables de todo esto —continúa Curtis—. Pero quizá pensaron que era una buena oportunidad para que Dale tuviera un accidente.

—De ninguna manera. Brent no haría algo así.

—Quizá fue idea de Heather.

—Pero organizar una trampa así... Es una locura. —Y me parece que la mera idea de sugerirlo también suena a locura. Recuerdo que Curtis se vino abajo ayer, cuando olió el perfume de su hermana. Lucha por conservar la calma, pero sé que está sometido a una presión enorme.

Y, luego, recuerdo que Dale me amenazó ayer por la mañana. La rapidez con la que pasó a tener una actitud violenta. Y que no sabemos dónde estuvo Brent ayer por la tarde, más o menos a la hora en que Dale desapareció. Es posible que lo hiciera él.

—Mierda —masculla Curtis.

—¿Qué pasa?

—Tienen el piolet.

Avanzamos hacia el edificio.

Curtis baja la voz a medida que nos acercamos.

—Si tengo razón, debemos fingir que no sabemos nada de esto o nos pondremos en peligro. Y si me equivoco, necesitan saber lo que hemos encontrado.

—Entonces, ¿qué sugieres?

—Tenemos que poner a prueba a Brent.

—¿Cómo?

Curtis observa la trampa.

—Lo único que se me ocurre es enviarlo a revisar esta zona y ver cómo reacciona. Si lo sabe, no irá, y si no, seguirá andando.

—Es demasiado arriesgado.

—Tenemos que estar seguros.

Lo miro, consternada. Ya he herido a Brent de muchas maneras y esta será la definitiva.

Curtis señala hacia el cielo. Está nevando, pequeños y finos copos que apenas se ven contra el manto blanco que lo cubre todo. Las nubes son más oscuras y se ciernen sobre nosotros. Aquí arriba, el tiempo cambia con rapidez.

—Y tenemos que darnos prisa —dice Curtis—. Porque la tormenta está a punto de llegar.

58

Hace diez años

Todos los atletas conocen los riesgos de su deporte. Tomamos las precauciones que podemos y, luego, enterramos los riesgos en lo más profundo de nuestra mente e intentamos no pensar en ello. Porque eso afectaría a nuestro rendimiento.

Pero cuando veo a Odette estirada en la estrecha cama del hospital, rodeada de máquinas con tubos que salen de su cuerpo en todas direcciones, no puedo olvidar lo que el *snowboard* es capaz de hacernos.

En tan solo un segundo, la caída ha roto un cuerpo sano y fuerte hasta el punto de que ya no es capaz de ejecutar sus funciones básicas. Los brazos y piernas, a pesar de sus músculos, ya no se pueden mover.

He bajado en el teleférico con ella. No me han dejado ir en la ambulancia, así que he cogido mi coche y he conducido hasta el valle. Me alegro de no haber participado en la competición. De otro modo, Odette habría estado sola. Sus hermanos están compitiendo en una carrera de esquí en Austria y el hospital todavía no ha podido ponerse en contacto con ellos; sus padres vienen de la otra punta de Francia, en coche, pero los temporales de nieve en los Alpes retrasarán su llegada.

Miro su cuerpo inmóvil. Su pobre nariz está hinchada y deforme, y sus ojos están adoptando un color morado. Pero son las otras heridas, las que no se ven, las que más me preocupan.

Los médicos creen que se ha roto el cuello.

Y yo solo puedo pensar que es culpa mía.

Para cuando me marcho del hospital, se ha hecho de noche y nieva con fuerza. Menuda primavera. Conduzco lentamente de regreso a Le Rocher. En la subida, mis neumáticos resbalan tanto que me detengo a poner las cadenas.

Cuando por fin llego al apartamento, helada de frío y mojada, levanto el móvil de la mesa y veo que tengo diez llamadas perdidas de Curtis. No me queda saldo, así que me pongo la chaqueta y salgo deprisa. Los coches en la calle principal están en un atasco, detrás de una máquina quitanieves, con los motores encendidos y los parabrisas despejando la nieve.

Veo una figura en la distancia, al otro lado de la calle. La reconocería en cualquier parte.

—¡Brent! —lo llamo.

No se gira. ¿No me ha oído? ¿O sí, pero no quiere hablar conmigo? No lo sé. Sigo caminando por la calle con la esperanza de que Curtis no se haya ido a dormir.

Cuando llamo a su puerta, me abre sin aliento. Su expresión al verme es de desilusión.

—¿Has visto a mi hermana?

—No.

—¿Dónde has estado?

—En el hospital con Odette. —Tengo los pies calados. Me quito la nieve de las botas y entro al apartamento.

—¿Cómo está? —pregunta.

Las palabras se niegan a salir de mi garganta.

—Mal.

Cierra los ojos brevemente.

—Supongo que Saskia no ha aparecido por el hospital.

—No.

Curtis suelta un bufido, preocupado.

—Creo que le ha pasado algo.

—¿La has llamado al móvil?

Pero, cuando está en la montaña, Saskia no suele coger el teléfono, como yo.

—No responde —dice Curtis.

—¿Así que tampoco ha participado en el campeonato, después de que yo me fuera?

—No.

La culpabilidad me invade de nuevo. Esta mañana he querido hacerle daño. «Ojalá te rompas el cuello». Y, al parecer, eso es lo que he conseguido. No debería haber dicho algo tan terrible.

Curtis me mira con curiosidad.

—¿Qué pasa? ¿Sabes dónde está?

—No.

—¿Cuándo la viste por última vez?

Me pongo un poco más roja.

—A primera hora de la mañana. Se quedó en mi apartamento ayer por la noche.

—¿Ah, sí?

Veo su expresión de sorpresa.

—Fuimos las últimas en irnos del Glow Bar. —Escojo mis palabras con cuidado porque no quiero tener que mentirle—. Por una vez nos llevábamos bien, así que salimos y dimos un paseo. Julien esperaba a Saskia en la puerta de su casa. Había escrito algo en el buzón.

El rostro de Curtis se ensombrece.

—¿Fue él quien hizo eso?

—Sí. Bueno, pues le dije que se viniera a mi apartamento y, al final, pasó la noche allí. Se ha ido hacia las ocho.

—Si Julien le ha hecho algo… —Curtis explota y toma su chaqueta—. Voy a buscarlo.

Lo detengo agarrándolo del brazo.

—No es buena idea. —Salta a la vista que está furioso.

Sus ojos me miran con suspicacia.

—En serio —digo—. Te acusarán de agresión. Mejor llama a la policía.

—De acuerdo —accede, y se suelta de mi agarre. Saca su móvil.

Espero en el sofá. Habla en francés, así que no sé qué dice, pero da la impresión de que discute con alguien.

Maldice y cuelga.

—Me han dicho que tengo que esperar dos días.

—¿Ninguno de los demás la ha visto? —pregunto.

—Cada vez que llamo a Dale o a Heather, Dale me repite que Saskia ha echado por tierra su temporada y la vida de

Heather y la suya, y me cuelga. Y Brent se está comportando de manera muy rara.

—Sí, ¿por qué no se ha presentado a la competición?

—Dice que se ha hecho daño en el tobillo.

Curtis me mira dubitativo. Yo tampoco lo creo. Esta temporada, Brent se ha golpeado en la cabeza, ha tenido lesiones en los ligamentos y en otras tantas partes del cuerpo, y nada de eso le ha impedido saltar antes. Además, cuando lo he visto hace unos minutos, caminaba sin problemas.

¿Qué le ha impedido competir, en realidad?

Después de todos estos meses de entrenamiento, jamás imaginé que acabarían así: que Odette sería la única del grupo que lograría saltar en la final. Y pensar en lo que le ha pasado...

Curtis da vueltas por la habitación.

—¿Has llamado a los equipos de rescate? —pregunto.

—Sí, pero ya se había hecho de noche —responde—. Han contactado con las taquillas de la estación y parece que hay inconsistencias con los registros de entrada y salida de su pase del teleférico. En el ordenador de la estación no hay constancia de que haya subido a la montaña.

—Pero tú la has visto —señalo.

—Brent y Heather la han visto. Yo he visto sus cosas.

Por la manera en que aparta la vista, me doy cuenta de que hay algo que se está callando.

Sigue dando vueltas por la habitación.

—¿Qué hago? No quiero poner las vidas del equipo de rescate en peligro y enviarlos a buscarla en plena oscuridad si resulta que ni siquiera ha subido a la montaña. —Suspira y sacude la cabeza—. Quizá se ha largado sin pensarlo dos veces. En lo que respecta a mi hermana, todo es posible.

59

En la actualidad

Curtis agarra el pomo de la puerta del edificio Panorama.

—Espera —lo detengo—. No quiero hacer esto. Yo confío en Brent.

—Pues yo no —dice Curtis—. No es el mismo que hace diez años. Él y yo éramos amigos, pero ahora no puede ni mirarme a los ojos.

No quiero confesar mis propias dudas.

—Pero quizá haya otras trampas. ¿Y si te equivocas y él muere?

—¿Y si no me equivoco?

Por el rabillo del ojo, veo un movimiento a través del cristal de la puerta. Limpio la escarcha del vidrio y vislumbro a Heather en el pasillo.

Lleva el piolet en la mano.

Me agacho por debajo del cristal y arrastro a Curtis conmigo. Ah, mi rodilla. Me la agarro y aprieto los dientes.

—¿Qué pasa? —se preocupa Curtis.

—Acabo de ver a Heather con el piolet.

Curtis levanta la cabeza un instante para echar un vistazo.

—¿Estás segura?

Miro con cautela por la ventana. La imagen está en mi cabeza, pero ahora el pasillo está vacío. La duda se abre paso en mi mente. ¿De verdad la he visto o este lugar empieza a afectarme?

—Bastante segura.

—Vale, hagamos esto: yo entraré sigilosamente, a ver qué pasa. Tú esperas fuera. Si Heather o Brent bajan por el pasillo, te escondes aquí. —Hace un gesto en dirección a la pared lateral del edificio—. Y, con suerte, no te verán.

—No —digo—. Voy contigo.

—¡Oh, vamos!

—No soy tu responsabilidad. Ayer por la noche logré tranquilizar a Heather. Quizá pueda hacerlo de nuevo, si es necesario.

Curtis masculla por lo bajo y empuja la puerta. Empiezo a sacarme los guantes.

—No. Déjatelo todo puesto —susurra.

Tiene razón. Si tenemos que escapar por la nieve perseguidos por una loca con un piolet, más nos vale estar preparados. Las tablas esperan contra la pared, al lado de la puerta. Miro la mía y hago una nota mental para acordarme de cogerla cuando salgamos, si hace falta. No puedo correr con la rodilla así, pero, con la tabla, al menos tengo una oportunidad de huir de ella. Si alcanzo a cruzar la llanura de nieve y evitar la trampa, o trampas, puedo llegar hasta el inicio de la pendiente.

Después de eso, todo depende del papel de Brent. No soy capaz de dejar atrás al Brent de hace diez años y, desde luego, tampoco puedo hacerlo con el de ahora.

Nos acercamos por el pasillo sin hacer ruido y oímos voces.

—Creo que están en la sala de los ordenadores —murmura Curtis—. Iré por el otro lado. Llegaré por detrás, no se lo esperarán. Tú quédate aquí, ¿de acuerdo?

Asiento, pero no tengo la menor intención de obedecerle. Curtis se va hacia el pasillo de la derecha; yo me arrastro y dejo atrás las taquillas de esquí.

—Tenemos que encontrar a Dale —dice Heather, y su voz roza la histeria—. ¿Por qué no vas a buscarlo?

—Ya te lo he dicho —repite Brent—. Curtis y Milla están inspeccionando fuera.

—No te creo. No te importa. Creo que le has hecho algo.

—Dios mío, Heather. Suelta eso. Me estás asustando.

—Seguro que ya han bajado de la montaña —dice Heather, y levanta la voz—. Vais a dejar a Dale aquí.

Brent habla en voz baja y tranquila.

—No hay ninguna necesidad de que hagas eso. Curtis y Milla están fuera, te lo juro. Yo también iré a ayudarlos a buscar a Dale, ¿es eso lo que quieres?

Alguien sale al pasillo. Empujo la puerta más cercana a mi derecha y, gracias a Dios, se abre. Me meto dentro, tan rápido como me lo permite la rodilla. Es el almacén, donde se guardan los arneses y las cuerdas de seguridad. Miro por la rendija de la puerta.

Brent y Heather caminan hacia aquí; Brent va delante y Heather, detrás, con el piolet en la mano. Abro la puerta un centímetro más. Brent se queda ojiplático al verme. Me hace una seña y mira con nerviosismo por encima de su hombro, hacia Heather. Me retiro tras la puerta cuando pasan y los observo de nuevo avanzar por el pasillo.

Brent abre la puerta al exterior y el viento silba hacia dentro.

—No los veo —dice Heather, agitando el piolet con movimientos impredecibles, como si ni siquiera ella estuviera segura de qué hacer hasta que tome una decisión.

Brent se aparta. Contengo el aliento, estoy preocupada por él.

—Tal vez estén detrás de los garajes —sugiere.

Heather sale. Le costará avanzar por la nieve, con sus botas de tacón.

—Necesitas bufanda y guantes —dice Brent—. Voy a buscarlos.

Heather no se niega. Brent cierra la puerta tras ella y corre por el pasillo, hacia mí.

—Está loca de atar —dice—. ¿La has oído?

Curtis corre hacia nosotros.

—Está bien —digo.

Llega, sin aliento, y le cuento lo que he visto.

—Piensa que le he hecho algo a Dale —explica Brent—. ¿Qué hago? No es seguro para ella que siga fuera, paseándose sin botas ni ropa de abrigo.

Miro a Curtis. Brent está de nuestra parte; tenemos que contarle lo de las trampas.

Curtis vacila.

—Dale está muerto.

Brent lo mira de hito en hito.

—¿Qué? ¿Cómo?

—Una grieta. —Curtis escudriña el rostro de Brent. Es evidente que sigue sin confiar en él.

—Mierda —maldice Brent.

Compruebo el pasillo para asegurarme de que Heather sigue fuera.

—¿Ha habido suerte con los ordenadores?

La expresión de Brent se nubla.

—No, pero hay algo que tenéis que ver. —Mira de nuevo en dirección a la entrada principal, como si no supiera con qué lidiar primero, y, luego, nos lleva a la sala de los ordenadores.

Señala las pantallas. Se me corta la respiración. Se supone que la mayoría de pantallas deberían mostrar las grabaciones de las cámaras instaladas en las montañas, pero las pendientes solo aparecen en un par. El resto muestran las estancias y las salas de la estación. El salón, la cocina. Y los dormitorios.

Miro las sábanas arrugadas del dormitorio de Curtis y me entran náuseas.

—Esa es tu habitación.

—Lo sé —dice Curtis con expresión sombría.

¿Nos habrán visto…? Las luces estaban apagadas, pero ¿es posible que las cámaras tengan visión nocturna? Aparto la idea a un lado.

—¿Quién está detrás de esto?

—Ni idea —dice Brent.

Recuerdo, culpable, que todavía no sabe que fue Curtis quien nos invitó a venir.

—¿Podría ser alguien más, aparte de mi hermana? —pregunta Curtis, en tono agotado.

—Tal vez sea Julien —sugiere Brent.

Lo pienso durante unos instantes, pero la última vez que vi a Julien con Saskia, estaba furioso por el rechazo de ella y no concibo qué le habría empujado a hacernos algo así. Curtis abre la boca.

Me fijo en que hay manchas de sangre en la muñeca de Brent.

—Mierda —maldigo—. Estás sangrando.

Los movimientos salvajes de Heather deben de haberle dado sin querer.

Brent mira la herida y se balancea a un lado, inconsciente.

Curtis lo agarra justo a tiempo e impide que se caiga.

—Se marea cada vez que ve sangre. No tarda en recobrar la consciencia. —Curtis lo coloca en un sillón—. Vamos, despierta.

Hay un cambio en la expresión de Curtis. Me doy cuenta de lo que mira: Heather aparece en una de las pantallas y se dirige en línea recta en dirección a la grieta.

Salgo disparada hacia la puerta. El dolor brota de mi rodilla.

—¡Espera! —alerta Curtis.

Algo se mueve en la parte inferior izquierda de la pantalla. Otra figura, enfundada en ropa blanca que casi se confunde con la nieve. Me quedo helada, inmóvil.

—¿Quién demonios es? —dice Curtis.

Brent vuelve en sí y levanta la cabeza.

La figura está de espaldas a nosotros y lleva una chaqueta con la capucha puesta. No está claro si es un hombre o una mujer, pero es bajita, no más alta que Heather. Esta se acobarda y el piolet se desliza por sus dedos, hacia el suelo. Están hablando, discutiendo, porque Heather trata de alejarse con ambas manos en alto para protegerse.

La figura levanta un brazo, como si le indicara hacia dónde avanzar.

Dios. La trampa. Está ahí mismo. Y Heather no sabe que existe porque camina hacia delante, tal y como le han ordenado.

«¡No, Heather! ¡No des un paso más!».

Me giro hacia Curtis, alarmada.

—Tenemos que avisarla.

—No hay tiempo —se lamenta, mientras Heather avanza otro paso.

—¡Detente! —grito, pero, por supuesto, no puede oírme.

Un paso más y la nieve se traga a Heather.

Sin más.

Parpadeo, incapaz de procesar lo que acabo de ver.

Brent trata de ponerse en pie.

—No. —Lo detiene Curtis, agarrándolo.

—¿Qué quieres decir? —protesta Brent, intentando llegar a la puerta—. Tenemos que ayudarla.

—Lo siento —dice Curtis—. Pero es imposible que haya sobrevivido a esa caída.

Brent intenta zafarse.

—Déjame ir, imbécil. No podemos quedarnos aquí sentados.

La caída de Heather se repite en mi cabeza como un disco rayado mientras Curtis y Brent discuten. Aprieto los puños y jadeo. Curtis tiene razón, aunque no me guste. Ya hemos visto lo profunda que es esa grieta. Ahora no podemos pensar en la pobre Heather, sino en que tenemos que concentrarnos en la situación en la que nos encontramos, o acabaremos como ella.

—¿Quién es? —pregunta Curtis, y mira la pantalla por encima de la cabeza de Brent.

—Es ese bastardo de Julien —asegura Brent, con su voz apagada por el hombro de Curtis—. Tiene que ser él.

—Julien está muerto —informa Curtis con los ojos clavados en la pantalla—. Murió en un accidente de coche el año pasado. Lo leí en...

Ahoga un grito.

Miro la pantalla y comprendo por qué. La figura encapuchada se ha girado hacia nosotros.

Y vemos una melena de pelo rubio casi blanco que ondea al viento.

60

Hace diez años

Han pasado cuatro días desde el accidente de Odette. Sigue sin ser fácil ver todos esos tubos saliendo de su cuerpo, pero he venido a visitarla cada día. Es lo mínimo que puedo hacer. Está así por mi culpa. De no ser por mí, Saskia habría estado en la competición y Odette no se habría caído.

Todavía no ha recuperado el movimiento de piernas y brazos. Se ha roto la vértebra C2. Es el peor tipo de lesión de la columna vertebral. Los médicos esperan los resultados del escáner para comprobar cuál es el alcance del daño en la columna.

Acaricio el dorso de su mano, aunque sé que no puede sentirlo.

—¿Dónde está Saskia? —pregunta. Es lo primero que me dice, cada día.

—Lo siento —respondo—. No lo sé.

El equipo de rescate de montaña ha suspendido la búsqueda esta misma tarde, pero soy incapaz de contárselo. La desaparición de Saskia está ahora en manos de la policía.

—Curtis dice que sus padres están de camino —comenta Odette.

—¿Ha venido a verte? Sí, llegaron ayer y están participando en la búsqueda.

Los he conocido esta tarde, cuando he ido a ver a Curtis para comprobar si había novedades. Ojalá los hubiera conocido en circunstancias distintas.

Un médico se acerca a Odette. Por la expresión sombría de su rostro y el modo en que sostiene la documentación, como si fuera un escudo, presiento que son malas noticias.

El médico le dice algo en francés a Odette. *Parents.* Le está preguntando dónde están sus padres. Se han ido al comedor del hospital hace un momento. Odette se lo dice, supongo, porque el médico sale de la habitación. Esperará hasta que vuelvan.

Odette grita algo y él se detiene en el umbral. Quiere saber lo que ha venido a decir. Si yo estuviera en esa cama, querría lo mismo. Estaría desesperada por saber la verdad.

El médico regresa junto a ella.

—¿Espero fuera? —sugiero.

La mirada de Odette se clava en mí.

—No. Quédate.

El doctor observa el sujetapapeles como si quisiera postergar lo inevitable. Por fin, en voz baja y muy seria, habla.

Y el rostro de Odette se derrumba, exactamente igual que el de Curtis y sus padres esta tarde, cuando se ha suspendido la búsqueda de Saskia. El médico trata de reconfortar a Odette, le da golpecitos en el brazo y le dice algo más.

Una única palabra escapa de los labios de ella. Luego, los cierra con fuerza, y también los ojos. El médico asiente y se dirige hacia la puerta.

Los labios de Odette tiemblan como si un terrible sonido fuera a escaparse de entre ellos. Una lágrima rueda por su mejilla hinchada y amoratada. Me quedo ahí de pie, sin saber qué decir. No tiene sentido preguntarle si se encuentra bien. Está claro que no.

Aprieta los dientes y dice:

—Vete.

—De acuerdo —convengo—. Nos vemos mañana.

—¡No! No vuelvas más.

—¿Lo dices en serio?

Odette cierra los ojos.

Persigo al médico, que avanza por el pasillo.

—¿Qué acaba de decirle?

El médico se vuelve y vacila, claramente confundido porque le presento un dilema. ¿Es una violación de la confidencialidad de su paciente que me traduzca el diagnóstico del que acabo de ser testigo?

Le suena el busca. Lo mira.

—Lo siento mucho —se disculpa en inglés y empieza a alejarse—. Con el tiempo, es posible que recupere algunas funciones de las extremidades superiores, pero no volverá a caminar.

61

En la actualidad

—Joder —suelta Curtis, que cae al suelo de la sala de ordenadores—. Joder.

—No es tu hermana —asegura Brent.

Las alarmas saltan en mi cabeza. ¿Cómo es posible que lo tenga tan claro?

El rostro de Curtis está pálido, con los ojos clavados en la figura de la pantalla.

—Diez malditos años. ¿Por qué nos haría esto ahora a mi madre y a mí?

—Escucha, tío —dice Brent, con urgencia—. Esa persona de ahí fuera no es Saskia.

¿Por qué lo dice con tanta seguridad?

—No trató de ponerse en contacto con nosotros ni una sola vez —murmura Curtis—. ¿Dónde ha estado todo este tiempo?

—¡No me escuchas! —grita Brent—. ¡Te digo que no es Saskia!

La desesperación de su voz nos hace callar. Un sentimiento terrible se apodera de mí y, de algún modo, sé lo que va a revelarnos. Es lo que leí en sus ojos hace dos noches.

—Porque yo la maté.

La cabeza de Curtis se mueve con brusquedad de la pantalla a Brent.

—¿Qué? No. Es ella.

Miro la pantalla. Se parece a Saskia. Pero…

Brent se arrodilla frente a Curtis. Su voz se rompe.

—Lo siento muchísimo, tío.

La mirada de Curtis salta de la pantalla a Brent, sin parar. Entiendo su confusión. Una parte de él trata de digerir lo que Brent acaba de decir. La otra ansía creer que su hermana sigue viva, sana y salva, aunque está horrorizado por lo que acaba de presenciar.

Y lo que eso significa. Desaparecer durante diez años y, luego, volver para hacernos esto: es digno de una psicópata.

Pero ¿acaso eso no es exactamente lo que Saskia es?

Brent baja la cabeza.

—Lo siento mucho, muchísimo —solloza.

La figura en la pantalla avanza y desaparece del encuadre. Viene hacia nosotros. Quiero escuchar lo que Brent va a decir, pero, sea quien sea, llegará en cualquier momento.

—Tenemos que salir de aquí —digo.

Pero ¿a dónde vamos?

Nuestra mejor opción es descender montaña abajo y rezar porque corramos más que ella. Una oleada de dolor en la rodilla me recuerda que esa idea presenta un inconveniente para mí. Tiro del brazo de Curtis.

—Necesito la cinta deportiva. Ahora.

Curtis no se mueve; no sé si me ha oído.

—Sigue hablando —ordena a Brent.

Brent lo mira con angustia en los ojos. Su voz y sus manos tiemblan.

—La mañana de la competición, fui al apartamento de Milla. Y las encontré en la cama, juntas.

Curtis se vuelve hacia mí, asombrado.

Dios mío. Esta es, probablemente, la peor manera de descubrirlo.

—Bajé por la calle, sin saber qué hacer —continúa Brent— y Saskia me alcanzó, a un par de manzanas de allí. Se reía de mí. ¿Sabes qué me dijo? —Suelta un jadeo tembloroso—. «Es la primera vez en todo el invierno que Milla ha disfrutado de verdad».

—Eso no es cierto —replico.

Pero puedo imaginar a Saskia diciendo eso perfectamente. Se había propuesto devolvérsela a Brent porque la había humillado en la cabina del teleférico y encontró la ocasión idónea. La angustia de Brent la divertiría lo indecible. Clavaría sus uñas en él, deseosa por descubrir hasta dónde podría herirlo.

Brent sigue hablando con los puños apretados.

—«¿Cómo sienta que te den la patada por una chica?».

—No fue así —protesto, pero no podemos entrar en detalles ahora. Miro hacia el pasillo. Nada. Cierro la puerta, pero el pestillo no funciona. Maldita sea.

—La cuestión no es que me dejaras por una chica —aclara Brent—, sino que lo hicieras por ella. Después de lo que te hizo. De lo que nos hizo a todos. Tú me importabas mucho y, en cambio, escogiste a tu peor enemiga. ¿Cómo se supone que debía sentirme? Y se estaba regodeando. —Observa sus manos como si pertenecieran a un extraño—. Antes de darme cuenta, la había empujado.

Se rompe. Se mete el puño en la boca entre sollozos.

De repente, lo entiendo. El andar encorvado de Brent no es ninguna lesión. No se debe a que ahora acarree ladrillos para ganarse la vida. Es una carga distinta.

Por un instante, solo se oye el ruido de sus sollozos mientras pugna por recuperar el control.

—No era mi intención hacerle daño. Bueno, sí. Pero no quería matarla. Hacía frío y el suelo estaba helado. Resbaló, cayó hacia atrás y se dio con la cabeza en la acera. —Se lleva la mano a la boca y la muerde con fuerza. Cierra los ojos.

Algo se retuerce en mi interior. Al mismo tiempo, entiendo por qué la empujó. Hubo momentos en que yo también deseaba hacer algo así. Saskia lograba sacar lo peor de todos nosotros; despertaba nuestra furia más violenta.

Los ojos de Brent se abren. Mira a Curtis.

—Di algo.

Pero Curtis se queda callado, como si no pudiera con todo.

Me sitúo junto a la puerta. ¿Se acerca alguien?

Brent se balancea hacia delante y hacia atrás, observa a Curtis con ojos aterrorizados mientras sigue hablando, casi estrangulado.

—No se movía. El pánico me invadió. Solo eran las ocho de la mañana, los teleféricos no abrirían hasta media hora después. No había nadie en la calle. No llevaba el teléfono encima, pero estábamos justo frente a su apartamento y el de Heather, así que la arrastré dentro. Todavía respiraba. Creo. Le pedí a Heather que llamara a una ambulancia. —Se queda callado. Me mira y, luego, a Curtis—. Heather dijo que me meterían en la cárcel.

Curtis aprieta la mandíbula y sus ojos no dejan de mirar a Brent.

—Discutimos acerca de eso... —Traga saliva—. Heather no había pegado ojo desde la pelea en el Glow Bar y Dale aún estaba en el hospital. Me puse nervioso. Salí de la habitación para calmarme y, cuando regresé, Heather estaba inclinada sobre ella. —Su voz se interrumpe de nuevo—. Con un cojín sobre su rostro.

Me apoyo contra la pared para no caerme. Fueron los dos. Heather y Brent.

—Se lo quité. Le pregunté qué cojones hacía. Me dijo que era un monstruo. «¡Mira lo que nos ha hecho a todos!», gritó. —Brent tiene la mirada perdida, como si estuviera reviviendo el horror de lo que vio. Y prosigue, tembloroso—. Si no estaba muerta antes, ya lo estaba para cuando llegué.

Inclina la cabeza. Curtis y yo esperamos.

Por fin continúa.

—Teníamos que deshacernos de ella. Lo único que se me ocurrió fue subirla al glaciar y encontrar una grieta. ¿Te acuerdas de su enorme bolsa de *snowboard*?

Curtis contiene el aliento, no puede evitarlo.

Su bolsa de equipamiento, de color azul y de la marca Salomon. La recuerdo a la perfección. Saskia se la llevaba montaña arriba cuando tenía que subir más de una tabla. A menudo, la gente hacía lo mismo, sobre todo cuando se celebraba una competición. Viene bien contar con una tabla de repuesto, en caso de que la que usas se estropee. Solíamos dejar todos los trastos en la zona de entrenamiento y nunca nos robaron nada.

—La metimos dentro —dice Brent.

Un sonido estrangulado sale de la garganta de Curtis.

Brent sigue hablando.

—Tenía ruedecillas, pero pesaba demasiado, y sabía que necesitaría ayuda para abrir las puertas y demás, así que hice que Heather subiera conmigo. Casi pierde los nervios en la burbuja. Decía que le parecía que la bolsa se movía.

Curtis emite otro sonido estrangulado. Se dobla y se lleva las manos a la cabeza.

Las palabras salen de la boca de Brent como si tuviera prisa por confesarlo todo antes de romperse definitivamente.

—En la burbuja había un esquiador con nosotros. Le dije a Heather que se callara, que solo eran imaginaciones suyas. Llegamos al glaciar. No había casi nadie arriba, todos estaban en el tubo preparándose para la competición, así que arrastramos la bolsa hasta un lugar tranquilo. Iba a abrirla para comprobar si seguía viva, pero, antes de que tuviera ocasión, llegaste tú corriendo. Estabas buscándola.

Curtis gime y se agarra la cabeza, destrozado. Sus dedos enguantados tiran del cabello con tanta fuerza que me sorprende que no se lo arranque. Mencionó que había visto las cosas de su hermana. Estará pensando en lo cerca que estuvo de encontrarla. En que incluso quizá hubo una posibilidad de salvarla.

—No queríamos que vieras la bolsa, así que corrimos hacia ti —sigue Brent, vacilante—. Estabas bastante furioso.

De momento, todo encaja con lo que Heather me contó. Quizá decía la verdad, al fin y al cabo. «Cuando la encuentre, juro que la mataré». ¿Curtis dijo eso?

—Heather entró en pánico —explica Brent—. Y te dijo que Saskia acababa de meterse en el edificio hacía un minuto, así que fuimos contigo fingiendo que la buscábamos entre todos. Dejamos la bolsa sin vigilancia unos diez minutos, te lo juro, pero cuando volví a por ella, ya no estaba.

Brent se encoge, como si acabara de perder el último ápice de vida.

Tengo el corazón en la boca. ¿Saskia está muerta o no? Quizá todavía estaba viva, pero inconsciente, cuando la subieron al teleférico. Y, luego, al llegar a la cima, recobró la consciencia. Me la imagino abriendo la cremallera de la bolsa, arrastrándose fuera. Y huyendo hacia… ¿dónde?

—Fui yo —suelta Curtis, con voz apagada.

—¿Qué? —exclamo.

—Fui yo. Yo la maté —confiesa.

Lo miro, conmocionada. Deseo con todas mis fuerzas que no sea verdad.

Curtis se pasa la mano por los ojos.

—Aquella noche en el Glow Bar fue un auténtico desastre. Lo había destruido todo. Dale y yo estábamos fuera de la competición, Odette se había disgustado con ella. Y tú, Milla. Estabas dispuesta a romperte el cuello si hacía falta para ganarla. Era demasiado. Yo también quería hacerle daño, tanto como ella nos había herido a nosotros.

Lo miro e intento reconciliar la imagen del hombre con el que me acosté anoche con el que ahora parece que confiesa…

—¿Qué? ¿Qué pasó? —Las palabras se pegan en mi garganta.

—Primero subí al medio tubo, vi que no se había registrado y pensé que la encontraría arriba, en el teleférico. Quería hacerle comprender lo que había hecho. Cuando llegué arriba, vi su bolsa en una de las burbujas, así que la seguí hasta el glaciar, donde encontré a Brent y a Heather. Nos separamos para registrar el edificio y salí a la zona donde se encontraba su bolsa, en la nieve. Me acerqué, pero no la vi. La bolsa estaba justo al lado de una grieta. —Me mira—. Fue lo único que se me ocurrió para darle una lección. Recordé lo que te había hecho, tu tabla… —Cierra los ojos—. Y empujé la bolsa grieta abajo.

Mierda.

—Si lo hubiera sabido… —Su voz se rompe. Se queda quieto y en silencio, como si lo que hizo lo paralizara.

Miro a Brent.

—Ya estaba muerta.

Brent lo capta.

—Sí, estaba muerta, tío. Seguro. No vi que se moviera lo más mínimo. Heather estaba histérica.

Pero oigo la duda en nuestras voces. Curtis sigue sentado, se presiona los nudillos contra las cuencas de sus ojos. Jamás se perdonará.

Pero si Saskia terminó en el fondo de una grieta, ¿quién está ahí fuera? ¿Quién está detrás de todo esto? Quizá logró escabullirse de la bolsa de algún modo, se escondió cerca de allí y vio cómo Curtis arrojaba la bolsa vacía a la grieta. Y se escondió, planeando una venganza…

La puerta choca contra mí al abrirse y me arroja contra Curtis. Mi rodilla arde de dolor. Miro por encima del hombro y la sangre se me congela en las venas.

En el umbral hay una muchacha con el pelo rubio, casi blanco.

62

En la actualidad

Es ella. Ha vuelto de la tumba y quiere venganza.

Inspiro profundamente mientras mi cerebro procesa la imagen que tengo frente a mí. Su rostro. Sus rasgos.

No es Saskia.

Es Odette.

Y tiene un arma, un rifle, y nos apunta con él. Ahora entiendo que no levantaba un brazo frente a Heather para indicarle el camino. Era un arma.

—No os mováis.

Su voz es fría y su mirada, también.

Dios, me horroriza verla con ese pelo. Lo tenía marrón claro, pero ahora es rubia, del mismo color que Saskia. Exactamente el mismo tono, pero a la piel cetrina de Odette no le queda bien. Se ve raro.

—Pero… Tu lesión —murmuro—. Dijeron que no volverías a caminar.

Miro a Brent y a Curtis para comprobar si están tan sorprendidos como yo.

—Los médicos siempre pintan el peor escenario posible —dice Brent—. Y no siempre están seguros del diagnóstico. El cuello y la espalda son zonas delicadas.

El rifle se gira hacia él para hacerlo callar.

—Estuve un año postrada en una cama de hospital hasta que pude utilizar los brazos. —De la boca de Odette saltan pequeñas gotitas de saliva, furiosa—. Dos años con férulas en las piernas. Cinco años más de rehabilitación. No fue nada delicado. Fue una mierda.

Brent se encoge hacia el rincón. Curtis y yo seguimos en el suelo.

De repente, vuelvo a dudar de Curtis.

—Curtis dijo que habíais hecho una videollamada por FaceTime hace poco. No sabía nada de tu recuperación.

—Bah. ¿Qué vio? Un chaleco ortopédico. Unos audífonos. Una silla de ruedas. Fácil.

Igual que Brent, intento alejarme del arma, pero Curtis no se mueve. Está sumido en la angustia.

Odette lleva pantalones y una chaqueta blancos. ¿Estaría fuera antes, observándonos en el glaciar? Jamás la habríamos visto.

—Pero ¿cómo has podido montar todo esto? —pregunto.

Agita una mano.

—Mis hermanos trabajan en el teleférico, eso fue fácil. Harían lo que fuera por mí. Somos los únicos que sabemos que estáis aquí.

El operador que estaba al pie del teleférico. Por eso su rostro me resultaba familiar. Solo lo vi una vez, en el hospital. El otro hermano estaría en la burbuja. Ni siquiera me fijé en él.

—Pero ¿por qué? —pregunto.

—¡La matasteis! Supuse que lo hizo uno de vosotros. No imaginé que fuerais los tres. —Odette inclina la cabeza en dirección al glaciar—. ¡Y luego él le robó dinero!

Nos apunta con el rifle y desliza la mano en el bolsillo. Saca un móvil.

—Lo he oído todo. Lo he grabado.

Pulsa un botón y oigo la voz de Brent.

«No era mi intención hacerle daño. Bueno, sí...».

Lo pulsa de nuevo y se detiene.

—Todas las habitaciones tienen micrófonos. He colocado detectores de sonido para que, en cuanto se oiga un ruido, empiecen a grabar.

Lleva el perfume de Saskia y el lápiz de ojos violeta como si tratara de transformarse en su novia muerta. Es espeluznante. Incluso tiene algo de la expresión de Saskia en los ojos enloquecidos. ¿O es solo puro odio?

—Durante todo el tiempo que pasé en el hospital, me culpé por lo que había pasado. ¿Por qué subiría Saskia al glaciar antes de la competición? Pensé que era por mí. Que la había disgustado la noche anterior en el Glow Bar con mis palabras, con mi enfado, y por eso subió allí, sola, tomando riesgos estúpidos. Era frágil. Quizá no lo sabíais, pero yo sí lo veía.

La facilidad con la que maneja la escopeta hace que no me mueva ni un milímetro. Me pongo rígida cada vez que realiza un movimiento, por si dispara. Pero no lo hace. No se acerca a ninguno de nosotros. No puede arriesgarse a que tratemos de arrebatarle el arma.

—Por fin salí del hospital. Y cuando llego a mi apartamento, lo primero que veo en mi mesita de noche es el pase de Saskia. Tuvo que dejarlo allí cuando pasó por mi apartamento antes de ir al Glow Bar. Y no pudo subir al glaciar sin él. En Le Rocher son muy estrictos, no la habrían dejado. Así que, si no subió a la montaña, ¿cómo había desaparecido? Algo iba mal. Y me dije: alguien le ha hecho daño.

Aprieto la mano enguantada de Curtis, pero no reacciona. Es como si se hubiera vuelto de piedra. Solo sé que está vivo porque su pecho se mueve con cada respiración.

—Llevé el pase a la policía —continúa Odette, y sube el volumen de su voz—. Dijeron que eso no demostraba nada. Estaba furiosa. Me pregunté quién podría querer hacerle daño. Hice una lista.

En la esquina, Brent mueve la pierna, aunque se queda quieto de nuevo cuando Odette lo apunta con el rifle.

—Decidí que, fuera quien fuera, el responsable estaba entre vosotros. —Odette escupe la palabra—. Pero ¿qué podía hacer? No tenía ninguna prueba. Así que volqué toda mi furia en la rehabilitación. Mis hermanos dejaron el esquí para cuidarme. No es fácil encontrar trabajo en el valle, y lo único que consiguieron fueron puestos de operarios en los teleféricos. Así que la vida siguió para nosotros.

El rifle apunta a Curtis.

—Hasta que llamaste. Aquí tienen poco personal en noviembre, así que hablaste con mi hermano Romain porque el director no estaba. Mi hermano me llamó enseguida para avisarme. Vi las noticias aquella mañana. Habían declarado oficialmente muerta a Saskia, ¡y tú querías venir aquí a celebrarlo!

Sus ojos reflejan pura maldad.

Curtis parpadea.

—No... Yo... —balbucea.

—No estaba bien —reprocha Odette—. Así que se me ocurrió un plan. —Agita el rifle en mi dirección—. Quise... ¿Cómo se dice? *Semer la pagaille.* Provocaros. Quería que pensarais en Saskia, y solo en Saskia, hasta que perdierais los nervios y confesarais lo que le habíais hecho. Robé vuestros móviles, puse mechones de pelo bajo vuestras almohadas y perfumé las habitaciones. Incluso os dejé mensajes en los espejos y en las ventanas. Pero ha sido más difícil de lo que pensaba. He tenido que improvisar.

—La electricidad, la música —digo—. La puerta del baño que solo se abría por fuera.

Asiente.

—Y golpeaste a Brent —añado.

—Lo empujé —me corrige—. Estaba detrás de él en las escaleras y se me cayeron las llaves. Pensé que me había oído. Tenía que salir sin que me viera.

—¿Y la trampa en la nieve?

Por primera vez, parece avergonzada.

—Tenía que asegurarme de que no podríais marcharos antes de que yo descubriera la verdad.

—Pero cualquiera de nosotros podría haberse caído por ahí.

Me mira, desafiante.

—Resulta que eso no importa porque ninguno de vosotros es inocente.

—¿Y Dale? ¿Fue un accidente que cayera en la grieta? —pregunto, pero no estoy segura de querer saberlo.

Odette vacila.

—Lo llamé. Le sorprendió mucho verme. Pero le dije que Heather se había caído en la grieta y fue a buscarla. —Sus ojos llamean—. Yo amaba a Saskia, y él le robó. Heather también. La apunté con el rifle porque quería que me lo dijera a la cara, que me contara cómo se había gastado el dinero de mi pobre Saskia. En lugar de eso, me contó mucho más... Todo lo que sucedió aquella mañana. La almohada... —El dolor cruza su rostro antes de que la ira vuelva a instalarse en él—. Me prometí que haría pagar caro a quienquiera que le hubiera hecho daño. Y Dale y Heather se lo hicieron. —Calla un instante. Nos mira a cada uno para asegurarse de que la estamos escuchando—. Julien también le hizo daño.

El estómago me da un vuelco.

—¿El accidente de coche? ¿Eso… también fuiste tú?

Esboza una sonrisa que se desvanece igual de rápido.

Miro a Curtis, pero parece incapaz de entender nada.

Me apunta otra vez con el rifle.

—Y tú, Milla. Tú eras mi favorita. Me sentí mal por tener que involucrarte en esto. Estaba casi segura de que tú no eras la asesina. Te he echado de menos durante todos estos años.

Recuerdo el mensaje en la ventana de mi habitación. Todo encaja.

Odette me mira con expresión malévola.

—Pero me equivoqué. No le hiciste daño a ella. Me lo hiciste a mí.

—Lo sé. Lo siento —admito—. El *crippler.*

—¿Qué?

—En los campeonatos. El salto que te hizo caer. Lo intentaste porque te dije que iba a hacer uno.

Frunce el ceño.

—¿Eh? No. Era un giro Haakon. Formaba parte de mi rutina.

—Ah, pero te distraje justo antes del salto.

Me mira como si no tuviera ni idea de lo que digo.

—No te culpo por lo que pasó en el campeonato. Te culpo por lo de Saskia. Ella era mía y tú lo sabías. Y lo que hiciste… —Busca una palabra—. Contaminó todo lo que yo tenía con ella.

Trato de procesar lo que acaba de decir. Todos estos años me he sentido culpable por ser la causa de su accidente. Pero, aun así, no puedo ignorar el papel que jugué en la cadena de acontecimientos de la tragedia. Si no me hubiera acostado con Saskia, Brent no la habría empujado y ella habría estado en los campeonatos. Odette quizá no habría realizado un mal salto y no se habría caído.

La expresión de Odette se endurece.

—Pensaba que Saskia se había acostado con Dale. Es lo que me contó Heather en el Glow Bar. Que por eso ella se había acostado con Brent.

Imagino la cara de Odette cuando salió corriendo del bar aquella noche. Así que el secreto de las tarjetas se refería a Dale. En mi cabeza, repaso los demás secretos. Odette sabía que Heather y yo nos habíamos acostado con Brent. Los dos últimos secretos, «Sé dónde está Saskia» y «Yo maté a Saskia» eran anzuelos para ver si alguien reaccionaba. Eran hipótesis que Odette formulaba, igual que yo, suponiendo que el culpable seguramente no había actuado solo.

—Pero me equivoqué. —Odette me empuja con el rifle—. Saskia no se acostó con Dale. Se acostó contigo. Tú y yo éramos amigas. ¿Cómo pudiste hacerme eso?

Su ira parece reciente, como si todo hubiera sucedido ayer. Mierda. Es precisamente por eso. Porque acaba de enterarse al escuchar a Brent hace unos minutos.

¿Qué tipo de rifle es? No sé nada de armas. ¿Es de aire comprimido? ¿O de caza?

Sigue mi mirada y adivina mis pensamientos.

—Ahora practico biatlones. ¿Lo conoces? Esquí de fondo y tiro al blanco. Tenemos que dar a cinco dianas de cuarenta milímetros de diámetro a cincuenta metros de distancia. —Vuelve a sonreír—. Entreno con mis hermanos desde hace dos años. En secreto. Fue lo que me dio fuerzas para seguir adelante. Mi *raison d'être.*

Entiendo lo del secretismo. Después de su horrible accidente, la prensa francesa no la habría dejado en paz. Su orgullo estaba en juego. No quería que el mundo fuera testigo de sus esfuerzos. Yo habría hecho lo mismo.

—Mi espalda ya no puede soportar más impactos. Soy demasiado mayor para practicar deportes de nieve. Pero en el biatlón, las mujeres pueden competir hasta los treinta y dos años.

Justo la edad que tiene. Es un año más joven que yo.

Su sonrisa se ensancha.

—Tengo muy buena puntería. Espero entrar en el equipo olímpico francés.

La miro. Es una recuperación increíble después de una lesión tan grave, pero recuerdo su capacidad de concentración y compromiso cuando era profesional del *snowboard.* Si alguien es capaz de lograrlo, es ella.

—¿Y ahora qué? —suelta Brent, sin más, desde el rincón.

Odette nos observa como si se preguntara lo mismo. Al final, llega a una decisión. Y por la forma en que frunce los labios, no le gusta. Hace un gesto hacia la puerta.

—Fuera.

Ninguno de nosotros se mueve. Apunta a mi rodilla con el rifle. A la buena. Y la mera idea de perderla basta para que me ponga en pie con dificultad. Si pierdo esta rodilla, jamás escaparé de aquí.

Curtis sigue sentado sin reaccionar, casi catatónico. Brent le pasa el brazo por el hombro y lo ayuda a levantarse. Odette sale al pasillo sin dejar de mirarnos y se aparta a medida que salimos en fila india. Me fijo en que arrastra un poco un pie, el izquierdo. Es la única marca de su accidente.

Señala la entrada.

—Caminad.

Miro a Curtis y a Brent. ¿Deberíamos abalanzarnos sobre ella? Bastaría un disparo. ¿Con cuántos de nosotros puede acabar antes de que la contengamos? Como biatleta, debe de estar entrenada para conservar la calma bajo presión. El riesgo es demasiado elevado.

Brent encabeza la fila.

—¿Adónde nos lleva? —susurro.

—¡Callaos! —ordena Odette.

A través del panel de cristal de la puerta, todo lo que se ve es de color blanco. Trato de captar la atención de Curtis, pero está sumido en su propio mundo, procesando lo que le hizo a Saskia. No quiero que Odette le dispare solo porque intento hablar con él. Además, estoy segura de que tendremos más oportunidades de huir si salimos fuera que si nos quedamos atrapados en el edificio.

—Quitaos las chaquetas —ordena.

Es un movimiento inteligente. Cuanto más frío tengamos, más dóciles seremos. Me quito la chaqueta y la dejo caer al suelo con la esperanza de que no me ordene que también me quite los guantes y las gafas de protección.

Brent se dispone a ponerse las botas de nieve.

—No —lo detiene Odette—. Fuera.

Maldita sea. Lleva puestas sus zapatillas agujereadas. Empuja la puerta y un remolino de copos de nieve se cuela en el edificio. Me bajo las gafas de protección y salgo tras él. Ahora nieva con fuerza. El viento hace bailar los copos de nieve y las nubes están bajas. Es una tormenta de nieve en toda regla. Ni siquiera diviso los peñascos. La barrera de cuerda, oculta por los bancos de nieve, es la única manera de saber dónde están.

Esto podría jugar a nuestro favor. Si no nos ve bien, no podrá apuntar.

Un par de esquís largos y estrechos están apoyados contra la pared exterior. Odette los coge sin apartar la vista de nosotros. Nos acercamos los unos a los otros mientras ella se ata las botas a los esquís. Me castañetean los dientes de frío. Miro de reojo a Curtis y a Brent. ¿Deberíamos echar a correr? Pero ¿hacia dónde? ¿Y hasta dónde podría llegar, con la rodilla lesionada?

Curtis mira hacia el vacío blanco. Necesito que reaccione. Le agarro el codo, pero permanece impertérrito. Como yo, sigue llevando las gafas de protección y los guantes.

El pobre Brent no tiene nada. Se pone la capucha y se mete las manos en los bolsillos de los vaqueros. La sudadera negra de Burton destaca en un contraste brutal contra el fondo blanco, igual que la púrpura de Curtis. Yo tampoco es que tenga más suerte, con mi chaqueta de color verde mar.

Odette señala al otro lado del glaciar.

—Caminad.

Emprendemos el camino en fila india: Brent al frente, protegiéndose la cara de los copos de nieve con una mano; yo le sigo, y, por último, Curtis. Miro a mi alrededor para detectar más trampas mientras avanzo cojeando, pero no estoy muy segura de verlas. Cada paso nos hunde en la nieve hasta las rodillas, así que avanzamos a un ritmo lento. El dolor asciende por mi pierna a cada paso.

Miro hacia atrás en dirección a Odette. Sobre los esquís, no hay rastro de su cojera. Sus movimientos son fluidos y suaves, como si los esquís fueran extensiones de sus piernas.

—¿A dónde nos llevas? —exclamo.

Se limita a reírse. Si quiere matarnos, ¿por qué no nos dispara de una vez?

Dios mío. Creo que adivino el motivo. Si nos encuentran muertos por disparos de bala, tal vez podrían establecer una relación entre ella y nosotros, pero si nos encuentran al fondo de un precipicio o en una grieta de la montaña, solo parecerá un trágico accidente.

Me abrazo en busca de algo de calor. El viento se desliza con crueldad bajo mi sudadera. Miro de nuevo por encima del hombro. Odette se mantiene a una distancia prudencial. Deberíamos luchar, pero la mera visión del rifle me aterroriza. Quizá no quiera dispararnos, pero no tengo ninguna duda de que lo hará si cree que es necesario, y si su puntería es tan buena como dice, no le hará falta estar muy cerca.

Siento que la incredulidad crece en mi interior a medida que avanzo. Cada paso que doy me acerca a la tumba. ¿Por qué no intento plantarle cara? Pero ¿cómo? ¿Qué puedo hacer? Puestos a elegir entre la posibilidad de que me disparen por la espalda si huyo o, de lo contrario, congelarme viva en el fondo de una grieta… Dicen que cuando hace tanto frío, llega un punto en el que ya no lo notas, sino que vuelves a sentir calor, hasta que mueres. Al menos, estaríamos todos juntos al fondo del abismo.

El viento ruge constantemente en nuestros oídos. Odette no puede oírnos ahora. Brent está justo delante de mí. Lo agarro de la manga.

—Nos está llevando hacia la grieta —susurro.

Brent me mira pensativo y, luego, esboza una sonrisa triste. A continuación, levanta la voz por encima del hombro, hacia Odette.

—Te puedo enseñar dónde está Saskia.

¿A qué juega? El glaciar se mueve unos cien metros al año. Lo sé porque una vez lo busqué.

—¿Crees que soy idiota? —grita Odette—. Han pasado diez años. La grieta ya no estará allí.

Pero detecto una nota de duda en su voz.

—¿Cómo lo sabes? —replica Brent.

—¿Qué haces? —susurro.

Me ignora y señala hacia la pendiente.

—Está ahí arriba.

—¡Cállate! —espeta ella.

—Su lugar de descanso final —dice Brent—. ¿No quieres verlo?

Odette se detiene y vacila. Por fin, responde:

—Vale. Enséñamelo.

Cambiamos de dirección. Ahora vamos hacia arriba, desde donde saltamos ayer.

Todavía no sé qué planea hacer Brent y me estoy poniendo muy nerviosa.

Brent me agarra la mano. Baja la voz y susurra:

—Voy a intentarlo. La llevaré hacia arriba, la alejaré de ti. Es a mí a quien quiere, fui yo quien empezó todo esto. Vosotros dos lleváis botas de nieve. Volved al edificio y coged vuestras tablas.

—No, Brent.

Me aprieta la mano.

—Soy rápido. No me verá.

Excepto que estará corriendo en la dirección equivocada, en un glaciar lleno de grietas con un par de zapatillas deportivas. Y para bajar, tendría que dejarla atrás.

—Por favor, no lo hagas —suplico.

Pero ya mira hacia la pendiente y se dispone a echar a correr.

Podría seguirlo, pero eso significaría abandonar a Curtis.

—Voy a darte una oportunidad, Mills. No la desperdicies. —Brent me aprieta la mano por última vez.

Y yo lo dejo ir.

63

En la actualidad

Finjo que tropiezo y me arrojo sobre la nieve. Mi gemido de dolor no es fingido. Mi pobre rodilla... Creo que la he dañado un poco más.

—Levántate —me ordena Odette con dureza.

Por encima del hombro, veo que me apunta con el rifle. Brent me está dando una oportunidad y yo le devuelvo el favor. Le doy unos preciados segundos de ventaja.

Los necesitará.

—¡Ahora! —grita ella.

Ha funcionado. No se ha fijado en que Brent se ha ido. Lo imagino corriendo a través de la nieve, a grandes zancadas.

—No creo que pueda —digo.

—Te dispararé en la rodilla.

Me agarro la pierna y me obligo a moverla.

—No puedo andar, no puedo. Me duele. —Un par de segundos más, eso es todo lo que puedo darle.

—¡Eh! —Odette se ha dado cuenta de que Brent ha huido.

Contengo el aliento hasta que se decide. ¿Nos disparará o irá en su busca?

—¡No te muevas! —Desliza los brazos por la cinta de su rifle y se lo echa al hombro. Al parecer, Brent tenía razón. Lo quiere a él más que a nosotros, así que no puede arriesgarse a que se escape. O, quizá, es incluso más simple. Sabe que yo no llegaré demasiado lejos con la rodilla fastidiada, así que primero acabará con Brent y, luego, volverá a por Curtis y a por mí.

Agarra los palos de esquí, uno en cada mano, y emprende la subida de la pendiente, con brazos y piernas trabajando al unísono. Su rapidez me horroriza. Ya ha desaparecido en la niebla. Estoy muerta de preocupación. Brent no tiene la menor posibilidad.

Trato de no escuchar el disparo que seguramente llegará en breves momentos. Curtis mira anonadado al vacío.

Oigo las últimas palabras de Brent. «No la desperdicies».

Agarro el brazo de Curtis.

—Curtis. Corre, vamos.

No responde. Lo sacudo.

—Curtis, te necesito.

Poco a poco, gira la cabeza. Veo que le cuesta mucho concentrarse en lo que digo.

—Necesitamos recuperar nuestras tablas —indico.

—¿Podrás usarla?

—Tendré que hacerlo.

Me toma del brazo y bajamos deprisa la pendiente. Aprieto los labios y trato de concentrarme en olvidar el dolor. En cualquier segundo, espero oír un disparo. Acelero el paso.

La oscura silueta del edificio Panorama emerge entre la niebla.

—Espera aquí —dice Curtis—, voy a por las tablas.

Vuelve al cabo de unos segundos, con las tablas y nuestras chaquetas. Nos abrigamos, pero todavía no vale la pena atarnos las tablas. Tenemos que cruzar hasta llegar a la explanada, donde empieza el circuito. Curtis me rodea la cintura con el brazo para ayudarme a avanzar y corremos a través de la nieve fresca, siguiendo el borde del precipicio.

Mis pulmones pugnan por respirar más oxígeno.

—La grieta —murmuro.

—La rodearemos.

Y rezaremos porque no haya más.

Todavía espero el disparo.

—Creo que no quiere dispararnos —afirmo.

—¿Por qué no? —pregunta Curtis.

Los copos de nieve se meten en mi boca cada vez que la abro para hablar.

—Prefiere... que caigamos en la grieta —jadeo—. Para que parezca un accidente.

—Date prisa —dice Curtis.

La nieve se tiñe de gris. Estoy a punto de desmayarme, pero Curtis me arrastra, carga con casi la mitad de mi peso y sigue corriendo, así que me obligo a acelerar el paso.

Siento que jamás me he forzado tanto como ahora. Por lo que creo recordar, casi hemos cruzado la explanada.

Se oye el disparo. Uno. Y otro, y otro. Mi estómago da un vuelco y mis piernas se doblan bajo mi peso.

El brazo de Curtis se vuelve de hierro y me sostiene por la espalda.

—Sigue corriendo. No pares.

Las lágrimas anegan mis ojos.

«No puedo dejar de sentir lo que siento, Milla».

Y así era. Sigue siendo así. Acaba de demostrármelo.

«Y, de hecho, pensaba que yo también te importaba».

¿Por qué he tardado tanto tiempo en darme cuenta de lo mucho que me importaba? Y ahora jamás lo sabrá, porque nunca se lo demostré. «Lo siento, Brent. Lo siento muchísimo».

Necesito guardar estos pensamientos en un rincón de mi cerebro y luchar por sobrevivir, pero estoy sollozando y gimiendo. Pienso en todas las veces que le hice daño. Me odio a mí misma. No se lo merecía, y yo no lo merecía a él. Lo que le hizo a Saskia fue por mi culpa y se ha pasado los últimos diez años —sus últimos diez años— sufriendo por ello.

Quizá Odette haya fallado el disparo. Por Dios, ojalá.

Curtis señala.

—¡Mira!

Una tira de color negro. La marca de la pista. Es el inicio de la pendiente hacia abajo.

La realidad se impone. Odette podría estar a punto de aparecer. Si ha acabado con Brent, los siguientes seremos nosotros. No tenemos la menor oportunidad. Una biatleta no es más que una cazadora de élite, en realidad.

Estoy ralentizando a Curtis. Si fuera solo, tendría la posibilidad de salir de aquí con vida.

—Vete —digo—. Sube a la tabla y vete.

—No pienso dejarte —protesta.

—La rodilla me duele demasiado. Necesito que bajes y que busques ayuda.

—No.

No tenemos tiempo para discutir.

—Recuerda lo que te he dicho antes —insisto, desesperada—. Hemos acordado que cuando te pidiera que hicieras algo, lo harías.

—¿Recuerdas tú lo que te he preguntado? ¿Si podías incluirme en tu vida?

—Curtis. —No puedo echarme a llorar, ahora no.

—¿Y qué crees que te ocurrirá si me voy? ¿Qué harás?

—Me esconderé. —¿Es el viento o es el silbido de unos esquís? Aprieto los dedos de Curtis—. Vete, ¡por favor!

Me mira y me devuelve el apretón.

—Volveré con ayuda.

Cuando desaparece, tropiezo con algo clavado en la nieve. Es el piolet. Lo cojo y miro a mi alrededor en busca de un lugar donde ocultarme. Solo hay una opción y es algo que esperaba no tener que volver a hacer nunca más. Agarro el piolet, me meto debajo del banco de nieve más grande que encuentro y, como puedo, me cubro con la nieve.

Me tapo las piernas y el torso. El peso me clava y me arrastra hacia abajo. Ahora los brazos y la cabeza. El pánico se desata en mi interior. No podré respirar.

«Vamos. Tú puedes. Tienes que hacerlo».

Dios. Oigo el ruido de los esquís silbando en la nieve. Sigue siendo más fuerte que yo, tanto a nivel mental como físico, incluso después de romperse el cuello. Increíble. Inspiro profundamente, mi último aliento antes de cubrirme por completo, y escondo el rostro tras la nieve. Hundo los brazos bajo la superficie. Estoy empapada y tengo frío. La nieve me acaricia las mejillas. Me invade un pensamiento terrorífico: ¿y si la nieve se congela sobre mí? A mi alrededor, tapándome para siempre; clavándome al suelo helado de este lugar.

Todos mis instintos se rebelan y me empujan a levantarme, pero a través de una rendija veo a Odette, que se acerca. Mi corazón salta. No me atrevo a respirar por la nariz, por si me entra un ataque de tos, así que abro la boca y aspiro diminutas y preciadas bocanadas de aire.

Mira a su alrededor. No he tenido tiempo de cubrirme bien. En cualquier momento me descubrirá.

Oigo un silbido que se clava en el aire frío desde algún punto al pie de la pendiente. Odette grita, se suelta el rifle y lo levanta. ¿Por qué Curtis lo habrá hecho? Contemplo con horror cómo apunta con el arma.

Baja el rifle y maldice por lo bajo. La tormenta de nieve que lo cubre todo le impide verlo. Lo imagino descendiendo a toda velocidad por la larga e inclinada pendiente hacia la parte más llana de la montaña. Lo conseguirá.

Odette se saca algo de la mochila. Es un objeto oscuro, del tamaño de un ladrillo. ¿Qué es? Lo toquetea y, de repente, lo arroja pendiente abajo.

Se tapa las orejas y, unos segundos más tarde, se oye una explosión. Silencio. Y, luego, un lento y estremecedor *buuuuum*. Y un rugido que se hace cada vez más fuerte hasta que parece que la montaña entera se desmorona sobre nosotros. Estupefacta, comprendo lo que acaba de hacer. Como no veía a Curtis, ha provocado una avalancha.

Y, a juzgar por el sonido, toda la pendiente acaba de desmoronarse.

64

En la actualidad

Una avalancha es como una marea de cemento que se mueve con lentitud. La fuerza de la avalancha extrae todo el aire de la nieve y, en cuanto deja de moverse, se fija como si fuera un ataúd de piedra.

Mi estómago se revuelve al imaginar el cuerpo de Curtis empujado pendiente abajo, cubierto por toneladas de nieve.

«No te dejes arrastrar por el pánico». Curtis sabrá lo que debe hacer. Si puede, intentará surfearla y mantenerse cerca de la superficie. A medida que la avalancha se ralentice, buscará una bolsa de aire para respirar.

Si es que no ha quedado inconsciente, empujado por la nieve.

Pero Curtis conservará la calma y se procurará una fuente de oxígeno. Lo único que puede hacer ahora es esperar a que llegue alguien a rescatarlo. Lleva su transmisor y yo, el mío. Las víctimas de las avalanchas tienen un noventa por ciento de posibilidades de sobrevivir si los encuentran durante los primeros quince minutos.

Al cabo de media hora, las posibilidades bajan al treinta y cinco por ciento.

Tengo que llegar hasta él, pero, antes, necesitaré esquivar a Odette.

Claramente, piensa que los dos estamos ahí abajo, porque mira hacia el otro lado con las gafas levantadas, en dirección a la extensión de nieve. Agarro el piolet y salgo del banco de nieve. Cada minuto cuenta.

Se me han entelado las gafas de protección, así que me las levanto hasta la frente. Odette se cuelga el rifle a la espalda y se ata el pie izquierdo al esquí. Va a descender la pendiente para asegurarse de que no hemos sobrevivido a la avalancha. Cojeo hacia ella, rezando porque no me oiga.

Esto es una ironía terrible. Me he pasado años sintiéndome culpable por haberla dejado en silla de ruedas, solo que no había sido así, no exactamente. Pero ahora tengo que volver a herirla. ¿Dónde sería mejor darle? La parte superior del cuerpo está envuelta en capas y capas de ropa de abrigo, así que la mejor opción parece la pierna derecha; la que no arrastra.

Me deslizo hacia delante; los dedos enguantados se aferran al mango de madera del piolet a medida que me acerco a ella. Todavía no me ha visto. Mi estómago se estremece cuando alzo el piolet. No sé si podré hacerlo. Oigo que se pone el otro esquí.

Un desfile de imágenes pasa frente a mis ojos: Curtis, roto y enterrado bajo la nieve; Brent, en algún lugar de la montaña con balas en el cuerpo; Dale y Heather, juntos en el hielo. Con todas mis fuerzas, descargo la hoja de hierro en la pierna derecha de Odette, justo por encima de la rodilla. Con un grito terrible, se cae de lado. Ahora estamos en paz.

—¡Curtis! —grito.

Odette se retuerce en la nieve y se agarra la pierna. Levanto el piolet de nuevo. Ahora que está en el suelo, los esquís son un engorro para sus movimientos. Trata de alcanzar el cierre para quitárselos. Balanceo el piolet e intento darle en el muslo. Tengo que neutralizarla para poder llegar hasta Curtis.

Rueda por el suelo y esquiva mi golpe. Ha conseguido quitarse un esquí. Lo intento de nuevo y le doy justo por encima de la cadera. A juzgar por el crujido enfermizo, he tocado hueso. Grita.

Ha logrado quitarse el segundo esquí. Alarga la mano para llegar hasta su mochila. ¡El rifle! Dejo el piolet a un lado y forcejeo con ella para hacerme con el arma.

Pasan unos segundos preciados mientras seguimos luchando. Tengo que llegar hasta Curtis. Finalmente, le arranco el rifle y me pongo en pie. Dios, esto pesa mucho.

Grito tan fuerte como puedo:

—¡Curtis!

El sonido rebota por las montañas. Si estuviera ahí abajo, lo habría oído. Aguzo los oídos para escuchar la respuesta, pero no hay ninguna. Está enterrado bajo la nieve.

Odette se pone en pie a duras penas, con los pantalones blancos empapados de color rojo sangre, y se lanza hacia la nieve. ¡El piolet!

No tengo tiempo de apuntar el rifle y ni siquiera estoy segura de si sabré disparar. ¿Está puesto el seguro? La arrojo a un lado y voy hacia el piolet. Mi rodilla protesta, hinchada y dolorida. Justo cuando la mano de Odette se cierra sobre el mango, le doy una patada con todas mis fuerzas con la pierna buena. El piolet sale volando por los aires hacia la niebla.

Nos quedamos inmóviles: el piolet se ha ido en una dirección y el rifle, en otra. Odette va a por el piolet. En un combate cuerpo a cuerpo, es un arma más ventajosa, pero jamás llegaré a tiempo, así que voy a por el rifle y me hago con él. Odette sigue buscando el piolet. La nieve fresca a su alrededor se tiñe de color rosa.

Apunto el arma.

—¡Detente!

Gira la cabeza. Ha perdido las gafas de protección y el gorro en la refriega, y su pelo está cubierto de nieve. Antes de que pueda hacer nada, se tambalea hacia la niebla blanca con las manos vacías, en dirección al edificio Panorama. No puedo buscar a Curtis mientras Odette esté suelta. Tendrá más armas guardadas en algún lugar, como mínimo los cuchillos que desaparecieron de la cocina, y seguro que hay más armas de fuego, así que la persigo.

Las manchas rojizas en la nieve me ayudan a seguir su rastro. Está perdiendo tanta sangre que me asombra que siga corriendo a este ritmo, pero supongo que los candidatos a los Juegos Olímpicos no suelen darse por vencidos con facilidad. El dolor de mi rodilla está llegando a niveles estratosféricos. Sin embargo, hubo un tiempo en que yo también soñé con llegar a las Olimpiadas, así que me obligo a cojear más deprisa y dejo que sea mi mente la que se ocupe de todo.

La silueta de los edificios aparece flotando entre el manto blanco. Odette casi ha llegado a la puerta. Irá a por las armas y volverá a salir en cuestión de segundos, dispuesta a cazarme.

—¡Detente o disparo! —grito.

Dada mi flagrante falta de experiencia, las posibilidades de darle a esta distancia son mínimas. Y está claro que ella piensa lo mismo, porque sigue corriendo.

¿Qué puedo decir para detenerla?

Desesperada, grito:

—¡Jamás te quiso!

Es una táctica peligrosa porque corro el riesgo de enfurecerla todavía más.

Odette se detiene, como una estatua.

—Te engañó.

Se gira para mirarme.

—Seguro que fuiste tú quien flirteó con ella —dice con frialdad.

—Me sedujo, igual que a ti.

Odette no responde, pero camina lentamente hacia mí.

—¿Sabes lo que me dijo después de la noche que pasamos juntas? Que solo era una estrategia para alterarte antes de la prueba.

—No te creo.

—Era la única manera de vencerte.

—Estás mintiendo.

Me quito el guante.

—Me dio esto después de pasar la noche conmigo —digo, y le muestro la cadena de color plata y azul.

Un destello de reconocimiento pasa por sus ojos. Se acerca.

Doy un paso atrás, consciente de que el borde del precipicio está en algún punto a mis espaldas.

—¡Levanta las manos!

Poco a poco, obedece. La apunto con el rifle mientras se acerca.

A cinco metros de distancia, su mirada sigue fija en la pulsera.

—Ella no haría algo así. Me quería. —Pero su voz tiembla, como si ya supiera que digo la verdad.

—La amabas y sigues amándola. Está claro que es así. Pero ella solo te utilizó, igual que hizo con todo el mundo.

—No. —Pero lo dice sin convicción.

—Has hecho todo esto por ella, pero no se merecía tu lealtad.

—Cállate. —Se acerca.

No confío en ella. Doy otro paso hacia atrás, intentando divisar el color rojo de la cuerda que marca el borde del precipicio.

—Ya es demasiado tarde para los demás. Pero déjame que intente salvar a Curtis.

Mira a su alrededor como si sopesara sus opciones. Mi dedo se tensa sobre el gatillo. No sé lo que estará pensando. No puede huir a ninguna parte. ¿Intentará arrastrarme con ella?

Podría dispararle en la pierna. Eso la dejaría fuera de combate el tiempo suficiente como para buscar a Curtis. Pero no confío en mi puntería y no quiero matarla. Podría...

Mira a un lado de nuevo. Demasiado tarde, comprendo lo que quiere hacer.

Da un paso hacia el precipicio. Luego otro. ¡Va a saltar!

—¡No! —grito. Hay demasiada altura.

Pero se acerca al borde. Y salta.

La niebla la devora y desaparece.

Cautelosa, avanzo hacia el borde y miro hacia abajo. No veo el fondo, pero es imposible que haya sobrevivido a esa caída.

Anonadada, cojeo de vuelta al inicio de la pista. No puedo procesar lo que ha pasado. Curtis debe de llevar diez minutos bajo el hielo, y ni siquiera he empezado a buscarlo. ¿Y si no llego a tiempo?

Para cuando alcanzo el inicio de la pista, mi rodilla ya no puede más, así que dejo el rifle y me deslizo por la pendiente, sentada sobre la nieve. La pista es un montón desigual de pedruscos de hielo. Me quito los guantes y meto la mano bajo el cuello de mi sudadera, con los dedos tan temblorosos que apenas logro sacar el transmisor. Espero poder encenderlo. Aprieto el botón lateral. «Modo búsqueda».

Sostengo el transmisor en alto. «Venga. Encuéntralo».

Nada. Es posible que la avalancha no lo haya pillado. Quizá ha surfeado la oleada de nieve y ha logrado escapar. Pero he visto avalanchas en muchos documentales sobre naturaleza. La potencia y la aceleración de la marea de nieve es arrolladora. Lo más probable es que Curtis esté enterrado fuera de cobertura en algún lugar.

Me balanceo pendiente abajo. ¿Dónde está? Acabo de perder a Brent y no pienso perder también a Curtis. Los minutos corren en mi cabeza. Ya debe de haber pasado media hora. Aparto la imagen de su cuerpo congelado e inerte de mi mente.

Una flecha verde aparece en la pantalla, junto a un número, el 45, y mi corazón da un salto. Curtis está ahí abajo, en algún lugar, a cuarenta y cinco metros de distancia.

La niebla es más espesa en esta zona. Cojeo a través de la nieve y me tambaleo por encima de los peñascos, ansiosa por llegar hasta él. Los números bajan: 39, 25. Estoy tardando demasiado. Por fin, la pantalla parpadea; lo he encontrado.

Caigo de rodillas para apartar la nieve con las manos desnudas, pero no lo consigo. Me pongo en pie y le doy una patada con la pierna buena. No hago mella en la superficie. La nieve se ha congelado.

Curtis está directamente debajo de mí.

Pero no puedo salvarlo.

Epílogo

Nueve meses después

Vuelve a ser esa época del año.

En la que el glaciar devuelve los cuerpos.

El hielo se descongela más rápido de lo normal a causa de la reciente ola de calor, así que prevén que este año aflorarán muchos más. Lo compruebo en internet varias veces al día.

Ahora, por supuesto, espero a que aparezcan dos cuerpos en concreto.

Pero igual que cuando uno observa una olla al fuego y nunca hierve, un glaciar en observación jamás suelta sus secretos. Los que yo quiero, al menos. Por el momento, este mes solo han aparecido tres escaladores todavía atados entre sí y los restos de lo que parece ser una pareja austríaca que desapareció en 1999.

Cruzo los dedos y deslizo la página web hacia abajo. Nada. Ni un cuerpo más. La espera me está matando.

—¡Milla!

La voz de Curtis llega desde el dormitorio.

—¡Un segundo! —Borro el historial. No hace falta que Curtis vea lo que busco. Hay algo muy poco romántico en el hecho de que tu chica esté esperando el cadáver de tu hermana.

Para saber a ciencia cierta que está muerta. De verdad. De una vez por todas.

No sé si Curtis hace lo mismo que yo, a escondidas. Supongo que si el cadáver apareciera, se lo comunicarían a la familia lo antes posible. Cierro el portátil y voy al dormitorio.

Curtis está tumbado de espaldas, con los brazos por encima de la cabeza y las sábanas arrugadas alrededor de la cintura. La luz del sol entra por la ventana abierta y se posa sobre su pecho desnudo. Solo son las siete, pero ya hace calor. La brisa me acaricia el pelo y, con ella, trae el olor a hierba recién cortada y un lejano sonido de cencerros.

Me encanta Suiza en agosto.

—Ven aquí —dice Curtis.

Me quedo en el umbral.

—¿Es una orden?

Una sonrisa lenta se dibuja en su rostro.

—Sí, es una orden.

—¿Y si no lo hago?

—Quizá tendré que obligarte.

Me acerco a la cama con la intención de permanecer fuera de su alcance, pero me agarra la muñeca con una de sus manazas, aparta las sábanas con la otra y me coloca sobre él. Los músculos duros de su pecho me protegen del impacto; sus fuertes brazos me rodean por la espalda y me abrazan con fuerza. Su cuerpo es cálido y sólido bajo mis piernas.

Si no estuviera en tan buena forma física, es probable que no hubiera llegado hasta aquí. Su fuerza le permitió aguantar los largos minutos bajo la nieve durante los cuales cojeé pendiente arriba, en busca del piolet manchado de sangre, y con el cual cavé en la nieve congelada hasta sacarlo.

Cuando lo encontré, no respiraba. Le practiqué maniobras de reanimación. Fue una suerte que el gimnasio me hiciera realizar todos aquellos cursillos de primeros auxilios. Empezó a respirar de nuevo, pero estaba peligrosamente frío y se había dislocado el hombro en la avalancha.

Para entonces, mi rodilla casi se había dado por vencida, pero, de algún modo, logramos bajar los quince kilómetros a través de la tormenta de nieve y de vuelta al centro del pueblo. Tardamos seis horas y, desde allí, nos llevaron enseguida al hospital. La policía nos interrogó y detuvieron a los hermanos de Odette. No sirvió de nada. Negaron estar al tanto de la venganza de su hermana y, en lugar de perder la libertad, lo único que perdieron fueron los empleos.

A la mañana siguiente, los médicos me dieron el alta con la rodilla vendada, pero me advirtieron que tendría que operármela al volver a casa. Dejé a Curtis en el hospital y regresé al glaciar con el equipo de rescate para presenciar cómo retiraban los cuerpos de Heather y Dale de la grieta.

Cuando regresamos al edificio Panorama, el segundo equipo de esquiadores de rescate llegó hasta nosotros, tirando de un trineo. Hasta ese momento, todavía albergaba la esperanza de que Brent hubiera sobrevivido. Que hubiera esquivado los disparos, o que tan solo estuviera herido. Entonces, vi lo que había en el trineo: un cuerpo cubierto por una manta, inmóvil. Y la esperanza murió.

En cuanto a Odette, había caído medio metro de nieve fresca con la tormenta. Y eso tal vez explique por qué jamás encontraron su cuerpo.

Una hora más tarde, Curtis y yo andamos hacia el teleférico cogidos de la mano.

Cuando me pidió que me fuera a vivir con él a Londres, después de marcharnos de Le Rocher, para pasar las operaciones y la rehabilitación juntos, no me sentía segura. Es bastante difícil convivir conmigo como una exatleta fracasada; como paciente en rehabilitación, seguro que sería cien veces peor. Además, presentía que, para él, hacer frente a su propia rehabilitación tampoco iba a ser fácil. Pero llegué a la conclusión de que si superábamos eso…

Y lo hicimos. Luego, me pidió que participara en uno de sus programas de formación para jóvenes deportistas de *snowboard* de estilo libre.

Me rodea con un brazo protector cuando la cabina del teleférico se pone en movimiento, balanceándose. Apenas hay un cuarto de ocupación, es una época mucho más tranquila que en invierno: una mezcla de esquiadores profesionales, deportistas de *snowboard* y gente local. Observo los rostros para comprobar si alguno de nuestros chicos está aquí, pero aún es pronto y anoche salieron. Yo he vuelto a practicar, y quizá pruebe alguna pirueta hacia atrás.

Avanzamos entre árboles, cobertizos de madera y telesillas inmóviles. El río es un torrente vivo de agua opaca, de color gris azulado, el color del deshielo. Pienso en otro río, uno congelado cuyo flujo es demasiado lento como para que el ojo humano se percate. Y de los cuerpos que quizá floten en él.

«No. No pienses en eso».

Pronto superamos la línea de los árboles. Las flores de color púrpura brillante salpican la tundra alpina a nuestros pies.

—Me encanta esto —comento.

—A mí también —dice Curtis—. Solía subir aquí con mi hermana.

Me obligo a sonreír. Apenas la menciona y nunca sé si está pensando en ella o no.

Un segundo teleférico nos lleva a la zona de esquí de verano del glaciar. Para cuando bajamos, la temperatura es veinte grados menor. Miro hacia la cabina del operador cuando pasamos por delante y un par de ojos azules familiares me devuelve la mirada.

Me estremezco.

Pero me doy cuenta de que solo es el reflejo de Curtis.

Qué estúpida. A estas alturas, debería estar acostumbrada, porque la veo a ella, o a Odette, al menos una vez al día, cuando subimos aquí. Es el precio a pagar por mi conciencia culpable.

Curtis no le contó a su madre lo que averiguó sobre las últimas horas de Saskia. ¿Cómo habría podido? En lugar de eso, después de reflexionar, le entregó el pase del teleférico de Saskia y le dijo que lo había encontrado un esquiador local de Le Rocher hacía poco y que era una prueba de que el día que desapareció, Saskia estaba arriba en la montaña, entrenándose. Y que su muerte, aunque temprana, era fruto de un accidente que había sufrido mientras hacía lo que más disfrutaba.

El pase, ahora enmarcado, se encuentra en una pared en la casa de sus padres, entre una galería de fotos de Saskia. Una docena de pares de ojos azul violeta que nos contemplan cada vez que vamos a cenar.

Curtis me toma de la mano mientras caminamos por el hielo hacia el parque de nieve. Sacude la cabeza al ver el estado de la superficie nevada.

—Si vuelve a deshacerse, no quedará casi nada.

En los Alpes, los glaciares experimentan pérdidas de nieve colosales debido al calentamiento global.

El entrenamiento no empieza hasta las diez de la mañana, pero dos de las chicas ya están en el parque de nieve, calentando.

—Tienen ganas —comenta Curtis.

Sonrío.

—Lo sé.

Entrenar le ha dado un nuevo propósito a mi vida. Quizá pueda ayudar a que otros consigan lo que yo no logré. Y estas dos chicas, mis chicas, tienen mucho a su favor. Son jóvenes, están en forma y tienen ese instinto asesino: quieren ganar por encima de todo.

Un ataque de nostalgia me invade mientras las contemplo. Mis días como competidora ya han terminado, pero los suyos acaban de empezar.

Jodie estira el pie sobre la barrera de cuerdas para calentar los tendones. Y Suzette… ¿qué hace Suzette? Está inclinada sobre la tabla y frota algo en la base. Hay un rastro furtivo en cómo lo hace. Se da cuenta de que la observo y se mete el objeto en el bolsillo. No era cera para tablas de esquí, estoy segura de ello.

Cuando coloca la tabla contra la otra y se sitúa junto a Jodie en las cuerdas, me percato de que no era su tabla.

Cuando el entrenamiento termina, le cuento a Curtis lo que he visto.

—Supongo que era cera para tablas de surf. Por suerte, no parece que haya afectado demasiado a la tabla de Jodie. Se lo he comentado con discreción.

—¿Y qué ha contestado? —se interesa Curtis.

—Se ha ruborizado y ha confesado que ayer puso cinta adhesiva en los bordes de la tabla de Suzette.

Se ríe.

—¿Te recuerda a alguien?

—No sabía si dejarlas en paz o decirles algo.

—No lo sé —admite Curtis, y se pone más serio—. A veces me pregunto si me equivoqué contigo y con Saskia. Quizá no debería haberte detenido o tratado de contenerte en algunas ocasiones.

—¿Quién sabe? —Le quito importancia—. No podemos cambiar el pasado.

—¿Qué opinas? ¿Cuál de las dos es Saskia y cuál eres tú?

—No lo tengo claro. Posiblemente, las dos sean igual de malas.

«Eres tan mala como ella». Aún recuerdo el día en que Curtis me lo dijo. No sabe hasta qué punto es verdad.

Todos estos años he guardado el secreto. Pero cuando el hielo libere el cuerpo de Saskia, ¿le harán una autopsia? Sé que no debería haberlo hecho. Solo quería que no estuviera al cien por cien en la prueba, para perjudicarla en el campeonato igual que ella me había perjudicado en el Open de Le Rocher.

Después de tanto tiempo, ¿encontrarán el rastro de las pastillas para dormir que puse en su café, aquella última mañana?

Eran pastillas con receta médica y la receta estaba a mi nombre. Intento convencerme de que, con todo lo que pasó después, poco importa. Pero eran pastillas muy fuertes, las que empecé a tomar para poder descansar después de habituarme a la bebida energética. Y le di cuatro. Si no la hubiera drogado, quizá habría podido luchar contra Heather en igualdad de condiciones. O habría recobrado la consciencia antes. Heather dijo que le había parecido que la bolsa se movía cuando la transportaban al glaciar. Quizá no estaba muerta todavía, solo dormida a causa de las pastillas. O… «Basta». No puedo cambiar el pasado.

Curtis echa un vistazo al borde de la rampa. Miro hacia arriba y veo dos figuras recortadas en el glaciar. Un grito ahogado se escapa de mi garganta.

—¿Qué pasa? —dice Curtis.

Parpadeo de nuevo. No hay nada. Es la silueta de la roca. Dos columnas alargadas que no se parecen en nada a una figura humana. Curtis me acerca a él. Me quedo en sus brazos, contemplando los Alpes suizos en dirección a Francia, y pienso de nuevo en ese río helado. Me pregunto si en algún lugar de las profundidades heladas, Saskia y Odette se habrán encontrado. Espero que sí.

Y se me ocurre otra cosa. Trato de no pensar en ello, siempre intento evitar esa idea cuando emerge en mi mente, pero me resulta imposible. Quiere salir.

«He ganado».

Agradecimientos

A mi padre. Jamás leerás este libro, pero has sido su inspiración de incontables maneras. Y para mi madre, la mujer más fuerte que conozco. Me diste una niñez entre montañas. Gracias por todo.

A mi increíble agente, Kate Burke, por tus fantásticos consejos editoriales y sobre la construcción de la historia, y tu inteligente manera de gestionar una subasta entre diez editores. Tengo mucha suerte de que seas mi agente. A Julian Friedmann, por tu entusiasmo y habilidad a la hora de vender la opción de adaptación televisiva. A James Pusey y Hanna Murrell, del departamento de derechos extranjeros, por vender esta novela a tantos territorios distintos, y al resto del equipo de Blake Friedmann.

A mis dos fantásticas editoras, Jennifer Doyle en Headline UK y Margo Lipschultz en Penguin Putnam en Estados Unidos, por vuestra pasión por este proyecto, magnífico apoyo editorial, atención meticulosa al detalle y porque ha sido un placer absoluto trabajar con vosotras. Estoy tremendamente agradecida porque hayáis invertido tanto tiempo y esfuerzo en este libro. Todo mi agradecimiento también al resto de integrantes de los equipos de Headline y Putnam, así como Hachette Australia.

Para Sue Cunningham, que fue la primera lectora de este libro y de mis demás proyectos, y una fuente de ideas fabulosas. Y Gail Richards, reina de la gramática y de la sinopsis. Han sido consejeras fabulosas, me han brindado su apoyo moral y son escritoras fantásticas por derecho propio. No podría haberlo logrado sin vosotras.

A la escritora de *thrillers* Angela Clarke, que tan generosamente me dedicó su tiempo para guiarme durante mi anterior proyecto con consejos astutos. Y a la escritora de *thrillers* Ann Gosslin, por sus sabias palabras y su generosidad. A mis otros amigos y amigas del mundo de la escritura: Julia Anderson, Paul Francis, Danielle Hastie, Jodie Mehrton, Linda Middleton y todos los escritores que conocí en el curso de Escritura Creativa de la agencia Curtis Brown, incluidos Shannon Cowan, Justin Podur, Stuart Blake, Adrian Higgins, Wiz Wharton, Merlin Ward y Jenny Fan Raj. Me enseñasteis, me animasteis y fuisteis mi inspiración. Gracias.

A mis chicos, Lucas y Daniel: os quiero muchísimo.

A todas mis amigas, incluidas Anita Phelan, que fue mi ángel de la guarda personal durante el año pasado; a mi compañera de surf Celine Ruettgers; a Amanda Townsend, por animarme hasta Melbourne; a Steve White, que se ocupó de hacer sospechosas búsquedas en internet por mí, y a la persona que me inspiraba en todo momento, Tammy Esten, de la escuela Mint Snowboarding. A mi tío Fred: siento todas las palabrotas.

Al ayuntamiento de Gold Coast y al personal de la biblioteca, por un sistema bibliotecario de primera. En unos tiempos en que algunos gobiernos en ciertas partes del mundo cierran bibliotecas y recortan sus presupuestos, me gustaría decir que, en tanto que madre de dos niños con bajos ingresos, si no hubiera tenido acceso a una biblioteca, este libro no existiría.

Muchas gracias también al Centro de Escritores de Queensland, a los festivales de literatura de Brisbane y Byron Bay y a los escritores y profesionales de la edición a cuyos talleres he asistido.

Martin y Scott: fuisteis una parte crucial de mis inviernos. Mika, Dave y Dave, y todos los demás *snowboarders* a quienes conocí y con quien competí: gracias por los recuerdos.

Si algún antiguo amigo de mi época del *snowboard* se acuerda de haber coincidido conmigo en alguna temporada de invierno, que me escriba y organizamos un reencuentro (risa malvada). No, en serio, en aquellos años anteriores a Facebook me moví mucho y perdí el contacto con mucha gente. Me encantaría saber de vosotros.

A todos los *snowboarders,* de ahora y de antaño, que han llevado este deporte al increíble nivel en el que se encuentra hoy en día. Admiro vuestra habilidad, vuestra fortaleza física y mental y la pura valentía de vuestras hazañas. Me inspiráis. A los *snowboarders* de todo el mundo: feliz salto y cuidaos. Atesorad los recuerdos.

Y a mis lectores, allá donde estéis. Muchísimas gracias por darle la oportunidad a una escritora novel y por escoger este libro. Espero que lo hayáis disfrutado.

Principal de los Libros le agradece la atención
dedicada a *Temblor,* de Allie Reynolds.
Esperamos que haya disfrutado de la lectura
y le invitamos a visitarnos
en www.principaldeloslibros.com,
donde encontrará más información
sobre nuestras publicaciones.

Si lo desea, también puede seguirnos
a través de Facebook, Twitter o Instagram
utilizando su teléfono móvil
para leer los siguientes códigos QR: